Joyce Williams
Wir Premiumkinder

AF279870

Joyce Williams

Wir Premiumkinder

Fluch und Segen des Zwillingsdaseins

Impressum

Bibliografische Information der Deutschen Nationalbibliothek: Die Deutsche Nationalbibliothek verzeichnet diese Publikation in der Deutschen Nationalbibliografie; detaillierte bibliografische Daten sind im Internet über http://dnb.dnb.de abrufbar.

Verlag: BoD · Books on Demand GmbH, In de Tarpen 42, 22848 Norderstedt, bod@bod.de

Druck: Libri Plureos GmbH, Friedensallee 273, 22763 Hamburg

ISBN: 978-3-7693-7871-9

Ich widme dieses Buch meiner geliebten Zwillingsschwester, die immer an meiner Seite stand und die mich ihr Leben lang unterstützte.
Ein weiterer Dank geht an meinen Ehemann, meine Nichte und meine Freunde Ulli und Fred. Alle haben sehr viel dazu beigetragen, dass dieses Buch erscheinen konnte.

Wissenswertes vorab

Was bedeutet das Wort „Zwillinge"?

Es ist eine Ableitung von dem alten Zahlwort zwei (gezwinele oder zwiniling) und es bedeutet, was doppelt vorkommt. Es wird nur eine Eizelle befruchtet, die sich aber dann nochmals teilt, und zwei Babys wachsen heran. Somit ist das Wort Zwilling eigentlich nur für die Kinder gemeint, die eineiig sind. Schon lange aber werden auch die zweieiigen Kinder als Zwillinge bezeichnet.

Von der Antike bis heute ranken sich die abenteuerlichsten Geschichten um die Entstehung von Zwillingen. Mythen und Religionen tun das Ihre dazu. Viele verschiedene Kulturen, Aberglaube und Unwissen prägten die Vergangenheit, bis hin zum Töten der Säuglinge und eventuell auch ihrer Mutter oder Verehrung derselben. Mehrlinge, glaubte man, gehören eigentlich nur in die Tierwelt.

Wie entstehen eineiige Zwillinge?

Eine befruchtete Eizelle teilt sich noch einmal. Man spricht hier von **monozygotischen** Zwillingen. Es bedeutet, dass diese das gleiche Erbgut haben. **Dizygote** sind zweieiige Geschwister, mit unterschiedlichen genetischen Merkmalen. Hier fand die Befruchtung von zwei Eizellen statt.

Durch künstliche Befruchtungen ist die Anzahl von zweieiigen Zwillingen signifikant angestiegen.

Es kann auch passieren, dass eine Frau gleichzeitig zwei Eizellen produziert und in sehr kurzen Abständen mit zwei Männern Sex hatte. Die daraus entstandenen zweieiigen Zwillinge haben aber jeder einen eigenen Vater. Bisher liegt diese Zahl unter 20:1000, jedoch wird angenommen, dass die tatsächliche Anzahl deutlich höher ist.

Die Anzahl der eineiigen Zwillinge aber, **4:1000**, **ist unverändert**.

Sind eineiige Zwillinge zu 100 % identisch?

Zu 99,99 % sind sie identisch, nur die Fingerabdrücke sind unterschiedlich. Zwar sind die Handlinien (Papillarleisten) ähnlich, aber nicht identisch. Im vierten Embryonalmonat sind diese bereits voll ausgebildet und bleiben ein Leben lang unverändert. Umwelteinflüsse im Mutterleib können jedoch zu diesen Unterschieden führen, über die noch keine genaue Kenntnis vorliegt. Es gibt aber auch weitere kleine Unterschiede bei eineiigen Zwillingen. Zum Beispiel bei Muttermalen. Die unterschiedlichen Fingerabdrücke aber sind im juristischen Sinne für eine Verurteilung ganz klare Indizien.

Leider erkranken auch eineiige Zwillinge nicht selten am gleichen Krebs. Genetisch betrachtet sind die Kinder von **eineiigen** Zwillingen **Halbgeschwister**. Sie sind sich genetisch so ähnlich, als hätten sie die gleiche Mutter. Der Grund ist, dass die Gene ihrer Mütter aus dem exakt gleichen Chromosomensatz entstanden sind.

Wie sieht es mit der Genetik bei zweieiigen Zwillingen aus? Da an der Entwicklung zwei Eizellen beteiligt sind, haben wir es hier auch mit zwei verschiedenen genetischen Merkmalen zu tun. Sie sind Geschwister.

Wer führte den ersten Kaiserschnitt durch?

Es war **Jacob Nufer**, ein Schweizer Bauer, um 1500. Er kastrierte eigentlich Schweine, hatte aber Erfahrung mit trächtigen Säuen gemacht, wenn er diesen aus medizinischen Gründen die Gebärmutter öffnen musste, um die ungeborenen Ferkel zu retten. Somit war ihm die Anatomie eines Uterus vertraut. Schließlich ist bei Menschen und Tieren vieles ähnlich.

Als bei seiner geliebten Frau die erste Geburt nicht voranging (was ihren sicheren Tod und den des Kindes bedeutet hätte), öffnete er in seiner Verzweiflung ihre Bauchdecke und die Gebärmutter. Dies geschah alles ohne Betäubung, denn die gab es zu dieser Zeit noch nicht. Er entnahm das Baby und führte anschließend eine Naht an der Gebärmutter durch. Dadurch rettete er nicht nur das Leben seines Kindes, sondern auch das seiner Frau, weil er verhindert hatte, dass sie verblutete. Normalerweise hatte keine Frau zu dieser Zeit nach einer solchen Operation eine

Überlebenschance. Man glaubte, dass es genügt, nur die geöffnete Bauchdecke der Frau zu schließen, um dann mehrere Tücher fest um ihren Bauch zu zurren, was dazu führen sollte, dass sich die geöffnete Gebärmutter von allein verschließt. Was für ein Irrtum. Keine Gebärende überlebte diese Tortur.

Wie viele Frauen hätten nicht sterben müssen, wenn auch Ärzte (die damals allerdings kaum Kenntnisse von dieser Materie hatten) dieser Idee eines einfachen Mannes gefolgt wären. Die Geburtshilfe lag in den Händen von Hebammen und die durften nicht operieren. Und so versammelten sich oft viele dieser Geburtshelferinnen bei einer schwierigen Geburt, in der Hoffnung, dass es irgendwie gelingt, das Kind lebend zur Welt zu bringen. Warum aber wurde diese rettende Idee von Herrn Nufer nirgends aufgenommen? Wahrscheinlich, weil er ja nur ein Bauer war. Was wusste dieser einfache Mann schon von der Medizin? Die Ärzteschaft war an diesem Thema auch nicht interessiert. Frauen starben eben sehr häufig unter einer Geburt und leider auch sehr oft das Kind.

Frau Nufer und ihr Kind aber überlebten. Herr Nufer hatte sich vor dem Eingriff noch schnell das kirchliche Einverständnis und den Segen geholt, denn er war sehr religiös. Seine Frau bekam danach noch sechs Kinder, darunter auch Zwillinge. Sie alle wurden normal geboren. Beim ersten Kind dieser Frau lag offensichtlich eine Lageanomalie vor, durch die eine normale Geburt nicht möglich war. Dies ist heute auf jeden Fall ein Grund für einen Kaiserschnitt.

Was Caesar anbelangt, so ist die Erzählung seiner Kaiserschnittgeburt eine reine Erfindung und kam auch erst 100 Jahre nach seinem Tod in Umlauf. Man machte ihn damit noch interessanter. Ein weiteres Indiz für eine Mythisierung, ist die Tatsache, dass seine Mutter noch mehr als 40 Jahre nach seiner Geburt lebte. Keine Frau überlebte zu dieser Zeit einen solchen Eingriff.

Am 21.4.1610, also erst **100 Jahre** nach der mutigen Tat von Herrn Nufer, führte der deutsche Arzt Jeremias Trautmann in Wittenberg den ersten historisch bestätigten Kaiserschnitt an einer lebenden Frau durch. Dies war ein großer Durchbruch. Aber für wen? Natürlich für das Baby. Die Mütter verstarben in der Regel weiterhin, ihre Todesrate lag bei beinahe 100 Prozent. Sie verbluteten an der weiterhin nicht zugenähten Gebärmutter und starben an Infektionen, wie bereits erwähnt. Hilfe gegen den teilweise grausamen Geburtsschmerz gab es damals auch noch nicht.

Der Reformator Martin Luther empfand die schmerzhafte Geburt als von Gott gewollt. Stand nicht schon in der Bibel: »Unter Schmerzen sollst du dein Kind gebären?« Nun, seine Frau gebar sechs Kinder und hat überlebt. Glück für sie.

Heutzutage werden die meisten Zwillinge per Kaiserschnitt geboren. Es ist nicht immer ein Muss, sondern öfter auch Bedenken der Mütter, dass etwas bei einer Geburt nicht so läuft, wie es soll. Oder die Angst vor den Geburtsschmerzen, die ja bekannt sind.

Wenn das erste Zwillingskind geboren ist, ist für den Körper der Mutter die eigentliche Geburtsarbeit beendet. Denn die Mutter unterstützt jetzt nicht mehr den zweiten Zwilling auf seinem beschwerlichen Weg. Das bedeutet, dass sich möglicherweise bereits die Plazenta ablöst, die noch für die Versorgung des zweiten Kindes zuständig ist. Das ist die Natur! Dadurch kann der zweite Zwilling in arge Not geraten. Nicht selten ist früher deshalb, aber auch aus anderen Gründen, das zweite Kind vor der Geburt oder währenddessen verstorben. Meistens ist auch ein Kind schwerer und ist deshalb in der Regel der Führende unter der Geburt.

Genauso war dies auch bei uns Zwillingen. Meine Schwester musste noch 20 Minuten länger im Mutterleib verweilen, und womöglich hatte sich da bereits ein Teil der uns versorgenden Placenta abgelöst. Auch muss es für uns beide ein Schock gewesen sein, plötzlich den anderen nicht mehr zu spüren und auch nicht mehr seinen Herzschlag zu hören.

Hunderte Jahre lang waren Hebammen hoch angesehene Frauen. Sie hatten enormes Wissen auf gynäkologischem Gebiet, Empfängnisverhütungen und

Abtreibungen. Die katholische Kirche betrachtete sie als Bedrohung, und so begann eine über 300-jährige Hexenverbrennung (1450-1750) in Deutschland, in Österreich bis 1680).

Es war ein rigoroser Angriff auf alle weisen Frauen und hatte verheerende Auswirkungen auf die Bevölkerung. Es genügte, eine andere Person einfach zu beschuldigen, und sie galt als Hexe. Grausame Rituale wurden angewendet, um diese Person dazu zu bringen, ein Geständnis abzulegen, denn sie wurden vieler böser Taten beschuldigt. Sehr häufig traf es ältere Frauen, die auch noch aufgrund schlechter Ernährung früh keine Zähne mehr hatten und durch Armut schlecht gekleidet waren. Die weisen Frauen von einst riskierten ihr Leben, wenn sie weiterhin versuchten, armen Menschen zur Seite zu stehen. Auch viele Hebammen fielen diesem Terror zum Opfer. Starb ein Kind unter einer Geburt, so war es ihre Schuld.

1846 demonstrierte der Zahnarzt William Green Morton in Boston vor Ärzten und Studenten die schmerzlindernde und einschläfernde Wirkung der Äthernarkose. Dies war die **Geburtsstunde der modernen Anästhesie**. Lachgas und Chloroform kamen später noch als Schmerzbetäubung hinzu. Königin Victoria von England soll zwei ihrer neun Kinder in der Mitte des 19. Jahrhunderts unter einer Chloroform-Narkose zur Welt gebracht haben.

Eine große Gefahr: Das Kindbettfieber

Im 18. Jahrhundert starb jede 6. Frau am Kindbettfieber. Warum, war nicht erforscht.

Dr. Ignaz Semmelweis (geb. 1818), ein ungarisch-österreichischer Chirurg und Geburtshelfer mit deutscher Abstammung, sah die Ursache in dem Mangel an Hygiene, die zu dieser Zeit noch überhaupt keine Rolle spielte. Er führte umfangreiche Untersuchungen durch, welche seine Theorie stützten, und hielt unbeirrt an seinem Ziel fest. Somit rettete er vielen Müttern und Säuglingen das Leben. Zuvor hatte er bei seiner Tätigkeit als Assistenzarzt in einer Wiener Klinik festgestellt, dass es in den beiden Abteilungen der Geburtshilfe deutliche Unterschiede im Auftreten von Kindbettfieber gab. Eine Abteilung wurde von Ärzten und Studenten betreut, während die andere den Nonnen unterstand. Da wurde ihm klar, dass Ärzte und Studenten selbst die Todesengel waren, da diese nach ihren Autopsien, direkt und ohne die Hände zu waschen, auf die Wochenstationen zu den Frauen gingen. Die Todesrate lag bei 30 % und höher. In der

Abteilung der pflegenden Nonnen gab es dagegen nur sehr wenige Sterbefälle.

Immer noch galt in diesen Jahren, wie schon erwähnt, Hygiene als **Zeitverschwendung.** Obwohl durch Dr. Semmelweis der Nachweis erbracht worden war, dass durch die von ihm angeordnete Sauberkeit weniger Frauen starben, verhöhnte ihn die Ärzteschaft weiter. Er hatte nämlich **1847** verfügt, dass Hebammen und dann auch Ärzte sich die Hände mit Chlorkalklösungen einreiben mussten. Die Haut allerdings litt sehr darunter. Aber es half.

47-jährig und sehr verbittert darüber, wie die Kollegen mit ihm umgegangen waren, starb er an einer Blutvergiftung. Er hatte sich in der Pathologie bei einer Sektion eine kleine Schnittverletzung zugezogen und starb an diesen **todbringenden Keimen,** die er so lange erforscht hatte. Doch selbst die Tragik dieser Geschichte führte bei seinen Gegnern noch lange nicht zum Umdenken, eher weiterhin zu Spott. Und so sollten noch sehr viele Jahre vergehen, sehr viele Frauen unnötig sterben, bis man seine lebensrettende Entdeckung anerkannte und ihn dafür ehrte. Ignaz Semmelweis nennt man zu Recht »den Retter der Frauen«.

1876 kommt ein italienischer Chirurg auf die Idee, die Gebärmutter während eines Kaiserschnittes mit herauszunehmen. Äthernarkosen sind inzwischen bekannt, helfen auch gegen die Schmerzen während der

Operation, aber in der Regel leiden die Frauen nachher alle an Übelkeit. Diese schmerzhafte Methode senkte die Sterblichkeit, die in erster Linie ja wegen der starken Blutung auftrat, auf immerhin 50 %. Natürlich war es dann mit der weiteren Vermehrung vorbei. Möglich ist auch, dass so manche Frau, wenn sie dies dann alles überlebt hatte, glücklich war, nicht mehr weitere Kinder gebären zu müssen. Die Infektionen waren trotz der bereits erwähnten Aspekte immer noch ein erhebliches Problem.

1881 reformierte ein Dr. Adolf Kehrer die Geburtshilfe dahingehend, dass er die Schnittführung am Bauch, welche zuvor längs durchgeführt wurde, nun quer ansetzte und die Gebärmutternaht doppelt vernähte. 1900 wurde diese Technik von Dr. Pfannenstil optimiert und wurde fast 100 Jahre als die beste Art des klassischen Kaiserschnittes bezeichnet. Weitere Entwicklungen wie Bluttransfusionen, Antibiotika und Einführung der Asepsis machten diese Operation sicherer. 1816 wurde das Herztonrohr erfunden, was es möglich machte, ab der 18. Schwangerschaftswoche die Herztöne des ungeborenen Kindes durch die Bauchdecke mit dem Ohr zu hören. Das musste auch erst einmal erlernt werden, denn leicht konnte man die Herztöne mit dem mütterlichen Puls verwechseln.

Gummihandschuhe – ein weiterer Segen im Kampf gegen die tödlichen Keime.

Das Jahr **1889**. In Europa und in Amerika lag die Sterberate in den Kliniken nach Operationen bei 50 % und führte dazu, dass die Bevölkerung es vermied, in solche Häuser einen Fuß zu setzen. Auch hier operierten Chirurgen weiterhin wie bereits **40** Jahre zuvor bei Dr. Semmelweis (dem Retter der Frauen), obwohl in Europa eine bahnbrechende Entdeckung über die tödlichen Keime gemacht wurde. Sie wurden von Krankenschwestern unterstützt, die auch keine Handschuhe trugen. Damit waren sie auf jeden Fall hochgradige Keimüberträger. Zwar wurden die Hände zuvor in eine antiseptische Lösung getaucht, was aber nicht viel half.

Bei einer Operationsschwester in einem namhaften Krankenhaus in Baltimore (USA), führte diese Wasch-Methode zu schlimmsten Hautentzündungen, sodass sie befürchten musste, ihre Tätigkeit aufgeben zu müssen. Der Arzt, mit dem sie seit Langem vertrauensvoll zusammengearbeitet hatte, zögerte, seine kompetenteste Krankenschwester gehen zu lassen. Außerdem empfanden die beiden so nach und nach eine gewisse Zuneigung füreinander. Er wandte sich in seiner Not an die Firma Goodyear in New York und bat, versuchsweise ein paar Gummihandschuhe für seine Operationsschwester herzustellen.

Diese ersten Gummihandschuhe wurden ein so großer Erfolg, dass das Krankenhaus daraufhin eine größere Anzahl davon erwarb. Zunächst trugen sie nur die Operationsschwestern und die Krankenschwestern, dann auch die Chirurgen. Und siehe da, was passierte? Ein Wunder glaubten sie zunächst, denn es kam zu einer enormen Senkung von Infektionen und Todesfällen. Eine bedeutende Liebesbeziehung zwischen dem Chirurgen und seiner Assistentin hat dazu geführt, dass zahlreiche Menschen durch die Verwendung von medizinischen Handschuhen gerettet wurden. Sie heirateten sogar, was früher in diesen Kreisen sehr ungewöhnlich war, und lebten noch 32 Jahre glücklich zusammen. So wurde eine Liebe zum Segen für die Menschheit. Heute können wir uns ein Leben ohne schützende klinische Handschuhe nicht mehr vorstellen.

Die glückliche, zunächst berufliche, dann auch private Verbindung dieser zwei Menschen hat einen großen Segen über die Menschheit gebracht.

Dr. Halsted und seine OP-Schwester Caroline (Wikipedia)

Um 1900 lag die Sterberate auch in Europa bei weiterhin 30 % und höher. Mangelnde Hygiene herrschte erstaunlicherweise besonders in den Spitälern. Der Grund war: Es gab dort weder kaltes noch heißes Wasser und oft auch keine Möglichkeit der Stuhlgangentleerung. Es betraf nicht nur die Geburtshilfe. Deshalb blieben viele Frauen lieber mit ihrer Hebamme zu Hause. Die Schmerzbekämpfung unter der Geburt sowie bei Operationen war allerdings immer noch sehr unzulänglich.

Heute ist alles sehr viel einfacher. Es gibt verschiedene Möglichkeiten der Hilfe während einer Geburt. Das heißt nicht, dass es ganz ohne Schmerzen geht. Wichtig sind Gespräche und Geburtsvorbereitungskurse, die Wochen vor dem errechneten Termin in der Regel von Hebammen durchgeführt werden und die die Schwangeren gut auf diesen großen Tag vorbereiten sollen.

Man sollte nicht sofort einen Kaiserschnitt in Erwägung ziehen, da eine natürliche Geburt, wie sie biologisch vorgesehen ist, zahlreiche Vorteile für das Neugeborene sowie für die Mutter hat, insbesondere in Bezug auf die Gesundheit und Entwicklung des Babys. Spontangeborene und gestillte Babys sind robuster und deshalb weniger anfällig für Kinderkrankheiten. Sie entwickeln sich in den ersten Monaten meist besser und sind weniger häufig krank. Auch erwerben sie sich beim normalen Geburtsaustritt bestimmte Keime, die für eine gesunde Darmflora sehr wichtig sind und über die Abwehr von Krankheiten entscheiden. Einem Kaiserschnittkind fehlt anfangs diese so wichtige Abwehr und muss mit Hilfe von Probiotika aufgebaut werden. Zudem darf man auch nicht vergessen, dass ein Kaiserschnitt eine große Operation, verbunden mit Schmerzen, ist. Nicht selten erleiden einige Gebärende aufgrund der Operation gesundheitliche Schäden. Auch ist das Risiko hier dreimal höher als bei einer normalen Geburt.

Der 5. November 1946 ist eine kalte, feuchte Dezembernacht. Eine junge Frau schleicht gegen Morgen aus dem alten, ungemütlichen Backsteinkrankenhaus in einer Kleinstadt in Hessen. Sie schaut sich mehrfach um, da sie befürchtet, dass irgendjemand sie sieht und sie überredet, doch in diesem Haus zu bleiben. Ihr Bauch ist außergewöhnlich groß, denn sie erwartet Zwillinge. Die Ärzte dieses Hauses hatten sie zuvor mehrfach verbal gedrängt, einen Kaiserschnitt durchführen zu lassen, da sich die zwei Babys in einer umgekehrten Position im Mutterleib entwickelt haben. Das bedeutet, beide Köpfchen zeigen nach oben. Selbst die vier Beinchen sind nicht wie meist angewinkelt, sondern zeigen leicht ausgestreckt mit den Füßchen nach unten. Es sieht aus, als wenn sie auf dem Boden der Gebärmutter tanzen, denn sie haben genug Fruchtwasser unter sich. Noch sind es vier bis sechs Wochen bis zu dem errechneten Geburtstermin. Sicher, Zwillinge kommen durchaus zwei bis vier Wochen früher zur Welt, sind aber aufgrund ihrer besonderen Stress-Situation auch früher reif als Einlinge. Dies ist eine natürliche Anpassung an die Natur.

Die junge Mutter, 25 Jahre alt, hat bereits eine dreieinhalbjährige und eine zweijährige Tochter, und beide Mädchen hat sie normal zur Welt gebracht. Und nun glaubt sie auch noch fest daran, dass diese Zwillinge Söhne sind, die es auf jeden Fall ebenso schaffen wie die Schwestern vor ihnen, normal geboren zu werden.

Sie hat große Angst vor einem Kaiserschnitt, der zu dieser Zeit nicht ungefährlich ist, und so hat sie beschlossen, das städtische Krankenhaus heimlich zu verlassen und ein christliches Hospital aufzusuchen. Sie erhofft sich hier mehr Verständnis für ihre prekäre Situation, da mit Gottes Segen bestimmt vieles besser läuft.

Der kleine, braune Koffer, mit ein paar Habseligkeiten bepackt, fühlt sich an diesem frühen Morgen an, als sei Blei darin enthalten. Sie schaut sich mehrmals ängstlich um, ob sie nicht doch jemand beobachtet hat und dem Pförtner meldet, dass eine hochschwangere Frau bei Nacht und Nebel das Krankenhaus verlässt. Eine Ratte huscht an ihr vorbei und sie kann ihren Aufschrei nur dadurch verhindern, dass sie schnell eine Hand vor den Mund presst. Was sie allerdings nun spürt, sind erste leichte Senkwehen.

»Oh Gott«, denkt sie, »bitte nicht, es ist doch noch zu früh. Wartet noch zwei Wochen.«

Sie beschleunigt ihre Schritte, soweit es ihr Zustand erlaubt. Bisher ist sie auch noch keinem anderen Menschen begegnet. Es ist noch sehr früh, circa 6:00 Uhr morgens. Endlich kann sie in der Ferne das Krankenhaus erkennen, welches ihr Ziel ist. Sie ist durchgefroren und kann sich vor Erschöpfung kaum noch auf den Beinen halten.

Sie klingelt an der Pforte und eine freundliche Ordensschwester öffnet das kleine Fenster. Diese ist sehr erschrocken, als sie die junge Frau erblickt. Sie erkennt schnell ihren Zustand und bittet sie herein. Sie führt sie in ein Zimmer, bettet sie auf eine Liege und hüllt sie erst einmal in mehrere Decken ein. Dann erst will sie wissen, wie weit die Schwangerschaft fortgeschritten ist. Sie erfährt, dass es sich hier um Zwillinge handelt und es auch noch zu früh ist, dass die beiden Kinder jetzt schon geboren werden. Die Frau erzählt auch von ihren ersten beiden Töchtern und ist jetzt voller Erwartung auf ihre zwei Söhne. Die Nonne erwidert darauf nichts. Sie benachrichtigt nun den diensthabenden Arzt. Auch ist es ihr nicht entgangen, dass die junge Mutter bereits leichte Wehen hat.

Als der Arzt erscheint, berichtet sie ihm in kurzen Worten, dass die junge Frau auch ein Röntgenbild mitgebracht hat. Er ist überrascht, warum man dieses vier Wochen zuvor erstellt hat. Er ist auch deshalb überrascht, weil es sich hier schließlich um Röntgenstrahlen handelt, die nicht gerade ungefährlich für so kleine Frühgeborene sein können.

»Man wollte wissen, in welcher Position die Kinder wirklich liegen. Der Verdacht, dass es Beckenendlagen sind, wurde damit bestätigt« ist die Antwort der werdenden Mutter.

Der Gynäkologe schaut sich nun das Röntgenbild an. Ganz deutlich sind die zwei kleinen Körper, Bauch an Bauch, beide Köpfchen oben zu sehen, wobei einer der Säuglinge etwas tiefer steht. Es sieht aus, als kuscheln sie miteinander. Heute weiß man, dass sie dies bereits im zarten Entwicklungsalter von nur zwölf Wochen tun.

Durch professionelles, manuelles Abtasten des Bauches mit seinen Händen bestätigt er die Lage der Kinder. Als geübter Geburtshelfer ist dies kein Problem für ihn. Eine vaginale Untersuchung ergibt, dass sich die Babys bereits auf dem Weg ins Leben gemacht haben. Der vorgeschlagene Kaiserschnitt wird von ihr erneut abgelehnt. Sie sagt:

»Meine ersten zwei Kinder sind bereits normal zur Welt gekommen, dann können es die beiden Jungs auch schaffen.«

Der Arzt und die Schwester schauen sich kurz an und schweigen wieder zu dieser Aussage. Ja, sie ist fest davon überzeugt, nun die ersehnten Söhne zu bekommen. Ein weiterer Versuch des Geburtshelfers, ihr noch einmal klarzumachen, welches Risiko sie mit ihrer Entscheidung in erster Linie für die Zwillinge eingeht, ändert nichts an ihrer Meinung.

»Gut, junge Frau, ich kann Sie nicht zwingen, die Babys durch einen Kaiserschnitt zur Welt zu bringen. Allerdings wird die normale Geburt unter Umständen noch Tage dauern können. Sie sind allein gekommen. Wo ist Ihr Mann?«

»Leider befindet er sich im Moment in einem Sanatorium, da er an Tuberkulose erkrankt ist. Ich muss also allein die Entscheidung für die beiden Kinder tragen.«

Die Bedenken bezüglich eines Kaiserschnittes im Jahr 1946 sind auch keineswegs unbegründet. Erstens ist es Nachkriegszeit, und das inzwischen hergestellte Penicillin gegen Infektionen, die nicht selten auftreten, ist der Besatzungsmacht, den Amerikanern, für ihre verwundeten Soldaten vorbehalten. Für uns Zwillinge aber besteht auch die Gefahr, dass wir im Becken stecken bleiben und dadurch zu Tode kommen oder behindert sein könnten, nämlich aufgrund von Sauerstoffmangel. Ich, die ich eine der Zwillinge von einst bin, kann die Angst unserer Mutter gut verstehen. Schließlich warten noch unsere zwei kleinen Schwestern auf die Rückkehr der Mutter.

Die hilfsbereite Nonne begleitet die erschöpfte junge Mutter in ein gepflegtes Einzelzimmer.

»Ich werde Ihnen jetzt erst einmal etwas zum Essen besorgen. Sie müssen sehr hungrig sein. Ruhen Sie sich aus, denn wir wissen nicht, wann die Babys zur Welt kommen.«

Und dann dauert diese Quälerei tatsächlich auch ganze fünf Tage. Warum? Weil sie Angst vor dem Kaiserschnitt hat. Ich denke, dies ist verständlich. Die Schwangeren verfügten damals nicht über das gleiche Wissen wie wir heutzutage, konnten jedoch beobachten, wenn schwangere Frauen, die ihnen bekannt waren, nicht mehr auftauchten. Also nahm die Zwillingsmutter den ihr bekannten schmerzhaften Kampf auf! Der erneute Versuch des Arztes, sie doch noch zu einem Kaiserschnitt zu bewegen, scheitert. Sie fürchtet sich davor zu sterben und hat Angst, dass ihre vier kleinen Kinder ohne ihre Mutter aufwachsen müssten. Sterben die Zwillinge, ist der Verlust halbiert. Das klingt brutal, aber es ist ein klares Kalkül. Warum ist diese Geburt für die zwei Kleinen so gefährlich? Die Antwort ist einfach zu erklären: Sie liegen beide mit den Köpfen nach oben. Würde wenigstens ein Kind in der gewünschten Schädellage, nämlich mit dem Kopf nach unten, liegen, würde es als das Führende die Arbeit übernehmen und genug Druck mit seinem Schädel auf den Muttermund ausüben, damit dieser sich öffnet. Das können die kleinen Füßchen der Zwillinge bzw. des ersten Kindes nur bedingt erfüllen.

Aber auch diese eben erwähnte Geburtslage ist kein Garant dafür, dass der zweite Zwilling seine Geburt übersteht. Deshalb braucht es auch oft sehr lange, bis diese Gemeinschaftsarbeit geschafft ist. Das obere Kind kann eigentlich nur abwarten. Es kann nicht helfen. Es ist auch viel zu eng, um diese Arbeit zu zweit machen zu können, denn sie sind gefangen wie in einem Tunnel. Eine weitere Gefahr kann sein, dass der Kopf eines dieser Kinder im Becken stecken bleibt, weil die anatomischen Gegebenheiten sich verändert haben. Ist das Kind klein, so steigen die Chancen, mit Hilfe eines erfahrenen Geburtshelfers diese Art der Geburt zu überleben. Es ist nicht eine falsche Lage des Kindes, sondern eine andere. Die normale Geburt öffnet das Tor ins Leben, ob mit dem Kopf nach unten, wie es üblich ist, oder umgekehrt, wenn auch verbunden mit einem erheblich höherem Risiko.

Dann ist es endlich geschafft. Der erste Zwilling ist draußen und es ist erst einmal ein Schock, denn es ist nicht der ersehnte Sohn, sondern wieder ein Mädchen. Nun hofft die junge Mutter, dass wenigstens das zweite Kind ein Junge ist. Aber zunächst dauert es noch weitere 20 quälende Minuten für die Gebärende und auch für das Baby, bis es für sie zur Gewissheit wird, dass sich ihr Wunsch nicht erfüllt hat. Es ist noch ein Mädchen. Aufgrund der einen großen Placenta mit zwei Nabelschnüren ist klar, dass es sich hier um eineiige Zwillinge handelt.

Diese Geburt war für alle drei sehr anstrengend. Man könnte es mit einem mehrfachen Marathonlauf vergleichen. Fünf Tage und Nächte haben sie zusammen gekämpft und das Ergebnis ist leider enttäuschend: zwei Mädchen. Die junge Mutter ist sichtlich schockiert und bitter enttäuscht. Der werdende Vater war auch nicht anwesend, da er sich behandeln lässt. Er bekommt jedoch die Mitteilung, dass die Zwillinge in Kürze zur Welt kommen werden und erhält deshalb die Erlaubnis, das Sanatorium für einen Tag zu verlassen. Er gilt als nicht mehr ansteckend. Als er im Krankenhaus ankommt, sind die Babys bereits da. Er hatte zuvor einen großen Blumenstrauß gekauft, lässt diesen aber vor Schreck bei der Nachricht fallen, dass es wieder Mädchen sind, und eilt erst einmal nach draußen. Er braucht frische Luft. Er erholt sich dann doch recht schnell von seinem Schock und kehrt nach 10 Minuten zurück und betrachtet die beiden kleinen Geschöpfe mit großem Interesse. 2400 g und 2000 g so viel hat seine erste Tochter bei ihrer Geburt gewogen. Bei näherer Betrachtung aber tun wir ihm leid. Das erweist sich als positiv für unsere Situation.

In der heutigen Zeit ist dieses niedrige Gewicht nicht mehr so bedenklich, wenn die Kinder selbstständig atmen und keine weiteren Auffälligkeiten aufweisen. Aber dem ist hier leider nicht so. Das zweite Mädchen, das erst 20 Minuten später zur Welt kommt, hat große Probleme mit der Atmung und hat auch zu viel Fruchtwasser geschluckt. Die Hebamme dreht die Kleine herum und klopft ihr auf den Rücken. Sie würgt einiges an Wasser heraus. Sie ist blau angelaufen und wird sofort mit Sauerstoff mittels einer Gesichtsmaske, die über Mund und Nase gestülpt wird, versorgt. Mehrere warme Decken erwecken langsam ihre Lebensgeister. Ein Neugeborenes ist nach dem „Schlüpfen" noch nicht in der Lage, seine eigene Körpertemperatur zu halten, die es zunächst aus dem Mutterleib kennt. Das sind 37 Grad. Diese Temperatur kann es erst nach vier Wochen selbst erreichen, sonst stirbt es an Unterkühlung.

Ganz langsam erholt sich die Kleine. Sie leidet noch viele Jahre unter ihrer Frühgeburt. Die 400 g schwerere Schwester aber hat keine Probleme. Hier sieht man wieder einmal deutlich, wie wichtig jedes Gramm Gewicht für ein kleines Baby ist.

Nachdem sich das zweite Zwillingsmädchen erholt hat, wird es auch erst einmal gewogen, gemessen und angezogen. Die Hebamme legt uns kleine Mädchen danach zusammen in eines der Kinderbetten. Dies ist von großer Bedeutung, da wir Säuglinge bereits eine kritisch lange Zeit voneinander getrennt waren. 34 Wochen lang waren wir eng aneinandergeschmiegt. Die Kleinere erholt sich langsam, und um eine Auskühlung der dünnen Körper zu verhindern, schiebt die Hebamme eine Wärmflasche zwischen uns beide, um dann Folgendes zu verkünden:

»Die leben keine zehn Tage!«

Sehr aufmunternde Worte für eine gerade entbundene Frau, die zwar unbedingt Söhne wollte, aber auf der anderen Seite viele Tage gekämpft hat, um diese Kinder zur Welt zu bringen. Die Hebamme hat natürlich bemerkt, dass die frischgebackenen Eltern geschockt sind über das Geschlecht der beiden. Sollte dieser unschöne Satz vielleicht ein kleiner Hinweis darauf sein, dass Frühgeborene nicht selten sterben? Dann könnte möglicherweise ein weiterer Versuch dazu führen, den gewünschten Stammhalter zu bekommen. Es ist ebenfalls auffällig, dass sie nicht danach fragt, wie wir genannt werden sollen. Sie rechnet offensichtlich mit unserem Ableben. Aber diesen Gefallen tun wir ihr nicht. Wir kämpfen und schaffen es auch.

Wir Zwillinge bekommen unsere Namen: Susanne und Karen.

Unsere Mutter kann ihre Enttäuschung über unser Geschlecht sehr lange nicht verbergen. Vielleicht sogar nie. Sie gehört zu der Generation Frauen, für die Söhne alles sind, und wenn es wenigstens einer ist. Unser Vater hat sich dazu nie geäußert. Bei ihm hatte ich immer das Gefühl, dass er uns liebt. Die ersten beiden Mädchen, die vor uns geboren wurden, sind eindeutig ihre Favoritinnen. Mit diesen beiden, einem Säugling von drei Monaten und einer knapp Zweijährigen, hat die junge Frau 1945 einen Bombenangriff mit anschließender Flucht erlebt. Ich denke, dass daher ihre sehr starke Verbindung zu unseren Geschwistern herrührt.

Wir sind also eineiige Zwillinge, die eine gemeinsame Placenta und übrigens auch eine gemeinsame Fruchtblase hatten. Das bedeutet aber nicht, dass der Mutterkuchen genau zur Hälfte geteilt wird. So ist das auch bei uns. Die Enden der Nabelschnüre zeigen auf, dass es hier keineswegs gerecht zuging. Karen hatte auf jeden Fall den kleineren Anteil von der Placenta erhalten, und zu erkennen ist dies auch an dem nicht gerade kleinen Gewichtsunterschied von 400 Gramm. Habe ich Karen, meiner Schwester, etwa das Essen geklaut, wie mir meine Mutter später, wenn sie wütend auf mich war, an den Kopf warf? Und das war sie öfters, nämlich dann, wenn ihr alles wieder einmal zu viel wurde. Als kleines Kind habe ich diese Bemerkung von ihr noch nicht verstanden. Später aber schon, und das tat weh. Niemals hätte ich meiner Schwester, die ich über alles liebe, etwas weggenommen.

Heute kann bereits durch eine frühzeitige Ultraschalluntersuchung (gibt es seit den 60er Jahren) festgestellt werden, ob es sich um Mehrlinge handelt und wie diese sich entwickeln. Auch die Geschlechter sind bereits ab der 12. Woche erkennbar, dürfen aber erst nach der 14. Schwangerschaftswoche bekanntgegeben werden, da es früher z.B. aufgrund der Nabelschnur zu Verwechselungen mit dem Penis kam. (Ob das der wirkliche Grund für diese Festlegung ist? Ich hege Zweifel bezüglich dieser Aussage. Sind die ersten drei Monate erst einmal vorbei, ist es nämlich verboten, eine Abtreibung aufgrund des Geschlechtes vorzunehmen. In manchen Kulturen wird die Bedeutung eines Mädchens immer noch nicht so hochgeschätzt wie die eines Jungen. Das betrifft besonders Familien, die in einem Staat leben, wo eine Ein-Kind-Politik, wie einst in China, betrieben wird. Die Folgen sind dort dramatisch. Die weiblichen Embryonen wurden abgetrieben. Und nun gibt es dort zu wenige Frauen auf dem Heiratsmarkt und zu wenig weiblichen Nachwuchs. Und für die Pflege der alternden Eltern fehlt nun die Tochter. Der berühmte Stammhalter muss studieren, er soll ein hohes Einkommen erzielen und verlässt in der Regel das Haus.) Gibt es einen auffälligen Befund bezüglich einer Schwangerschaft, so sind in bestimmten Fällen Schwangerschaftsabbrüche auch noch nach drei Monaten erlaubt.

Wir Zwillinge, Susanne und Karen, sind einfach nur klein, denn uns fehlen ungefähr sechs Wochen Wachstum. Das bedeutet für unsere Mutter sehr viel Arbeit, zumal wir nur gestillt werden. Dies ist für Frühgeburten besonders wichtig. Es sichert auf jeden Fall unsere Überlebenschancen. Nicht selten haben Frauen, die sehr viel Muttermilch hatten, den Überschuss abgegeben oder haben direkt ein zweites anderes Kind mit gestillt. Allerdings ist es 1946 auch sehr schwer, Babynahrung zu bekommen, und diese ist auch sehr teuer.

Unser Vater muss noch für ein paar Wochen zur Kontrolle zurück in das Sanatorium, bis man wirklich sicher ist, dass er geheilt ist. Unsere Mutter stillt uns kleine Mädchen, knapp sieben Monate lang, danach bricht sie vor Erschöpfung zusammen. Es war einfach alles zu viel. Vier kleine Kinder in knapp drei Jahren, zwischen einem verheerenden zweiten Weltkrieg und einer schwierigen Nachkriegszeit zu versorgen, und das meist allein, ist kaum zu bewältigen. Sie braucht dringend Erholung. Sie kommt in ein Versorgungsheim, und wir Zwillinge werden von fremden Menschen betreut. Die beiden älteren Schwestern können bei Verwandten unterkommen. Auch unser Vater kommt alsbald zurück und kann die Familie bei der Versorgung der älteren Geschwister unterstützen. Er ist wieder als Beamter bei der Post tätig, wie bereits vor dem Krieg. Das sichert unserer Familie ein gutes Einkommen. Gott sei Dank erhält er in Fulda eine Dreizimmerwohnung, allerdings im vierten Stock eines Altbaus. Zuvor lebten wir in einer Turnhalle, in einer Kleinstadt in der Nähe von Fulda. Es war ein zugiger großer Raum, der kaum beheizbar war. Kinderkleidung in dieser Zeit ist schwer zu bekommen und dieser Umstand schadet besonders der kleinen Karen. Sie quält sich verstärkt mit Erkältungen herum und gedeiht auch nicht so richtig. Und ich, ich bin mopsfidel. Das nimmt man mir auch bald übel. Ist das gerecht?

Für unsere Mutter ist dieser vierte Stock eine Qual. Sie muss die Zwillinge tragen und die zwei älteren Geschwister hängen an ihrem Rockzipfel. So kann sie einmal einen Sturz auf der Treppe nicht verhindern. Es gelingt ihr gerade noch, das Treppengeländer zu ergreifen, aber die kleine Karen, ungefähr zwei Jahre alt, rutscht ihr aus dem Arm. Nun ist eines ihrer Beinchen gebrochen. Schon wieder hat es sie getroffen. Warum nicht mich?

In diesem großen Haus befindet sich im Erdgeschoss ein Friseur. Er ist stadtbekannt, denn man sieht es öfter an den frisch frisierten Mannequins, wenn diese seinen Laden verlassen. Die anderen Parteien, unter anderem ein Professor, sind auch nicht glücklich über uns. Seine Frau wird mit Frau Professor angeredet, das bedeutet, sie definiert sich über ihren Mann. Aber das war früher so üblich. Dieser Hochmut existiert schon lange nicht mehr.

Dann taucht hier eine Familie mit vier kleinen Kindern auf! Und das in der schweren Nachkriegszeit! Sind so viele Kinder nicht „asozial"? Sie können aber nicht wissen, dass wir auf keinen Fall geplant waren. Fakt jedoch ist: Sie wollen uns nicht! Sie haben Schwierigkeiten mit dem Zwillingswagen, obwohl dieser für den geräumigen Hausflur unproblematisch sein sollte. Und diese Personen werfen tatsächlich auch noch ihren Abfall hinein. Der letzte Weltkrieg liegt erst zwei Jahre zurück, doch diese „vornehmen" Menschen haben offensichtlich keine Lehren daraus gezogen, insbesondere im Hinblick auf das Zusammenleben und die gegenseitige Unterstützung. Offensichtlich hatten sie keine Probleme, diese schreckliche Zeit zu überleben. Nur die Tatsache, dass mein Vater ein Staatsdiener ist, in diesen Zeiten sehr wichtig, führt dazu, dass man uns dann doch mehr oder weniger in Ruhe lässt. Aber der Zwillingswagen wird um des lieben Friedens willen weggegeben. Auch werden wir Kinder täglich ermahnt, uns leise zu verhalten, damit keine Klagen kommen. Die Furcht vor dem Verlust der Wohnung ist zu groß.

Sagen Sie mal ständig vier kleinen Kindern: »Bewegt euch nicht so viel, trampelt mit euren Füßen nicht laut auf den Boden, geht auf Zehenspitzen, schreit nicht herum, streitet nicht.« Immer wieder diese ermüdenden Ermahnungen, die natürlich auch nicht die Laune einer jungen Mutter verbessern.

Wir vier Mädels teilen uns ein gemeinsames Zimmer. Es stehen ein Etagenbett und zwei Klappbetten zur Verfügung. Das schafft Platz für einen Tisch mit

Stühlen. Wir vertragen uns ganz gut. Die zwei Großen, sie sind ja nur 1½ Jahre auseinander, hängen aber auch zusammen wie wir Zwillinge. Sie interessieren sich auch nicht besonders für uns. Sie machen einfach „»ihr Ding« und wir, die Kleinen, hängen aneinander wie die Kletten und machen »unser Ding«. Es sind zwei verschiedene Lager in einem Raum.

Noch registrieren wir nicht, was es bedeutet, ständig im Mittelpunkt zu stehen. Egal, wo wir hinkommen, wir fallen auf.

»Ach, sind die Mädchen süß. Da sieht eine wie die andere aus. Die eine ist aber ein bisschen schmaler im Gesicht. Doch gleich groß sind sie. Kann man die beiden denn überhaupt auseinanderhalten?«

Immer dieselben Fragen. Ist es Bewunderung oder Bedauern? Wahrscheinlich beides. Da wir auch noch gleich angezogen sind, fallen wir noch mehr auf.

Eigentlich könnte unsere Mutter mit einer Schwägerin in Kontakt treten, jedoch handelt es sich um eine Schwester unseres Vaters. Aber so kurz nach dem Krieg wollen viele Familien nicht unbedingt engen Kontakt mit den „armen Verwandten" aufnehmen. Immerhin sind wir bei einem Besuch auch dann gleich sechs Personen. Und davon auch noch vier Kinder.

Allerdings sind wir Zwillinge immer wieder faszinierend und werden es auch bleiben. Möglich, dass dies eine positive Seite an unserem Zwillingsdasein ist und somit ein kleines Plus für unsere Existenz darstellt. Natürlich ist die Familie in diesem Moment sehr stolz auf uns und unsere Mutter vergisst auch mal die viele Arbeit, die wir zwangsläufig mit uns bringen, da unsere Entwicklungen in der Regel parallel verlaufen. Schreit eine, schreit die andere nicht selten mit. Wenn eine von beiden eine Grippe hat, dauert es nicht lange, bis die andere auch infiziert ist. Zähne kommen auch meist noch zur gleichen Zeit. Das kostet Nerven.

Im Alter von einem Jahr erhalten wir Zwillinge jeweils ein individuelles rosa Gitterbett. Zuvor schliefen wir zusammen auf einer großen Matratze, eng aneinandergekuschelt, wie einst im Mutterleib.

Jetzt haben sie uns einfach getrennt. Das ist keine gute Idee. Es kommt einer Amputation gleich. Haben sie denn nicht nachgedacht, was sie uns damit antun? Doch, das haben sie. Sie glauben, dass wir uns zu stark aneinander binden. Dann dürfte man uns aber auch nicht, wie üblich, die gleichen Kleider anziehen, denn dadurch fallen wir ja noch mehr auf. Aber wir kleinen Mädchen finden aus dem Dilemma für uns eine Lösung. Jede von uns streckt ein kleines Händchen zwischen den Gitterstäben hindurch und ergreift die Hand der Schwester. Wir halten uns ganz fest, die ganze Nacht hindurch. Morgens sind unsere dünnen Ärmchen kalt und blau, aber wir haben es geschafft, uns nicht loszulassen. Wir verhalten uns so, wie wir es im Mutterleib getan haben. Wir schmiegen uns eng aneinander. Es ist heute bekannt, dass Embryos sich bereits in der 12. Woche aneinanderkuscheln. Vielleicht auch schon viel früher?

Was weiß man denn überhaupt über diese Zeit? Ungefähr jede 10. Schwangerschaft beginnt als eine Mehrlingsschwangerschaft. Das weiß man heute und das ist nicht wenig. Aber die meisten Embryos sterben innerhalb der ersten Wochen ab. Aber für den weiterlebenden Embryo ist dies bereits ein großer Verlust und spielt womöglich für seine Psyche in seinem weiteren Leben eine entscheidende Rolle. Die ersten Ultraschallgeräte konnten so frühe Schwangerschaften nicht erkennen. Was sah man denn auf dem Bildschirm? Zunächst für uns Laien nur „Schneegestöber". Das änderte sich dann auch bald.

Zurück zu uns Zwillingen und wie es mit den getrennten Betten weitergeht.

Die Eltern machen sich nun doch Sorgen um unsere bläulichen Ärmchen und haben ein schlechtes Gewissen. Sie schieben unsere Betten wieder zusammen. Ein unbewusster kurzer Sieg von uns Zwillingen. Sie meinen es gut, da sie eigentlich nur verhindern wollen, dass wir eine zu enge Verbundenheit entwickeln. Nach reiflicher Überlegung der Eltern werden die Betten jetzt erneut auseinandergeschoben, und zwar noch weiter als zuvor.

Viel Freude aber bereiteten wir der Familie, wenn sie uns Zwillinge zusammen in eines der Betten, eine oben und eine nach unten setzen, und dann darauf warteten, dass wir anfingen zu lachen, wenn wir uns anschauten. Ja, und dann ging es los. Minutenlang lachten und lachten wir und der Rest der Familie lachte mit. Warum? Was ging in unseren kleinen Köpfchen vor? Was haben wir denn gesehen? Wir sahen doch gleich aus. Ich denke, wir lachten einfach miteinander.

Warum zieht man Zwillinge eigentlich gleich an?

Angeblich, weil man früher dachte: Wenn die neuen Sachen einem Kind passen, dann kann man sich das weitere Anprobieren ersparen und damit auch Zeit und Geld. Keine unterschiedlichen Preise und vor allem entsteht kein Streit, welches von den Kleidern schöner ist. Viele Eltern empfinden es jedoch als positiv, sich gemeinsam mit ihren Kindern von anderen abzuheben. Unsere Eltern aber machen es, weil es so üblich ist. Für sie wäre es zum Beispiel viel einfacher gewesen, die Kleider der älteren Schwestern zu nutzen. Es stand also ausreichend Kleidung auch für uns Zwillinge zur Verfügung.

»Schaut mal die Zwillinge, sind sie nicht niedlich? Und wie ähnlich sie sich sind. Kann man sie denn auseinanderhalten?«

Selten wird nach dem Namen gefragt. Wir sind einfach die Zwillinge.

Hin und wieder gibt es aber auch Eltern, die sich diesem Trend nicht unterwerfen, ihre Zwillinge gleich anziehen zu »müssen.« Schließlich ist auch jedes Kind ein eigenes Individuum, was sie gut erkannt haben.

Es gibt in unserem »freundlichen« Haus einen düsteren, feuchten Hinterhof, der aber nicht von uns Kindern benutzt werden darf, weil wir die Kundschaft des Friseurladens stören könnten.

Leider tritt die Tuberkulose erneut bei unserem Vater auf. Er muss wieder in ein Sanatorium. Und so dauert es eine ganze Weile, bis er zurückkommt. Allerdings hat er zuvor die kleine Karen angesteckt, obwohl wir alle geimpft sind. Aber sie darf zu Hause bleiben, muss aber viele ärztliche Untersuchungen über sich ergehen lassen. Ich sitze oft bei ihr auf der Couch, und wir spielen. Wie das bei Kindern im Alter von zwei Jahren sein kann, fällt eine mal herunter. Leider bin ich es nicht. Es hat Karen getroffen und nun ist ihr Schlüsselbein gebrochen. So ist unsere Mutter sehr böse auf mich und beschimpft mich. Wieder einmal, wie so oft.

Wir haben zwar jeder einen eigenen Namen, aber werden mehr oder weniger einfach nur »Zwillinge« gerufen. Zwillinge sollten immer mit ihrem eigenen Namen angesprochen werden und nicht einfach mit »die zwei« oder „Zwillinge" gerufen werden. Oder wie es unsere Geschwister taten, uns mit einem zusätzlichen Namen »Zwinkus« zu beglücken. Auch eineiige Zwillinge haben unterschiedliche Neigungen und Talente, und die gilt es zu fördern. Auch diese ständigen Vergleiche sollten unterlassen werden, denn sie fördern kein Selbstbewusstsein. Man darf nicht vergessen: Wir

Zwillinge sind getrennte Individuen. Trotz unserer Gemeinsamkeiten bleiben wir weiterhin individuelle Personen.

Wenn etwas kaputtging, wurde nicht beachtet, wer von uns vieren verantwortlich war. Es waren immer die Zwillinge, insbesondere ich, Susanne, die als die Stärkere gilt. Sie dominiert auch ihre Schwester, ist die einhellige Meinung. So werde ich früh zum „Enfant terrible" abgestempelt. Das ist nicht fair.

Dann kommen wir mit drei Jahren in den Kindergarten. Geführt von strengen Nonnen. Ihre anfängliche Begeisterung legt sich schnell. Ich glaube, sie mögen uns nicht, denn sie haben ständig etwas an uns beiden auszusetzen. Womöglich stört es sie, dass wir bei den anderen Kindern immer im Mittelpunkt stehen und nicht sie selbst. Die meisten Kinder aber haben eher Angst vor ihnen. Außerdem sind diese Klosterfrauen immer schwarz gekleidet, bis auf die weißen Hauben, die sie nicht ganz so streng aussehen lassen. Sie huschen durch unsere Spielreihen und werfen mit ihren wedelnden Gewändern so manch mühsam erbauten Turm um. Ja, sie stören uns eigentlich nur. Ständig haben sie Ermahnungen parat und mischen sich viel zu oft in unsere Spiele ein. Kinder verfügen über eigenständige Fantasien, die deutlich von der Lebenswelt der Erwachsenen abweichen. Es scheint die Nonnen offensichtlich zu stören, dass nahezu jeder mit uns spielen will.

Inzwischen haben wir auch registriert, dass wir anders sind als die anderen Kinder. Aber wie anders? Hat eine von uns beiden ein Problem, erscheint sofort die andere Hälfte, um eventuell zu helfen und zu trösten. Was kann denn daran störend sein?

Karen hatte sich bei unserer schwierigen Geburt einen leichten Geburtsschaden zugezogen, und zwar war ein Lippennerv eingeklemmt worden. Das fällt nur auf, wenn sie lacht. Ich selbst habe das nie bemerkt, da es ja von Anfang an zu ihr gehörte. Wenn sie also lacht, wird ihr Mund leicht schief, und zwar nach links unten gezogen. Bei uns zu Hause ist dies nie ein Thema. Aber es wird dann doch eins für meine Schwester, da Kinder generell gute Beobachter sind und sie darauf ansprachen. Ihre Reaktion ist nun, sich ganz schnell die Hand vor den Mund zu halten, wenn sie lachen muss. Und sie lacht viel und gerne. Nun werde ich von den anderen Kindern eine ganze Weile beobachtet, da Zwillinge doch eigentlich alles gemeinsam haben. Nach einiger Zeit geben sie auf. Die Sache ist für sie geklärt. Susanne hat es nicht.

Viel schlimmer war jedoch, dass Karen im Kindergarten, als es ihr einmal sehr schlecht ging und sie das Mittagessen erbrach, gezwungen wurde, das Erbrochene erneut zu essen. Ich glaube nicht, dass wir dies zu Hause erzählt haben, weil wir wussten, dass man es uns sowieso nicht geglaubt hätte. Schließlich sind Nonnen Dienerinnen, die von Gott auserwählt wurden, und ihre Einflussmöglichkeiten sollten nicht unterschätzt werden. Sie konnten Kindern das Leben schon zur Hölle machen und sie durften uns auch schlagen. Aber das taten sie nie.

Allerdings werden wir Zwillinge, als wir älter werden, zu Hause verdroschen. Unsere Mutter ist da nicht sehr zimperlich. Sie bevorzugt einen Teppichklopfer oder einen Holzkochlöffel. Beides tut sehr weh. Ich habe sehr große Angst vor ihr, weil ihre Wutausbrüche nicht kalkulierbar sind. Ist es denn wirklich so schlimm, 10 Minuten später nach Hause zu kommen? Sie fragt uns nicht warum. Vielleicht wurden wir wieder von einigen Jungen gejagt und dann mussten wir einen Umweg einkalkulieren. In ihren Augen sind wir ungehorsam. Ihre Lieblingskinder aber betrifft das nie. Vielleicht waren sie ihre Engel. Besonders mich hat sie im Visier ihrer Ausbrüche. Ich glaube, sie mag mich am wenigsten. Wenn ich ein Junge gewesen wäre, hätte ich auf jeden Fall eine viel bessere Kindheit erlebt und Karen auch. Ihr »Glück« ist ihr sehr zartes Wesen. So wird sie etwas mehr geschont.

Nach einer schlimmen Erkältung, die wieder einmal Karen erwischt, platzt dieser Armen ein Trommelfell. Sie hört schlecht, bis fast gar nichts mehr. Das ist sehr schmerzhaft. Sie jault wie ein kleiner Hund. So setzt sie sich einmal mitten auf einer Straße auf den Boden und reagiert nicht auf das Hupen der Autos. Unsere Mutter muss sie regelrecht hinter sich herziehen. Daraufhin erfolgt ein wildes Hupen der Autofahrer, die das beobachtet hatten. Diese Frau zerrt ein kleines

Mädchen hinter sich her. Einige Fahrer beschimpfen sie. Sie ist danach fix und fertig und ihre Laune ist dementsprechend schlecht. Warum hat es mich nicht erwischt? Das wäre auf jeden Fall besser gewesen. Ich hätte es gerne übernommen. Da sieht man wieder, wie bedeutend jedes Gramm Gewicht für die Entwicklung von Frühgeborenen ist.

Meist werden Zwillinge früher und mit etwas geringerem Gewicht geboren, da sie aufgrund der Stresssituation im Mutterleib in der Regel reifer sind als Einzelkinder. Allerdings hebt das nicht alles auf.

Wenn meine Mutter wieder einmal wütend auf mich war, sagte sie auch schon mal, dass ich Karen bereits im Mutterleib alles „weggefressen" hätte. Ja, sie sagte dies so. Mir tat diese Aussage sehr weh, weil ich niemals meiner Schwester schaden wollte.

Aber es gibt auch gute Momente mit dieser Mutter. Sie spielt hervorragend Mundharmonika und fängt früh an, uns Kinderlieder beizubringen. Sie hat bemerkt, dass alle ihre vier Kinder sehr musikalisch sind. Besonders Spaß macht es uns Zwillingen, auch bald zweistimmig zu singen. Unser Vater spielt Geige und so waren die Weihnachtstage in den ersten acht Jahren unseres Lebens sehr harmonisch. Allerdings war die Zeit davor, bis zum Klingeln des Weihnachtsglöckchens, meist ein Alptraum. Stress pur, wahrscheinlich für alle in der Familie. Die älteren Geschwister übten noch das Spielen auf einer Flöte und dann sangen wir alle zusammen. Es hörte sich so wunderschön an und es war auch so. Leider gab es von diesen friedlichen Stunden nicht allzu viele.

Der letzte Weltkrieg hatte die Pläne unseres Vaters durchkreuzt. Er hatte ihm einen Strich durch seine Rechnung gemacht. Er wollte eigentlich Ingenieur werden. Wir Zwillinge sind zu diesem Zeitpunkt vier Jahre alt. Er trifft mit seinem Arbeitgeber, der Post, eine Abmachung, dass er Teilzeit arbeiten kann. Unsere Mutter ist damit einverstanden, sie will ihn unterstützen. So hilft sie spätabends, wenn wir alle im Bett sind, einer Schneiderin, indem sie einfache Arbeiten übernimmt. Sie ist sehr geschickt im Nähen und Handarbeiten. Und es bereitet ihr auch Vergnügen, mal was anderes zu erleben, als den ganzen Tag Kinder zu betreuen, Essen zuzubereiten, Wäsche zu waschen, zu putzen und auf diese Weise auch mal andere Gespräche führen zu können. Sie ist sehr belesen und war vor dem Ausbruch des Krieges auch noch sehr sportlich aktiv.

Sie traf unseren Vater an einer Bushaltestelle und er bot sich an, sie nach Hause zu begleiten, da in diesen Kriegszeiten nicht selten junge Frauen vergewaltigt wurden. Er trug eine schicke graue Offiziersuniform, was auf seine Tätigkeit bei der Wehrmacht deutete. Er kam günstig an Lebensmittel heran, was in diesen Tagen eine sehr große Hilfe war und für ihn ein Plus. Er verliebte sich in diese Frau.

Auf Drängen ihrer großen Familie heiratet sie diesen Mann. Sie ist 19 Jahre alt und das älteste von drei

Geschwistern. Ihr jüngerer Bruder wurde mit 18 Jahren zum Wehrdienst eingezogen. Er kam leider nicht mehr zurück. Unsere Großmutter ist nie über seinen frühen Tod hinweggekommen. Wir Zwillinge standen oft vor seinem Foto und fanden ihn sehr hübsch. Warum musste er sterben? Er sei im Krieg gefallen. Aber was bedeutete das? Wir bekamen darauf keine Antwort.

Mit uns wird gar nicht über den Krieg gesprochen. Wir sind uns lediglich bewusst, dass wir Kinder der Nachkriegszeit sind, ohne genau zu wissen, was dies bedeutet. Ich denke, man will uns schützen, denn wir sind ja auch noch sehr jung. Die Erwachsenen aber, die das Grauen in der Vergangenheit erlebt hatten, wollen einfach nur noch vergessen.

Wie schon erwähnt, hingen wir „wie die Kletten" aneinander. Auch im Kindergarten. Es genügt ein einziger Schrei von Karen und ich eile ihr zu Hilfe. Umgekehrt natürlich auch. Wir erkennen sofort am Klang des Hilferufes, wie wichtig es ist, sofort dem wichtigsten Menschen in unserem bisherigen kurzen Leben zu helfen. Das führt ebenfalls dazu, dass einige Kinder darüber nachdenken, ob sie es sich leisten können, einen halben Zwilling anzugreifen. Wir lernen früh, für den Anderen mitzudenken. Das heißt, egal um was es geht, sofort wird von uns beiden die andere mit einbezogen. Es gibt nicht nur mich, sondern immer auch meine Schwester Karen. Womöglich beginnt schon jetzt unsere Vormachtstellung gegenüber anderen Kindern.

Unsere Eltern tragen aber auch unbewusst dazu bei, dieses Verhalten zu fördern. Sie sind außerdem der Ansicht, dass wir keine weiteren Spielkameraden benötigen, weil wir zu zweit sind und zudem noch unsere älteren Geschwister haben. Auch wollen die „Großen" mit uns Kleineren nicht so oft spielen. Auch Zwillinge brauchen Abwechselung in ihrer Entwicklung. Da kommt der Kindergarten gerade recht für uns. Hier lernen wir, unsere Ansprüche durchzusetzen. Kinder wie wir haben auch noch den gleichen Geschmack und das wird oft nicht verstanden.

Bevor der Schulalltag uns im Griff hat, meint der Kinderarzt, sollen wir in einem Kindererholungsheim aufgepäppelt werden. Wir werden sechs Jahre alt und viele der Kindergartenkinder sind wesentlich kräftiger und größer als wir.

»Karen, da werden wir bestimmt nicht geschlagen. Ich freue mich darauf.« »Ich auch, es ist bestimmt schön, vier Wochen mit vielen anderen Kindern zusammen zu sein. Wenn es uns nicht gefällt, haben wir immer noch uns.«

Acht Wochen später ist es so weit: Die Koffer sind gepackt und an Ermahnungen mangelt es auch nicht:

»Nehmt euch zusammen, heult nicht, räumt auf, gegessen wird, was auf den Tisch kommt, redet nicht, wenn Erwachsene reden.«

Wir werden von unserer Mutter zum Bahnhof gebracht. Dort warten bereits ca. 30 andere Kinder. Einige weinen, andere schauen traurig. Und dann kommen wir. Schon wird getuschelt, das Wort „Zwillinge" fällt.

»Da sieht ja eine aus wie die andere. Ob wir die zwei denn auseinanderhalten können?«

Wie üblich: Wir stehen im Mittelpunkt. Dann dürfen wir Kinder nacheinander in den Zug einsteigen. Eine freundliche Dame begleitet uns und weist uns auch unsere Plätze zu, so dass gar nicht erst ein Gerangel entsteht. Wir sitzen uns gegenüber und so haben wir jede einen Fensterplatz. Das ist großartig. Wir winken unserer Mutter zu, die sich mit einer anderen Mutter unterhält. Dann fährt der Zug ab. Wir sind der Meinung, dass sie kein Bedauern darüber empfindet, uns gehen zu lassen, da sie nun eine wohlverdiente Pause von uns hat und wir von ihr.

Die Zeit in der Kindererholungsstätte ist schön. Die anderen Kinder verlieren recht bald ihre Zurückhaltung uns Zwillingen gegenüber und erkennen, dass wir genauso Menschen sind wie sie. Es wird geplant, ein Theaterstück zum Abschied von der Kur vorzubereiten. Auf die Frage an all die Kinder dort, ob man nicht das bekannte „Doppelte Lottchen" (von Erich Kästner) aufführen sollte, sind alle einverstanden. Nicht immer sind Zwillinge verfügbar. Das Buch wird jedoch zuerst vorgelesen, da nicht alle Kinder mit dieser Geschichte vertraut sind. Und nach eifrigem Üben der

Texte der Mitspieler gelingt es dann auch. Zwar ein bisschen holprig, aber es gibt viel Applaus. Wir Zwillinge haben durch das Üben der Volklieder zu Hause gelernt, uns Texte zu merken. Das ist ein Verdienst unserer Mutter, da sie so gerne Mundharmonika spielt. Ein bisschen traurig sind wir schon, als der Tag der Heimreise kommt. Es war so schön friedlich, es wurden Spiele gespielt, es wurde gesungen und natürlich mussten Karen und ich auch Lieder vorsingen. Niemand wurde angeschrien oder geschlagen. Und so fahren wir mit gemischten Gefühlen wieder nach Hause.

Aber was ist das? Unsere Mutter ist glücklich wie lange nicht mehr. Sie empfängt uns bereits am Bahnhof mit einem Lächeln und umarmt uns.

»Ich habe eine Überraschung für euch.«

Wir folgen ihr mit unseren kleinen Koffern zu einem Parkplatz. Wir sehen einen roten Wagen, Marke Adler, und zu dem läuft sie schnellen Schrittes. Sie hat in unserer Abwesenheit den Führerschein erworben. Vor allem jetzt sind mal nicht die Zwillinge im Vordergrund, sondern sie mit ihrem Mut, ein so großes Auto zu fahren. Frauen traute man das nicht zu, und so benötigten sie zwischen 1949 und 1958 die Erlaubnis des Partners, wenn sie den Führerschein machen wollten. Unser Vater hatte ihr wohl oder übel seine Erlaubnis gegeben. Sie begründete die Notwendigkeit mit Karens wichtigem Aufenthalt in der Rhön, denn die Fahrt dorthin mit dem Zug und dann noch zwei Kilometer Fußmarsch waren bislang sehr anstrengend.

Erst 1958 kam dann das Gleichberechtigungsgesetz und nun konnte jede Frau den Führerschein erwerben. (In der DDR jedoch bereits seit 1949.) Und so fahren wir nun auch öfter bei gutem Wetter in die Rhön. Sofort liefen immer viele der Dorfbewohner zusammen, wenn wir ankamen, und begrüßten uns mit einem freudigen Hallo!

Übrigens fuhr 1959 eine Italienerin, Theresa de Filippis, als erste Frau ein Autorennen.

Es dauert keine drei Tage und der Alltag hat uns wieder voll im Griff. Unsere Mutter lässt uns das auch bald spüren. Als sie uns am Bahnhof in ihre Arme nimmt, glaube ich noch, dass wir ihr gefehlt haben. Unseren älteren Geschwistern haben wir schon sehr gefehlt, denn ohne uns war es doch sehr langweilig. Sie haben uns tatsächlich vermisst.

Nun geht es wieder in den Kindergarten. Wir werden freudig von unserer Gruppe empfangen.

»Endlich seid ihr wieder da. Wir haben euch wirklich vermisst. Keiner macht so lustige Sachen wie ihr zwei.«

Das ist ein sehr freundlicher Empfang und schöner können sie es uns nicht sagen. Das letzte Kindergartenjahr beginnt. Wir sind gespannt darauf, wie es in der Schule sein wird. Aber noch müssen wir warten.

Wir sind im siebten Lebensjahr, als wir eingeschult werden. Die süßen zarten Zwillinge, in den gleichen grünen, von der Mutter liebevoll genähten und mit

Blumenmuster bestickten Kleidchen, fallen natürlich auf. Die gleichen Schuhe, die gleichen Kniestrümpfe, die gleichen Schultüten. Auch die Haare sind gleich. Unsere Mutter hat sich große Mühe gegeben, dass wir nett aussehen. Sie genießt es, neben uns im Mittelpunkt zu stehen. Es gibt noch ein Zwillingspaar in dieser Klasse, aber es sind ein Junge und ein Mädchen. Diese beiden werden ignoriert. Sie sind „nur" Geschwister, was ja auch stimmt, und so verläuft ihr Leben auf jeden Fall viel einfacher und sie können in Ruhe aufwachsen.

Wir werden oft beneidet, weil wir zwei zusammen nach Hause gehen. Das muss wohl etwas Besonderes sein, was Einzelkinder eben nicht kennen. Sie können aber auch nicht wissen, was uns oft droht, wenn wir die vier Stockwerke erklommen haben. Und nur weil wir 10 Minuten später nach Hause kommen. Unsere Mutter steht bereits mit wütendem Gesicht in der Türe und hinter ihrem Rücken hat sie den Teppichklopfer oder den Kochlöffel versteckt, um dann aber blitzschnell zuzuschlagen. Das konnte sie wirklich gut, war sie doch vor dem Zweiten Weltkrieg in Hessen Vizefechtmeisterin gewesen. Um den Gegner zu irritieren, muss blitzschnell mit dem Fechtstab angegriffen werden. Das hat sie offensichtlich nie verlernt. Sie will einfach nicht akzeptieren, dass wir uns auf dem Heimweg noch gerne mit Schulkameradinnen unterhalten wollen. Das machen doch die meisten Kinder.

Auch besitzen wir keine Armbanduhren, um zu wissen, wann es für uns ungemütlich wird.

Ja, wir waren zu zweit und das war unser Glück. So trösten wir uns gegenseitig, wenn wir wieder einmal finden, dass sie sehr ungerecht ist. Karen hat auch bemerkt, dass ich mehr geschlagen werde. Vermutlich schützt ihre Zartheit sie vor diesen Angriffen und deshalb hat sie ein schlechtes Gewissen mir gegenüber.

»Susanne«, sagte sie, »das nächste Mal stelle ich mich vor dich.«

»Das brauchst du nicht zu tun. Sie wird es merken. Du wirst sehen.«

Lange dauert es dann auch nicht, denn wir haben uns wieder etwas verquasselt und wissen natürlich, was gleich passieren wird. Karen stellte sich mutig vor mich, aber es nützte mir nichts. Unsere Mutter greift blitzschnell um Karen herum, zerrt mich nach vorne und drischt auf mich ein. Karen beginnt so laut sie kann zu schreien. Da wir uns noch immer im Hausflur befinden, können die Mitbewohner dieses Geschehen miterleben. Unsere Mutter wird sich dessen wohl plötzlich bewusst. Mindestens zwei Wohnungstüren werden lautstark geöffnet. Sie hört auf und wir beide verkriechen uns blitzschnell im Kinderzimmer unter unserem Etagenbett. Eigentlich hätten wir zu Mittag essen müssen, aber wir bekommen nichts. Wir werden also doppelt bestraft. Allerdings ist uns der Hunger sowieso vergangen und wir sind einfach nur froh, sie nicht mehr zu sehen.

Ihre andere Lieblingsbestrafung ist Stubenarrest. Da hocken zwei unglückliche Kinder zu Hause und bekommen auch noch irgendeine Strafe aufgebrummt. Zum Beispiel reißt sie aus unseren Wäschefächern die sortierten Sachen heraus und wir müssen sie wieder ordentlich falten und zurücklegen. Ob sie sich damit wohlfühlt? Hat sie sich nie hinterfragt, warum sie so aufbrausend ist? Hat sie vielleicht auch mal ein schlechtes Gewissen? Natürlich trauen wir uns nicht, sie danach zu fragen. Das hätte womöglich eine Ohrfeige nach sich gezogen. Dann wiederum kommt es vor, dass sie plötzlich sehr freundlich in unser Viererzimmer kommt, ihre Mundharmonika in der Hand, und fängt an zu spielen. Wir Kinder singen dazu die wunderschönen Volkslieder, welche sie uns in unseren jungen Jahren bereits beigebracht hat. Das ist einer der wenigen Momente, wo sie wirklich glücklich aussieht. Alle ihre Zukunftsträume hatte der Krieg zunichtegemacht. Sie war mit diesem ihrem Leben, das sie so nie haben wollte, auch noch komplett überfordert. Aber können so kleine Kinder, wie wir es sind, das verstehen? Nein! Sie ist zudem auch sehr impulsiv. Diese Unberechenbarkeit ist eine sehr negative Eigenschaft von ihr.

Unser Vater kommt aufgrund seines Studiums nur am Wochenende nach Hause. Mit gemischten Gefühlen warten wir auf ihn, denn wenn wir Zwillinge Pech haben, muss er uns für irgendetwas bestrafen, was wir Tage zuvor angestellt haben sollten. Er benutzt manchmal einen Lederriemen, der aber genauso weh tut wie ein Teppichklopfer. Eigentlich ist er nicht der Typ, der Kinder schlägt. Er sieht auch nicht glücklich dabei aus. Aber warum wehrt er sich nicht dagegen? Warum sagt er seiner Frau nicht, dass er uns nicht weh tun will? Wie kann man sich denn auf so einen Vater freuen? Sieht er denn nicht in unseren Gesichtern, welche Angst wir vor ihm haben? Warum beschützt er uns nicht? Ist das nicht seine Aufgabe? Ich erinnere mich an eine sehr unschöne Situation zwischen ihm und mir. Er sollte mich bestrafen für irgendetwas, was Tage zuvor passiert war. Ich versteckte mich in der Toilette, er stand davor und bat mich mit zitternder Stimme, ich solle doch herauskommen. Das muss man sich mal überlegen: Er bettelte, weil er mich doch schlagen müsste. Ich weiß nicht mehr, wie es ausgegangen ist.

Ich habe ein Gedicht von einem deutschen Arzt und Schriftsteller namens Hans-Curt Flemming, geb. 11.09.1947, in Friedrichshafen am Bodensee, gefunden. Es geht um das Androhen von Schlägen durch Mütter gegenüber ihren Kindern:

Warte nur, bis der Vater heimkommt, sagte meine Mutter nach besonders schlimmen „Schandtaten"

Das Warten war ein Teil der Strafe
und mein Vater fragte sich nie
warum ich mich nicht freute, wenn er kam.

Waren Prügelstrafen gesetzlich erlaubt? Ja, sie waren es.

In der ehemaligen DDR wurde das Schlagen der Kinder bereits 1949 verboten. Dieses Relikt inhumaner Disziplinierung mit langer Tradition in Europa wurde in der Zeit des Naziregimes zu einem Erziehungskonzept. Damit wollte man nichts mehr zu tun haben.

Immerhin wurde 1951 in der BRD die körperliche Züchtigung von »Lehrlingen« durch eine Gewerbeverordnung verboten, denn man brauchte schließlich diesen Nachwuchs zum Arbeiten. In Westdeutschland erlaubte der Bundesgerichtshof 1957 den Lehrern als generelles Gewohnheitsrecht das »Züchtigen von Kindern«. Es betraf mehr oder weniger Jungen.

1973 wurden die Körperbestrafungen in bundesdeutschen Schulen (mit Ausnahme Bayerns) von Deutschland endgültig abgeschafft. Aber Eltern durften noch 27 Jahre länger ihre Kinder schlagen. Erst seit dem Jahr 2000 ist es verboten. Ob das auch alle Erwachsenen wissen?

In Bayern aber war es noch bis in die 1980er Jahre erlaubt zu schlagen, oft begründet mit der Religion, die das Bestrafen von Kindern ausdrücklich erlaubt.

In Großbritannien kämpften religiöse Schulen jahrelang vor Gerichten gegen diese Entscheidung, Kinder nicht züchtigen zu dürfen. 1996 verloren sie dann endgültig.

Auch Papst Franziskus sieht in der Züchtigung eines Sohnes durch seinen Vater nichts Anstößiges. Schließlich wird in der Bibel das Schlagen mit der Rute befürwortet, da heißt es:

»Daran wird er nicht sterben. Du errettest seine Seele vor dem Scheol« (bedeutet: Reich der Toten).

Alle Kinder sollten dieses erfahren, denn Kinder, die nicht gezüchtet werden, wachsen oft rebellisch auf und haben keinen Respekt vor Autoritäten und auch nicht vor Gott. Das bedeutet, sie folgen ihm auch nicht.

Bei unserer Einschulung bekommen wir einen prima Klassenlehrer. Er gibt uns Zwillingen klugerweise verschiedene Sitzplätze und wir haben nichts dagegen, auch mal mit anderen Mädchen während des Unterrichts zusammenzusitzen. Im Gegenteil. Es ist wie ein kleines Abenteuer. Und sobald dann die Pause kommt, stürzen wir sofort aufeinander zu. Wir freuen uns, wieder zusammen zu sein, als habe man uns lange getrennt. Das ist doch schön.

Später setzt sich die Idee (von wem auch immer), Zwillingskinder räumlich zu trennen, zunehmend durch. In Kindergärten und auch manchen Schulen werden Zwillinge jetzt bewusst in verschiedene Gruppen aufgeteilt, was meiner Ansicht nach einer erzwungenen Trennung gleichkommt, die sich möglicherweise negativ auf die Kinder auswirken könnte. Das betrifft auch zweieiige Zwillinge, haben sie doch zunächst sehr viele Monate zusammen im gleichen Mutterleib gelegen, haben den anderen neben sich gespürt und auch seinen Herzschlag (so etwa ab der 12./13. Woche). Warum greifen Menschen immer wieder in die natürlichen Abläufe der Natur ein? Macht man sich dies bewusst, wären wir nicht mehr so unklugen Entscheidungen ausgesetzt.

Unsere neuen Klassenkameraden, die wir ja auch noch nicht kennen, sind natürlich sehr neugierig auf uns. Sie umringen uns, stellen viele Fragen und wollen wissen, wie das so ist, zu zweit zu sein. Wir können das nicht beantworten, weil wir es nicht anders kennen. Was einige Kinder wiederum enttäuscht, weil sie nun denken, wir seien überheblich. So kann es auch passieren, dass ein paar Schüler eine Front gegen uns bilden. Wieder einmal erzeugen wir, ohne dass uns dies bewusst ist, Neid. Erlebt haben wir das bereits im letzten Kindergartenjahr. So ein Verhalten war uns bis dahin fremd. Ja, wir sind nicht mehr die süßen Kleinen, denen man immer über die blonden Köpfe streicht. Wir zeigen inzwischen, was uns nicht gefällt. Wir sind aber immer noch die beiden Mädels, die wie Pech und Schwefel zusammenhängen. Wie unsere älteren Schwestern auch. Aber das ist bei diesen beiden anders. Sie sind schließlich keine Zwillinge und sehen sich auch nicht ähnlich. Außerdem sind sie nicht gleich angezogen. Und so führen diese zwei Mädels ein viel angenehmeres Leben. Sie sind sehr oft in der Freizeit zusammen, aber jede hat auch „ihr Leben".

Schlimm wird es für uns, wenn die Familie Besuch bekommt. Wir lauschen an unserer Zimmertür, um zu ergründen, wer möglicherweise angekommen ist, da wir im Voraus nicht informiert werden. Karen und ich verstecken uns schon sicherheitshalber erst einmal hinter unserer Zimmertür, bis unsere Mutter ruft, wir möchten doch bitte kommen. Man will uns guten Tag sagen. Das kennen wir, und so verkriechen wir uns meist unter unserem Etagenbett. Da der Besuch das nicht weiß, verpetzt uns aber unsere Mutter. Sie meint dies bestimmt nicht böse. Wir quetschen uns ganz hinten unter dem Bett an die Wand und warten, bis das erste fremde Gesicht auftaucht und dann freudig erregt ruft: »Hier sind sie«. Sie ziehen uns an unseren Kleidern unter dem Bett hervor und schieben uns dann wie eine Trophäe vor sich her. »Wir haben sie«, rufen sie triumphierend. Wir hassen das, dürfen uns aber nicht schlecht benehmen, denn das bekäme uns nicht gut. Wir müssen uns Rücken an Rücken stellen, damit sie herausfinden, ob wir vielleicht doch nicht gleich groß sind. Karen öffnet auf keinen Fall ihren Mund, denn dann könnte man ja sehen, dass dieser leicht schief ist, aufgrund ihres Geburtsschadens. Das würde nur wieder unnötige Fragen hervorrufen.

Wir sind in der Grundschule eine gemischte Klasse und kommen mit den Mädels gut aus. Sie sind froh, wenn wir sie als unsere Freunde anerkennen. Die Jungen aber sind sehr nervig und versuchen uns ständig zu ärgern. Mit den anderen Mädchen machen sie das nicht, nur mit uns. Wir sind offensichtlich erneut Reizfiguren für andere, egal was wir tun. Und so fangen sie an, uns nach der Schule zu jagen.

Dann passiert etwas Schreckliches. Ein Mädchen aus unserer zweiten Klasse wird von einem Motorradfahrer angefahren. Sie war mit ihrem Roller unterwegs und wurde so schwer verletzt, dass sie stirbt. Unser Klassenlehrer bringt uns diese schreckliche Nachricht sehr schonend bei. Viele Mädchen, auch wir, fangen an zu weinen sowie auch einige der Jungs. Die ganze Klasse geht mit zu ihrer Beisetzung. Allerdings haben die Lehrer es jedem Schüler überlassen, ob er mitgehen möchte. Sie gehen alle mit. Und dann stehen wir vor ihrem weißen Sarg in der Halle, in der sie aufgebahrt ist. Sie hat ihr weißes Kommunionskleid an und einen weißen Kranz in ihren blonden Haaren. Ihre kleinen Hände sind zu einem Gebet gefaltet. Sie sieht aus, als wenn sie schläft. Die Jungen haben erst einmal ihre Jagd auf uns eingestellt. Wir alle stehen noch eine ganze Zeit unter Schock.

Die Jungen fangen bald wieder an, uns zu jagen. Da wir aber sehr schnell rennen können, gelingt es ihnen nicht ein einziges Mal, uns zu kriegen. Hin und wieder folgt ein Sturz auf den Schotterwegen, aber aufgeben ist keine Option. Und so sind sehr oft unsere Knie blutig, welche mit Jodtinktur von unserer Mutter behandelt werden. Da kennt sie keine Gnade! Es brennt höllisch, aber sie ist stolz auf den Kampfgeist ihrer zierlichen Töchter. Immerhin entwickeln sie sich in dieser Richtung wie Jungen. Natürlich streiten wir uns auch einmal. Während männliche eineiige Zwillinge sich raufen oder prügeln, haben wir uns angespuckt oder an den Haaren gezogen. Danach verglichen wir unter Tränen, wer mehr Haare in der Hand hatte, und fanden unser Verhalten einfach nur doof. Das bedeutete nicht, dass es nicht noch einmal vorkam. Noch waren wir für die Erkenntnis, dass uns dieses Verhalten nur selbst schadet, nicht alt genug, und zu Diskussionen wurden wir Kinder auch nicht erzogen.

Nach einer gewissen Zeit bildet sich ein sehr schöner Freundeskreis. Es sind Mädels aus unserer Klasse, die an unserem Haus vorbeigehen müssen, wenn sie wie wir zur Schule gehen. Wir Zwillinge gehen morgens rechtzeitig vor die Tür und warten auf diese Mitschülerinnen. Dann gehen wir zusammen den Weg. Das ist eine sehr schöne Zeit. Wir erzählen alle, was wir am Tag davor erlebt haben und vieles mehr. Und genauso versuchen wir unseren Heimweg zu gestalten, wenn nicht wieder die frechen Jungen uns einen Strich durch die Rechnung machen wollen. Wir haben aber bemerkt, dass sie uns Zwillinge nur dann jagen, wenn keine anderen Schulkolleginnen in unserer Nähe sind. Und so versucht unsere Mädchenclique nach Möglichkeit uns täglich zu begleiten. Meist gelingt das dann auch. Es entsteht in den ersten vier Jahren der Grundschule eine wunderbare Freundschaft.

Natürlich darf auch nicht der Versuch fehlen, unseren Lehrer bezüglich unserer sehr starken Ähnlichkeit auf die Probe zu stellen. Wir tauschen unsere Plätze vor dem Unterricht. Wir beobachten ihn, aber er scheint es nicht zu bemerken. Wie auch? Karen, die auf eine Frage unseres Lehrers für mich antworten muss, steht anscheinend unter so einem starken Druck, dass sie kaum einen Ton herausbringt. Sie sagt dann aber doch noch, sie wüsste es nicht. Ich aber hätte die Antwort geben können. Am Ende der Schulstunde gehen wir zu unserem Lehrer und klären die Sache auf.

»Ich werde die schlechte Note für Susanne stehen lassen. Denn als diese bist du, Karen, aufgetreten. Merkt euch das für die Zukunft.«

Oje, das ging voll daneben. Karen ist sehr unglücklich darüber und ich muss sie trösten. Eines aber haben wir daraus gelernt: Einen solchen Scherz machen wir nie wieder.

Irgendwoher tauchen zwei Lederhosen für Kinder auf. Diese sind für unsere Mutter, was das Waschen anbelangt, eine große Entlastung. Aber eine ist grau, das Leder ist knüppelhart, und sie ist hässlich, eben eine echte Jungenhose. Die andere Hose ist aus weichem, rotem Leder, und die Taschen sind mit zwei Herzen verziert. Eine traumhafte Mädchenhose. Also beschließen wir zwei uns abzuwechseln, wer sie trägt.

Und so ist eine von uns glücklich und die andere schämt sich schrecklich. Ich denke, dass wir in dieser Zeit lernten, was Teilen bedeutet.

Es ist immer wieder erstaunlich, welche Gedanken sich fremde Menschen um uns machten.

So fragten Erwachsene oft, wie es denn sei, immer in das gleiche Gesicht zu schauen.

Welches gleiche Gesicht? Wir verstanden anfangs diese Frage noch nicht einmal und sie ist auch nicht zu beantworten. Wenn ich Karen ansehe, dann ist sie meine Schwester Karen. Wenn sie mich ansieht, dann bin ich ihre Schwester Susanne. Obwohl auf Fotos unsere unglaubliche Ähnlichkeit klar zu erkennen ist und wir manchmal selbst raten mussten, wer ist wer, war uns diese spiegelbildliche Bedeutung nicht bewusst.

Das betonte gemeinsame Auftreten von eineiigen Zwillingen durch ihr starkes Gemeinschaftsgefühl macht Eltern und Lehrer oft machtlos. Jedoch gibt es auch Umstände, in denen ein Zwilling den anderen zu stark beherrscht. Hier sollte man eingreifen, indem man den gepeinigten Zwilling ermutigt, sich gegen den anderen zu wehren, damit er sich nicht auch noch von anderen Kindern unterdrücken lässt.

Mir wird vorgeworfen, meine Schwester Karen zu stark zu manipulieren. Ich wehre mich vehement dagegen, weil dies nicht stimmt. Ich will sie doch nur beschützen, da sie wesentlich angreifbarer ist, schon aufgrund ihrer schwächeren Konstitution.

Das ist doch wunderbar, solch eine Schwester zu haben. Warum verstehen die Erwachsenen das nicht? Nun, als Zwilling werden wir eben anders beurteilt als Geschwister, die oftmals altersmäßig nur 11 Monate auseinanderliegen und genauso aneinanderhängen, wie wir.

Unser Turnlehrer hat offensichtlich ein Problem mit uns, da wir die uns aufgetragenen Übungen nicht mögen. Zum Beispiel auf einem Schwebebalken balancieren, elegant einen Fuß vor den anderen platzieren, Arme dabei ausstrecken, Rücken gerade halten. Wie langweilig. Viel spannender ist es doch, auf einen Baum bis hoch in den Gipfel zu klettern. Das ist für uns Turnen. Wir sind nicht die einzigen Mädels, die so empfinden. Er spürt diesen Widerstand aber besonders bei uns beiden und denkt, wir beeinflussen die anderen durch unser Verhalten. Das mag sogar sein. Zusammen ist man immer stärker. Das ärgert ihn sehr. Besonders liebt er es, uns Kindern in eine Wange zu kneifen, und zwar mit Daumen und Zeigefinger. Dann dreht er diese blitzschnell herum. Das tut nicht nur höllisch weh, es hinterlässt auch in kürzester Zeit einen blauen Fleck. Allerdings passiert dies nicht nur uns Zwillingen, aber wir sind seine Lieblingskandidaten. Und so laufen immer ein paar seiner Schüler mit blauen Wangen herum. Die Erwachsenen scheinen sich aber daran nicht zu stören. Der Lehrer wird sicherlich einen Grund dafür haben, warum er das tut. Bestimmt waren die Schüler frech! Die Erzieher von damals hatten eine sehr große Macht. Sie waren wie Götter und hatten immer Recht. Wir Kinder hatten einfach keine Lobby.

Wir Zwillinge finden das nicht richtig. Da wir von Seiten der Erwachsenen keine Hilfe zu erwarten haben, überlegen wir uns, was wir tun können, damit uns dieser Sadist in Ruhe lässt. Wir verwerfen viele der erdachten Rachepläne, da sie entweder nicht realisierbar oder unvernünftig sind. Es ist auch schwer, sich an einem Erwachsenen zu rächen, der sich für nicht angreifbar hält. Also beschließen wir, uns an seine Tochter zu halten. Sie ist eigentlich ein nettes Mädchen und wir gehen auch öfter mal nach der Schule zu dritt nach Hause. Wir wohnen auch nicht weit auseinander.

Was ist also unser Plan? Sollen wir uns wirklich an diesem netten Mädchen rächen, nur weil ihr Vater so schrecklich ist? Wir sind noch unschlüssig, besonders wenn sie uns anlächelt. Und dann kommt die nächste verhasste Turnstunde. Schon wieder sollen wir elegant, mit ausgebreiteten Armen, ein Fuß mit vorgestreckten Zehen vor den anderen setzen und auf dem blöden Schwebebalken balancieren. Viele der Mitschülerinnen beherrschten dies gut und es sieht auch sehr hübsch aus. Wahrscheinlich haben diese Mädels noch nie auf einem Baum gesessen und wissen nicht, welch ein Vergnügen solch ein Erlebnis hervorruft. Karen und ich haben immer Schürfwunden an unseren Knien und das passt natürlich nicht zu einem Schwebebalken.

Ich lasse mich absichtlich herunterfallen. Und schon passiert es: Sein Zeigefinger und sein Daumen kommen auf mich zu. Aber dieses Mal bin ich schneller und renne aus der Turnhalle Richtung Mädchenumkleide. Da darf er nicht herein. Karen ist mir instinktiv gefolgt und versteckt sich in einer der Toiletten. Schimpfend verlässt er diesen Bereich, der für männliche Wesen ein Tabu ist. Wir warten, bis diese Schulstunde offiziell zu Ende ist. Unsere Mitschülerinnen kommen grinsend zu uns und haben unsere Kleider und Ranzen dabei. Nach diesem erneuten Angriff auf meine Wange fällt die Entscheidung: Seine Tochter muss für die Schandtaten ihres Vaters herhalten. Und zwar sofort. Wir beobachten sie, als sie die Schule verlässt, und folgen ihr. Irgendetwas sagt ihr, sie solle sich mal umdrehen, da ihr womöglich Gefahr drohe. Dann sieht sie uns und fängt sofort an zu rennen.

Sie ahnt auf jeden Fall nichts Gutes. Sie ist schnell, aber wir auch. Immer wieder hatten uns die Jungen nach dem Unterricht gejagt. Dieses Training hat uns Zwillinge zu Schnellläuferinnen werden lassen und so folgen wir ihr jetzt. Sie rennt durch einen wunderschönen Park, den wir genauso gut wie sie kennen. Sie schlägt Haken wie ein junger Hase, aber es gelingt ihr nicht, uns abzuschütteln. Wir greifen von zwei Seiten an, um so immer näher an sie heranzukommen. Sie wird allmählich langsamer, wir aber auch. Wir wollten ihr nicht wirklich weh tun, denn dann wären wir auch nicht besser als ihr Vater. Sie bleibt stehen, wir auch und können sehen, dass sie sich erbricht. Oje, das wollten wir wirklich nicht. Und es tut uns auch leid.

Ich schlage vor, dass wir einen anderen Weg nach Hause nehmen. Das tun wir dann auch. Wir laufen eine kurze Zeit schweigend nebeneinander her.

»Karen, ich wette, dass heute Abend ihr Vater bei uns zu Hause auftaucht.«

»Das denke ich auch. Schön war es nicht, was wir gemacht haben. Vielleicht aber begreift ihr Vater nun endlich, wie er uns quält. Hoffentlich sieht unsere Mutter das auch so. Wer von uns diese Idee der Rache hatte, wird sie nicht erfahren. Aber ich weiß sowieso, dass sie mich beschuldigen wird.«

Natürlich erzählen wir zu Hause nichts. Wir lauschen, ob jemand uns besucht, und sind kaum in der Lage, ordentlich unsere Hausaufgaben zu machen. Dann klingelt es. Wir zucken zusammen. Sprechanlagen gibt es noch nicht und so muss sich jeder Besucher vier Stockwerke, je nach Gewicht, hochquälen oder nicht. Wir lauschen herzklopfend, was es für Schritte sind. Große, schwere oder kleine, zierliche?

»Karen, was meinst du, waren es Männerschritte?«

»Ich glaube ja.«

Daran konnten wir erkennen, ob es sich um einen Mann, eine Frau, oder ein Kind handelt. Dann stoppen die Füße vor unserer Tür und es klingelt. Unsere Mutter öffnet und die Stimme unseres Turnlehrers, des Mädchenquälers, ist zu hören. Er wird in die Wohnung gebeten, weil man unangenehme Gespräche nicht im Flur eines vierstöckigen Hausganges erörtern kann. Wir versuchen, zu verstehen, was gesprochen wird, aber es funktioniert nicht. Es ist zu leise. Wir werden gerufen und gefragt, ob das wahr sei, was unser Turnlehrer eben berichtet hat. Wir erzählen nacheinander, warum wir das getan haben. Zu unserem Erstaunen ist unsere Mutter sehr ruhig und meint dann, dass sie auch des Öfteren blaue Wangen an uns gesehen hätte. Da wir aber Kinder seien, die gerne auf Bäumen hockten und deshalb meist verkrustete Knie oder wunde Ellenbogen hätten, sei sie davon ausgegangen, dass dies vom Klettern käme. Wir hören atemlos zu und können kaum glauben, dass sie uns in Schutz nimmt. Wir sagen dann aber auch, dass es uns sehr leidtut, aber wir mussten uns gegen das Kneifen in unsere Wangen wehren. Wenn er damit aufhört, versprechen wir, werden wir seine Tochter nie mehr anrühren. Er sieht uns überrascht an. Mit dieser Reaktion seitens unserer Mutter hat er genauso wenig gerechnet wie wir auch. Er verabschiedet sich freundlich und geht. Wir Zwillinge stehen mehr fassungslos als glücklich wie angegossen an unseren Plätzen. Wir warten ab. Vielleicht holt sie doch noch den Teppichklopfer aus der Küche, um uns zu verdreschen. Noch trauen wir dem Frieden nicht.

»Macht jetzt eure Hausaufgaben und dann geht zu euren Freunden. Aber denkt daran, dass ihr versprochen habt, die Tochter dieses Lehrers nie mehr anzugreifen. Ich glaube an euch.« Blitzschnell verschwinden wir in unserem Zimmer.

Das haben wir nicht erwartet. Sie hat uns verteidigt.

»Susanne«, flüstert Karen, »sie hat zu uns gehalten. Das ist kaum zu glauben.«

Tatsächlich hört auch unser Turnlehrer auf, die ihm anvertrauten Kinder zu kneifen, und wir Zwillinge werden für seine Tochter zu Freundinnen. Wir gewähren ihr sogar unseren Schutz, da sie ein sehr stilles Mädchen ist und vor allem von den Jungen aus unserer Klasse geärgert wird. Ja, wir sind eben zu zweit und erkennen so allmählich, welche Macht wir haben, um, wie in diesem Fall, ein schwaches Mädchen zu beschützen und uns zu wehren.

In dieser Zeit beginnen meine nächtlichen Alpträume. Ich sitze einsam in einem leeren Raum in einer Ecke, meine Beine sind angezogen bis an meinen Bauch, meine Arme habe ich um meine Knie geschlungen, denn das stabilisiert meinen Körper, so dass ich nicht zur Seite fallen kann. Gegenüber in der anderen Ecke liegt ein sehr großer Ball, der auf jeden Fall größer ist als ich, wenn ich stehen würde. Ich beobachte diesen ängstlich, ob er sich eventuell in Bewegung setzt und auf mich zurollt. Er würde mich bestimmt zerquetschen, denke ich. Oder doch nicht? Noch bewegt er sich nicht. Eigentlich kann es nicht sein, da der große Ball aufgrund seiner Größe nicht die Ecke ausfüllen würde, in der ich als kleine Person hocke. Mein Herz klopft wie wild, mein Puls rast. Dann werde ich wach.

Später erzähle ich Karen von diesem schrecklichen Traum.

»Ich habe das Gefühl, dass irgendjemand mich töten will.« Sie ist sehr erschrocken.

»Susanne, so darfst du nicht denken. Keiner wird dir etwas tun. Ich passe auf dich auf. Du musst auf jeden Fall zu Gott beten, erzähl ihm davon, denn er liebt alle Kinder.«

Aber es hört nicht auf. Ich träume sogar, dass ich aus dem Flurfenster, welches ich selbst geöffnet habe, stürze. Die Wohnung befindet sich im 4. Stock und ich fühle den Luftzug, der mich beim Fliegen umhüllt. Bald werde ich auf dem Pflaster des schmutzigen und feuchten Steinbodens aufschlagen. Ich höre Karen im Traum fürchterlich schreien und werde wach. Wieder dieses Herzrasen, ich kann nur schwer atmen und spüre meine Schwester, die sich leise neben mich gelegt hat. Beide Arme umschlingen mich. Sie weint leise vor sich hin.

»Susanne, du hast wieder geträumt. Was war es denn dieses Mal? Ich bleibe bei dir und wir kuscheln.« Wir flüstern, um unsere älteren Geschwister nicht zu wecken.

»Erzähl mir bitte, was es dieses Mal für ein Traum war.«

Ich berichte stockend. Seltsam ist es jedoch, dass Karen bisher nicht solche Träume hat. Schließlich ist sie nicht viel weniger den Wutausbrüchen unserer Mutter ausgesetzt. Die großen Geschwister erfahren nichts von meinen Nöten, weil wir es nicht erzählen.

An den Wochenenden streiten unsere Eltern, wenn unser Vater nach Hause kommt, häufiger als üblich. Es ist schrecklich. Wir verkriechen uns in unsere Betten und ziehen die Bettdecken über den Kopf. Bitte hört auf, würden wir am liebsten schreien. Aber sie hören uns natürlich nicht, da wir nur leise vor uns hin weinen und beten. Noch glauben wir, dass uns Jesus erhört und uns helfen kann.

Karen kämpft in solchen schrecklichen Situationen verstärkt um ihre Gesundheit. Im Unterschied zu mir hat sie noch immer mit den Folgen ihrer Frühgeburt zu kämpfen. Ihre Konstitution ist nicht sehr gut. Sie bekommt, wenn sie Stress verspürt, Hustenanfälle mit akuter Luftnot, die man mit leichtem Klopfen auf den vorgebeugten Rücken bessern kann, und sie muss sofort ein spezielles Medikament einnehmen. In solchen Augenblicken halten unsere Eltern erschrocken inne, und möglicherweise erkennen sie auch, welche Auswirkungen ihr Verhalten hat. Wenn Karen dann erschöpft eingeschlafen ist, herrscht für eine kurze Zeit Stille. Ich lege mich zu ihr und umschließe sie fest mit meinen Armen. Ich spüre, wie sie sich so nah wie möglich an mich drückt. Ja, liebe Schwester, ich bin bei dir und das wird immer so sein. Unser Kinderarzt besteht darauf, dass Karen dringend Luftveränderung braucht, und schlägt die Rhön vor, die nicht sehr weit von Fulda entfernt ist. Es wird eine Bauernfamilie gefunden, die für uns vier Kinder und unsere Mutter ein großes Zimmer in dem eigenen Haus zur Verfügung stellt. Sie versorgt uns auch überwiegend mit schmackhaften Suppen, selbstgebackenem Brot und Marmelade. Leider ist die Toilette das »berühmte Plumpsklo« hinter dem Haus und es ist eisig kalt. Es gibt kein fließendes Wasser. Als Toilettenpapier dient altes Zeitungspapier. Aber auch daran gewöhnen wir uns. Es betrifft die Osterzeit und unsere Sommerferien.

Unser Vater wird uns ab und zu besuchen. Wir sind sehr neugierig auf die Bauernfamilie und auf alles, was damit zu tun hat. Schließlich sind wir echte Stadtkinder. Umgekehrt sind die dort wohnenden Kinder sehr gespannt auf uns. Es ist ein kleines Dorf mit nur neun Bauernhöfen. Jeder Hof hat seinen Misthaufen vor der Tür. Und warum? Ganz einfach: Je größer der Misthaufen ist, desto größer ist der Hof. Viel Mist bedeutet viel Vieh, und viel Vieh macht eben viel Mist.

Seit mehr als 15 Jahren wurde in diesem Dorf kein Mädchen mehr geboren. Und nun kommen da gleich vier davon an. Natürlich gilt uns Zwillingen sofort die volle Aufmerksamkeit. Wir wissen nicht, ob sie solche Kinder wie uns kennen oder wissen, warum wir uns so ähnlich sehen. Wir denken aber schon, dass sie zu Hause darüber gesprochen haben. Es werden für mehrere Jahre wunderschöne Ferien für uns. Freiheit pur! Karen blüht regelrecht auf und hat schon lange keine Atemnot mehr. Wir hüpfen auf Heuböden herum, das heißt, wir klettern hoch auf die Balken und lassen uns in die Tiefe fallen. Wir sind zwar dadurch immer verkratzt, aber dieser kleine Schmerz ist das Vergnügen wert. Und erst der warme, gemütliche Kuhstall mit dem Geräusch der friedlichen und wiederkäuenden Kühe. Könnte das Leben doch immer so sein. Am liebsten aber besuchen Karen und ich den Schweinestall. Der Gestank stört uns keineswegs. Diese Tiere zeigen so offen ihre Freude über unseren Besuch. Sie grunzen um die Wette, stupsen unsere Hände mit ihren feuchten Schnauzen an, und ihre kleinen Schweinsaugen beobachten uns wohlwollend. Ich denke, sie lieben uns. Faszinierend aber ist ihr Fressverhalten. Sie verschlingen schmatzend und sabbernd alles, was ihnen der Bauer serviert. Sie sind eben keine Kostverächter. Und der Nachwuchs übt sich schnell im Nachmachen der Fressorgien. Wir verbringen Stunden in den Ställen.

Vor den großen Ackergäulen aber haben wir dann doch zu viel Respekt. Wir trauen uns nicht in den Stall, wir halten einen vorsichtigen Abstand zu ihnen. Ab und zu setzt der Bauer Karen und mich auf eines dieser großen Tiere und schmunzelt über unsere Angst. Auch die vier erwachsenen Söhne, von denen noch keiner eine eigene Familie hat, mögen besonders uns, die jungen Zwillinge. Wir dürfen sehr oft auf dem alten Traktor der Familie mitfahren. Die Sitze sind sehr hart und kalt, wir werden regelrecht durchgerüttelt. Aber das Gefühl ist so unglaublich schön, wenn uns der Wind durch die Haare bläst, und zu spüren, dass uns diese jungen Buben mögen. Sie haben bemerkt, dass wir zwei uns sehr für die Landwirtschaft interessieren, denn wir wissen als Stadtkinder wirklich fast nichts über das Leben von Bauern in den fünfziger Jahren. Auch die Bäuerin hat einen Narren an uns, den kleinen Mädchen, gefressen, obwohl sie selbst zwei fast erwachsene Töchter hat. Aber diese sind eben nicht mehr klein und sind keine Zwillinge. Sie freut sich diebisch, wenn es ihr gelingt, uns mit dem richtigen Namen anzusprechen. Aber es ist mehr Zufall. Es ist aber nicht schön, zu sehen, wenn diese gutmütige Frau vor unseren Augen ein Huhn köpft. Und dann fliegt dieses Tier auch kopflos noch ein paar Meter weiter. Sie erklärt uns aber dann, als sie unsere entsetzten Gesichter sieht, dass dies mit den Nerven des Tieres zu tun hat. Die funktionieren noch eine kurze Weile weiter.

Auf diesem Hof geht es sehr harmonisch zu. Die großen Mädchen sind »Heiligtümer«, und sie arbeiten inzwischen auch schon im Nachbarort, auf jeden Fall machen sie sich nicht die Hände schmutzig. Sie kommen aber am Wochenende nach Hause, denn eine Busverbindung gibt es nicht, also werden sie von dem einen oder anderen Freund der beiden zum Hof der Eltern gebracht.

Sie müssen nicht auf dem Hof mithelfen. Das ist Männersache, Frauen kriegen die Kinder. Abends sitzt die ganze Familie in der großen Küche. Das Feuer brennt und es riecht nach Essen. Ob die Bäuerin gut kochen kann, glauben Karen und ich nicht. Das Huhn, welches morgens von ihr geköpft wurde, köchelt bereits am Abend, ohne irgendwelche Zutaten, im Suppentopf. Wir aber haben gelernt, dass ein frisches Huhn erst eine Weile aufgehängt werden muss, damit es ausblutet.

Allerdings gibt es, wie fast in jedem Dorf, eine Katzenplage. Dieses Problem erledigen die Jungs. Sie knallen die frisch geborenen, noch blinden Tierchen an die Wand des Backhauses. Das bricht ihnen das Genick und sie sind sofort tot. Wir Zwillinge sind entsetzt und beschließen, die nächsten geborenen jungen Katzen, die wir finden, zu retten. Der nette Bauer sieht, dass wir etwas in einem kleinen Korb vor ihm verstecken. Er kommt ganz freundlich auf uns zu.

»Was habt ihr denn gefunden?«

Wir zeigen ihm vertrauensvoll die zwei niedlichen Kätzchen. Er nimmt sie aus dem kleinen Körbchen, welches von uns liebevoll mit Heu ausgekleidet worden war, und geht schnurstracks zum Deckel der Jauchegrube, schiebt diesen etwas zur Seite und lässt die Jungen hineinfallen. Wir hören den Aufschlag der kleinen Tiere in der Jauchegrube. Wir sind zunächst wie versteinert, um dann schreiend unsere Mutter zu suchen. Sie kommt uns entgegengelaufen, weil sie denkt, es sei uns etwas passiert. Wir sind vor lauter Tränen kaum fähig, ihr schlüssig zu erzählen, was der nette Bauer getan hat.

Sie sagt ihm, dass er das nicht machen kann, schließlich seien wir Stadtkinder, die diese Art von Tötungen nicht kennen. Nach dieser unseligen Geschichte ändert sich zunächst unser Verhältnis zu ihm. Wir haben diesen Bauern geliebt. Er war für uns wie ein Großvater, aber das ist erst einmal vorbei, ja, wir misstrauten ihm sogar. Wir gehen ihm aus dem Weg. Aber er bemerkt das gar nicht.

Bald sind dann auch die anfangs so schönen Ferien vorbei. Karen und ich haben entschieden, nicht mehr in dieses Dorf zu fahren. Natürlich ist dies erst einmal unsere nicht ausgesprochene Entscheidung. Könnten wir das denn überhaupt bestimmen?

Karen hat sich in diesen Wochen hervorragend erholt, ihre Krämpfe sind nicht mehr aufgetreten und sie hat auch mehr an Gewicht zugenommen. Nun, wir werden sehen. Erst einmal geht die Schule wieder los. Alle müssen berichten, was sie in den Ferien erlebt haben. Wir erzählen so viel vom Landleben, dass mehrere Mitschülerinnen uns um diese Erfahrung beneiden. So allmählich vergessen wir dann auch den Zwischenfall mit dem Bauer und den niedlichen Kätzchen, denn unser schönes Leben ist wieder dem stressigen Zusammenleben mit unseren Eltern gewichen. Wir hatten fast vergessen, wie das war. Umso mehr trifft es uns mit voller Wucht. Der Streit, der ewige Streit, er artete sogar in tätliche Angriffe aus.

Jetzt wären wir wieder gerne in der Rhön, wo das Leben so friedlich war. Auch werden wir jetzt wieder geschlagen. Zwar taucht unser Vater an einem Wochenende mal auf, weil er seine Kinder sehen will, aber er bleibt nicht lange, und das ist auch gut so. Er ist sehr ernst, er lacht kaum noch. Das bemerken Kinder sehr schnell. Sind wir vielleicht schuld daran, dass es unseren Eltern nicht gut geht?

In der Schule ist es wie gehabt. Wir werden geliebt, aber auch weiterhin gejagt. Wahrscheinlich haben wir sogar das schönste Ferienerlebnis, was bestimmt bei einigen Schülern zu Neid führt, denn viele Mitschüler waren die ganzen Ferien zu Hause. Oft kommen sie von kleinen Bauernhöfen, und da ist ihre Mitarbeit wichtig. Verreisen? Das Wort war in den 50er Jahren schon fast ein Fremdwort. Nur Karens angegriffene Gesundheit eröffnete uns diese Freiheit.

Und so fiebern wir den Herbstferien entgegen, weil wir wieder aufs Land fahren dürfen. Was haben unsere Lieblingstiere, die Schweine, in der Zeit gemacht? Wie viele Ferkel haben sie in unserer Abwesenheit geboren?

Dann geht es endlich los, mit der einfachen, uns ja bereits vertrauten Eisenbahn, mit ihren harten Holzbänken und der dröhnenden Lokomotive, die laut hupend und zischend anfährt. Allerdings müssen wir nach dem Verlassen des Zuges noch 2 km zu Fuß bis zum Dorf marschieren. Das ist unter Umständen mit 4 kleinen Kindern und Gepäck nicht gerade erfreulich. Karen weint immer sehr schnell, aber unserem Vater gelingt es meist, sie aufzumuntern. Die Freude der

Dorfjungen ist groß. Sie haben uns offensichtlich vermisst. Was für ein schönes Gefühl! Wir werden erwartet. Sie haben uns als Mädchen akzeptiert.

In unserer Abwesenheit hat man begonnen, die Dorfstraße zu teeren, denn der Matsch stellte für die Bauern bei ihren Transporten ein großes Hindernis dar.

Die größeren Jungs haben sich ausgedacht, uns nachts heimlich in eine Kipplore (ein Transportfahrzeug aus dem Bergbau mit 4 Rädern auf Schienen) zu setzen und mit uns dann den Berg hinunterzusausen. Nachdem die Arbeiter Feierabend haben, blockieren die Jungs das Rad der ersten Lore so, dass diese später für das von uns vorbereitete Vergnügen bereitsteht. Alles muss heimlich geschehen. Erst wenn die Erwachsenen im Bett sind, kann es losgehen. Keiner darf einschlafen, sonst ist er nicht dabei. Wir schaffen es, wach zu bleiben. Auf Zehenspitzen schleichen wir wie Mäuschen aus dem Zimmer. Wir wissen genau, auf welche Diele wir nicht treten dürfen, da uns ihr Knarren verraten würde.

Mein Gott, ist das spannend. Die Nachtkälte empfängt uns mit Wucht, denn wir haben nur dünne Nachthemden an. Ein Zurück gibt es nicht und so schleichen wir hinter den Jungen den Berg hoch. Schuhe haben wir allerdings an, sonst hätten wir uns eventuell verletzt. Der Einstieg in die Lore ist ein Schock. Sie ist eiskalt. Wir kauern uns in eine Ecke und bemühen uns, keinerlei Schwäche zu zeigen. Dann löst einer der größeren Jungen den Keil unter dem einen Rad und schwingt sich gekonnt in den Bauwagen. Langsam beginnen sich die Räder zu drehen, aber dann gewinnt die Lore an Fahrt, und es geht rasant mit Getöse bergab. Ich gebe zu, dass Karen und ich, eng nebeneinandersitzend, doch nicht ganz angstfrei waren. Nur keine Blöße zeigen! Kannten uns die Jungs doch mehr als ihresgleichen und nicht als zickige Mädchen. Sie kennen aus der Schule nur »wirkliche Mädchen«. Mädchen eben, mit einer Schleife im Haar und schwarzen Lackschühchen zu dem hübschen Kleid.

Natürlich bleibt dieses Abenteuer nicht unbemerkt und mehrere Erwachsene sind aus den Betten gehüpft, weil sie denken, es sei etwas Schlimmes passiert. Sie stehen in Wolldecken gewickelt auf dem Gehweg und staunen nicht schlecht, als sie zitternde Kinder in dem Transportwagen entdecken. Auch unsere Mutter ist dabei und fängt laut an zu lachen. Anscheinend sieht sie in diesem Moment in uns Mädchen die tapferen Söhne, die sie sich immer gewünscht hat. Ihr Lachen löst bei den anderen Eltern auch ein Lachen aus. Wir Zwillinge schubsen uns grinsend an, denn wir hatten ein Donnerwetter erwartet. Allerdings müssen wir alle versprechen, dies nicht noch einmal zu wiederholen. Unsere zwei größeren Geschwister sind bei dieser nächtlichen Aktion nicht dabei. Sie wussten zwar, was die Bauernjungen mit uns vorhatten, aber haben es nicht verraten. Das finden wir großartig. Im Großen und Ganzen verstehen wir uns auch und verpetzen gilt als »Todsünde« unter uns vieren.

Eines schönen Tages taucht unser Vater an einem Wochenende plötzlich auf. Wir haben ihn nicht erwartet. Er kommt in Begleitung einer jungen, hübschen Frau. Wer ist sie? Sie sieht einfach großartig aus. Wie wir erfahren, ist sie eine Arbeitskollegin von unserem Erzeuger und sie braucht dringend mal frische Luft und Ruhe, da ihre Ehe aufgelöst worden war, denn der Ehemann hat eine »Krankheit«, über die man nicht spricht. Er ist schwul. Unsere nette Bäuerin gibt ihr ein eigenes Zimmer und sagt, dass sie sie mitverpflegt. Die Stimmung ist nach diesem Überraschungsbesuch auf dem Tiefpunkt und es wäre besser gewesen, er hätte dies nicht getan.

Am nächsten Morgen sehe ich die junge hübsche Dame in einem wunderschönen Morgenrock, der mit blau-schwarzen Blumen bedruckt und auf Taille gearbeitet ist, neben dem Misthaufen stehen. Dies ist schon ein seltsamer Anblick an diesem Ort. Ich bin mir sicher, dass keine der Bäuerinnen jemals so ein schönes Bekleidungsstück gesehen, geschweige denn besessen hat. Gut, nur unsere Vermieterin hatte das Vergnügen. Sie kommt gerade aus der Küche mit einer vollen Schüssel schmutzigem Wasser und schüttete dies im hohen Bogen auf den Misthaufen. Erst jetzt erblickt sie die junge Frau in ihrem traumhaften Morgenmantel und ist erschrocken. Glücklicherweise wurde sie verschont. Sie murmelt eine Entschuldigung und verschwindet schnell ins Haus. Man muss bedenken, dass wir uns im absoluten Hinterland von Deutschland befinden.

Aber es ist ein Paradies für uns Stadtkinder. Unsere Mutter hat diesen Vorfall beobachtet, aber schweigt eisern. Wie konnte ein so intelligenter Mann wie unser Vater solch eine Dummheit begehen? Wir Zwillinge sind aber von dieser Frau sofort angetan. Sie sieht aus wie eine Schauspielerin. Unsere Mutter ist eine sehr hübsche Frau, aber so einen schönen Morgenmantel hat sie nicht. War es vielleicht ein Test, ob wir diese Frau mögen? Auf jeden Fall verschwinden mein Vater und seine Kollegin noch am selben Tag. Er sagte, er müsse diese Kollegin wieder zurückbringen und bittet unsere Mutter, sie doch beide mit dem Auto, welches er ja auch bezahlt hat, wieder zum Bahnhof zu bringen. Diese Frau fühlt sich nicht wohl. Das kann man verstehen. Sie ist kein Leben zwischen stinkenden Misthaufen und vielen Tieren gewohnt. Wir Zwillinge aber dürfen mitfahren und quasseln munter drauflos. Es sind drei Kilometer bis zum Bahnhof. Das heißt, wir retten mehr oder weniger diese unangenehme Situation. In den folgenden Tagen wird diese Angelegenheit noch nicht einmal mehr erwähnt.

Da wir noch Ferien haben, können wir noch eine Weile bleiben. Aber irgendwie ist die Stimmung getrübt. Es stimmt etwas nicht. Aber was ist es? Mutti sehe ich jetzt öfters mit dem ältesten Sohn des Nachbarbauern plaudern. Das ist neu. Er ist 11 Jahre jünger als sie und der Erbe des Hofes. Ob er eine Freundin hat, wissen wir nicht. Wir haben auf jeden Fall keine gesehen. Die jungen Bauern gehen am Wochenende immer in das wesentlich größere Nachbardorf zum Tanzen und auf Brautschau. Dort haben sie gute Chancen, eine passende Partnerin zu finden.

Der Jungbauer ist nett, setzt uns auch mal auf den Traktor und wir fahren glücklich über die Felder. Oft hängt der Güllewagen hintendran und düngt die Äcker. Es stinkt ganz heftig, aber in den Ställen, besonders bei unseren Lieblingstieren, den Schweinen, riecht es ja auch. Täglich besuchen wir sie und bemerken, dass sie sich freuen. Schweine sind sehr intelligent, mindestens genauso wie Hunde. Das haben wir in der Schule gelernt. In der verbleibenden Zeit werden wir unseren Vater nicht mehr sehen.

Die schöne Zeit ist um. Karen und ich fahren mit gemischten Gefühlen nach Hause. Die Schule beginnt erneut und unsere Mutter wird nicht mehr so friedlich sein wie in der Rhön. Wir Zwillinge haben in der ganzen Zeit nicht erlebt, dass die Kinder in dem Dorf geschlagen werden. Wenn dem doch so ist, dann haben sie uns das nicht erzählt. Sie machen immer so einen zufriedenen Eindruck. Unsere älteren Geschwister aber freuen sich, dass es wieder zurück nach Fulda geht.

Aber irgendetwas ist anders. Die Spannungen zwischen den Eltern verschärfen sich zunehmend. Unsere Mutter wirft sogar ein heißes Bügeleisen nach unserem

Vater. Sie ist eine sehr temperamentvolle Frau und schnell auf »180.« Wir spüren schon recht früh, wenn Unheil droht, und ziehen uns schnell zurück in unser Kinderzimmer. Karen und ich verkriechen uns meist unter unserem Etagenbett, und die älteren Geschwister klappen geschwind ihre Betten herunter und stellen sich schlafend. Wir ziehen uns alle die Decken über die Köpfe und hoffen, dass keiner hereinkommt. Oft weinen wir leise, aber so, dass keiner uns hört. Papa kommt vorbei, schaut aber nicht nach uns Kindern. Vielleicht schämt er sich. Vielleicht haben sie sich gegenseitig umgebracht. Unsere Fantasie treibt Blüten. Warum nicht? Sie wären nicht die ersten Ehepaare, die so was tun. Vieleicht sucht er nur noch nach seinem Lederriemen, um mich zu bestrafen. Muss er mich für irgendetwas verhauen? Susanne, denk nach. Mein Kopf arbeitet fieberhaft. Was war in der Woche los? Ich frage Karen:

»Weißt du, warum er mich schlagen soll?« Sie schüttelt den Kopf.

»Sind wir vielleicht zu spät von der Schule gekommen? Haben wir uns vielleicht wieder einmal verquatscht? Es wäre nicht das erste Mal.«

Wir wissen es beide nicht, sind aber auf der Hut. Unsere Eltern haben die Wohnzimmertüre geschlossen, damit wir nichts hören. Das ist sehr rücksichtsvoll. Aber diese ist nicht schalldicht. Das Haus ist aus dem achtzehnten Jahrhundert. Also, wir lauschen weiter und plötzlich öffnet sich die Wohnzimmertür. Man kann es gut hören, weil sie quietscht. Sie müsste mal geölt werden. Nur leise Schritte sind zu hören. Dann wird plötzlich unsere Wohnungstür zugeknallt. Wir zucken alle vier zusammen. Papa ist wohl gegangen. Ohne Abschiedsworte an seine vier Kinder. Es herrscht eine gespenstische Stille.

Doch dann öffnet sich langsam, sehr zögerlich, unsere Zimmertür. Unsere Mutter kommt herein. Wir sehen, sie hat geweint. Vier Augenpaare schauen sie fragend an.

»Euer Vater ist fort, er hat eine Freundin. Er nennt es eine gute Bekannte. Es ist die Frau, die er in die Rhön mitgebracht hat.«

»Aha, die hübsche Dame mit dem wunderschönen Morgenmantel«, denke ich. Keiner von uns Kindern traut sich, etwas zu fragen. Die älteren Geschwister verstehen schon mehr von dieser Situation, aber Karen und ich? Wir sind acht Jahre alt. Vielleicht sind wir auch mit schuld. Würde es uns Zwillinge nicht geben, wäre alles viel einfacher für sie. Oft genug hat uns unsere sehr temperamentvolle Mutter dies an den Kopf geworfen. Und so warten wir erst einmal ängstlich, was als Nächstes kommen wird.

»Karen, vielleicht werden wir jetzt nicht mehr so oft geschlagen. Wenn Papa nicht mehr zurückkommt, wird hier vielleicht auch alles anders. Vor allem hört der schreckliche Streit zwischen unseren Eltern auf. Wenn wir zwei uns zanken, verbieten sie uns das doch auch. Warum dürfen sie das?«

Aber dies stellt sich als frommer Wunsch von uns zwei kleinen Mädchen heraus. Es sollte noch viel schlimmer kommen. Sie gehen wie Hyänen aufeinander los. Wir sind inzwischen auf der einen Seite froh, wenn unser Paps nicht kommt, dann können sie auch nicht streiten. Aber auf der anderen Seite vermissen wir ihn sehr, allerdings nicht seinen Lederriemen. Warum aber verhaut ein Vater überhaupt seine Kinder auf Geheiß seiner Frau? Ich weiß, dass dies in vielen Familien an der Tagesordnung ist, aber trotzdem bleibt die Frage, warum er das tut.

Wurde er als Kind von seinem Vater auch geschlagen? Wahrscheinlich, da vor allem die Jungen geprügelt wurden, Mädchen wurden eher mit der flachen Hand gezüchtigt. Als Kinder dieser Zeit hätten wir aber niemals gewagt, ihm diese Frage zu stellen. Wir haben unseren Großvater auch kaum gesehen, eine Erinnerung an ihn gibt es nicht, da er uns regelrecht vorenthalten wurde. Aber wir fragen dann doch bei unserer Mutter nach, wo denn dieser Opa sei, denn fast alle unsere Schulfreundinnen hätten einen lieben Opa, und wir möchten eben auch einen haben. Unserer Mutter gefällt unser Interesse an diesem Mann überhaupt nicht. Aber wir lassen nicht locker. Also antwortet sie dann entnervt, er sei kein guter Mensch.

»Warum, ist er böse?«

»Ja, er hat bereits die dritte Frau.«

Ja und? Ist das schlimm? Vielleicht sind die ersten beiden Frauen auch gestorben. Sie lässt uns mit unseren Fragen ratlos zurück und geht in ein anderes Zimmer.

»Karen, vielleicht sollten wir mal mit Papa reden, wenn wir ihn wiedersehen.« Sie nickt und wir vergessen erst einmal diese Frage.

Paps hat in unserer Stadt, wie bereits erwähnt, eine Schwester, mit der er sich gut versteht. Sie ist die Patentante von Karen. Er hat vereinbart, dass zukünftige Treffen mit uns Kindern ausschließlich in ihrer Wohnung stattfinden werden. Dies folgt darauf, dass unsere Mutter ihm letztes Weihnachten den Zutritt zur Wohnung verweigerte, mit der Begründung, sie könne Weihnachten nicht mit zwei Männern feiern. Wir Zwillinge stehen ganz in der Nähe und verstehen nicht, was sie meint. Was heißt mit zwei Männern, wer ist denn der andere Mann? Und wo ist der? Wir beginnen zu weinen, als unser Vater ohne ein Wort mit traurigem Gesicht die Treppen hinuntergeht. Er dreht sich noch einmal um und schaut zu uns hoch. Dann lächelt er, als wolle er sagen, ich komme bald wieder. Er hat seine Geschenke wieder an sich genommen. Karen und ich weinen bitterlich, aber es kommt kein Trost von unserer Mutter. Etwas später meldet er sich per Telefon, das es bei uns schon gibt, wir sollen zu der Kirche am Frauenberg kommen. Er hat dort mit einem Franziskanerpater gesprochen und ihm seine unglückliche Situation geschildert. Dieser bietet ihm sofort seine Hilfe an.

»Lassen Sie Ihre Kinder kommen, es ist uns eine Freude, zu helfen.«

Wir Zwillinge und unsere zwei älteren Schwestern machen uns sofort auf den Weg. Es ist bitterkalt, aber da wir sehr schnell laufen, wird uns dann auch warm. Nur die Hände bleiben eiskalt. Wir haben unsere Handschuhe vergessen. Wir reden auch nicht miteinander, da sonst sofort unser Atem gefriert. Dann kommen wir erschöpft auf dem Berg an und stehen vor dem schönen alten Tor dieser Kirche. Statt eine Klingel muss ein Glockenzug bedient werden, was eine der älteren Geschwister tut. Dann öffnet sich die Tür und ein freundlicher Franziskanerpater lässt uns herein. Er hat uns einen warmen Tee besorgt und Gläser verteilt. Unser Vater begrüßt uns. Er nimmt uns nacheinander in den Arm. Keine von uns spricht, denn uns allen ist zum Weinen zumute. Tapfer halten wir die Tränen zurück. Wir trinken jetzt erst einmal den warmen Tee und dann dürfen wir unsere Geschenke auspacken. Da unsere Hände immer noch sehr kalt sind, fällt es schwer, die kleinen Knoten der liebevoll verpackten Päckchen aufzumachen. Auf dem Tisch brennt eine große Kerze, die der Kirchenmann für uns anzündet. Er versucht, damit eine weihnachtliche Stimmung zu vermitteln. Der Raum ist eiskalt, da er nicht geheizt werden kann. Wir frieren alle entsetzlich und haben bald so rote Nasen wie der Weihnachtsmann, der auch noch schnell auf den Tisch gestellt wurde. Dieser Anblick meines frierenden Vaters hat mich noch Jahre verfolgt und meistens musste ich dann wieder weinen. Es war das letzte so gedemütigte Weihnachtstreffen für ihn und für uns. Bepackt gehen wir wieder nach Hause.

»Geht ins Kinderzimmer. Ich komme gleich nach,« sagt unsere Mutter, als wir beladen nach Hause kommen. Sie fragt nicht, was wir geschenkt bekommen haben, setzt sich auf einen Stuhl und fängt an zu sprechen:

»Ich habe euch ja schon gesagt, dass euer Vater eine andere Frau jetzt als Freundin hat. Es ist genau die Frau, die er mit in die Rhön gebracht hatte, und so hat er hier auch nichts mehr zu suchen.«

»Dann kommt er nicht mehr zu uns?« Es ist die zarte Stimme von Karen, die das fragt.

»Nein«, ist die harte Antwort unserer Mutter. Noch verstehen wir nicht, was sie eigentlich sagen will. Karen aber fragt sehr zaghaft, wer denn der andere Mann sei, von dem sie gesprochen hat, als es um Weihnachten ging.

»Ihr kennt ihn. Es ist Richard, der älteste Sohn von dem benachbarten Bauernhof, zu dem ihr so gerne fahrt. Er wird mit uns die Feiertage verbringen und auch öfter jetzt hier sein.«

Sie steht auf und geht und wir bleiben ratlos zurück. Das bedeutet, er geht jetzt bei uns ein und aus. Wir vier schauen uns an. Wir haben eigentlich nichts gegen ihn, denn er war immer nett zu uns. Auch unsere Mutter verändert sich positiv in seiner Gegenwart. Sie streift mit uns durch die Wälder und immer dabei ist ihre Mundharmonika. Sie fordert uns auf zu singen und es klingt, zusammen mit ihrer Musik, wunderschön.

Natürlich bleiben die weiteren Treffen unserer Eltern nicht aus. Es gibt viel zu klären. Wer bekommt die Kinder? Also Karen und mich können sie auf keinen Fall trennen, das ist auf jeden Fall für uns klar. Die zwei älteren Schwestern hängen aber auch wie wir sehr viel zusammen. Wir Zwillinge gehen zu Papa und seiner neuen Frau, die wir sehr gerne haben. Aber werden sie uns überhaupt fragen? Es wird bestimmt alles über unsere Köpfe hinweg geschehen. Eine Lobby für Kinder gibt es in den 50er Jahren nicht. Und so ist die Stimmung, wenn Papa nach Hause kommt, unerträglich. Wir verkriechen uns, gehen regelrecht in Deckung, wenn er erscheint, wir wollen einfach nichts mit ihrem Streit zu tun haben. Warum tun Eltern ihren Kindern so etwas an? Warum sind sie so unbeherrscht! Gott sei Dank haben wir Zwillinge uns.

Aber was tun so arme Einzelkinder in solch einer Situation? Mit wem können sie reden? Papa war wegen des Studiums kaum noch zu Hause. Somit ist es für uns auch egal, wenn jetzt der Bauernsohn bei uns auftaucht. Er ist nett zu uns und vor allem können wir auch weiterhin in den Schulferien in die von uns geliebte Rhön fahren. Hier erwarten uns wieder die Jungen dieses Dorfes und freuen sich auf uns. Schön zu wissen, dass uns dort jemand vermisst und sich auf uns freut. Wir haben das Gefühl, dass selbst die Schweine sich auf uns freuen, wenn wir in den Stall kommen.

»Karen, ich glaube, sie vermissen uns wirklich.« In dieser neuen Zeit werden wir kaum noch geschlagen, und auf keinen Fall, wenn der andere Mann sich in unserer Wohnung aufhält.

Das soll er also nicht mitkriegen? Gut für uns, vor allem für mich. Eine kräftige Ohrfeige, aber auch das nur, wenn unsere Mutter allein mit uns ist. Das bringt mich nicht um, da wir, vor allem ich, früher viel schlimmer verprügelt wurden. Wie lange dieser Zustand wohl anhält? Es wird hinter unserem Rücken beschlossen, wenn alles geregelt ist, was eine Weile dauern wird, dass wir Zwillinge bei unserem Vater leben sollen. Aber dies erfahren wir leider erst einmal nicht. Dies zu wissen, hält uns in Hochform.

Scheidungen dauern in der Zeit unserer Kindheit recht lange. Und so bleibt uns Kindern, vor allem uns Zwillingen, die entsetzlich schlechte Laune unserer Mutter nicht erspart. Sie wird wieder sehr oft auf dem Rücken, im wahrsten Sinne des Wortes, von uns Zwillingen ausgetragen. Ab und zu zerbricht auch mal wieder ein Kochlöffel. Dies versetzt sie in noch größere Wut. Dann wiederum erscheint sie öfter abends in unserem Kinderzimmer, ihre Mundharmonika in der Hand, und fängt an, Volkslieder zu spielen. Wir stimmen automatisch mit ein. In diesen Momenten habe ich sie doch lieb. Für eine kurze Zeit scheint die Welt für sie und uns friedlich zu sein.

Leider melden sich bei mir wieder die bekannten Alpträume. Schweißgebadet wache ich auf, mein Herz klopft bis zum Hals. Es ist wieder der große Ball, der mich bedroht. Ich verlasse langsam das untere Bett des Etagenbettes, klettere nach oben und krieche zu Karen. Ich kuschele mich an sie. Automatisch legt sie ihre Arme fest um mich.

»Hattest du wieder einen Alptraum?«, flüstert sie. Danach schlafen wir wieder ein.

Aber inzwischen hat auch Karen ihren Alptraum. Sie fällt aus dem vierten Stock, kommt aber unten nicht an, da sie zuvor wach wird.

»Susanne, ich habe den Luftzug an meinen Beinen gespürt. Und ich konnte nichts machen.«

Sie weint und jetzt bin ich die Trösterin. Hätten wir damals jemanden fragen können, was die Träume bedeuten könnten, bin ich mir sicher: Es war die problematische Beziehung zu unserer Mutter. Der große Ball soll mich zwar nicht töten, mir aber klarmachen, wer der Stärkere ist. Ist es eine Warnung an mich? Karen wird aus dem Fenster geworfen, kommt aber unten nicht an. Aufgrund ihrer Zartheit wird sie zunächst verschont. Nicht selten hörten wir folgenden Satz von unserer Mutter, wenn sie wieder einmal sehr wütend auf uns war:

»Hätte ich doch nur die eine mit der anderen totgeschlagen.«

Diese brutale Aussage wurde uns erst viele Jahre später bewusst und wir konnten es kaum glauben, dass eine Mutter so etwas zu ihren Kindern sagt.

Wenigsten läuft es in der Schule einigermaßen gut. Da ändert sich vorerst einmal nichts. Die Lehrer wechseln auch nicht. Der dumme Mathelehrer bleibt. Ich bin fest davon überzeugt, dass dieser Mann durch seine unverschämte und respektlose Aussage gegenüber mir verhindert hat, dass ich später eine großartige Karriere als Mathematikerin erreicht hätte. Kann sein, dass er mir das versaut hat. Ich hatte eigentlich bis zu diesem Tag gerne gerechnet. Unser Turnlehrer vergreift sich auch nicht mehr an den Wangen der Schulkinder, so dass kein Kind mehr blaue Flecken im Gesicht hat. Dies ist unser großer Erfolg.

»Susanne, wir können stolz auf uns sein, eigentlich müssten unsere Mitschüler sich bei uns bedanken.«

Aber einer allein ist bestimmt nicht so mutig wie wir beide. Sie sind eben keine Zwillinge. Allerdings gelingt uns so ein Erfolg nicht, wenn wir wieder etwas später von der Schule nach Hause kommen. Unsere Mutter ist leider in ihr altes Muster verfallen und kann es immer noch nicht lassen, sich an ihrem Lieblingsspielzeug, dem Teppichklopfer, abzureagieren. Allerdings passiert dies immer noch nicht in Gegenwart ihres neuen Freundes. Sie ist eine sehr intelligente und belesene Frau, sie spricht mehrere Sprachen und drückt sich sehr gut aus, es sein denn, sie gerät in Rage. Was will sie denn mit diesem Mann?

Was wir als besonders unangenehm empfinden ist, dass sie, wenn wir von der Schule kommen, oft im Bett liegt und liest. Unsere Betten sind ungemacht und manchmal ist auch nicht gekocht.

»Ihr könnt jeder ein Stück Brot mit Marmelade essen.«

Aber sie fordert uns Zwillinge erst einmal auf, ihr beim Bäcker ein Hefegebäck zu kaufen. Also nicht zwei oder drei, sondern nur eins für sie! Wie kann eine Mutter so etwas tun? Wir machen uns auf den Weg und besorgen, was sie gerne haben will.

»Susanne, was denkst du, was sie mit uns machen würde, wenn wir jetzt jeder einmal in das Gebäckstück beißen würden?« fragt Karen.

»Ich weiß nicht und will es auch nicht herausfinden.«

»Vielleicht hat sie dann ein schlechtes Gewissen uns gegenüber.«

»Das glaube ich nicht. Vergessen wir es.«

Dieses Verhalten hat uns Zwillinge geprägt. Wir haben später, als wir eigene Kinder hatten, ihnen immer morgens, noch vor unserer Arbeit, die Betten gerichtet, und niemals aßen meine Schwester und ich vor ihren Augen etwas, was auch sie nicht bekommen haben. Karen und ich haben uns geschworen: So etwas werden wir niemals tun. Und wir beide versprechen uns gegenseitig Folgendes: Sollte sich jemals eine von uns so verhalten wie unsere Mutter, muss die andere sofort einschreiten und sagen: »Jetzt bist du wie unsere Mutter.«

Wir wollten auf keinen Fall so werden wie sie. Übrigens haben wir uns des Öfteren gegenseitig daran erinnert.

Dann folgt, was folgen muss. Die Ehe unserer Eltern wird nach monatelangen Vorwürfen, Streitereien und seelischen Verletzungen, auch an uns Kindern, geschieden. Noch wissen wir nicht, bei wem wir bleiben werden. Karen und ich hoffen, dass wir zu unserem Vater kommen. Unsere neue Stiefmutter wird von uns Zwillingen schnell geliebt. Sie ist so nett, niemals ist sie unhöflich zu uns, sie nimmt uns ernst und Paps schlägt uns auch nicht mehr. Sie hat es ihm wohl nicht erlaubt. Es bedarf also einer Frau, die ihm sagt, was er zu tun hat. Unsere Mutter hat es ihm befohlen, er hat ihr gehorcht. Oh Papa, warum warst du nur so schwach. Wir hatten solche Angst vor dir. Jetzt sind wir in den Ferien bei ihm und der neuen Frau und fühlen uns einfach nur gut.

Das aber passt unserer Mutter wieder einmal nicht. Kaum sind wir wieder zu Hause, fragt sie uns, wo es denn schöner sei, bei ihr oder bei unserem Vater? Sie nennt nicht den Namen ihrer Nachfolgerin, eher würde sie sich die Zunge abbeißen. Das bringt uns emotional in große Schwierigkeiten. So sagen wir natürlich: Bei ihr. In diesem Moment denke ich, ich hasse sie, und schäme mich aber auch sofort für diesen Gedanken. Karen geht es genauso. Was sollen wir nur tun? Wir müssen also lügen, was doch die Kirche verbietet. Noch sind wir gläubig.

Nun muss jedoch zunächst die erste Ehe unserer Eltern von der Kirche für nichtig erklärt werden. Wir Kinder sind alle evangelisch, wie unsere Mutter auch, aber ihre erste Eheschließung war katholisch, da unser Vater Katholik ist. Das Paar musste nur versprechen, dass die Kinder im katholischen Sinne erzogen werden. Nun sind die Kinder an der Reihe. Wir sollen alle erneut getauft werden, aber jetzt katholisch. Verstehen wir eigentlich, welches Spiel gespielt wird?

Wir Zwillinge finden die katholischen Kirchen allerdings viel schöner. Sie sind so bunt, viel Gold ist im Spiel, die evangelischen Gotteshäuser sind dagegen sehr nüchtern. Dann passt alles zusammen. Uns Zwillingen ist es egal, ob wir evangelisch oder katholisch sind. Und so werden wir auch noch getauft. Das Wasser, welches zart über den Kopf gegossen wird, ist ganz schön kalt. Dann folgt eine kleine Feier zu Hause und das war es dann.

»Susanne, wir sind jetzt katholisch.«

»Aber was ändert dies? Vielleicht werden wir jetzt nicht mehr geschlagen«, ist meine Antwort. Wir schauen uns an und fangen an zu lachen. Ja, wir Zwillinge erhalten in dieser Zeit eine Aufmerksamkeit, die wir sonst nur von Fremden bekommen. Und jetzt dürfen wir auch noch zur Kommunion. Unsere Mutter ist in dieser Zeit sehr nett zu uns. Vielleicht sind die Katholiken bessere Menschen als die Evangelischen. Und dann kommt unser Tag. Wir sind aufgeregt. Wir haben uns vor diesem in eine Messe geschlichen und beobachtet, wie der Priester den Menschen, die alle nach vorne geströmt sind, eine Hostie auf die Zunge legt. Wir wollten wissen, wie weit man die Zunge herausstrecken muss. Wir üben dies noch einmal in unserem Zimmer unter großem Gelächter.

»Susanne, wir dürfen aber nicht lachen, wenn wir an die Reihe kommen. Wir würden uns blamieren und auch unsere Mutter.«

»Vielleicht hat ja mal jemand dem Priester in den Finger gebissen.«

Erneut prusten wir los vor Lachen.

Nun stehen wir zwei, natürlich von Kopf bis Fuß gleich gekleidet, wie immer, mit vielen anderen Kindern vor der Kirche. Es ist ein schöner Tag, die Sonne scheint. Unsere netten weißen Kleidchen, welche unsere Mutter selbst genäht hat, werden bewundert. Und fotografiert werden wir alle, aber wir Zwillinge wieder deutlich mehr, da auch Fremde fragen, ob sie das dürfen. Da wir das ja gewöhnt sind, machen wir brav mit. Dann läuten die Glocken als Zeichen, dass es nun Zeit ist, uns in Zweierreihen aufzustellen und in die Kirche zu schreiten. Wir überstehen diese Zeremonie mit ernsten Gesichtern, nachdem sich unsere Blicke kurz getroffen haben. Bestimmt denken wir beide an unsere Übungen bezüglich der Hostie, die wir bald bekommen werden. Die schmeckt allerdings nach nichts. Ich glaube, wir zwei haben den Sinn dieser Aktion gar nicht verstanden. Wir wurden zwar zuvor ein paar Stunden darauf vorbereitet, aber das war es dann auch.

Bei den Evangelischen gibt es so etwas nicht, genau wie diese Beichten in den kleinen Kabinen. Was erzählt man denn dem Priester, was man als Kind angestellt haben soll? Wir fragen ein paar der Mädels und die sagen:

»Dann sag, du hättest zum Beispiel schlechte Gedanken gehabt, was deine Eltern angeht.«

Die Glocken läuten erneut und wieder verlassen wir die Kirche in einer Zweierreihe, nur hat jetzt jeder eine große brennende Kerze in der Hand. Es sieht sehr schön aus. Schließlich sind wir jetzt die Bräute von Jesus. Wir stellen uns die Frage, wie viele davon existieren. Erst einmal muss fotografiert werden, und natürlich müssen die Zwillinge wieder für die Alben anderer Leute herhalten. Das passt einigen Kindern nicht, was wir verstehen können, und sie schauen böse auf uns. Aber es ist doch nicht unsere Schuld, dass wir Zwillinge sind. Das hat die Natur entschieden.

Zu Hause gibt es Kuchen und Tee, und der neue Mann unserer Mutter ist auch dabei. Schließlich ist er der Grund, dass wir nun katholisch sind. Karen und ich haben eigentlich nichts gegen ihn, denn unsere Mutter ist in dieser Zeit recht gut gelaunt. Wie lange wird es anhalten? Er wird irgendwann ganz bei uns leben, wenn alles bei ihm zu Hause geregelt ist.

Ihr neuer Lebensgefährte verlässt auch alsbald seine ihm vertraute Welt und zieht zu uns in die Drei-Zimmer Wohnung, die für so viele Personen zu eng ist. Aber was hat er denn gelernt, fragen wir uns. Er ist ein

Bauer, der allerdings viele Maschinen bedienen kann, die in der Landwirtschaft erforderlich sind.

Für die Aufgabe seines Anrechts als lebender Erstgeborener auf den Bauernhof bekommt er eine Abfindung, die nicht sehr hoch ist. Strafe muss eben sein. Seine Mutter aber, eine sehr liebenswerte Bäuerin, Mutter von sechs Kindern, hat erstaunlicherweise nichts gegen diese Verbindung. Wichtig ist ihr nur, dass unsere Mutter geschieden wird und dann zum katholischen Glauben konvertiert. Wollte unsere Mutter vielleicht auch ihrem Exmann, also unserem Vater, beweisen, dass sie selbst nach vier Kindern einen elf Jahre jüngeren Mann bekommen kann?

Ihr neuer Ehemann ist handwerklich sehr begabt. Er hat mehrere Führerscheine für verschiedene Fahrzeuge erworben und kann deshalb unter anderem einen Lastwagen fahren. Somit ist es in den 50er Jahren kein Problem für einen jungen Mann wie ihn, einen Job zu bekommen.

Wie sieht es mit der neuen Frau unseres Vaters aus? Sie ist eine Postangestellte mit einem sicheren Arbeitsplatz. Es stört unsere Mutter nun auch noch, dass wir unsere Stiefmutter sehr mögen. Wir glauben, sie ist eifersüchtig. Was haben wir Kinder denn mit dem Knatsch der Erwachsenen zu tun? Diese können in ihrem Hass gegenüber dem Expartner sehr grausam sein.

Schon bald wird unsere Mutter schwanger. Wir vier Kinder freuen uns sehr auf das neue Baby, sind wir doch alle sehr kinderlieb. Die Schwangerschaft allerdings verändert sie stark. Leider sehr negativ, denn täglich mehrfach den Aufstieg in den vierten Stock mit vollen Einkaufstaschen zu bewältigen, ist wahrlich eine Herausforderung. Sie könnte aber auch warten, bis ihr neuer Ehemann nach Hause kommt. Will sie ihm beweisen, dass sie genauso stark ist wie die Bäuerinnen? Das hat sie doch gar nicht nötig, schließlich hat sie das längst bewiesen, als sie nach einer Bombardierung durch die Alliierten in Schwandorf (Bayern) allein mit zwei kleinen Kindern zu Fuß bis nach Hessen marschiert ist.

Sie nimmt schnell an Gewicht zu, was auch nicht verwunderlich ist, da die ersten drei Geburten doch recht rasch hintereinander erfolgten. Insbesondere die Zwillingsschwangerschaft hat ihre Bauchmuskulatur stark beansprucht beziehungsweise stark überdehnt. Das hinterlässt Spuren. Und wer ist schuld? Natürlich wir Zwillinge.

»Ja, ihr habt zu zweit einfach zu viel Platz gebraucht. Für meinen Körper war das dann eben nicht gut. Besser wäre es gewesen, es wäre nur eine von euch geboren.«

Sollen wir uns vielleicht auch noch dafür entschuldigen? Karen und ich schauen uns kurz an und unsere Blicke bedeuten ein »nein«. Warum? Unser Plus ist: Wir verstehen uns auch, ohne zu reden. Das ist nicht leicht für unsere Mutter, besonders bei den vielen Auseinandersetzungen mit ihr. Dieser extreme Zusammenhalt von uns lässt sie oft verzweifeln und so wird sie unter Umständen auch laut und schreit uns an.

»Ich kann euch nicht mehr sehen.«

Nun, man muss sich vorstellen: Sie schaut immer in die gleichen Gesichter, oft sind diese unbeweglich, ängstlich oder wütend, ein anderes Mal anklagend, aber auch öfter lachend. Was sie jetzt aber kräftemäßig nicht mehr hinbekommt, ist, uns zu schlagen. Dafür schreit sie uns umso mehr an. Das ist immer noch besser, als den Kochlöffel zu spüren, allerdings ist das, was sie sagt, auch sehr verletzend. Dann wiederum erscheint sie am Abend mit ihrer Mundharmonika bei uns im Zimmer und spielt friedlich vor sich hin. Wir denken, sie will vielleicht gar nicht so sein, aber ihr Temperament geht leider mit ihr durch.

Die Mehrheit der Kinder in unserer Klasse erhält Taschengeld. Es ist nicht viel, aber sie können sich schon mal eine Kleinigkeit wie zum Beispiel einen Lutscher kaufen. Karen und ich wagen es einmal, darüber zu sprechen. Was bekommen wir zu hören? Wir würden genug kosten. Wir haben nie wieder gefragt.

Die Scheidung unserer Eltern ist in der Schulklasse plötzlich ein Thema. Wir kennen niemanden, bei dem das auch vorgekommen ist. Es ist auf jeden Fall bei sehr vielen Menschen in unserer katholischen Stadt so etwas wie eine »Schande«. Wir werden nicht direkt angesprochen, aber man flüstert hinter uns. Das belastet

Karen und mich sehr. Wir haben nämlich ein sehr gutes Verhältnis zu den Schulkameradinnen. Wir berichten jedoch darüber zu Hause, und unsere Mutter meint, dass wir das einfach ignorieren sollen. Leicht gesagt, aber was bleibt uns anderes übrig? Es hört dann auch bald auf, da wir ja wieder interessant sind, weil bei uns ein Baby erwartet wird. Es ist ein großes Thema, besonders bei den Mädels. Eine dieser Schulkameradinnen beobachtet unsere Mutter beim Einkaufen.

»Mein Gott, wie dick sie geworden ist«, berichtet sie am nächsten Schultag. Wir müssen alle lachen. Wir erzählen dies zu Hause und auch hier lachen wir gemeinsam. Schön, dass es das auch noch gibt.

Aber etwas Neues gibt es auf dem Markt: Es ist der Eismann. Laut rufend, fährt er langsam, mit einer Schelle in der Hand klingelnd, durch die Straßen und ruft

»frisches Eis … frisches Eis.«

Mehrere Kinder und Erwachsene eilen freudig zu ihm hin und wir Zwillinge beobachten neidisch diese Menschenansammlung. Wir können dies von unserem Fenster im 4. Stock aus gut sehen. Wir möchten so gerne auch mal ein Eis essen, bisher war dafür kein Geld da. Aber wenn unsere Mutter mit ihrem Mann mal ins Kino geht, was selten vorkommt, sollten wir wenigstens auch einmal ein Eisbällchen essen dürfen. Und dann »reitet mich der Teufel.« Es ist ein altes

Sprichwort, wenn man etwas tut, was eigentlich nicht erlaubt ist. Der Teufel steht für die böse Tat.

»Karen«, flüstere ich, damit uns niemand hört. Die größeren Schwestern sind noch in der Schule, nur unsere Mutter liegt lesend im Bett.

»Ich gehe jetzt an ihr Portemonnaie. Ich weiß, wo es liegt. Ich hole uns etwas Geld und wir essen heute Eis. Pass du auf, ob die Großen kommen oder unsere Mutter aufsteht.«

Ehe sie antworten kann, schleiche ich in die Küche, denn da steht ihre Handtasche. Eigentlich wollte ich nur 20 Pfennige besorgen, aber es gibt nur mehrere 50-Pfennig-Stücke. Ich nehme schnell einen 50er heraus, lege die Tasche an ihren Platz zurück und gehe auf Fußspitzen zurück zu meiner Schwester.

»Komm, wir essen jetzt Eis«, flüstere ich. »Wir gehen mal vor die Tür«, rufe ich in Richtung Schlafzimmer, »wir sind bald zurück.«

»Hoffentlich ist der Eismann noch da«, flüstert Karen. Wir schleichen die vier Stockwerke herunter, nur keinen Krach machen. Normalerweise springen wir von Stufe zu Stufe, halten uns aber dabei immer mit meiner Hand am Geländer fest. Das ist schön laut, und oft haben sich auch die anderen Mieter darüber beschwert. Heute jedoch dürfen wir nicht auffallen. Wir drücken eilig die große Haustüre auf und gehen schnurstracks auf den Eisverkäufer zu. Er schaut in unsere Gesichter und lächelt.

»Ah, Zwillinge. Dann müssen die Bällchen aber auch genau die gleiche Größe haben.«

Er entnimmt zwei Eistüten aus einem Halter und formt tatsächlich zwei identische Eisbällchen auf die Waffeln. Ich bezahle und erhalte drei Zehnpfennigstücke zurück. Wir verstecken uns erst einmal hinter einer Treppe, die zu einem anderen Haus führt. Dort hocken wir uns hin und verzehren genüsslich unser Eis plus die Waffel.

»Susanne, du hast doch noch Geld übrig. Wir werfen es in den Kanal. Dann ist die Sünde nicht so schlimm und wir werden es auf jeden Fall beichten müssen.«

Ich nicke, denn so langsam stellt sich ein ungutes Gefühl ein. Wir schauen uns beide schuldbewusst an. Als wir wieder in unserer Wohnung sind, gehen wir sofort in unser Kinderzimmer. Was haben wir getan?

»Karen, wir haben gestohlen. Das machen wir nie mehr.« Plötzlich kommt unsere Mutter ins Zimmer. Sie schaut uns freundlich an und hat ihre Mundharmonika in der Hand.

»Lasst uns singen.«

Mein Gott, sie ist so gut gelaunt und wir haben sie bestohlen. Sie spielt und wir folgen ihr stimmlich mit einem ganz schlechten Gewissen.

Aufgrund einer besonderen Beziehung durch unsere Mutter zu einem Professor der katholischen Kirche, er hat auch die Scheidung unserer Eltern durchgeführt, können wir jeden Freitag am Abend die anfallenden Wurstenden in einer Metzgerei abholen. Es ist lobenswert, wenn die übergewichtige Metzgerin nicht so laut verkünden würde, wie hilfsbereit sie gegenüber bedürftigen Menschen ist, die viele Kinder, aber wenig Geld haben. Diese Metzgerei hat auch noch den gleichen Nachnamen wie wir. Erst einmal begrüßt sie uns lautstark.

»Ach da sind ja wieder die Zwillinge, da sieht doch eine wie die andere aus. Wartet noch ein bisschen, dann mache ich euch ein Paket fertig.«

Wohlwollend betrachtet man uns. Einige der Frauen tuscheln leise. Männer kaufen hier nicht ein, das ist nicht ihr Bereich. Karen und ich schämen uns wieder aufs Neue. Wir würden uns am liebsten ins nächste Mauseloch verkriechen. Wir laufen auf keinen Fall in Lumpen herum. Unsere Mutter hat früher nachts länger bei einer Schneiderin gearbeitet und dadurch das Nähen gelernt. Und nun schneidert sie aus allem, was möglich ist, wirklich nette Kleidung für ihre vier Kinder. Auch wir Zwillinge erhalten unsere Zwillingskleider, denn das macht man so. Es sieht auch so süß aus. Und die nette Metzgerin meint es ja bestimmt gut. Wir wissen, dass sie keine Kinder hat, das bedeutet, keinen offiziellen Erben für diese alteingesessene Metzgerei. Offensichtlich braucht sie diese Anerkennung durch andere Menschen. Aber muss sie das ausgerechnet vor uns kleinen Mädchen tun?

Wir schweigen, schämen uns weiter und warten, bis keine neue Kundschaft mehr gekommen ist, um dann die gepackte Tüte anzunehmen. Es ist nicht wenig, denn schließlich essen sechs Personen davon. Wir sagen anständig »Auf Wiedersehen« und verlassen dann diese Stätte der Demütigung. Der gute Geruch von Wurst steigt uns in die Nasen, jedoch widerstehen wir der Versuchung, das Paket zu öffnen. Es bliebe sowieso nicht nur bei einem Wurstende, das wissen wir aus Erfahrung. Und das Donnerwetter unserer Mutter wollen wir auch nicht riskieren.

Ein paar Häuser weiter gibt es den ersten »Einkaufsmarkt« nach dem Krieg. Hier bekommst du alles, wenn du Geld hast. Und das ist wieder einmal das Problem: Wir Kinder haben keins. Die Apfelsinen lachen uns täglich an, sie stehen auch noch draußen vor dem Schaufenster. Es ist Weihnachtszeit, aber wir müssen noch bis Heiligabend warten, dann gibt es Geschenke und auch Apfelsinen. Aber das dauert noch. Uns läuft wieder einmal das Wasser im Mund zusammen.

»Susanne«, flüstert Karen. »Ich kann es nicht mehr aushalten. Wir stibitzen uns heute schnell jeder eine dieser Orangen und verschwinden hinter den nächsten Treppen.«

Das sind Aufgänge zu einer Wohnung, die etwas höher liegt. Ideal, um sich seitlich zu verstecken. Als niemand in der Nähe ist, schlagen wir zu. Jeder hat sich eine Apfelsine gegriffen, und wie besprochen, kleben wir nun an der Treppenwand nebeneinander und verspeisen unsere Apfelsinen. Eine ältere Dame läuft langsam an uns vorbei. Sie schaut uns direkt an.

Apfelsinensaft läuft uns vor Schreck aus den offenen Mündern. Sie sagt, ohne stehen zu bleiben:

»Hab's gesehen, hab's gesehen.«

Unsere großen ängstlichen Kinderaugen muss sie wahrgenommen haben, aber unsere pochenden Herzen konnte sie nicht hören. Sie geht langsam weiter und schaut aber nicht noch einmal zurück. Als wir sie nicht mehr sehen können, wagen wir uns aus der Deckung. Dieses Erlebnis war so ein großer Schock, dass wir uns schwören: Das machen wir nie wieder. Wir essen schnell den Rest der Apfelsinen zu Ende und entsorgen die Schalen in der nächsten Mülltonne. Beim Abendessen legen wir beide nur wenig von den Wurstenden auf unser Brot. Etwas müssen wir essen, obwohl uns der Hunger vergangen ist. Aber die Nacht ist lang. Wir leiden sehr unter diesem Diebstahl.

»Susanne«, höre ich später meine Schwester flüstern.

»Das müssen wir beichten.«

»Ja, ich weiß, aber lass uns jetzt schlafen.«

Die Weihnachtsferien beginnen bald. Auch der Besuch von unserem Paps bei seiner Schwester steht an. Wir Kinder werden hier alle wieder einen schönen friedlichen Sonntag verbringen, unsere Weihnachtsgeschenke etwas verfrüht entgegennehmen dürfen und uns einfach wohlfühlen. Die neue Frau von unserem Vater kommt an diesem unserem Weihnachtstreffen nicht mit, was sie ihr Leben lang beibehält. An diesem Tag gehört ihr Mann nur uns. Aber sie hat zuvor die

Geschenke organisiert. Und das tut sie mit großer Freude. Haben wir einen Weihnachtswunsch geäußert, versucht sie uns diesen zu erfüllen. Natürlich darf er nicht zu teuer sein. Es gibt ein großartiges Mittagessen und danach noch einen selbstgemachten Nachtisch. Alles ist mit Liebe gemacht. Diese Ruhe und der Frieden an diesem Tag, sind so schön, dass wir Zwillinge am liebsten wieder einmal mit Paps abreisen würden. Ich habe ihn irgendwann mal gefragt, warum Karen und ich nicht bei ihm sein dürfen. Er schaute mich traurig an und sagte nur:

»Kind, im Moment geht das nicht.«

Ich bekomme später zufällig ein Gespräch zwischen Paps und seiner Schwester mit. Ich befinde mich in der Toilette und traue mich nicht heraus, weil es dann so aussieht, als hätte ich gelauscht, denn die beiden unterhalten sich im Vorraum, wo man sich die Hände wäscht.

Sie sagt: »Ihr habt doch bei einem Rechtsanwalt vereinbart, dass die Zwillinge zu dir und deiner neuen Frau kommen? Warum kämpfst du nicht? Du siehst doch, wie sehr sie sich das wünschen und wie sie unter der Situation leiden.«

»Ich habe das Thema mehrfach angesprochen, aber ihre bissige Antwort war, dass sie keines der Kinder abgeben würde, selbst wenn es zehn wären. Sie will mich bestrafen und dafür ist ihr jedes Mittel recht. Du darfst nicht vergessen, dass ich bei unserer Scheidung die alleinige Schuld für das Scheitern unserer Ehe auf mich genommen habe.«

Was bedeutet das denn? Was hat er da gesagt? Er hat das Wort »Schuld« benutzt. Die beiden gehen zurück ins Wohnzimmer und ich bleibe noch ein wenig verwirrt in der Toilette und verstehe eigentlich nicht, warum unsere Mutter so hasserfüllt ist. Es ist ihr doch sowieso alles zu viel.

Die Zeit ist um, wir müssen nach Hause. Karen und ich fangen an zu weinen und unser Vater drückt uns noch mal ganz fest. Unsere älteren Geschwister haben kein Problem mit der jetzigen Situation, da sie ja die Lieblingskinder unserer Mutter sind. Wie schon berichtet, werden sie nie geschlagen und machen wohl alles richtig. Sie erleben nicht, wenn unsere Mutter wie wahnsinnig auf uns, vor allem auf mich, einschlägt, da sie viel länger in der Schule sind. Später erzähle ich Karen, was ich belauscht habe. Natürlich versteht auch sie nicht, was Paps mit der Aussage gemeint hat, dass er der Schuldige in dem Trennungsverfahren unserer Eltern sei. Wir wissen auch im Moment nicht, wen wir fragen könnten. Und so sollen noch Jahre vergehen, bis wir diesen Satz mit der Schuldfrage verstehen werden.

Unsere anderen neuen Freunde (die toten Kinder) sind jetzt auf dem Friedhof. Gezielt suchen wir zwei die Kindergräber auf, und innerhalb kurzer Zeit kennen wir die kleinen Jungen und Mädchen mit ihren Namen und wie alt sie waren, als sie starben. Ab und zu sind auch Zwillinge dabei, da diese Babys, wie wir auch, meist zu früh auf die Welt gekommen sind. Nicht alle schaffen es so wie Karen und ich, obwohl ja die Hebamme uns prophezeit hatte, dass wir keine zehn Tage leben würden. Diese stillen Stunden mit unseren toten Freuden machen nur wir zwei zusammen. Wir erzählen es auch niemandem.

Und so erleben wir bei unseren Streifzügen zwischen den Gräbern auch Beisetzungen. Wir beobachten das alles, aber immer aus der Distanz, um nicht zu stören. Dann aber erwischte es uns ganz kalt. Eine Trauergruppe junger Frauen und Männer geht hinter einem kleinen Sarg her. Es ist der Weg zu den Kindergräbern.

»Karen, das ist doch die nette Frau mit dem kleinen blonden Sohn, die so oft zu unserem Spielplatz kommt. Der Junge war doch erst zwei Jahre alt.«

Wir sehen aus unserem Beobachtungsposten, wie die junge Mutter schrecklich weint, und wir verstecken uns schnell hinter einem Gebüsch. Sie soll uns nicht sehen. Mein Gott, wie schrecklich ist dieser Anblick.

Wir gehen tief betroffen nach Hause. Wir erzählen nichts davon, aber diese Sache geht uns nicht aus dem Kopf. Als wir dann aber in unseren Betten liegen, fangen wir beide heftig an zu weinen. Unsere Mutter kommt ins Zimmer und fragt:

»Wart ihr wieder auf dem Friedhof?« Wir nicken und können vor lauter Schluchzen nicht reden.

»Ich habe euch doch gesagt, lasst das sein. Geht nicht dahin. Wenn ihr wollt, könnt ihr es mir aber jetzt erzählen.«

Dann fängt Karen langsam an zu berichten, wer da zu Grabe getragen wurde.

»Das ist sehr traurig. Bestimmt war der Junge krank. Er ist jetzt in Gottes Händen. Versucht zu schlafen.« Unsere Mutter verlässt den Raum.

»Karen«, flüstere ich, »Warum lässt Gott so ein kleines Kind sterben? Eigentlich ist er doch unser Erlöser?« Ich krieche zu meiner Schwester ins Bett und wir umarmen uns ganz fest.

»Uns darf niemand trennen, auch nicht Gott.«

Ich habe geflüstert, dass mich die älteren Schwestern nicht hören. Gott sei Dank haben die beiden einen sehr guten Schlaf. Dann fallen auch wir in den Schlaf.

Dieser Friedhof ist aber wie ein Magnet, der uns immer wieder anzieht. Und so schleichen wir wieder an einem Nachmittag bis zu der Leichenhalle. Wir können die Tür öffnen und schauen voller Entsetzen auf den Mann, der dort aufgebahrt liegt. Sein Bauch ist überdimensional aufgebläht, als habe er hundert Liter Wasser getrunken. Und über ihn hat man eine große katholische Fahne ausgebreitet. Aha, also ein Priester. Sein Gesicht ist glatt und er sieht sehr entspannt aus. Wir trauen uns aber nicht bis ganz zu ihm hin. Vielleicht öffnet er plötzlich die Augen.

»Karen, lass uns leise rückwärts nach draußen gehen. So können wir sehen, wenn er doch plötzlich aufwachen sollte.«

Wir halten uns an den Händen und beginnen behutsam unseren Rückzug, ohne diesen Pfarrer aus den Augen zu lassen. Ich schließe leise die Tür und kaum sind wir draußen, fangen wir an zu rennen, als sei der Teufel hinter uns her. Gott sei Dank sind keine anderen Menschen in der Nähe, denn dann würden diese eventuell denken, dass wir etwas ausgefressen haben. Beim Abendbrot sind wir beide wieder sehr still. Wir erklären das mit Müdigkeit und kriechen schnell in eins von unseren Betten. Weiterhin aber treibt uns unsere Neugier zu diesem Ort. Wir müssen doch wissen, wen Gott sich wieder geholt hat. Was wir niemals gemacht haben, ist, Freundinnen mit zu den Kindergräbern mitzunehmen. Das war unser Geheimnis und Rückzugsort. Meist waren wir traurig, aber der Gedanke, dass diese Kinder jetzt bei Jesus sind, hat uns getröstet.

Diese Besuche bei Hubert, unserem priesterlichen Freund, behalten wir für uns. Unsere Mutter hat auch nicht mehr nachgefragt. Sie denkt bestimmt, dass wir es aufgegeben haben. Allerdings haben wir sowieso nicht verstanden, was sie uns eigentlich sagen wollte.

Erst einmal dürfen wir in den Herbstferien wieder zu unserem Paps und unserer netten »Traummutter«. Hier können wir uns von den Strapazen unserer Familie erholen. Manchmal denke ich, wir sollten einfach verschwinden und bei unserem Vater wieder auftauchen. Ich erzähle Karen diese Idee.

»Susanne, ich glaube, dann schlägt sie uns tot.«

»Dann kommt sie aber ins Gefängnis.«

»Trotzdem, wir dürfen unsere Geschwister nicht vergessen. Was soll dann aus ihnen werden?«

Es gibt aber noch ein Geheimnis, und dies teilen wir mit drei unserer Schulkolleginnen. Es geht um den Frauenberg mit der schönen Kirche. Geführt und bewirtschaftet wird dieses Anwesen von Padres. Sonntags singen diese Männer ihre Kirchenlieder. Die Stimmen sind wunderschön und ebenso sind es auch viele dieser Männer. Sie sind jung und wir können nicht verstehen, warum sie in diesen Orden eingetreten sind. Es gibt auch einen Weingarten, der liebevoll von diesen netten Padres gepflegt wird. Er liegt unterhalb einer Mauer, über die wir hinwegschauen können. Und das tun wir oft. Wir wissen, dass sie dort sind und sich um die Reben kümmern. Wenn sie uns sehen, winken sie uns, und wir winken zurück. Es sind so attraktive Männer dabei. Warum gehen sie ins Kloster? Mögen sie keine Frauen? Das sind Fragen, die wir jungen Mädels uns stellen.

Bei unseren Streifzügen über den Frauenberg begegnen uns manchmal seltsame Männer. Einige von ihnen sind in Lumpen gekleidet oder allgemein schlecht angezogen. Sie riechen ungewaschen, sicher sind sie es auch. Und meistens rauchen sie noch. An einem dieser Tage treffen wir auf einen solchen Mann, der seine

Hose offen hat. Demonstrativ stellt er sich so hin, dass wir sein Geschlecht sehen können. Wir laufen schreiend davon und beraten uns später, was wir tun können. Wenn wir zu Hause erzählen, was uns passiert ist, wird man uns verbieten, diesen Frauenberg weiterhin zu besuchen. Auch unsere netten Padres würden wir nicht sehen können. Also schweigen wir, wissen wir doch, dass wir nur großen Ärger zu Hause bekommen hätten. Womöglich hätten sie uns noch unterstellt, dass wir den Mann provoziert hätten. Solch einen Verdacht hätten wir unserer Mutter zugetraut. Denn sie ist eine Frau mit einer blühenden Fantasie. Es war ein großes Geheimnis unter uns Mädels.

Jetzt wird beschlossen, einen Bauplatz zu erwerben, da die Wohnung für uns alle viel zu eng ist. Der neue Mann unserer Mutter hat zwar für seinen Verzicht auf sein Erbe als Bauer von seiner Familie eine Abfindung bekommen. Aber der Preis ist sehr gering, da neben dem großen Bauernhof auch viele Weideflächen und Wälder existieren. Nun, er hat sich darauf eingelassen und ein Zurück gibt es für ihn nicht mehr. Möglicherweise wird er diesen Schritt später bereuen. Wie heißt es doch: Des Menschen Wille ist sein Himmelreich.

Allerdings zerstört diese Idee des Hausbauens die Hoffnung von uns Zwillingen, zu unserem Vater ziehen zu dürfen. Wie gerne hätten wir Platz gemacht. Wir wagen es jedoch nicht, den Vorschlag zu machen, dass dies vorteilhaft für alle wäre. Das Platzproblem wäre damit auch nicht gelöst, da ja noch zwei Kinder da sind und bald ein weiteres Baby erwartet wird.

Viele Klassenkameradinnen sehnen sich danach, Geschwister zu haben, und empfinden es als erstrebenswert, mit drei Geschwistern in einem Zimmer zu leben. Das stimmt auch teilweise. Für die Entwicklung von Kindern ist dieser Zustand auf jeden Fall von großer Bedeutung. Denn hier lernt man das Leben. Zusammen lachen, miteinander streiten, Rücksicht nehmen auf die anderen, zusammen spielen, sich bei den Hausaufgaben helfen und vieles andere mehr.

In den Osterferien dürfen wir wieder, Gott sei Dank, zu unserem Vater und unserer Stiefmutter. Wir sind so aufgeregt, weil wir wissen, wie sich die beiden auf uns freuen. Wir versuchen aber, diese Vorfreude vor unserer Mutter zu verbergen, denn dann würden von ihr nur wieder neue Hasstiraden gegen unseren Vater und seine Frau kommen. Wir Zwillinge stehen normalerweise sehr eng nebeneinander, und durch leichten Druck signalisieren wir uns, bestimmte Dinge nicht zu besprechen. Schon früh machen wir uns auch Gedanken wegen des Kindes, das sie erwartet. Hoffentlich kann sich dieses kleine Wesen auch gut entwickeln. Auch ihr sehr großer Bauch bereitet ihr Schwierigkeiten. Eigentlich sind das Erfahrungen, die sie bereits dreimal gemacht hat. Sie wusste doch, was auf sie zukommt. Wenn man bedenkt, wie sehr sie normalerweise auf ihre Figur achtet, dann muss dieser Zustand sehr schlimm für sie sein. Auf der anderen Seite weiß sie aus Erfahrung, was man nach der Geburt tun muss, um schnellstens wieder zu dem alten Gewicht zurückzukommen. Vor allem: das Baby so lange wie möglich stillen, denn das hat sie bei uns Zwillingen auch getan, bis sie, wie erzählt, nach Monaten zusammengebrochen ist. Aber dieses Mal ist es ja nur ein Kind. Außerdem ist sie sehr ehrgeizig und hat immerhin einen jungen Ehemann.

Endlich ist der Tag unserer Abreise zu unserem geliebten Paps gekommen, und unsere ältere Schwester bringt uns zum Bahnhof. Dieser ist nicht weit entfernt und wir haben keine Mühe, jeder einen kleinen Koffer zu tragen. Wir besitzen sowieso nicht sehr viele Kleider, schließlich ist es immer noch Nachkriegszeit und vier Kinder müssen angezogen werden. Unsere Mutter aber ist es besonders wichtig, zu beweisen, dass die Zwillinge ordentlich als Zwillinge gekleidet sind. Tage und Nächte hat sie wieder an der Nähmaschine gesessen, denn schließlich fahren wir zu ihrer Feindin, der Ehebrecherin. Das Wort kannten wir bis zu dieser Zeit auch noch nicht. Jetzt ist ihr unser Aussehen besonders wichtig. Endlich rollt der Zug langsam in den Bahnhof ein. Für uns viel zu langsam. Wir wollen einfach nur weg, nicht dass noch etwas dazwischenkommt. Der Zug steht und wir dürfen einsteigen. Ein freundlicher Schaffner bringt uns zu einem Abteil, nachdem er uns stolz als Zwillinge »identifiziert« hat.

Sein Blick ruht gefällig auf uns, bevor er das Abteil verlässt. Draußen können wir ihn noch beobachten, denn er ist es, der das Signal zur Weiterfahrt gibt. Langsam fährt der Zug an und vermittelt uns eine Reise in unser Wunderland, denn da werden wir erwartet. Wir winken noch unserer Schwester, bis wir sie nicht mehr auf dem Bahnsteig sehen können.

»Geschafft!«, ruft Karen und sieht so glücklich aus wie ich auch.

»Zwei Wochen Freude warten auf uns«, stimme ich bei.

Wir haben zwar jeder ein Buch zum Lesen dabei, aber wir kommen nicht dazu, da wir auch so gerne aus dem Fenster schauen und ununterbrochen reden müssen. Es gibt so viel Schönes zu sehen und alles ist aufregend. Wir sind allein im Abteil, so dass wir auch niemanden stören.

Einmal kommt ein Kontrolleur vorbei, und als er uns Zwillinge sieht, geht ein Strahlen über sein Gesicht.

»Ah, das sind ja wieder die Zwillinge. Ich erkenne euch wieder. Ihr wart doch vor einigen Wochen auch in dem Zug. Ich wünsche euch eine gute Fahrt. Aber erst muss ich eure Tickets abknipsen.«

Karen hält die Karten bereits seit einiger Zeit fest in ihrer Hand.

»Hattest du Angst, dass die uns jemand stiehlt?«, frage ich sie.

»Das kann man doch nie wissen«, ist ihre Antwort. So ist meine »kleine Schwester«. Immer besorgt, es könnte etwas schiefgehen. Der Schaffner schaut uns noch einmal so liebevoll an, dass es fast schon weh tut. Er knipst die Fahrkarten ab und geht mit einem freundlichen Lächeln aus der Kabine. Wir haben aufgrund unserer eineiigen Zwillingsgeschichte längst bemerkt, dass wir anders behandelt werden.

»Wir sollten im Zirkus auftreten«, witzelt Karen.

»Wie der uns angeschaut hat. So sollte uns unsere Mutter auch mal ansehen.«

»Die sieht uns ja jeden Tag und wir sind auch nicht immer Engel.«

»Wenn sie wenigstens aufhören würde, uns zu schlagen. Im Moment ist sie durch ihre Schwangerschaft zwar ganz okay, aber auch das geht ja mal zu Ende.«

»Susanne, vielleicht braucht sie ja bald auch ein Zimmer mehr.«

»Das tut sie auf jeden Fall, aber noch sind unsere älteren Geschwister da.«

Es wird wieder eine wunderbare Zeit. Wir bitten unseren Vater, mit uns Rechnen zu üben, was er gerne tut. Schließlich ist er Diplomingenieur. Ab und zu diktiert er uns auch etwas. Er meint, wir sind ganz gut dabei. Unsere Stiefmutter ist eine sehr gute Köchin. Es bereitet ihr große Freude, wenn wir ihr Essen genießen, insbesondere ihre Nachtische. Die Zeit vergeht viel zu schnell. Wir unternehmen viele Wanderungen mit den beiden, gehen in Museen und besuchen verschiedene Sehenswürdigkeiten. Da unser Vater sehr gebildet und belesen ist, erfahren wir viel von ihm, was es hier Wissenswertes gibt. Allerdings spielt er nicht mehr auf seiner Geige. Wir betteln wieder, aber er sagt nur, er habe so lange nicht mehr gespielt. Das kann sich ein Geiger nicht erlauben, denn er muss eigentlich täglich üben. Vielleicht möchte er auch nicht mehr an sein früheres Leben erinnert werden. Aber diese Geige hängt dekorativ an einer Wand im Wohnzimmer.

Die Tränen des Abschieds müssen sein, denn wir wollen natürlich nicht zurück. Aber wir haben nicht die Macht, etwas von uns aus zu ändern. In unserer Kindheit ist es noch nicht möglich, dass wir entscheiden dürfen, bei wem wir gerne leben möchten. Freuen wir uns aber auch erst einmal auf das bald geborene Baby. Es weiß nichts über seine zukünftige Mutter, es sei denn, es erinnert sich an ihre Stimme bei ihren Wutausbrüchen. Aber was dieses Baby bestimmt kennt, ist ihre Mundharmonika und unsere Stimmen. Wir hoffen es und wünschen diesem Kind von ganzem Herzen eine bessere Kindheit als unsere. Natürlich werden wir wieder bei unserer Ankunft zu Hause gefragt, wo es denn schöner sei. Ich würde am liebsten laut schreien:

»Bei unserem Vater«, aber was sage ich stattdessen:

»Bei dir.« Diese verdammte Lüge. Und ich weiß es schon jetzt, dass ich das wieder beichten muss. Karen musste sofort auf die Toilette und so blieb es ihr erspart, eine Antwort geben zu müssen.

Zunächst ist aber erst einmal das Baby an der Reihe. Die Hebamme hat sich bereits bei uns Kindern vorgestellt, denn es wird eine Hausgeburt angestrebt. Ihr lag viel daran, die Kinder kennenzulernen, die ungeduldig in ihrem Kinderzimmer auf das Geschwisterchen warten. Das erzählen wir aber nicht unserem Vater. Wir müssen ständig abwägen, was wir bei dem einen oder der andern sagen dürfen. Das ist sehr anstrengend.

Es geht los: Die Wehen haben eingesetzt. Das erklärt uns die inzwischen angekommene Hebamme, die mal kurz bei uns hereinschaut und meint:

»Ein bisschen müsst ihr euch noch gedulden.«

Das ist sehr nett. Und so warten wir alle vier ungeduldig auf weitere Nachrichten. Wir trauen uns noch nicht einmal, auf die Toilette zu gehen. Zwischen dem Kinderzimmer und dem Schlafzimmer liegt das Wohnzimmer und verschluckt somit lautere Geräusche. Wir können absolut nichts hören. Jeder von uns weiß jedoch, dass viele Frauen aufgrund der extremen Schmerzen sehr laut schreien. Und so vergehen Stunde um Stunde, bis endlich unsere Türe geöffnet wird und der frischgebackene Vater strahlend verkündet:

»Es is e Maje«, was heißt, es ist ein Mädchen. Ihm scheint das Geschlecht des Kindes egal zu sein. Schließlich ist dies seine erste Tochter. Er sieht sehr glücklich aus. Und so sind wir nun fünf Mädchen. Unsere älteste Schwester ist 12 Jahre älter als das Baby, bei der zweiten Schwester sind es 11 Jahre und bei uns Zwillingen 10 Jahre. Wir warten ungeduldig darauf, dass die Tür erneut aufgeht. Dann ist es so weit: Ein glücklicher frisch gebackener junger Vater steht im Türrahmen, in seinem Arm ruht ein kleines Bündel Mensch, seine Tochter und unsere neue Schwester. Es ist schön, wenn man so erwartet wird. Uns Zwillingen war das nicht vergönnt. Wir haben eher Entsetzen ausgelöst, aufgrund unseres Geschlechts. Ob man das als Baby spürt? Dieses neue kleine Kind ist zwar nicht der erwünschte Sohn, aber es ist ja auch das erste Kind aus dieser noch recht frischen Verbindung. Wir sagen uns alle »gute Nacht« und schlafen dann auch recht schnell ein.

Der nächste Morgen fühlt sich anders an. Unser Leben hat eine neue Wendung genommen. Wir möchten jetzt zunächst in das Schlafzimmer gehen und das Baby bei Tageslicht betrachten. So kleiden wir uns rasch an und schleichen alle vier hintereinander bis zur Zimmertüre. Sie ist geschlossen. Unsere älteste Schwester darf anklopfen. Wir sind leise und warten, bis die Türe geöffnet wird. Richard bittet uns herein. Unsere Mutter liegt schlafend im Bett und das Baby ruht in ihrem Arm. Einer nach dem andern darf die Kleine mal am Händchen streicheln und dann gehen wir auf Zehenspitzen wieder zurück in unser Zimmer.

In der Schule geben wir glücklich den Familienzuwachs bekannt. Unsere Freundinnen beneiden uns an diesem speziellen Tag, an dem wir erneut im Mittelpunkt stehen. Allerdings wurde uns gerade von einem kleinen Mädchen die Aufmerksamkeit gestohlen. Aber wir gönnen ihr das. Womöglich haben wir jetzt dadurch einmal mehr Ruhe in dieser Familie, denn die Interessen haben sich nun auf das Baby verlagert. Wir hoffen, dass dieser Zustand sehr lange anhält. Karen und ich werden alsbald die besten Babysitter der Welt. Unsere Mutter und ihr Mann sind sehr oft in der Rhön bei ihrer neuen Familie. Die beiden haben sich ein schweres Motorrad zugelegt. Es ist eine BMW mit Bei-wagen. Der Sound dieser Maschine ist schon von Wei-tem gut zu hören und so sind wir immer frühzeitig ge-warnt, wenn sie im Anmarsch sind. Allerdings müssen wir Zwillinge jetzt öfters mit in die Rhön, da wir beide zusammen in den Beiwagen des Motorrads passen und den inzwischen etwas älteren Säugling, der in eine De-cke gewickelt ist, auf unseren Beinen liegen haben. Das ist bestimmt nicht erlaubt, aber das Kind ist nicht zu sehen. Sollte die Maschine irgendwo halten, legen wir einfach ein hauchdünnes Tüchlein über das Ge-sicht der Kleinen. Sie bekommt auch keinerlei Wind ab, dafür liegt sie zu tief. Diese Fahrten sind einfach himmlisch. Unsere Haare werden ordentlich verweht und es ist ein so wunderbares Gefühl von Freiheit, welches wir noch nie in unserem Leben gespürt haben. So ähnlich schön war einst unsere nächtliche Fahrt auf dem Bauernhof mit den Transportloren. Diese Tour aber toppt das frühere Erlebnis. Und: Wir sind alle glücklich. Natürlich kommt die ganze Dorfgemein-schaft zusammen, um zu bestaunen, was sie zu sehen bekommen. Ja, es gab auch sehr spannende Erlebnisse mit dieser Familie.

Unsere kleine Schwester bringt sehr viel Freude in unser Leben und das Zusammenleben mit unserer Mutter hat sich dadurch positiv entwickelt. Ist sie glücklich, dann sind wir es auch. Wann immer es geht, dürfen wir Zwillinge das Baby mit zu uns auf den Spielplatz nehmen. Natürlich im Kinderwagen. Herausnehmen ist nicht erlaubt. In diesem Punkt kann sich unsere Mutter hundertprozentig auf uns verlassen. Sofort kommen viele Kinder angerannt und sind begeistert. Sie beneiden uns. Viele dieser Nachkriegskinder, die wir ja auch sind, haben keine Geschwister. Nicht alle Väter sind aus dem Krieg heimgekehrt und nicht jede Frau will auch noch einmal heiraten. Außerdem fehlen viele potenzielle Erzeuger.

Da viele der Kinder auf dem Spielplatz schmutzige Hände haben, ist auch das Berühren des Säuglings strengstens verboten. Das Interesse an unserer Familie steigert sich ständig. Wir haben aber auch viel zu bieten. Erst die Scheidung unserer Eltern, dann erneute Eheschließung der Mutter, unsere katholische Taufe, und dann dürfen wir auch noch als Zwillinge in neuen weißen Kleidern zur Kommunion. Aber der Hit ist nun doch das Baby.

Nun werden wir aufgefordert, den neuen Mann »Vati« zu nennen. Wir Zwillinge tun das nur mit Widerwillen. Wir haben einen Vater und dieser Mann hier ist schließlich nur vierzehn Jahre älter als wir. Karen und ich beraten uns, wie wir das vielleicht verhindern können. Jedoch gelangen wir zu dem Schluss, dass dies nicht immer möglich ist. Neuer Krach wäre vorprogrammiert.

»Weißt du, Susanne, was wir tun? Wir vermeiden, wann immer es geht, ihn mit seinem Namen anzusprechen.«

Und das Gleiche machen wir auch mit unserer Stiefmutter. Denn auch hier sollen wir jetzt sogar Mutti sagen. Wir haben diese Frau sehr lieb. Aber unsere Mutter bleibt unsere Mutter. Wir lernen schnell, dass es gar nicht so schwer ist, die Namen einfach zu umgehen.

Unsere kleine Schwester ist gerade vier Monate alt, als unser Stiefvater beim Ankuppeln eines Anhängers an einem Lastwagen verunglückt. Mit schweren Kopfverletzungen, von denen die Ärzte nicht wissen, ob sie jemals problemlos heilen, wird er im Krankenhaus sofort acht Stunden lang operiert. Die nächsten drei Tage werden zeigen, ob er überlebt. Jetzt werden alle vier Töchter sehr wichtig für die Familie. Die beiden älteren Mädchen im Alter von vierzehn und zwölf Jahren müssen einen Teil der Aufgaben unserer Mutter übernehmen. Das bedeutet, sie haben tagsüber auch die Verantwortung für uns Zwillinge. Da wir uns aber gut verstehen, gibt es keine Probleme. Nach einer Woche darf unsere Mutter zu ihrem Mann, der überlebt hat. Er hat zwar noch ein eigenes Zimmer, in das nur seine Frau mit dem Baby kommen darf, da die Kleine noch gestillt wird. Es dauert noch drei weitere Wochen, dann kann er in ein Gemeinschaftszimmer gebracht werden, welches mit zwanzig Kranken belegt ist. Er kann später Anfälle oder Krämpfe bekommen, da das Gehirn bei dem Unfall in Mitleidenschaft gezogen wurde.

Nun dürfen auch wir Kinder zu ihm. Wir Zwillinge bekommen den Auftrag, nachmittags zu erscheinen, um das Baby zu übernehmen und es durch den schönen Park spazieren zu fahren. Das machen wir gerne. Als wir das erste Mal in den Krankensaal kommen, bleibt nicht nur uns die Sprache weg. Auch den zwanzig Männern, die hier »versammelt« sind. Dann hören wir das Wort »Zwillinge«, es nimmt fast kein Ende mehr und die Begeisterung ist unglaublich. Viele der Patienten blühen richtig auf. Eine Krankenschwester sagt scherzhaft zu unserer Mutter, man könnte uns doch zur Therapie für so manchen Patienten einsetzen, nachdem sie beobachtet hat, wie einige Kandidaten erstaunlich munter wurden. Unsere Mutter ist sichtlich stolz auf uns und da wir ja Aufsehen gewohnt sind, lachen wir alle Männer an.

Sie gibt uns das Baby und sagt, wir sollen in zwei Stunden wieder da sein. Der Kinderwagen steht im Flur zur Station, und da Karen die Kleine auf dem Arm hat, winke ich der Männergesellschaft noch zu, rufe: »Bis später« und eile schnell hinter meiner Schwester her. Ich höre noch fröhliches Lachen. Zwei Stunden spazieren wir durch diesen herrlichen Park, der zur Klinik gehört. Die Kleine schläft, und da wir ständig wegen unseres gleichen Aussehens angesprochen werden, vergeht auch die Zeit recht schnell. Es sind schöne Gespräche und, sie beziehen sich nur anfangs auf unser Doppeltsein.

Das Baby lenkt auch gut ab und wir erzählen, wie alt die Kleine ist, dass sie zu unserer Familie gehört, dass sie noch gestillt wird und dass der Vater der Kleinen hier im Krankenaus ist. So vergeht ein schöner Tag. Zurzeit ist unsere Mutter sogar stolz auf uns, wir werden gelobt, wie gut wir das alles hinkriegen. Die Zusammenarbeit mit den größeren Geschwistern funktioniert auch. Wieder machen wir Zwillinge den vielen Patienten eine Freude, weil wir ihnen einen schönen Abend wünschen und lachend das Krankenhaus verlassen. Unsere Mutter bleibt, sie kommt später nach.

»Susanne«, höre ich Karen mich ansprechen. Sie reißt mich aus meinen Gedanken.

»Ich möchte nicht, dass unser Stiefvater dauerhaft im Krankenhaus bleiben muss.«

»Nein, Karen, ich auch nicht. Er tut uns nichts. Er schlägt uns nicht, er ist nett zu uns. Das Problem ist auch mehr sie. Könnte sie nur so bleiben, wie sie im Moment ist.«

»Das wird sie nicht. Sie ist zu alt, um sich zu ändern.«

»Sie ist sechsunddreißig Jahre!«

»Ja, aber sie war doch eigentlich schon immer so.«

Wir freuen uns erst einmal auf zu Hause. Unsere Schwestern sind da und wir berichten, wie es heute war. Sie haben den Abendbrottisch gedeckt und wir wünschen uns, unsere Tage sollten immer so friedlich sein wie heute.

Papa meldet sich und fragt, ob wir in den nächsten Herbstferien zu ihm kommen möchten. Natürlich sagen wir sofort ja.

»Aber Papa, du weißt, wir müssen erst fragen. Wir sind morgen wieder im Krankenhaus und kümmern uns um die Kleine, dann sprechen wir das an.«

Niemals drängt er uns, obwohl er uns so gerne bei sich hätte. Und er weiß, wie gerne wir kommen würden. Die Geburt der kleinen Schwester hat leider nichts an unserem Zustand geändert. Unsere Mutter strebt weiterhin nach Rache an ihrem ehemaligen Ehemann, möglicherweise für den Rest ihres Lebens. Noch haben wir nicht die Macht, es zu ändern.

In der Schule läuft es überwiegend gut. Die frechen Jungs lassen uns derzeit in Frieden, da sie darüber informiert sind, dass sich bei uns zu Hause ein Unglück ereignet hat. Wir vermuten, dass sie ihren Eltern darüber berichtet haben und dass so manche Mutter, vielleicht auch ein Vater, dem Sohn geraten hat, uns im Moment in Ruhe zu lassen. Wir haben auch mit unserem Klassenlehrer darüber gesprochen. Er erkundigt sich alle zwei Tage, ob es Veränderungen gegeben hat. Es freut ihn, als er erfährt, dass es unserem Stiefvater nach und nach besser geht. So vergehen einige Wochen. Danach ist geplant, dass er in eine Rehaklinik kommt. Er muss aufgebaut werden. Er hat deutlich an

Gewicht verloren und wirkt noch jugendlicher, als er ohnehin schon aussieht.

Hurra, die Herbstferien beginnen in ein paar Tagen und wir dürfen zu unserem Paps fahren. Im Moment ist dies alles für uns positiv, da wir eigentlich zu Hause mehr stören. Die Spazierfahrten mit der kleinen Schwester im Kinderwagen genießen wir sehr und werden sie vermissen. Aber sonst nichts.

Endlich geht es los. Wir stehen am Bahnhof, warten ungeduldig auf den Zug, der dann auch bald zu sehen ist. Unsere große Schwester steht wartend am Bahnsteig, bis sie sicher ist, dass wir auch fort sind. Und wie immer kommt ein freundlicher Schaffner in unser Abteil. Er kennt uns Zwillinge inzwischen und freut sich uns zu sehen. Schöner kann eine Reise gar nicht beginnen. Und Papa erwartet uns strahlend am Bahnhof. Es ist schön, so willkommen zu sein. Allerdings ist unsere Stiefmutter am Bahnhof nie dabei. Sie sagte einmal auf eine unserer Fragen diesbezüglich, sie wolle uns erst einmal mit unserem Vater allein lassen. Sie kocht derweil unser Lieblingsessen für uns. Auch der Hund, ein verrückter Cocker Spaniel, ist außer Rand und Band, wenn wir erscheinen. Er weiß genau, dass es nun wieder viele schöne Spaziergänge geben wird und so manches heimliches Leckerli für ihn. Papa hat sich auf der Fahrt vom Bahnhof bis nach Hause von uns erzählen lassen, wie es dem Mann seiner Exfrau geht. Er nimmt es schweigend zur Kenntnis. Er gehört nicht zu den Menschen, die andere Personen verurteilen oder schlechtmachen. Daran erkennt man seine gute Erziehung. Wieder vergehen zwei Wochen viel zu schnell. Wir müssen nach Hause, die Betonung liegt auf »müssen«. Es ist schon traurig, wenn Kinder nicht gefragt werden, bei wem sie denn gerne leben würden. Ich denke, unsere Mutter weiß ganz genau, dass wir uns für ihn und seine Frau entscheiden würden. Also bleibt uns nichts anderes übrig, als wie immer einen Spagat zwischen diesen verschiedenen Menschen zu machen. Die eine Seite wartet auf jeden Fall immer mit großer Freude auf uns.

Als wir nach Hause kommen, erfahren wir, dass unser Stiefvater im Moment in einer Rehaklinik ist. Unsere kleine Schwester strahlt uns an, und ich denke, sie ist die Einzige, die uns wirklich vermisst hat. Selbst unsere Mutter stellt nicht die Frage, wo es schöner ist, bei ihr oder bei unserem Vater, wie sie es sonst üblicherweise macht. Wenigstens bleibt uns das mal erspart.

Die Schule beginnt wieder, und es ist erfreulich, die anderen Mitschülerinnen wiederzusehen, sich auszutauschen und zu plaudern, wie es unter Mädchen üblich ist. Es gibt viel zu berichten. Inzwischen interessieren wir uns eigentlich alle schon ein wenig für hübsche Jungen. Manch eine hat inzwischen einen Freund und eine andere ist unglücklich verliebt. Nun, das sind typische Mädchenerlebnisse. Die Geschichten der Jungen langweilen uns. Sie reden über Fußball oder einen anderen Sport. Oder erzählen stolz, mit wem sie sich wieder einmal geprügelt haben. Warum müssen sie sich immer beweisen?

Es dauert nicht mehr sehr lange, bis auch unser Stiefvater nach Hause kommt. Schon das Wort Stiefvater stört uns. Seine kleine Tochter läuft inzwischen. Karen und ich nehmen die Kleine überallhin mit. Wenn wir von der Schule kommen, jauchzt sie schon vor Freude, wenn sie uns sieht. Aber erst müssen wir was essen, dann die Hausaufgaben machen. Das ist eigentlich der falsche Weg. Man kommt müde von der Schule nach Hause. Statt jetzt ein bisschen Sport zu machen oder spazieren zu gehen, um wieder fit zu werden, muss man essen und dann Hausaufgaben machen. Da ist doch alles Blut aus dem Gehirn abgezogen. Dies ist allgemein bekannt. Nur nichts ändern, das haben wir doch immer schon so gemacht.

Unser Stiefvater kann nach und nach wieder arbeiten. Der alte Arbeitgeber hat wohl aus einem Schuldgefühl heraus ihm erneut eine Stelle angeboten. Der vorausgegangene Unfall war durch eine Unachtsamkeit eines anderen Mitarbeiters verursacht worden. Die Schuldfrage konnte nicht geklärt werden. Die Höhe der Entschädigungssumme wurde uns natürlich nicht erzählt. Aber wir belauschten schon mal ein Gespräch unserer Mutter mit ihrem Mann, dass man jetzt eigentlich ein Haus bauen könnte.

Wir sind nicht gerade erfreut darüber, dass unser Stiefvater zurückgekehrt ist. Es war ruhiger, als er nicht da war. Obwohl er bisher nicht unser Problem war, wird er es jetzt, weil die Wohnung für so viele Personen schlichtweg zu klein ist. Wenn sie uns doch nur gehen lassen würde! Zwei Betten weniger im Kinderzimmer wäre ein Platzgewinn. Wir lassen uns aber unsere Gefühle nicht anmerken. Wir wollen unsere Mutter auch nicht verletzen, denn sie hat in den letzten Monaten viel durchgemacht.

Unsere Mutter und ihr Mann erhalten eine Nachricht, dass sie in der Nähe von Fulda einen Bauplatz erwerben können. Es ist eine kleine Gemeinde, sie besteht überwiegend aus Bauern. Einige neue Häuser wurden bereits errichtet, und es soll noch weitergebaut werden. Wir Zwillinge hoffen nun, dass diese neue Situation uns erlauben könnte, zu unserem Vater zu ziehen. Auf der anderen Seite bringt uns dies aber auch einen Vorteil: Wir werden nicht mehr so überwacht. Sie sind mit ihrem neuen Projekt beschäftigt, Baupläne zu erstellen, einen Architekten zu finden und alle weiteren erforderlichen Schritte zu unternehmen. Das gesamte Projekt wird voraussichtlich mindestens an die zwei Jahre dauern. Eines ist gut, dass aufgrund dieser neuen Situation kaum noch Zeit dafür ist, uns zu schlagen. Ab und zu schafft sie es doch, wenn ihr Mann nicht da ist. Aber es prallt an uns ab. Auf der einen Seite liebe ich sie, weil sie so wunderschön lächeln kann, sich sehr gut kleidet und so gut Mundharmonika spielt. Aber leider gibt es an ihr noch die andere Seite.

Es gibt aber noch eine weitere Möglichkeit, uns Zwillinge in den Sommerferien unterzubringen. Der neue Mann an ihrer Seite hat auch eine Schwester, die in einem anderen Ort der Rhön verheiratet ist. Sie heißt Maria und hat zwei kleine Kinder. Da wir uns als gute Babysitter bewiesen haben, dürfen wir nun in den nächsten Ferien dort unsere Freizeit verbringen. Auch der Vater der Kinder ist sehr nett zu uns.

Zunächst werden wir erst einmal begutachtet, als wir an dem kommenden Sonntag in der Dorfkirche auftauchen. Wir setzen uns auf die hinterste Bank, um kein Aufsehen zu erregen. Wir gehen auch nicht zur Kommunion. Kaum ist die Messe beendet, gehen wir als Erste nach draußen, um uns der »Affenschau« zu entziehen. Wir werden angestarrt, als seien wir die ersten Menschen auf diesem Planeten. Gott sei Dank kommt der angenehme Pfarrer auf uns zu und die Kirchgänger weichen einen Schritt zurück. Die Kinder starren uns zwar weiter an, aber bleiben still.

»Hallo ihr zwei, wo kommt ihr denn her und bei wem wohnt ihr?«

Er gibt jeder von uns seine Hand und dann sagen wir ihm, wo wir untergebracht sind.

»Ach, bei der Maria und ihrem Mann. Sehr nette Leute. Ich wohne im Moment schräg gegenüber bei meinen Eltern. Eigentlich arbeite ich in Fulda.«

»Da kommen wir auch her. Wir dürfen unsere Ferien hier verbringen. Die Maria ist die Schwester unseres Stiefvaters.«

»Schön, dann kommt mich doch mal später bei meiner Mutter besuchen. Die wird sich freuen, euch kennenzulernen.«

»Das machen wir gerne.«

Nur zögernd begeben sich die Menschen in verschiedene Richtungen nach Hause. Drehen sich aber öfter noch einmal um. Ein Teil der Kinder dieses Dorfes steht noch in unserer Nähe und begutachtet uns weiterhin.

»Karen, komm, wir gehen jetzt zu Maria und ihren kleinen Kindern. Die warten bestimmt schon auf uns.«

Wir laufen langsam, ohne uns nochmals umzudrehen, zu unseren Gastgebern. Wir berichten, wie es in der Kirche war und dass wir uns nicht getraut haben, zur Kommunion zu gehen.

»Warum denn nicht, keiner wird euch beißen. Natürlich sind viele Menschen hier neugierig und dann seid ihr auch noch Zwillinge, denn die gibt es hier bisher nicht.«

»Der Pfarrer hat uns eingeladen, am Nachmittag bei seiner Mutter vorbeizuschauen, er will uns ihr vorstellen.«

»Ja, geht nur. Seine Mutter ist eine ganz liebe Frau, sehr religiös und glücklich, dass der Hubert, ihr ältester Sohn, Pfarrer geworden ist. Er ist nur zu Besuch da und durfte deshalb in seinem Heimatdorf die Messe lesen.«

Langsam gehen wir um 15:00 Uhr zu dem besagten Bauernhof. Hubert, der Pfarrer, sitzt bei einer Tasse

Kaffee und schaut uns freundlich an. Seine Mutter begrüßt uns herzlich. Sie hat eine weiße kleine Tischdecke, als Zeichen ihrer Ehrerbietung gegenüber ihrem Sohn, auf den groben Holztisch gelegt. Schließlich ist er ein Pfarrer.

»Da sind ja die Zwillinge. Setzt euch auf die Bank mir gegenüber, dann können wir uns besser unterhalten.« Zunächst trauen wir uns nicht zu reden, bis er lachend sagt:

»Ich beiße nicht.«

Er will wissen, wo wir in Fulda leben, auf welche Schule wir gehen, wie viele Geschwister wir haben und warum wir bei Maria und ihrem Mann Hermann Ferien machen. Wir klären ihn schüchtern auf und er fragt, ob wir Angst vor ihm hätten.

»Nein, wir haben keine Angst, aber wir kennen Sie ja nicht. Auch wenn Sie ein Priester sind, soll man vorsichtig sein, hat unsere Mutter uns gewarnt.«

»Das ist richtig, aber wir sind ja nicht allein, denn meine Mutter ist ja auch hier. Was möchtet ihr trinken?«

Wir bitten beide um ein Glas frische Kuhmilch, was besonders der Bäuerin gefällt. Er nimmt sich viel Zeit für uns, das heißt, wir interessieren ihn. Wir haben aber auch viel zu erzählen. Als wir langsam nach draußen gehen, hören wir, wie er zu seiner Mutter sagt:

»Ich habe noch nie Kinder in dem Alter mit solch traurigen Augen gesehen.«

»Da hast du recht. Ich war sogar etwas erschrocken«, antwortet sie. »Die Familienverhältnisse sind wohl nicht so optimal.«

Was meint er damit? Wie sehen denn die Augen von anderen Kindern aus? Es wird noch viele Jahre dauern, bis wir verstehen, wie er das gemeint hat. Er hat erkannt, dass bei uns vieles wohl nicht so gut läuft. Hat man traurige Augen, kann man auch nicht freundlich schauen. Solange er jetzt noch bei seiner Mutter ist, lädt er uns täglich ein. Seine Mutter ist eine hervorragende Köchin und Bäckerin, und so kommen wir in den Genuss dieser Köstlichkeiten. Dann kommt der Tag seiner Abreise. Wir Zwillinge sind sehr traurig, das kann er sehen.

»Ich gebe euch meine Adresse und die Telefonnummer. Besucht mich mal in Fulda. Das würde mich freuen.«

Er sagt nicht, dass wir das zu Hause nicht erzählen sollen, aber wir kennen unsere Mutter. Und so beginnt eine wunderbare Freundschaft zwischen einem Priester und zwei jungen Mädchen mit traurigen Augen. Natürlich nehmen wir sein Angebot, ihn zu besuchen, mit Freuden an. In der Regel ist es an einem Sonntagnachmittag. Die Tage bis zu diesem (ersten) Treffen vergehen viel zu langsam. Manchmal fragt unsere Mutter so nebenbei, wo wir denn hingehen werden. Wir sagen, dass wir uns mit Schulkolleginnen für einen Spaziergang verabredet haben. Leider müssen wir wieder lügen, aber anders geht das nicht. Wir werden es später beichten, denn dann wird uns vergeben. Das ist der Vorteil des Katholizismus. Bei den Evangelen gibt es das nicht. Da bist du immer verantwortlich für das, was du tust.

Unser neuer väterlicher Freund schenkt uns jedes Mal bei unserem Besuch bei ihm fünf D-Mark. Da wir zu Hause kein Taschengeld bekommen, ist dies für uns ein Vermögen. Wir verstecken es so, dass keiner es finden kann. Gelegentlich gönnen wir uns Eiscreme und Schokolade. Aber niemals tun wir das in der Nähe unserer Wohnung. Wer weiß, wer uns beobachtet. An den Wochenenden versucht unsere Mutter uns dazu zu bringen, dass wir mit ihr in den Wald gehen. Das gefällt uns aber nicht, weil wir dann nicht zu unserem Priesterfreund gehen können.

»Karen, wir müssen aufpassen, dass sie nicht stutzig wird. Wir müssen ab und zu mit ihr spazieren gehen, sie darf keinen Verdacht hegen. Sie würde uns doch nur alles verderben und uns wahrscheinlich auch verbieten, weiterhin zu diesem netten Freund zu gehen.«

Das allerdings wäre fatal, denn dieser Mann nimmt uns als Kinder ernst. Er ist an allem interessiert, was wir tun. Und er beantwortet alle unsere Fragen. Und so begleiten wir dann auch ab und zu unsere Mutter auf einer Wanderung.

Meine Zwillingsschwester jedoch läuft gerne, was darauf hinweist, dass Zwillinge nicht zwangsläufig die gleichen Interessen teilen. Ich suche lieber meine große Freiheit in den Bäumen. Stundenlang kann ich mich dort aufhalten. Ich beobachte die Vögel, die sich oft ganz in meiner Nähe auf einen Ast setzen, und warte schweigend, bis sie wieder von dannen fliegen. Aber meine Mutter hat eine Idee, um auch mich für das Laufen zu begeistern. Sie hat kleine, mit bunten Perlen bestückte Schokoladenkringel besorgt und lässt diese wie unbeobachtet auf dem Weg fallen. Ich aber habe es gesehen. Sie erzählt, dass diese kleinen Schokoladenstückchen von einer Waldprinzessin verteilt werden. Diese möchte damit erreichen, dass Kinder gerne in den Wald gehen. Wir Menschen können sie zwar nicht sehen, sie aber uns. Ich schweige, laufe aber mit und sammle auch einige davon auf. Dann bin ich aber doch froh, dabei gewesen zu sein. Manchmal muss man Kinder eben überlisten.

Das Motorrad, die schöne BMW, wird verkauft. Stattdessen wird ein kleines Auto angeschafft. Es heißt Prinz. Der Slogan für dieses Fahrzeug ist: »Fahre Prinz und du bist König.« Von wegen. Man kann sich nicht als König fühlen, wenn einem »kotzübel« wird. Das Auto stinkt im Innenraum nach Kunstleder, es ist ungemütlich und hart. Wie schön war es doch in dem Beiwagen des Motorrads, mit seinem großartigen Sound, den wir nie vergessen haben. Immer hatten wir frischen Wind um die Nase. Die Leute sahen lächelnd hinter uns her, denn sie hatten schnell die jungen Zwillinge entdeckt. Den Säugling konnten sie nicht sehen, denn den hatten wir unter einer Decke versteckt. Jetzt aber wird uns beiden regelmäßig schlecht, was dazu führt, dass wir keine Freude mehr haben, mit in die Rhön zu fahren. Aber wir müssen mit. Sie wollen uns nicht allein zu Hause lassen. Die zwei größeren Schwestern dürfen das schon für sich entscheiden und sie fahren immer weniger mit.

Und so muss mehrfach angehalten werden, denn oft muss sich eine von uns übergeben, meistens aber beide. In der Rhön werden wir zwar von unseren jungen Freunden erwartet, aber der Preis für uns ist doch sehr hoch. Vorbei sind die schönen Zeiten mit dem Motorrad. Also versuchen wir tapfer durchzuhalten, denn wir haben sowieso keine Wahl.

Meine und Karens Leidenschaft ist es nun einmal, auf Bäume zu klettern. Und so kommt es, dass beim Klettern auf einen Baum, dieser ist nicht sehr hoch, wir uneins sind, wer den rechten dicken Ast als Erste betreten darf. Karen gibt nach, was sie sehr oft tut, und überlässt mir den Vortritt. Kaum habe ich den ersten Fuß auf den Ast gesetzt, gibt dieser nach und saust krachend mit mir zu Boden. Unten angekommen, spüre ich einen wahnsinnigen Schmerz in meinem linken Arm. Ich will ihn anheben, aber ich kann es nicht.

An diesem Wochenende sind auch die größeren Schwestern mit in die Rhön gefahren. Das Zimmer von einst hatten wir immer noch. Unsere Mutter ist nicht da, sie hat mit ihrem Mann wegen des Hausbaus irgendwo einen Termin. Die große Schwester redet auf mich ein, langsam aufzustehen. Sie schaut sehr besorgt auf meinen Arm, der sich zusehends blau färbt. Sie schafft es, mich bis in unser Zimmer zu bringen.

»Ich habe eine Idee. Wir haben zwar kein Eis aus einem Kühlschrank, aber kaltes Wasser.«

Sie besorgt Waschlappen, macht sie richtig nass und kalt und legt sie dann auf meinen schmerzenden Arm. Das tut höllisch weh.

»Susanne, jetzt müssen wir warten, bis unsere Mutter zurück ist. Bewege den Arm nicht.«

Das geht sowieso nicht, denn der Schmerz ist so gewaltig, dass ich es erst gar nicht noch einmal probiere. Karen weint, ich weiß, sie hat Angst vor der Reaktion unserer Mutter. Ich tröste sie, denn es war ja nicht ihre Schuld. Aber es war ihr Glück. Wie heißt es doch: Des einen Leid ist des anderen Freud. Aber sie freut sich nicht.

Später fährt man mich ins nächstgelegene Krankenhaus. Karen sitzt eng an meiner rechten Seite. Ausgerechnet in diesem Auto, dem »Stinker«. Ich kämpfe mit der in mir aufsteigenden Übelkeit gegen den Schmerz und schaffe es, mich nicht zu übergeben. Die Diagnose, die wir auch schon selbst gestellt hatten, stimmt natürlich. Es ist ein Bruch! Der Arzt lobt meine große Schwester, weil sie sofort kalte Lappen auf den schmerzenden Arm gelegt hat. Dieser wird nun eingegipst, was sehr weh tut. Sie geben mir noch zuvor einen festen Gummikeil, auf den ich beißen kann. Das soll verhindern, dass ich das Krankenhaus zusammenschreie und anderen Menschen Angst mache. Wimmern ist erlaubt. Ich könnte es auch nicht verhindern. Aber ich darf auch eine Schmerztablette, die sie mir reichen, einnehmen. In ein paar Wochen wird man mir den Gips wieder abnehmen. Ich bekomme noch eine Tablette zum Abschied, falls der Schmerz doch noch länger dauert, und hoffe, dass diese Therapie bald wirkt. Sie bringen mich ins Bett und verlassen alle, bis auf meine Zwillingsschwester, leise den Raum, denn inzwischen bin ich eingeschlafen. Karen bleibt trotz der Aufforderung meiner Mutter, mitzukommen, bei mir. Spätabends geht es dann nach Hause. Wir sind vier Kinder an Bord, quetschen uns auf die Hinterbank des kleinen Autos, und das Baby liegt auch noch quer über unseren Beinen. Gott sei Dank schläft es. Wenn mir nicht schon vor Schmerzen schlecht wäre, würde es jetzt passieren, dass ich mich übergebe. Dieser Geruch des Autos ist einfach nur ekelhaft. Karen hat sich rechts neben mich gedrückt und hält meine Hand fest. Ich schaue sie an. Sie weint leise vor sich hin. Ich kann vor Schmerzen nicht antworten, bin einfach nur froh, dass sie bei mir ist.

In der Schule bin ich wieder einmal der Star. Die Schulkameraden dürfen sich alle mit einem Buntstift auf meinem Gips verewigen. Das sieht lustig und fröhlich aus und lässt mich auf jeden Fall doch recht schnell den erlittenen Schmerz vergessen. Bestimmt trägt es auch zur besseren oder schnelleren Heilung bei.

Ein neues emotionales Unglück erreicht unsere Klasse. Reinhold, ein Schüler unserer vierten Klasse, stirbt. Aber nicht bei einem Unfall, sondern an einer Gelbsucht. Dies ist eigentlich keine Erkrankung, sondern ein Symptom verschiedener Erkrankungen, welche meist von Leber und Galle ausgehen. Wir Klassenkameraden sollen ihm alle die letzte Ehre erweisen und ihn auf seiner letzten Reise begleiten. Karen und ich sind es ja gewohnt, an solchen Beerdigungen »teilzunehmen«, aber dies hier ist anders. Wir kennen diesen Jungen. Und so klammern wir uns fest aneinander, um nicht zu laut zu weinen, als wir an den offenen Sarg herantreten. Mein Gott. Er ist quittengelb und wir leiden stumm mit den Eltern. Später, am Abend, als wir ins Bett gehen, klammern wir uns weinend aneinander. Die Schwestern versuchen uns zu trösten, sie sagen, dass Gott Reinhold besonders liebt und ihn deshalb zu sich gerufen hat. Das tröstet uns keineswegs, im Gegenteil. Wir finden Gott jetzt ungerecht und wollen nichts mehr mit ihm zu tun haben.

»Karen, diese Gedanken von uns müssen wir aber beichten. Die sind nicht gut.« Irgendwann schlafen wir erschöpft ein.

Vier Wochen später, noch habe ich meinen Gips am Arm, geht unsere Reise wieder in die Rhön. Es ist ein schönes, warmes Wochenende, und wir Mädchen spazieren über die Wiesen. Die Erwachsenen sind mit dem Baby nicht da, sie haben irgendeinen Termin. Meine älteste Schwester, sie ist fünfzehn Jahre alt, beschließt, es sei Zeit dass der Gips abgenommen wird. Ich bin skeptisch.

»Das darfst du bestimmt nicht tun, das muss doch der Arzt entscheiden«, sage ich.

»Stört dich der Gips oder nicht? Willst du ihn loswerden, dann mache ich das jetzt. Es sind vier Wochen vorbei, da ist ein Arm geheilt.« Sie lässt sich von ihrem Plan nicht abhalten, sucht eine Schere in den Schränken, findet eine und sagt zu mir:

»Komm, leg den Arm den Tisch, bleib ruhig auf dem Stuhl sitzen, und dann schneide ich den Gips auf.«

Ich tue, was sie sagt, aber mir ist nicht wohl dabei. Bestimmt wird unsere Mutter schimpfen, aber da die große Schwester ja ihr Lieblingskind ist, wird da nicht viel passieren. Sie fängt an zu schneiden, und es geht tatsächlich. Langsam öffnet sich immer mehr der Gips, und hervor kommt ein kleines, sehr dünnes Ärmchen. Nun ist sie selbst sehr erschrocken.

»Mein Gott, da ist ja kaum noch Arm vorhanden«, sagt sie.

»Komm, schieb ihn wieder in die aufgeschnittene Schale und wir wickeln einen Verband darum. Ich weiß, dass es im Schrank so etwas gibt. Ich gehe es holen.«

Ihr Gesicht sieht jetzt doch nicht mehr so sicher aus. Bestimmt gibt es Ärger, aber dieses Mal bin ich es nicht, die Mist gebaut hat. Sie kommt wieder und hat eine elastische Binde in der Hand. Ich schiebe meinen Arm bis an das Ende der Tischkante, damit sie die Schale gut umwickeln kann. Es funktioniert, aber es tut doch sehr weh. Sie hat es wirklich gut gemacht und es fällt im ersten Moment gar nicht auf. Wir werden sehen, was unsere Mutter dazu sagt. Sie ist nicht gerade erfreut, schimpft aber nicht. Anders haben Karen und ich das auch nicht erwartet. Was wäre wohl gewesen, wenn Karen mir den Gips zerschnitten hätte? Ein großes Donnerwetter hätte es gegeben. Am nächsten Tag stellt sie mich unserem Orthopäden vor. Der schmunzelt sogar und meint, die große Schwester könnte bei ihm arbeiten. Allerdings gefällt ihm der dünne Arm auch nicht.

»Ich werde dir einen neuen Verband anlegen, welcher nicht mehr so massiv ist, wie der erste es war. Dieser sollte aber noch mal drei Wochen mindestens am Arm bleiben.«

Bei der nächsten Kontrolle wird wieder ein neuer Verband angelegt. Und zu mir sagt er:

»Junge Dame, das Auf-die-Bäume-klettern unterlässt du auch erst einmal für drei Monate.«

Ich verspreche es ihm und nehme mir fest vor, auf ihn zu hören. Nun sind alle Unterschriften der Klassenkameraden nicht mehr da. Also beschließen sie, dass man auch mit Wasserfarben einen Verband beschriften kann. Sie machen es in verschiedenen Farben und das sieht wirklich gut aus.

Was wir sehr gerne tun, ist mit unseren Gummistiefeln im Matsch umherzulaufen. Es besteht die Möglichkeit, dass die Stiefel festgehalten werden, als ob sie von einem Sog erfasst würden. Es ertönt so eine Art schlürfendes Geräusch und das Herausziehen ist nicht einfach. Noch habe ich meinen Verband am Arm, aber ich kann es doch nicht lassen, auch mit in dem nassen Dreck zu spielen. Karen ruft warnend:

»Susanne, mach das nicht. Wenn wieder etwas passiert, ist der Teufel los. Du kennst doch unsere Mutter.«

Sie hat recht. Also versuche ich auszusteigen, denn meine Stiefel sind bereits mit einem schlürfenden Geräusch im Schlamm versunken. Dabei verdrehe ich aber mein Bein und stürze in den Sumpf. Ein Schrei und ein Wimmen von mir lassen die anderen Geschwister nichts Gutes ahnen und sie ziehen mich mit vereinten Kräften heraus. Das Ende von diesem Lied ist, dass der Arm erneut gebrochen ist, und es ist ganz allein meine Schuld, denn niemand von den Geschwistern hat mich gedrängt mitzumachen.

Nun kann man sich ja vorstellen, wie unsere Mutter begeistert ist. Gäbe es irgendwo ein Mauseloch für mich, ich wäre weg. Und so ertrage ich schweigend ihre Schimpftirade. Also wieder ein neuer Besuch bei dem netten Doktor. Dieser sieht mich an und sagt nichts. Ich glaube, ich stand auch so unglücklich vor ihm, dass ihm klar war, dass ich eine ordentliche Ansage von meiner Mutter erhalten hatte. Ihr Gesicht spricht dafür Bände. Die größeren Geschwister stehen etwas bedröppelt herum. Es tut ihnen wirklich leid. Aber eines bleibt mir erspart: Sie verhaut mich nicht. So weit geht sie dann doch nicht. Der neue Gips erfreut aber immerhin meine Klassenkameraden, die sich auch sofort wieder daranmachen, ihn zu beschriften. Des einen Leid, ist des anderen Freud.

Ich bleibe brav, bis die Zeit für die Abnahme des Gipses gekommen ist. Natürlich begleitet mich meine treue Zwillingsschwester.

»Susanne«, sagt sie, »ich werde jetzt auf dich aufpassen.« Als wir Hand in Hand in der Praxis des Arztes ankommen, schmunzelt dieser und sagt:

»Super, ich sehe, die Krankenschwester ist dabei. Und Karen, pass jetzt gut auf deine Schwester auf. Ich möchte nicht, dass sie noch einmal wiederkommt. Es ist auch nicht gut für den Arm, wenn er noch einmal bricht. Das kann zu großen Problemen führen. Vielleicht kann sie ihn dann nicht mehr gut bewegen. Das wollen wir doch auf keinen Fall riskieren?«

Karen nickt und sagt ganz ernst:

»Ich werde gut auf meine Schwester aufpassen.« Und so verlassen wir natürlich wieder Hand in Hand, wie meistens, die Praxis zusammen mit unserer Mutter. Diese ist erleichtert, dass das dünne Ärmchen der Tochter sich wieder erholen wird. Auch die großen Schwestern gratulieren zum geheilten Arm. Alle sind glücklich, was in dieser Familie eher eine Ausnahme ist.

Die kleine Schwester ist inzwischen drei Jahre alt und wir alle lieben sie. Sie ist ein fröhliches Mädchen und möchte immer, wenn möglich, mit ihren Zwillingsschwestern zum Spielplatz gehen. Neben Kinderschaukeln und einem Sandkasten gibt es auch für ältere Kinder die Möglichkeit, zu trainieren. Das ist unser Ding. Mit großen Augen verfolgt sie unsere Überschläge an einer Stange, oder wir lassen im Kniehang den Oberkörper nach unten hängen.

»Wenn ich groß bin, kann ich das dann auch?«

»Ja, auf jeden Fall. Wir helfen dir.«

Wir haben normalerweise immer Zuschauer, aber die meisten Kinder sind zufrieden, nur zuzusehen. Die Jungen halten sich von uns fern, da Mädchen ja doof sind. Wir Zwillinge haben so viele Ideen, was man alles machen kann. Dies scheint der Grund zu sein, warum so viele jüngere Kinder sehr häufig zu uns kommen.

Die Schule hat uns für ein Experiment entdeckt. Wir sind die einzigen weiblichen eineiigen Zwillinge dort und nun sollen wir in einer anderen Klasse jeder einen Blumenstrauß an die Tafel malen. Diese kann man aufklappen, so dass dann eine Trennwand zwischen uns ist. Wir können uns nicht sehen. Wir haben Farbkreide bekommen und beginnen beide zu malen. In der Klasse herrscht absolutes Schweigen, denn man hat diesen Schulkindern verboten, uns zu stören. Es dauert nicht lange und wir sind fertig. Nun werden die

Gemälde verglichen. Sie sind fast identisch. Die Klasse spendet Applaus und wir dürfen uns verabschieden.

Plötzlich ändert sich viel für unser junges Leben. Wir werden aus unserem Rhythmus gerissen. Der Hausbau hat begonnen und da braucht man jede helfende Hand, auch die von Kindern. In erster Linie betrifft es mich und Karen. Die beiden älteren Geschwister, die derzeit die Oberstufe einer Handelsschule besuchen, müssen unter der Woche nicht beim Hausbau mithelfen. Begründung: Sie müssen sehr viel lernen. Und wir, zählen wir nicht? Was verlangt man von uns?

»Was sollen wir denn tun?«

»Das werdet ihr sehen, wenn ihr auf der Baustelle seid.«

Damit entfallen für uns wieder alle unsere sportlichen Aktivitäten, die wir so lieben. Wir können unsere Freunde kaum noch sehen. Ab jetzt muss bei gutem Wetter auch noch die kleine Schwester mit. Eigentlich wird diese nachmittags von den größeren Schwestern betreut. Aber was macht man mit so einem kleinen Mädchen auf einer schmutzigen Baustelle? Wir sollen auf sie aufpassen. Was verlangen sie denn noch von uns Zwillingen? Wir sind dreizehn Jahre alt. Aber wir haben keine Wahl, wir müssen mitfahren und babysitten.

Als wir ankommen, sehen wir ein Haus im Entstehen. Der Rohbau ist bis zum ersten Stock fertig. Es wird uns gezeigt, was wir tun sollen.

»Ihr müsst zu zweit die grauen Hohlblocksteine auf das Förderband legen. Jeder hält eine Seite fest. Zusammen schafft ihr das.«

Und so schleppen wir dünnen Zwillinge einen Stein nach dem anderen heran und legen diesen unter großer Anstrengung auf das Förderband. Sollte einer davon herunterfallen, könnte das schlimme Folgen für unsere Beine oder Füße haben. Die Arbeiter sind fassungslos, als sie sehen, wie wir zwei uns damit abplagen. Das ist doch Kinderarbeit. Sie sagen aber nichts. Unsere Mutter aber lobt uns, wie stark wir seien. Wir würden mit unserer Hilfe einen Hilfsarbeiter ersetzen, sagt sie zu uns. Darauf sollen wir jetzt auch noch stolz sein. Natürlich müssen wir auch noch nebenbei die kleine Schwester im Auge behalten. Gott sei Dank, verhält sie sich ruhig und spielt konzentriert in einem hastig vorbereiteten Sandkasten. Nach drei Stunden sind wir so platt, uns tut alles weh und nun verfluchen wir innerlich dieses blöde Haus. Andere Kinder sind in dieser Zeit im Schwimmbad, treffen Freunde und freuen sich des Lebens.

»Susanne«, flüstert Karen, »wir bleiben in diesem Haus nur so lange, wie wir dort wohnen müssen. Dann sind wir weg. Sie wird doch eh froh sein, wenn wir gehen. Das wird noch dauern. Es ist ihre Rache an unserem Vater. Wir müssen ihm das unbedingt erzählen. Vielleicht versucht er dann über ein Gericht, uns zu sich zu holen.«

»Ich denke, er hat Angst vor ihr.«

Aber auch unser neuer Stiefvater sagt nichts. Er kommt von einem Bauernhof und da müssen Kinder, vor allem die Jungs, frühzeitig mitarbeiten. Aber wir sind keine Buben, wir sind zarte Stadtkinder.

In dieser Zeit fällt für mich die Entscheidung, niemals ein eigenes Haus bauen zu wollen, geschweige denn auch noch einen Garten zu besitzen, in dem es Stachelbeeren gibt. Unsere Mutter besuchte einst eine Frau, die ein sehr großes Anwesen besaß. Es gab einen lang gepflasterten Weg, der rechts und links von sehr vielen Sträuchern mit noch unreifen Stachelbeeren eingezäunt war. Ich, fünf Jahre alt, zupfte mir eine dieser noch säuerlichen Beeren ab und aß sie. Die Besitzerin sah das, schrie mich an, dass ich gestohlen hätte, worauf meine Mutter mich verprügelte. Wegen einer unreifen Stachelbeere. Die Mutter einer unserer Freundinnen glaubt es fast nicht, als ihre Tochter ihr von unserer Schufterei auf der Baustelle erzählt.

»Aber das ist doch viel zu schwer für Kinder. Eigentlich dürfte man so etwas nicht erlauben.«

Aber natürlich sagt auch sie nichts, wenn sie unsere Mutter beim Einkaufen trifft. Einen Kinderschutz, wie es ihn heute gibt, gab es damals nicht. Ein ganzer Sommer vergeht, ohne dass wir das Schwimmbad besucht haben. Wenn andere sich wünschen, dass die Sonne noch lange scheint, freuen wir uns auf den Winter.

Gott sei Dank haben wir uns jeder einen Job in einer Kerzenfabrik ergattert. Wir sind inzwischen vierzehn

Jahre alt. Eine große Anzahl von Schülerinnen arbeitet dort während der Herbstferien. Das ist fast wie ein Klassentreffen. Für uns Zwillinge bedeutet es, neben dem Geldverdienen, die große Freiheit von zuhause. Aber auch diese angenehme Zeit endet nach einer Woche und kaum sind wir zu Hause, erkundigt sich unsere Mutter, was wir verdient hätten. Natürlich sagen wir ihr die Wahrheit.

»Gebt es mir, ich heb es für euch auf. Wenn ihr was Anständiges kaufen wollt, dann sagt es mir.«

Was ist denn anständig? Das, was ihr gefällt? Karen reicht ihr den Umschlag, aber wir misstrauen ihr.

»Susanne flüstert sie, das war ein Fehler.«

Die Schule beginnt wieder und da müssen wir während der Woche nicht auf die Baustelle. Aber an den Wochenenden bleibt es uns nicht erspart. Wir sehen, wie schnell so ein Rohbau wächst. Das Dach ist bereits auf dem Haus, das ist wichtig, denn sonst würde in der regnerischen Zeit immer wieder alles feucht. So ein Neubau muss über den Winter austrocknen. Wir haben uns zu früh gefreut, es gibt ja noch einen Innenausbau. Verdammt, zu früh gefreut. Wieder Steine schleppen. Allerdings sind diese nicht so schwer und groß wie die der Außenwände. Die Arbeiter dieser Baustelle schauen uns wieder mitleidig an. Erneut beobachten wir, wie sie öfter ihre Köpfe schütteln. Wir fangen an, dieses Haus zu hassen. Hoffentlich beginnt bald der Winter.

Durch diesen Hausbau verändert sich etwas Gravierendes. Unsere Mutter, die ja inzwischen weniger Zeit hat, unsere »Zwillingskleider« zu nähen, hat beschlossen, dass wir nun die Kleidung der älteren Geschwister auftragen müssen. Wir sind fassungslos.

»Das kannst du nicht tun, wir sind Zwillinge und die sind immer gleich angezogen. Niemand erkennt uns dann mehr als Zwillinge.«

Wir weinen. Aber sie bleibt dabei. Am nächsten Morgen gehe ich als Erste nach unten vor die Haustüre und warte auf die Mitschülerinnen, die gleich vorbeikommen werden. Ich weine bitterlich. Da kommt schon die erste Freundin auf mich zu.

»Susanne, warum weinst du? Was ist denn passiert?«

Ich schluchze und antworte:

»Ich bin kein Zwilling mehr.«

Sie ist erschrocken.

»Ist Karen etwas passiert, ist sie tot? Sprich mit mir.«

Ich schüttele den Kopf.

»Nein, Karen lebt. Aber wir sind nicht mehr gleich angezogen.«

Sie will mich trösten und sagt.:

»Hör auf zu weinen, der liebe Gott weiß doch, dass du ein Zwilling bist.«

Ich nicke und höre auf, denn sie hat recht. Ich warte mit ihr auf meine Schwester. Ich schau sie an und sehe sofort, dass nicht nur ich mich schäme. Ihr geht es genauso. Hier sieht man recht früh, wie wichtig es für uns war, dass man uns als Zwillinge erkennt.

Wie sollen jetzt die Menschen unsere Besonderheit erkennen? Hätte man uns von Anfang an nicht gleich angezogen, wäre es den meisten gar nicht aufgefallen, dass wir eineiige Zwillinge sind. Jetzt aber ist es zu spät, denn für uns ist es sehr wichtig geworden. Es gehört zu unserem Leben wie das Atmen. Inzwischen sind auch die anderen drei Freundinnen zu uns gestoßen. Sie schauen mich an und fragen, warum ich denn geweint habe. Noch ist keinem der Mitschüler aufgefallen, dass wir unterschiedliche Kleidung tragen. Das ist sehr interessant. Wir erzählen, was los ist. Ein Mädchen meint, dass sie doch alle wissen, dass wir Zwillinge sind. Und so marschieren wir unglücklich zur Schule. Ich habe immer noch verweinte Augen und Karen bleibt in meiner Nähe. Ich hatte ihr gesagt, warum ich geweint habe. Sie wollte mich trösten, aber sie fand keine Worte. Zunächst fällt es tatsächlich keinem auf, dass wir verschieden angezogen sind, da wir ja auch nicht zusammensitzen. Dann aber läutet es zur Pause. Wird man uns jetzt als Zwillinge erkennen? Aber dann beginnt doch die Fragerei, warum wir nicht mehr die gleichen Sachen anhätten. Nun fingen wir an, uns zu schämen. Nach dem Unterricht wollen wir nur so schnell wie möglich nach Hause, um mit unserer Mutter zu reden. Aber sie kann nicht nachvollziehen, warum uns das so wichtig ist. Ich sage:

»Aber ihr Erwachsenen habt es doch so wichtig gemacht. Ihr habt uns immer gleich angezogen. Nie habt ihr uns gefragt, ob es uns gefällt. Nun wollen wir es nicht mehr anders haben. Das gehört zu unserem Leben als Zwillinge. Oder wir gehen nicht mehr in die Schule.«

Sie schaut uns an und das gemeinsame entschlossene Auftreten signalisiert ihr, dass es besser ist, nachzugeben. Glücklich und gut gelaunt gehen wir dann auch wieder zum Unterricht. Und was hören wir von unseren Schulkameraden?

»Gott sei Dank. Sie sind wieder Zwillinge.«

In dem Dorf, in dem das neue Haus gebaut wird, haben uns inzwischen die Buben als Zwillinge entdeckt. Und die, die schon ein Mofa besitzen, umkreisen zum Leidwesen unserer Mutter täglich die Baustelle. Das ist nicht gut für ihre Laune. Aber uns tut es gut. Sie hupen, winken und werfen uns Kusshändchen zu, sobald sie uns erblicken. Wir winken lachend zurück, denn wir genießen die Aufmerksamkeit. Sofort wird uns unterstellt, wir würden uns zur Schau stellen. Was sie sagt, ist uns inzwischen egal. Wir sind abends vollkommen erschöpft, wenn wir dann nach Hause kommen. Und so bringen diese Jungs etwas Freude in unser Leben.

An einem dieser Abende reicht es mir mit unserer Mutter. Wir Zwillinge haben den ganzen Nachmittag auf der blöden Baustelle gearbeitet, natürlich sie auch. Sie ist sehr schlecht gelaunt und ich gebe ihr eine freche Antwort. Ich habe das alles so satt. Wie sie mit uns umgeht und wie wir für das blöde Haus, ohne wenigstens eine kleine Anerkennung zu bekommen, arbeiten müssen. Ich lasse sie einfach in der Küche stehen, gehe in unser Zimmer und verkrieche mich in mein Bett zum Schlafen. Da stürzt diese Frau, die sich Mutter nennt, in unseren Raum, zerrt mich an den Haaren aus meinem Bett und beginnt, auf mich einzuschlagen. Zum ersten Mal in meinem bisherigen, noch jungen Leben unterstützen mich meine zwei älteren Geschwister. Sie springen aus ihren Betten und jede hält ihr einen Arm fest. Sie rufen:

»Susanne, schnell, duck dich und verdrück dich in dein Bett.«

Karen hatte laut angefangen zu schreien und kam sofort zu mir gekrochen. Unsere Mutter ist sehr wütend und herrscht nun ihre Lieblingskinder an:

»Ihr habt mir beinahe die Arme gebrochen, wolltet ihr mich umbringen?«

Sie ist außer sich, ich höre es an ihrer Stimme. Dann verlässt sie das Zimmer, nicht ohne zuvor noch zu sagen, dass es für mich kein Abendessen geben wird. Es ist nicht das erste Mal. Es gibt bei uns sowieso immer Brot und ich weiß, dass eine meiner Schwestern für mich heimlich eine Scheibe mitgenommen hat. Vielleicht gelingt es Karen auch noch, wenn die größeren Mädels die Mutter ablenken, eine Scheibe Wurst zu ergattern. Es sind die Wurstenden, die wir Zwillinge einmal in der Woche bei der »netten Frau des Metzgers« abholen müssen.

Unsere Freundin Renate, die nur ein paar Häuser weiter wohnt, schüttelt immer wieder den Kopf, wenn wir ihr erzählen, was sich bei uns alles abspielt. Sie ist ein Einzelkind und beneidet uns, weil wir immer zu zweit sind. Aber nur darum. Ihre Eltern sind so lieb. Niemals schlagen sie ihre Tochter, sie kann ihnen alles erzählen. Ist eine Schulnote mal nicht so gut, trösten sie ihr Kind und sagen:

»Renatchen, das macht doch nichts, beim nächsten Mal wird es besser.«

Wir sind fassungslos, dass es so nette Eltern gibt. Ihr Vater ist sehr sportlich. Täglich fährt er mit seinem roten Rennrad zur Arbeit. Er hat bereits eine Glatze. Warum das so ist, weiß seine Tochter nicht. Sie sagt:

»Ich kenne ihn nicht anders. Übrigens hatte er auch einen eineiigen Zwillingsbruder, aber dieser ist im Krieg gefallen.«

Erneut wird über Krieg gesprochen, über den wir keine genauen Informationen haben. In einer Nebenstraße von unserer Wohnung gibt es nur ein zerstörtes Haus, das wir nicht betreten dürfen, weil es zu gefährlich ist. Es könnten sich Steine lösen und auf uns stürzen, uns verletzen oder gar töten. Aber die Erwähnung eines verstorbenen Zwillingsbruders trifft uns hart. Die Vorstellung, Karen wäre morgen nicht mehr da, lässt mir sofort Tränen in die Augen schießen. Sie bemerkt das und nimmt mich in den Arm.

»Susanne, ich bin doch noch da. Wir werden uns nie trennen.«

In diesem Alter haben viele Mädchen bereits Träume für ihre spätere Zukunft. Sie sehen sich verheiratet und wollen dann auch Kinder haben. Karen und ich aber haben Angst, dass wir getrennt werden könnten. Für uns Zwillinge könnte es nichts Schlimmeres geben. Da ist sie wieder, diese anerzogene Zweisamkeit mit dem Hinweis: »Ihr habt doch euch zwei. Ihr braucht keine anderen Kinder.«

Das ist falsch.

Oje, unsere Mutter ist wieder schwanger. Das Kind soll im August kommen. Jetzt ist es Frühjahr. Wir wünschen ihr wirklich, dass sie endlich ihren Sohn bekommt. Dann braucht sie nicht noch mehr Kinder zu kriegen. Für uns bedeutet das allerdings, dass wir wieder keine einfachen Sommerferien haben werden, da sie natürlich auch Ruhe braucht. Wir werden wieder gebraucht. Wir müssen zwar keine Steine mehr schleppen, aber der Garten muss erst einmal von Bauschutt befreit werden, was bedeutet, es kann eine Schubkarre eingesetzt werden. Aber die sind für uns Zwillinge viel zu schwer. Wir versuchen es zu zweit, aber es ist einfach nicht machbar. In dieser Zeit beenden die netten Bauarbeiter den Innenausbau und widmen sich nun dem Außenbereich, wo sie uns, die jungen, zarten Mädchen, beobachten und sehen, wie wir uns quälen. Sie helfen uns sehr oft und das ist schön. Wir tun ihnen leid. Und so sprechen sie dann doch eines Tages unseren Stiefvater an.

»Was Sie hier mit den Kindern machen, ist nicht richtig. Sie sind doch keine erwachsenen Bauhelfer.«

Er ist beschämt, das können wir ihm ansehen. So sagt er dann zu uns, wir sollen den Bauschutt auf einen Haufen in eine Ecke tragen. Wir füllen einen Eimer nach dem anderen und tragen diese dann zu zweit an die vorgesehene Stelle. Natürlich keimt bei uns eine andere Hoffnung auf: Sie brauchen doch nach dem Umzug in das neue Haus ein weiteres Kinderzimmer. Wir geben unser Zimmer gerne ab und ziehen zu unserem Paps. Was für eine Vorstellung! Sie beflügelt uns und wir überlegen, ob wir ihr nicht diesen Vorschlag machen sollen. Aber irgendetwas hält uns davon ab. Möglicherweise verursachen wir damit mehr Schaden, als uns angenehm ist. Und was ist dann? So wird es bestimmt nicht besser zwischen uns und unserer Mutter.

Wenn wir auf die Baustelle kommen, wird es so allmählich für uns wirklich lustig. Die Dorfbuben haben uns gesichtet und nun umkreisen sie mit ihren Mopeds fast täglich diesen entstehenden Neubau. Sie machen sehr viel Lärm, es knattert wie verrückt, und viele Fehlzündungen der kleinen Maschinen ergänzen das Spektakel. Sie rufen uns Nettigkeiten zu, sie winken und verteilen Kusshände. Natürlich gibt dies neuen Ärger mit unserer Mutter. Sie ist der Ansicht, dass es an uns liegt, wenn die jungen Männer täglich vorbeikommen, weil wir ihnen schöne Augen machen würden. Soll sie doch reden, wir haben unsere Freude an diesen Jungs. Wir tragen lange Hosen und keine sexy Oberteile, die wir eh nicht haben. Abgesehen davon fehlen uns auch noch die Brüste dazu. Wir sind eben Spätentwickler. Aber wir fühlen uns inzwischen auch so bestätigt, dass wir bei dem anderen Geschlecht Chancen haben.

Diese Erkenntnis hat uns gegenüber unserer Mutter wesentlich selbstbewusster gemacht. Ich glaube aber auch, wir nutzen es schon etwas aus, dass sie schwanger ist. Sie ist eine sehr attraktive Frau, die früher immer im Mittelpunkt stand, egal wo wir hinkamen. Erst kam sie, dann wir. Jetzt ist sie schwanger, sehr dick und das bedeutet für sie, sie fällt aus der Konkurrenz. Ihre Kinder stehlen ihr jetzt die Show. Natürlich erscheint sie noch auf der Baustelle, aber lange wird sie nicht mehr können.

Dann passiert etwas Außergewöhnliches: Sie gibt uns Geld für einen Film im Kino.

»Weil ihr so fleißig arbeitet.«

Der Film heißt »Der schwarze Panther von Ratana«. Wir nehmen dieses Angebot schnell an, bevor sie es sich aufgrund ihrer unberechenbaren Launen, welche durch ihre Schwangerschaften verstärkt wurden, wieder anders überlegt. Der Film ist sehr schön und wir sprechen noch eine ganze Weile darüber. Auch unser Vater ist früher, als wir im ersten Schuljahr waren, ab und zu mit uns ins Kino gegangen. Der Film »Bambi« blieb für immer in unserem Gedächtnis.

Inzwischen hat es sich im Dorf längst herumgesprochen, wer da baut und wer alles einzieht und dass es neben zwei älteren Schwestern auch noch halbwüchsige Zwillinge gibt. Jetzt warten wir auf den Moment, wo man uns vorwerfen wird, dass wir schuld daran sind, dass die Mopedfahrer vorbeikommen. Und der Vorwurf kommt. Unsere Mutter sagt, wir würden die Jungen reizen, wir würden zu oft zu ihnen schauen. Natürlich schauen wir zu ihnen, denn sie schauen ja auch zu uns. Und so hören wir kaum noch hin, wenn sie solche Dinge sagt. Uns macht es auf jeden Fall Spaß, dass wir so beachtet werden. Eigentlich ist dies doch ein normaler Vorgang in der Entwicklung von Jungen und Mädchen.

Inzwischen haben wir einen Schulwechsel erlebt. Wir haben die Mittelschule zwei Jahre früher verlassen, um stattdessen die zweijährige Handelsschule zu besuchen. Das bedeutet, dass keine weiteren Lehrjahre mehr nötig sind, da ein Abschluss an dieser Schule als vollständige Lehre gilt. Die beiden älteren Geschwister haben dies bereits erfolgreich beendet. Die Schülerinnen dieser Nonnenschule erhalten eine umfassende Ausbildung, die sie auf einen Bürojob in einem Unternehmen vorbereitet. Der Lehrplan umfasst Schreibmaschinenkurse, Buchhaltung, Stenografie, Deutsch, Englisch und Sozialkunde. Zusätzlich besteht die Möglichkeit, vor Schulbeginn Französisch zu lernen. Das machen wir gerne mit. Und natürlich Sport.

Leider verlieren wir durch diesen Schulwechsel schnell den Kontakt zu unseren alten Freunden. Das ist sehr schade, sind wir doch durch dick und dünn zusammen gegangen. Allerdings steht auch der geplante Umzug von Fulda aufs Land an. Wenn ich bedenke, dass ich in einer solchen Situation ein Einzelkind wäre, würde ich vermutlich panisch davonlaufen. Dann ist da auch noch die Schwangerschaft unserer Mutter. Es ist verdammt viel, was da alles auf uns zukommt. Gott sei Dank fühlen wir uns von Anfang an in dieser Mädchenschule wohl, die auch gleichzeitig ein Internat ist. Karen und ich würden gerne die zwei Jahre der Schulzeit dort verbringen, aber das verfügbare Geld reicht nicht aus, da es für den Hausbau benötigt wird. Aber auch ohne dieses Haus hätte es unsere Mutter nicht bezahlen können.

Was auf jeden Fall auf uns zukommen wird, ist, den Garten von Bauschutt und Steinen zu befreien. Die Sommerferien sind doch dafür ideal. Oder? Und so heißt es für uns wieder einmal, Schwimmbad ade. Wofür hat man denn Kinder?

»Susanne«, tröstet mich Karen, »bestimmt werden die Bauernbuben uns besuchen. Das ist doch auch lustig. Du wirst sehen, sie gibt uns natürlich dann wieder die Schuld, dass wir zu aufreizend sind. Und sie wird aufpassen wie ein Luchs, wie wir uns anziehen. Kurze Hosen? Auf keinen Fall.« Aber noch ist es nicht so weit. Wir haben also noch eine Schonfrist.

Unsere Lieblingsnonne erzählt, nachdem sie erfahren hat, dass wir Zwillinge noch ein Geschwisterchen bekommen werden, dass der Säugling im Mutterleib alles mitbekommt. Auch den Stress der Schwangeren.

»Susanne«, flüstert mir Karen zu, »dann wird dieses Kind ein Teufel sein.« Ich schaue sie an und sehe, sie meint das ernst.

»Hoffentlich hast du nicht recht, denn das wäre für uns noch schlechter.»

Ein Bett ist jetzt in der Wohnung frei geworden, denn die Älteste von uns Mädchen hat sich um eine Au-pair-Stelle beworben und hat diese auch bekommen. Die Glückliche geht in die französische Schweiz, denn sie möchte Französisch lernen.

»Susanne, das werden wir später auch tun.«

Es ist komisch für uns, auf das verlassene Klappbett zu schauen. Wir schieben unseren runden Tisch, an dem wir täglich Hausaufgaben machen, vor die verwaiste Stelle. Wir haben jetzt zwar mehr Platz, aber es fehlt jemand. Diese große Schwester schreibt uns oft Briefe. Sie vermisst uns, aber ist trotzdem froh, dass sie sich dafür entschieden hat. Wir Zwillinge schmieden unsere Zukunftspläne, indem wir immer noch hoffen, zu unserem Vater gehen zu dürfen. Das wäre eine Trennung von unserer kleinen dreijährigen Schwester, die wir sehr lieben und sie uns. Und jetzt kommt auch noch das nächste Kind. Hoffentlich wird es ein Junge. Wir legen unsere ganze Hoffnung auf dieses noch ankommende Baby. Egal wie niedlich es sein mag. Trotzdem, wir müssen weg von dieser Familie. Aber wie?

Die Osterferien stehen vor der Tür. Wir dürfen zu unserem Paps reisen. Wir sind so dankbar, wieder zu zweit in den Zug steigen zu können, einem freundlichen Schaffner zu begegnen, der uns Zwillingen sagt, wie hübsch wir doch seien, unsere Tickets abknipst und sich dann mit einem Augenzwinkern von uns verabschiedet. Wir nehmen jeder unser Buch und beginnen zu lesen. Das tun wir häufig, und ich bin der Meinung, dass dies ein wertvolles Erbe unserer Mutter ist. Seit unserer Kindheit hat sie uns immer zum Lesen ermutigt. Zu Geburtstagen und Weihnachten standen stets Bücher im Mittelpunkt der Geschenke. Auch versuchte sie, gebrauchte Bücher zu bekommen.

Dann sind wir endlich da. Jauchzend fallen wir ihm um den Hals.

»Hilfe, erdrückt mich nicht.«

Wir müssen alle lachen und auch fremde Menschen, die auf dem Bahnsteig warten, beobachten uns mit Wohlgefallen. Wir fahren zu unserer Stiefmutter, die natürlich wieder eins von unseren Lieblingsessen gekocht hat. Der Hund Anja flippt regelrecht aus. Er dreht mehrere Pirouetten und wartet anschließend auf seine Belohnung. Die bekommt er dann auch. Wir besprechen später den nächsten Tag, wir werden mit einem Schiff fahren, wissen aber noch nicht wohin.

Paps entwickelt sich zu einem Kontrolleur. Er passt höllisch auf seine zwei jungen Töchter auf. Zu dieser Zeit lebt er mit unserer Stiefmutter in Flensburg und unterrichtet die Matrosen in Fernmeldetechnik. Am Wochenende gehen wir mit ihm in die Kirche. Schon dieser Weg bis dorthin ist für ihn wohl nicht so einfach, denn »seine Matrosen«, in ihren schicken blau-weißen Uniformen, sind auch anwesend. Sie grüßen ihn ehrfürchtig, und er muss immer wieder seinen Hut abziehen und wieder aufsetzen. Wir beobachten ihn so nebenbei und haben den Eindruck, er ist schon stolz auf seine Töchter. Ja, wir werden bestaunt wie Affen im Zoo. Wir zwei Mädels genießen es und amüsieren uns auch, schließlich wissen wir ja, welche Aufmerksamkeit wir auf uns ziehen.

Auf einer Schifffahrt nach Dänemark ist es das gleiche Spiel. Er lässt uns keine Sekunde aus den Augen. Es ist nicht möglich, mal mit einem netten Jungen eine Unterhaltung zu führen. Zur Toilette gehen Karen und ich gemeinsam, das beruhigt ihn dann doch etwas. Unsere Stiefmutter amüsiert sich köstlich. Ja, so sind sie: Väter und ihre Töchter. Väter sind immer wachsam. Merkwürdig ist, dass die beiden älteren Schwestern seltener ihren Vater treffen. Sie sind die Lieblingskinder unserer Mutter und es kann ja sein, dass sie den allzu großen Kontakt zu dem Erzeuger unterbindet. Ihr traue ich alles zu. Einmal hat sie es tatsächlich fertiggebracht, drei statt zwei Kinder zu ihm zu schicken.

Als wir aus dem Zug steigen, werden seine Augen sehr groß, aber er lächelt und sagt einfach nur:

»Oh, schön dass ihr da seid. Da habe ich wohl etwas falsch verstanden.«

Als wir dann bei unserer Stiefmutter ankommen, ist diese natürlich ebenso überrascht, aber auch sie lächelt uns an, drückt uns fest und heißt uns willkommen. Kein böses Wort über unsere Mutter fällt in den drei Wochen der Sommerferien. Natürlich muss jetzt erst noch für eine dritte Schlafstelle gesorgt werden. Auch das ist kein Problem, da es noch ein Ersatzbett im Keller gibt. Unsere gemeinsame Zeit verläuft sehr harmonisch. Eigentlich sollten Kinder immer so liebevoll aufwachsen dürfen.

In dem Haus wohnt auch ein Ehepaar mit Schäferhund, Rex. Dieser ist ein ausgebildeter Polizeihund, aber jetzt in Rente. Er hört aufs Wort und ist der Liebling unserer Stiefmutter. Sie macht täglich mit Rex und uns lange Spaziergänge, so dass wir abends wirklich platt sind. Wir spielen Karten und Mensch-ärgere-dich-nicht und noch viele andere Spiele, die in einem Karton gesammelt sind. Und dann diese Ruhe! Niemand schreit uns an. Natürlich gibt es wieder eine Schifffahrt auf der Ostsee unter den wachsamen Augen des stolzen Vaters. Karen und ich wären mit dieser Elternkonstellation die glücklichsten Menschen der Welt. Aber das ist uns nicht vergönnt.

Und so fahren wir drei Geschwister wieder nach Hause. Vor allem wir Zwillinge sind sehr traurig.

Unsere Sommerferien müssen wir, ungefragt, wieder dem neuen Haus widmen.

Unser Wunsch, einmal ins Schwimmbad gehen zu dürfen, um uns mit Freundinnen zu treffen, erfüllt sich wieder nicht, denn der Samstag und der Sonntag sind doch wunderbare Tage, um den zukünftigen Garten weiter herzurichten. Die täglichen Besuche der Jungen, die unermüdlich die Baustelle umkreisen, sind der einzige Lichtblick. Und so trösten wir uns mit dem Gefühl, dass wir beachtet werden. Wir würden so gerne auch den netten Priester besuchen, aber es geht nicht, denn mit ihm treffen wir uns ja nur gelegentlich sonntags. Er wird sich bestimmt wundern, warum wir schon länger nicht mehr bei ihm waren. Hoffen wir jetzt mal auf Regen. Dann ist der Gartenboden matschig und untauglich zum Arbeiten.

»Karen, wir sollten mal mit Gott reden, dass er es möglich macht.«

Sie fängt an zu lachen.

Aber etwas Großartiges passiert. Der Erlöser wird geboren, nämlich unser Bruder. Es ist August 1961. Alle sind glücklich und wir Zwillinge hoffen, dass dieses Kind uns die ersehnte Freiheit bringt, uns aus dieser Familie verabschieden zu können, um bei unserem Vater und seiner Frau einzuziehen. Schließlich braucht dieses Baby irgendwann ein Kinderzimmer. Ich schaue mir den kleinen Jungen an und denke: Hilf uns, Kleiner. Wir haben dich wirklich lieb und wünschen dir alles Gute. Dein Leben wird auf jeden Fall glücklicher verlaufen als unseres, da man auf dich sehnsüchtig gewartet hat. Wir hatten dieses Glück nicht, im Gegenteil, denn wir waren zu allem Unglück auch noch Zwillinge. Der Kleine ist niedlich und für einige Zeit ist unsere Mutter wieder einmal wie umgewandelt. Wir dürfen ihn spazieren fahren und nehmen ihn mit zu unserem Spielplatz, wo er von den Mädels bewundert wird. Als man Karen und mich einst im Kinderwagen bewunderte, war dies nur aufgrund unseres Doppelteseins. Gleichzeitig wurde unsere Mutter aber bedauert, da zwei Babys auch die doppelte Arbeit verursachen.

Inzwischen sind wir den Jungs in unserer Umgebung aufgefallen. Karen verliebt sich in einen jungen Verkäufer aus dem Einkaufsladen ein paar Meter weiter von unserem Haus. Der hat schon vorgeschlagen, dass ich seinen Freund kennenlernen soll. Nun, warten wir es erst einmal ab. Karen verabredet sich heimlich mit ihm um 18:00 Uhr. Ich beobachte in dieser Zeit meine Mutter, die mit dem Stillen des Bruders beschäftig ist. Seine Geburt ist gut für uns, denn sie hat uns nicht mehr ständig im Blick. Und es gibt ja auch noch die kleine Schwester, mit der ich sogleich intensiv spiele. Ich bringe sie ständig zum Lachen und das erfreut natürlich unsere Mutter. Karen und ich haben verabredet, dass sie um 19:00 Uhr wieder da sein muss. Natürlich darf sie nicht klingeln und so lausche ich angestrengt, wann sie leicht an die Wohnungstür klopfen wird. Noch einmal bringe ich die kleine Schwester zum Lachen und schleiche zu der Türe. Ganz leise öffne ich diese, und Gott sei Dank, Karen steht davor und grinst mich an. Wir gehen in unser Zimmer zu der kleinen Schwester, die brav gewartet hat, denn ich habe ihr gesagt, ich würde zur Toilette gehen. Ich will jetzt natürlich wissen, ob er sie geküsst hat. Sie nickt. Ich bin ungeduldig.

»Sag mir schon, wie macht man das. Was ist denn mit der Zunge?«

»Nimm mal deine geschlossene Hand vor den Mund, öffne deine Lippen und dann bewege deine Zunge ein wenig hin und her.«

Ich versuche es, aber bin enttäuscht.

»Das soll alles sein?«

Sie lacht mich aus, weil ich das alles komisch finde.

»Mir hat es gefallen. Es ist auch ein Unterschied, ob man es selbst macht oder geküsst wird. Wo ist unsere Mutter?«

»Bei unserem kleinen Bruder. Sie stillt ihn und hat nichts gemerkt. Wann trefft ihr euch wieder?«

»Übermorgen, du musst wieder Schmiere stehen.«

»Na klar, das mach ich doch gerne.«

Viel Spielraum bleibt ihr nicht mehr, denn in nicht allzu langer Zeit wird das Haus fertig sein und wir ziehen aufs Land. Wir sind nicht besonders glücklich darüber, aber die Enge in der Wohnung ist auch nicht gut. Sie führt nur zu verstärkten Auseinandersetzungen.

Und so schreitet die Fertigstellung des Hauses nach und nach voran. Das wird auch höchste Zeit und am

20. Mai 1962 beginnt der Umzug in das neue Haus. Wir sind schon etwas traurig, da wir doch einige Menschen aus unserer Umgebung nie mehr sehen werden. Unser Milchladen zum Beispiel wird uns sehr fehlen. Er ist zehn Minuten von uns entfernt und dieses Geräusch, wenn die Blechkanne gefüllt wurde, war einmalig. Danach wurde es aber erst richtig spannend. Wer schaffte es, nach dem Verlassen des Ladens die gefüllte Milchkanne einmal mit dem rechten Arm herumzuschleudern? Die Milch durfte nicht auslaufen. Wir hatten dies lange Zeit zuvor mit Wasser geübt. Aber der Nervenkitzel mit der Milch war natürlich viel größer. Ich kann mich nicht erinnern, dass es jemals bei einem von uns vier Geschwistern, denn da waren auch die zwei älteren Schwestern aktiv, nicht geglückt ist. Die Tracht Prügel, die auf jeden Fall für uns Zwillinge gefolgt wäre, hätte keiner von uns je vergessen. Aber die gab es ja nicht.

Inzwischen arbeiten die Monteure vom Überlandwerk in der Nähe des Neubaus. Sie sorgen dafür, dass wir bald Strom bekommen. Sie klettern mit ihren Steigeisen wie Affen an den Pfählen nach oben und machen dort ihre Arbeit. Sie haben uns schnell entdeckt, denn wir kommen nachmittags von der Schule. Es ist ein Heimweg von fünf Kilometern. Einen Bus gibt es noch nicht. Morgens nimmt uns unser Stiefvater in seinem kleinen Auto mit in die Stadt. Nach der Schule aber müssen wir laufen. Es ist eine schöne Zeit für uns zwei, denn wir können alles besprechen. Wir machen auch keine Anstalten, uns zu beeilen. Wir wissen sowieso nie, was uns erwartet. Ab und zu hält auch mal ein Auto an und nimmt uns mit. Wir sind inzwischen auch sehr bekannt. Weitere Häuser entstehen in dieser Zeit und es hat sich eine gute Gemeinschaft gebildet, die sich bei Bedarf aushilft.

Uns aber begrüßen die netten Monteure täglich mit Pfiffen und winken uns und rufen uns irgendetwas zu, was wir aber nicht verstehen können. Unsere Aufpasserin, unsere Mutter, ist sehr schnell zur Stelle und fordert uns auf, sofort ins Haus zu gehen und zu essen. Aber wir lassen uns Zeit und begrüßen die kleine Schwester und dann auch den neuen Bruder. Nach dem Essen machen wir uns an die Hausaufgaben und begeben uns in den noch nicht fertigen Garten. Ja, der hat auf uns gewartet. Aber die Jungs des Dorfes auch. Und so dauert es nicht lange und sie umkreisen das Grundstück wieder mit ihren Mopeds. Mehrfach erscheint unsere Mutter und versucht, die Buben zu vertreiben. Aber die lachen sie nur aus, verschwinden für 10 Minuten, um dann wieder aufzutauchen. Es ist ein Katz-und-Maus-Spiel. Wir versuchen, nicht zu zeigen, dass uns dies amüsiert, und arbeiten mit gesenkten Köpfen weiter, denn wir müssen lachen. Hat diese Frau vergessen, dass sie auch einmal so jung wie wir war? Allerdings tobte in dieser ihrer Zeit der zweite Weltkrieg.

Obwohl wir unsere Freunde durch den Umzug verloren haben, gehen wir gerne in die neue Schule.

Natürlich bildet sich erst einmal wieder eine neugierige Anzahl von Schülern um uns herum. Sie beobachten uns genau, registrieren sehr oft unsere gleichen Bewegungen, die Art, wie wir sprechen oder lachen, und vergleichen uns noch eine ganze Weile. Dann haben sie sich an uns gewöhnt und registrieren, dass wir genauso Menschen sind wie sie, aber nur doppelt.

Die Betreuung durch drei Nonnen und eine weltliche Lehrerin läuft gut. Viele Mädchen stammen aus der nahen Umgebung, und viele Eltern führen eine kleine Landwirtschaft. Nun, auch diese Mädchen haben Geburtstag und schicken Einladungen an die Kommilitonen der Klasse. In der Regel werden diese besonderen Tage auf das Wochenende verlegt. Für uns ist es auch nicht immer so einfach, diese Wohngebiete zu erreichen. Es sind zwar Busse eingesetzt, aber diese fahren nicht sehr häufig am Tag. Besonders am Samstag oder Sonntag ist der Verkehr stark eingeschränkt. Also muss man schauen, wie es mit der Verbindung klappt. Manchmal fährt uns unser Stiefvater in eines dieser Dörfer. Oder wir haben Glück, dass es eine Busverbindung gibt. Und manchmal gibt es auch einen älteren Bruder, der inzwischen Auto fährt und der Schwester zuliebe die Zwillinge abholt. Irgendwann sind auch wir dort wieder bekannt wie »bunte Hunde«. Und so kommt es, dass, wenn ein Geburtstag ansteht und wir dort mit dem Bus hinfahren können, an der Bushaltestelle bereits mehrere Dorfbuben mit ihren Mofas auf uns warten. Jeder zeigt auf seinen Platz hinter sich, weil sie uns mitnehmen wollen. Also schwingen wir uns schnell auf den Sitz des Jungen, den wir uns bereits bei der Ankunft des Busses ausgesucht haben. So begleitet uns in der Regel eine Clique von fröhlichen jungen Männern, und da sie alle eingeladen sind, zu dem Haus, in dem die Geburtstagsparty gefeiert wird. Es ist auch keiner böse, wenn wir nicht mit ihm fahren. Sie kennen sich alle und haben ihren Spaß. Das erneute Rennen beginnt dann wieder am späten Nachmittag, wenn es um unsere Heimfahrt geht. Diese Erlebnisse bauen uns immer wieder auf und machen uns noch stärker.

Unser Nachhauseweg von der Schule in Fulda führt an einer Tankstelle vorbei. Täglich laufen wir den gleichen Weg. Hier fallen mir zwei Männern auf, die dort arbeiten. Sie winken uns, machen uns Komplimente, denn sie haben uns als Zwillinge entdeckt. An einem dieser Tage, wir haben die Tankstelle passiert, stoppt ein Auto neben uns und der Fahrer, er ist einer von den beiden Tankwarten, fragt, ob er uns nach Hause fahren könne. Karen sagt:

»Sie wissen doch gar nicht, wo wir wohnen.«

»Nein«, antwortet er.

»Aber wir dachten, dass wir euch eine Freude machen können, da wir denken, dass ihr doch noch einiges zu laufen habt. Hier gibt es keine Wohnhäuser mehr.«

Recht hat er. Wir Zwillinge schauen uns kurz an, so wie wir das immer tun. Wir brauchen keine Worte. Wir nehmen das Angebot gerne an, lassen uns aber nicht ganz bis zur Haustür fahren. Also steigen wir früher aus, bevor unsere Mutter sieht, dass uns ein fremder Mann nach Hause gefahren hat. Auf der einen Seite kann man verstehen, dass sie sich Gedanken um uns junge Mädchen macht. Wir Zwillinge fallen eben überall auf, und seitdem ein reifer Singlenachbar zu ihr gesagt hat, wir seien zwei süße Käfer, ist es ganz aus bei ihr.

»Ich will nicht, dass ihr zu diesem Kerl nochmals ins Auto steigt. Ich verbiete es euch.«

Wir antworten nicht darauf, denn dann brauchen wir auch nicht zu lügen. Übrigens war sie an diesem Tag auch mit in dem Fahrzeug und froh, dass uns jemand mit in die Stadt nahm. Aber wir kennen sie zu gut, denn für sie sind seit der Scheidung von unserem Vater alle Männer schlecht, außer ihrem Bauern natürlich. Eigentlich tut sie uns doch ein bisschen leid, würde sie uns nicht so ungerecht behandeln. Vielleicht hat dies auch mit unserer Stiefmutter zu tun, die wir sehr lieben. Das hat sie inzwischen gemerkt, und statt mal darüber nachzudenken, warum das so ist, lässt sie eine Hasstirade nach der anderen gegenüber dieser Frau los. Durch dieses Verhalten entfernt sie sich immer weiter von uns. Wir sind zu zweit und jederzeit bereit, uns gegenseitig zu helfen, wenn eine Situation für einen von uns brenzlig wird. Und so steht sie uns machtlos gegenüber, schaut in die gleichen Gesichtsausdrücke und registriert unseren Hass ihr gegenüber in unseren Augen. Wir haben früh gelernt, ihr so wenig wie möglich anzuvertrauen. Das hat sie mittlerweile erkannt und es verärgert sie. Sie fragt sich nicht, welchen Anteil sie daran hat, dass wir ihr so wenig wie möglich erzählen. Welches Spiel unser Stiefvater hier spielt, ist für uns noch nicht erkennbar. Möglich ist auch, dass er gegen uns hetzt. Uns ist nicht verborgen geblieben, wie er uns anschaut.

Wenn sie aber ihre Mundharmonika in die Hand nimmt und so wunderschön spielt, da sind dies für uns Momente, in denen wir Zwillinge sie trotzdem gerne haben. Sie sieht oft so verloren aus, aber dann kann man gut sehen, wie sich ihre Gesichtszüge entspannen.

Karen hat sich in dem neuen Haus an einem Stacheldrahtzaun verletzt und es blutet. Da sie kein Pflaster findet, geht sie zu der Mieterin in unserem Haus. Diese Familie bewohnt den ersten Stock. Sie sind reizend und die junge Frau ist gerade mal zwanzig Jahre alt. Der kleine Sohn zwölf Monate. Sie desinfiziert Karen die blutende Stelle und bringt ein Pflaster an. Unsere Mutter sieht diesen Finger und fragt, was passiert sei. Karen erklärt ihr, dass sie zu der Mieterin gegangen ist, da sie in unserem Haushalt kein Pflaster gefunden hat. Unsere Mutter ist sauer und sagt zu Karen, dass so etwas nicht nötig sei. Aber die Nachbarin meint, dass man doch an einer Blutvergiftung sterben kann. Jetzt kommt eine Antwort, die uns fassungslos macht.

»Das wäre nicht schlimm, dann wären wir wenigstens eine weniger.«

Sagt so etwas eine Mutter? Ja, unsere. Dabei wäre es so einfach, alles zu regeln. Wir Zwillinge würden sofort unseren Platz räumen und mit Freude zu unserem Vater gehen, aber ihr unglaublicher Hass auf ihren Exmann und dessen Frau ist ihr im Wege. In der heutigen Zeit haben Kinder die Möglichkeit, über das Jugendamt eine Änderung von schrecklichen Familienverhältnissen zu erreichen.

Unsere kleinen Geschwister aber lieben wir sehr und sie uns. Sie sind noch zu jung, um von der eigenen Mutter gegen uns aufgehetzt zu werden. Wir hoffen auch inständig, bis dahin diese Familie verlassen zu können.

Hurra, die Sommerferien beginnen, und wir fahren natürlich zu unserem Vater und seiner Frau nach Flensburg. Dort arbeitet er immer noch und muss wieder seine Zwillingstöchter bewachen, da diese ja inzwischen wieder ein halbes Jahr älter und auch größer geworden sind und auch ein Auge auf die schmucken Matrosen werfen, die sehr interessant für sie sind.

Aber mehr als sie anzusehen, ist für uns nicht drin. Dieses Mal geht es mit dem Schiff nach Dänemark. Hier sind die Jungs alle blond, auch nicht schlecht. Ab und zu gelingt es uns aber doch, einen kleinen Plausch mit einem blonden Dänen hinzukriegen, und zwar dann, wenn wir uns an die Reling stellen. Es dauert nie lange, bis ein oder zwei Matrosen sich neben uns stellen und ein Gespräch beginnen. Bewusst gehen wir nie allein, sondern immer zu zweit, was natürlich unseren Vater beruhigt. Ihm ist es draußen auch zu windig, und das ist dann unsere Chance. Unsere Stiefmutter amüsiert sich immer wieder, dass er wie ein Gockel Angst um seine Küken hat. Nun, so sind eben Väter. Wir fallen besonders auf.

Nach unserer Rückkehr nach Hause erwartet uns, wie üblich, der noch nicht fertiggestellte Garten. Noch sind drei Wochen von den Sommerferien übrig. Leider gibt es nicht die Heinzelmännchen, die, wie im Märchenbuch der Gebrüder Grimm beschrieben, nachts solche Arbeiten erledigen. Dieser verfluchte Garten ist offensichtlich nur für uns beide reserviert. Denn die zwei älteren Schwestern beteiligen sich so gut wie gar nicht an der Fertigstellung. Aber zu unserer Freude ist wieder der blonde, hübsche Neffe der Nachbarin mit seinem Volkswagen gekommen und schaut uns wie immer stundenlang zu. Doch er spricht uns nicht an. Entweder ist er schüchtern oder seine Tante möchte nicht, dass er mit uns redet.

Am späten Nachmittag holen Karen und ich frische Milch in einer Kanne vom Bauern. Dabei führt uns unser Weg an einem Haus vorbei, wo immer ein junger Mann steht, und Holz hackt. Er trägt einen Cowboy-Hut und darunter schauen schwarze Haare hervor. Es sieht niedlich aus. Sein Alter schätzen wir auf 15-16 Jahre. Er schaut immer sehr lange hinter uns her, und wir scheinen ihm seinen Abend zu verschönern. Irgendwann spricht er uns an und fragt, wo wir wohnen. Und so kommen wir mit ihm ins Gespräch. Er ist nett, ist in diesem Dorf geboren und fragt uns, ob wir Interesse hätten, an einer Aufführung mitzumachen, die die Schüler dieses Dorfes veranstalten wollen. Es würden aber noch ein paar Teilnehmer fehlen. Wir schauen uns an und ich glaube, wir denken das Gleiche, wie so oft. Warum nicht?

»Gut, wir heißen Karen und Susanne, und du?«

»Ich bin Werner, und wenn ihr morgen wieder hier vorbeikommt, um eure Milch zu holen, dann habe ich mit der Gruppe gesprochen, ob sie einverstanden sind. Ich denke schon, denn dieser Ort ist nicht sehr groß und Kinder zu finden, die mitmachen, ist nicht so einfach. Und so lernt ihr auch gleich die jungen Dorfbewohner kennen.«

Wir verabreden uns. Später erzählen wir dies unserer Mutter und sie findet das gut. Ja klar, denn inzwischen sind wir ja bekannt als das Fünf-Mädel-Haus, mit einem einzigen Jungen.

Und so kommt es, dass wir ein Theaterstück mit aufführen. Es macht Spaß, denn alle Teilnehmer sind sehr nett und der Junge mit dem Hackbeil wird mein erster Freund. Allein die Proben sind sehr lustig. Wie erwartet erscheinen alle Dorfbewohner zu der Aufführung und der Applaus ist dementsprechend groß. Bis zu diesem Tag haben uns auch noch nicht alle Dorfbewohner kennengelernt, da wir ja nicht in die Dorfschule gehen.

Werner fragt mich, ob ich ihn am Sonntag besuchen könnte. Seine Eltern und seine kleine Schwester sind nicht da.

»Klar«, antworte ich, warum auch nicht? Er wird mich schon nicht beißen.

Auch meine Zwillingsschwester hat nichts dagegen. Ja, so ist das bei uns Zwillingen. Hätte Karen gesagt, ich soll nicht gehen, weil sie dann allein wäre, so wäre ich bei ihr geblieben. In dieser Zeit habe ich in mein Tagebuch Folgendes geschrieben: »Es ist schön, ein Zwilling zu sein. Aber es ist auch sehr anstrengend. Ständig wird man beobachtet und mit der Schwester verglichen. Als Kind schätzt man bereits die Aufmerksamkeit, die einem entgegengebracht wird. Auch empfinden wir keine Eifersucht aufeinander, da wir immer beide gleichermaßen berücksichtigt werden. Gibt es nur ein Stück Schokolade, wird es geteilt.«

Und so gehe ich allein, mit dem Einverständnis meiner Schwester, zu meinem ersten Rendezvous. Ich weiß, dass Karen mit Spannung darauf wartet, dass ich zurückkomme und was ich erzähle.

Pünktlich klingle ich bei ihm. Ich bin etwas nervös, da ich heute ohne meine Schwester bin. Werner öffnet die Tür und fragt gleich, ob wir nicht bei diesem schönen Sommerwetter einen Spaziergang machen wollen. Ich bin einverstanden und so gehen wir beide etwas verunsichert nebeneinander her. Schließlich hat man mit fünfzehn Jahren nicht täglich eine Verabredung. Da begegnet uns ein Bauer auf seinem Traktor. Dieser verlangsamt seine Fahrt und fragt grinsend, ob wir denn wüssten, wo wir hinwollten. Was ist das denn? Wir antworten nicht und gehen einfach weiter.

»Sag mal, kennst du diesen Mann?«

»Ja, er ist hier aus dem Dorf. Er wird nichts Eiligeres zu tun haben, als es meinen Eltern zu stecken.« Wir müssen beide lachen.

»Dann haben wir ihm vielleicht seinen Sonntag gerettet. Er hat was zu erzählen.«

Karen und ich kennen ja durch verschiedene Geburtstage unserer Klassenkameradinnen »die wilden Jungen von den Bauerhöfen«, wenn sie auf den Bus warteten, in dem wir sitzen. Da gibt es keinerlei Unsicherheiten bei diesen Begegnungen. Was jetzt passiert, ist was ganz anderes, weil man glaubt, ein bisschen verliebt zu sein, und man geht dann das erste Mal zusammen aus. Wir laufen eine Weile schweigend weiter. Für mich ist es ungewöhnlich, ohne Karen mit einem Jungen spazieren zu gehen. Bisher machten wir eben alles zusammen. Und es ist auch sicherer, zu zweit zu sein. Nicht dass von diesem Jungen eine Gefahr ausgeht. Wir kennen ihn schon durch das Theaterspiel.

Wieder beim Haus seiner Eltern angekommen, fragt er mich, ob ich noch sein Zimmer sehen wolle, da seine Eltern ja nicht da seien. Ich stimme zu. Ich bin auch neugierig, wie er sich eingerichtet hat. Sein Raum ist ein normales Zimmer. Ein Bett, ein Schrank, ein Tisch mit zwei Stühlen und Linoleum auf dem Fußboden. Kein einziges Poster an der Wand. Einen Teppich gibt es auch nicht. Es ist sehr ungemütlich. Wenn es wenigstens irgendwo eine Pflanze gäbe. Aber wenigstens gibt es eine Gardine, so dass niemand in das Zimmer sehen kann. Wir Zwillinge sind da ganz anders. Wir pflücken uns immer neue Blumensträuße von den Wiesen, malen Bilder und heften sie mit Reißzwecken an die Wand. Allerdings sind wir Mädchen anders aufgewachsen als dieser junge Mann. Unser Vater ist neben seiner Berufstätigkeit Maler und Geigenspieler. Das alles haben wir als Kinder in den ersten acht Jahren erleben dürfen. Oft stand er in der Rhön auf einer Wiese mit seinen Malutensilien und wir Kinder saßen im Gras und schauten ihm zu. Dies alles ist nun vorbei, und ich sitze jetzt in einem ungemütlichen, aber sauberen Zimmer eines Jungen und denke an das gemütliche Mädchenzimmer, das wir Zwillinge uns gestaltet haben. Im Sommer sind stets verschiedene Blumen in unseren Regalen zu finden, die wir selbst gepflückt haben. Als Blumenvasen dienen ausrangierte Plastikflaschen, nachdem man das obere Drittel mit einer kleinen Säge entfernt hat. Auch die großen Schwestern machen hier mit. Wir lieben es alle vier gemütlich.

Ich habe mich auf den Bettrand gesetzt. Werner kommt auf mich zu und schubst mich nach hinten, so dass ich auf dem Rücken liege. Und dann ist er über mir und küsst mich. Das heißt, er drückt seine geschlossenen Lippen auf meinen geschlossenen Mund. Dies erinnert mich an einen toten Regenwurm. Ich bin geschockt und habe nur einen Wunsch: raus aus diesem Zimmer und nichts wie weg! Und das tue ich dann auch, ohne Tschüss zu sagen. Bevor ich die Haustüre öffne, drehe ich mich aber noch einmal rum und sehe Werner oben am Treppenabsatz stehen. Er tut mir leid, aber er muss noch üben und ich auch. Karen hat mir ihren ersten Kuss ganz anders geschildert. Allerdings muss ich dazusagen, dass Kaspar, wie wir ihn nennen, schon achtzehn Jahre alt ist, also schon Erfahrung hat. Als ich nach Hause komme, ist Karen überrascht, dass ich schon wieder da bin. Ich erzähle ihr, was passiert ist. Sie fängt laut an zu lachen und ich lache auch. Ich seufze:

»Das war wirklich ein Reinfall. So schnell darf mich keiner mehr küssen.«

Allerdings bin ich ebenso unerfahren und brauche einen reiferen Jungen, der mir das richtig beibringt. Damit ist diese erste Freundschaft beendet. Aber unsere Aufführung ziehen wir durch. Werner verhält sich großartig, und ich bemühe mich, es auch so zu machen.

Hurra, wir dürfen wieder in der Kerzenfabrik arbeiten und planen sofort, was wir mit diesem Geld tun werden. Auf jeden Fall werden wir uns erst einmal neue Kleidung kaufen. Wir sehnen den Tag herbei, an dem wir anfangen dürfen zu arbeiten. Dann endlich ist es so weit. Wir gehen aufgeregt zu unserer ersten bezahlten Arbeitsstelle. Da wir nicht die einzigen Mädels aus unserer Klasse sind, ist es ein fröhliches

Aufeinandertreffen wie in der Schule. Es gibt jedoch auch männliche Schüler, und wie üblich sind es zuerst wir Zwillinge, die auffallen. Wir bekommen verschiedene feste Plätze an einem Fließband zugeteilt, so dass wir nicht direkt nebeneinanderstehen. Das würde zu viel Unruhe mit sich bringen. Und was ist unsere Arbeit? Wir müssen schadhafte Kerzen aussortieren. Das ist nicht so einfach, denn das Band läuft schnell an uns vorbei, so dass sich die eine oder andere schadhafte Kerze vorbeimogelt. Konzentration ist gefragt.

Der erste Tag macht Spaß, aber erst einmal muss man sich an diesen Kerzengeruch gewöhnen. Auch das geht nach ein paar Tagen vorüber, sagen uns die Mädchen, die hier schon länger arbeiten. Dann erschallt ein kurzer lauter Ton von irgendwoher und das bedeutet, die erste Pause beginnt. Wir strömen alle in einen speziellen Raum und ich habe Mühe, Karen zu finden. Dann sehe ich sie und sie hat mir natürlich einen Platz freigehalten, dort, wo auch unsere Mitschüler sitzen. Es sind einige dabei, die das nicht zum ersten Mal machen, und diese Schüler haben ihre Erfahrung, wie man sich schnell einen Tisch organisiert und die Plätze freihält. Und so sind wir alle zusammen und plaudern. Natürlich haben wir unser Pausenbrot dabei, denn das wurde uns durch ein Schreiben zeitig vor unserem Arbeitsbeginn angeraten.

Es war fett gedruckt, denn so mancher Schüler ist schon mal vor Hunger umgekippt. Für Getränke sorgt die Firma. Es gibt stilles Wasser. Erst jetzt merken wir, wie ausgetrocknet unsere Kehlen sind, daher trinken wir sofort ein paar Gläser Wasser. Ein lauter Gong ertönt und das bedeutet das Ende der Pause. Auch wir wollen aufstehen, jedoch die Mädchen, die mit dieser Situation bereits vertraut sind, signalisieren uns, vorerst sitzen zu bleiben.

»Lasst die anderen erst einmal zu ihren Plätzen zurückgehen. Ihr seht doch, was für ein Gedränge am Ausgang entstanden ist.«

Dies ist eine gute Idee, denn als wir dann aufstehen und Richtung Tür marschieren, sind die meisten an ihren Arbeitsplätzen. Karen und ich sind an verschiedenen Fließbändern eingeteilt, aber bis zu unserer Arbeitsstelle können wir noch zusammen gehen. Da die meisten der jungen Schüler schon an ihren Plätzen sind, geht ein Pfeifkonzert los, als sie uns sehen.

»Susanne, das nächste Mal gehen wir getrennt zurück. Das ist besser.«

»Da hast du recht, denn Neid und Missgunst können wir hier nicht gebrauchen. Wir sind nun mal Zwillinge, was sehr schön für uns ist, aber es macht so manches Mädchen wütend auf uns.« Aber das nützt uns jetzt nicht mehr viel. Man kennt uns. Wir hätten das gleich von Anfang an so halten müssen. Die »Anmache« bleibt jetzt. Egal, ob wir allein oder zu zweit sind.

Die eine Woche geht schnell, für uns viel zu schnell, vorbei. Und so sind wir am letzten Tag etwas traurig.

Es war eine großartige Zeit, sie war anstrengend, aber friedlich. Manchmal kann das Leben auch sehr schön sein. Wir bekommen in einem Umschlag unseren Lohn ausgezahlt. Es sind 58,00 Deutsche Mark für jede von uns. Wir dachten, es gäbe etwas mehr, aber sind glücklich, dass wir uns jetzt kaufen können, was wir gerade möchten. In den 60er Jahren ist vieles preiswerter als heute. Das war damals viel Geld und so gehen wir zwei sofort in die Stadt und kaufen uns jede einen Mantel. Toll, einfach toll. Wir fühlen uns wie Königinnen, als wir uns gegenseitig betrachten. Wir sind gespannt, was unsere Mutter dazu sagen wird. Aber sie freut sich nicht. Sie meint, wir hätten zu viel ausgegeben.

»Aber das ist doch unser Geld«, wage ich zu sagen.

»Genau«, schließt sich Karen an.

Warum kann diese Frau sich nicht mal freuen, was ihre Kinder geleistet haben? Wir lassen sie stehen und gehen in unser Zimmer, dieses Zimmer, das wir ihr so gerne überlassen würden, aber sie will es nicht. Das alles hängt mit der Situation ihres Ex-Mannes zusammen. Er ist jetzt glücklich und das kann sie nicht ertragen. Daran hat auch die Geburt ihres Sohnes nichts geändert.

Am Wochenende fahren Karen und ich wieder mit dem Bus zu einer unserer Schulkolleginnen. Wie immer erwarten uns bereits die jungen Männer an der Bushaltestelle. Wir haben unsere neuen Mäntel an. Sie loben unser Aussehen. Das tut gut. Ich schwinge mich auf ein Moped, Karen auf ein anderes und wir halten uns gut an den jungen Männern fest. Und so zieht der Konvoi lachend ins Dorf. Hier werden wir bereits von einer der Mütter mit Kuchen erwartet und verbringen wieder einen schönen Sonntagnachmittag mit diesen netten Menschen. Alle loben unsere neue Kleidung. Was wir zu Hause nicht kriegen, bekommen wir eben woanders. Wir tanzen Twist, trinken eine Limonade und reden wahrscheinlich viel dummes Zeug. Alkohol aber rühren wir noch nicht an. Kaum sind wir wieder zu Hause, hören wir auch schon vom weitem das Knattern von Mopeds. Einige fordern uns auf, herauszukommen. Sie umrunden das Gebäude und bemerken anschließend, dass wir im Garten beschäftigt sind. Natürlich haben wir uns umgezogen und tragen jetzt unsere Arbeitskleidung. Schade, dass sie unsere schönen neuen Mäntel nicht bewundern können. Aber am nächsten Sonntag gehen wir wieder in die Frühmesse, und da die Temperaturen noch recht frisch sind, können wir unsere neuen Errungenschaften vorführen. Die Kirche, sie ist im Nachbardorf, besuchen wir jeden Sonntag. Natürlich sind wir dort inzwischen bestens bekannt. Die Jungs dort trauen sich aber nicht, uns anzusprechen, solange die Eltern oder Großeltern oder Bekannte von ihnen in unserer Nähe sind. Das ist für uns recht amüsant und so gehen wir dann, mit Gottes Segen gewappnet, wieder nach Hause. Wir beide mögen diese Wochenenden nicht. So freuen wir uns immer, wenn uns eine Einladung von einer

Mitschülerin in einem der Dörfer erreicht. Aber auch hier, in dem neuen Haus, haben uns ja die Mofafahrer, wie bereits berichtet, entdeckt und umkreisen, zum wiederkehrenden Ärger unserer Mutter, täglich knatternd das Grundstück. Also was tun wir gegen diesen Sonntag, der uns nicht gefällt? Wir gehen freiwillig in den Garten, der ja sowieso von uns Zwillingen hergerichtet werden muss. Was uns auch viel Spaß macht, ist, einen Rollentausch vorzunehmen. Hat manch einer der angehenden jungen Männer geglaubt, uns unterscheiden zu können, so wird er fast verrückt, dass es nicht funktioniert. Einmal glaubt einer der Jungs, sicher sagen zu können, wer von uns wer ist. Er meint, die Beine von Susanne seien dicker als die von Karen. Die anderen lachen ihn aus. Womöglich hat er sogar recht, da ich etwas schwerer bin als Karen.

Unsere Mutter ist aufgrund der vielen Arbeit und der Schwangerschaften vollkommen erschöpft. Ihr Arzt verordnet ihr eine Mutter-Kind-Kur für vier Wochen. So kann sie die beiden kleineren Kinder mitnehmen. Unsere ältere Schwester ist in Frankreich und so bleiben wir drei übrig. Unser Stiefvater soll unsere Betreuung übernehmen. Wir wissen nicht, was er darunter versteht. Auf jeden Fall nicht das, was meine Mutter meint. So hat er starke Schmerzen im Rücken, worauf ihm der Arzt empfohlen hat, dass eine bestimmte Tinktur in seinen Rücken massiert werden soll. Das müssen nun wir Zwillinge übernehmen. Wir werden uns abwechseln. Einmal Karen, einmal ich. Die ältere

Schwester erklärt sich für nicht zuständig. Warum? Auf jeden Fall fange ich an, ihm an einem Morgen die Medizin in den Rücken einzumassieren. Er hat sich dabei über das Waschbecken gebeugt und hält sich auch mit beiden Händen daran fest. Aber nach einer kurzen Zeit verändert er diese Position und stützt sich jetzt mit den Händen an meinen Oberschenkeln ab. Langsam schiebt er seine Hände an meinen Beinen hoch, bis er kurz vor meiner Unterhose ist. Ich schlage ihm seine Hand weg und fauche ihn an.

»Lass das. Oder ich erzähle das deiner Frau.«

Ich verlasse sofort das Badezimmer und gehe zu Karen. Sie schaut mich an, und bevor sie fragen kann, was denn los ist, sage ich total aufgeregt:

»Stell dir vor, was eben passiert ist.«

Ich berichte es ihr und ihre Augen werden immer größer.

»Was sollen wir tun? Sollen wir es erzählen? Sie wird es aber bestimmt nicht glauben, denn er wird es abstreiten.«

»Karen, morgen bist du mit dem Einreiben dran. Du weißt jetzt, worum es geht. Wir werden sehen, ob er sich das noch einmal erlaubt.«

Als ich ihn später im Frühstückszimmer treffe, sieht er keineswegs schuldbewusst aus. Ich denke, er ist sich absolut sicher, dass unsere Mutter ihm glauben würde und nicht uns Zwillingen. Am nächsten Morgen geht Karen zu ihm ins Bad. Wir schauen uns zuvor noch einmal verschwörerisch an. Ich warte gespannt in unserem Zimmer auf sie. Die Zeit vergeht zu langsam. Wird er es nochmal tun? Dann kommt sie und nickt. Das kann kein Zufall sein. Er versucht es tatsächlich bei Karen auch, obwohl er genau weiß, dass wir uns sein Vergehen erzählen werden. Er scheint sich seiner Sache sehr sicher zu sein, dass unsere Mutter ihm glauben wird und uns als sexsüchtige minderjährige Verführerinnen hinstellen wird. Wir erzählen es auch nicht unserer älteren Schwester, weil wir nicht sicher sind, ob sie uns glauben würde.

Unsere Schulklasse wird am nächsten Tag mit einem Bus nach Rüdesheim fahren, aber ohne uns. So hat das unsere Mutter beschlossen. Es sei zu teuer. Es ist bei uns Zwillingen eigentlich so, dass unsere Lehrerin ihre von der Schule bezahlte Fahrt an uns abtritt, um die Eltern zu entlasten. Das ist uns bekannt. Wir sehen das aber auch nicht ein, haben wir doch inzwischen den Garten in einen guten Zustand gebracht. Wir beraten uns zuvor mit ein paar Mädels von der Klasse, denn diese haben den Vorschlag gemacht, dass sie uns das Geld vorlegen und wir es später, wenn wir wieder in der Kerzenfabrik arbeiten, es ihnen zurückzahlen. Wir nehmen das Angebot an und stehen am nächsten Morgen sehr früh ganz leise auf, um mit dem Bus um 6:00 Uhr zur Schule zu fahren. Das klappt alles wunderbar und unsere Retterinnen begrüßen uns freudig. Die anderen Schulkolleginnen wissen nichts von unseren gemeinsamen Abkommen. Und so steigen wir eigentlich unerlaubt mit in den Bus ein. Es wird eine fröhliche Fahrt. Unsere Maria hat ihr Akkordeon dabei und wir singen alle dazu. Geplant ist eine Übernachtung. Wir haben unserem Stiefvater auch keinerlei Nachricht hinterlassen. Wozu auch? Wenn er ein bisschen nachdenkt, müsste er auf die Idee kommen, dass sein Verhalten uns gegenüber schändlich ist. Außerdem hätte er uns auch alles vermasselt. Wir denken auch schon bald nicht mehr daran. Die Stadt Rüdesheim ist wunderschön. Wir besichtigen mehrere Sehenswürdigkeiten, natürlich sind auch Kirchen dabei, essen am Mittag in einem kleinen gemütlichen Restaurant, besuchen dann noch die Altstadt von Rüdesheim, um dann doch etwas müde in der Jugendherberge einzutreffen. Mehrere Schulklassen sind hier inzwischen angekommen. Alles gemischt, männlich und weiblich. Nach dem Abendessen versammeln wir uns alle im Hof der Herberge. Unsere Maria hat wieder ihr Akkordeon dabei und spielt auf zum Tanz. In dieser Zeit ist der Twist angesagt. Man tanzt ohne Berührung. Schnell wird es lustig, aber auch laut. Das ist klar, wenn so viele junge Leute aufeinandertreffen. Es sind mindestens noch drei weitere Schulklassen in der Jugendherberge untergebracht. In einer Klasse sind nur Jungen. Natürlich sind diese mit auf dem Platz und versuchen, uns Mädels anzubaggern. Und uns Zwillinge haben sie schnell entdeckt. Das ist auch kein Wunder, da Karen und ich meistens auch zusammen sind. Nach einiger Zeit erscheint die Herbergsmutter und befiehlt uns, sofort in unsere Zimmer zu gehen, um diesen Krach zu beenden. Sie droht uns mit Rausschmiss. Aber dann hätte sie erst einmal nur leere Zimmer. Alle verhalten sich vernünftig und begeben sich, wenn auch widerwillig, in ihre Bleibe. Und so endet leider etwas abrupt ein fröhlicher Abend. Allerdings treffen wir Mädels uns noch in einem der Vierbettzimmer und unterhalten uns eine Weile lang. Inzwischen ist es 24:00 Uhr und wir kriechen müde und glücklich in unsere Betten.

Am frühen Morgen, so gegen 7 Uhr, hören wir unter unserem Zimmer Rufe, die sich auf Karen und mich beziehen.

»Die Zwillinge sollen runterkommen.«

Mein Gott, sind die verrückt? Karen geht schnell auf den Balkon und ruft:

»Bitte, hört auf, das gibt nur neuen Ärger.«

Aber sie machen weiter. Wir ziehen uns schnell an, packen unsere paar Sachen zusammen und gehen in den Frühstücksraum. Wir atmen auf. Die Jungenklasse ist bereits abgereist. Inzwischen sind alle Mädels zum Frühstück erschienen. Wir sitzen gemeinsam an einem langen Tisch und führen Gespräche über den angenehmen Abend von gestern.

Da erscheint unsere Klassenlehrerin. Sie ist wütend, man sieht es ihr an. Bestimmt hat ihr die Herbergsmutter von dem Krach auf dem Hof vom Vorabend berichtet. Sie nennt unsere Fröhlichkeit »Krach« und schiebt die Schuld auf Karen und mich.

»Wo ihr seid, gibt es meistens Ärger.«

Das ist gemein. Es ist zwar schon so, dass wir aufgrund unseres Doppeltseins in eine Führungsrolle gesteckt werden, ohne dass uns das zunächst bewusst ist. Unsere Lehrerin ist eigentlich eine gute Lehrerin und offensichtlich muss sie auch gut geschlafen haben, da sie nichts gehört hat. Aber die Rufe nach uns Zwillingen am frühen Morgen unter unserem Balkon hat sie mitbekommen. Dies ist ihr sehr peinlich, denn natürlich ist sie verantwortlich für ihre Schüler. Unser Bus kommt alsbald und es stehen noch einige Besichtigungen auf dem Heimweg an. Die gute Stimmung kehrt zurück, und das in erster Linie durch Marias Musik.

Der Bus setzt uns wieder an unserer Schule ab, von der wir tags zuvor abgefahren sind. Unsere Lehrerin hat sich wieder beruhigt. Zumindest für heute. Mal sehen, was nächste Woche ist, wenn wir wieder in der Schule sind.

Jetzt müssen wir überlegen, wie wir nach Hause kommen, denn es dämmert schon. Karen kommt auf die Idee, an der Tankstelle vorbeizulaufen, die eh auf unserem Heimweg liegt, um zu schauen, ob die beiden großen Jungs noch da sind. Vielleicht kann uns jemand nach Hause fahren. In dem Moment hält ein Mercedes neben uns. Es ist Pater Elmar vom Kloster Frauenberg, der die Scheidung unserer Mutter vollzogen hat. Seit dieser Zeit haben die beiden eine innige Freundschaft. Er hilft, wo er kann. Er erkennt auch, dass nicht alles seinen richtigen Weg geht. Sein Chauffeur steigt aus und öffnet ihm die Tür.

»Was macht ihr so spät hier draußen?«

»Wir kommen von einer Schulfahrt und nun müssen wir nach Hause.«

»Ich bringe euch nach Hause, steigt ein.«

Im Auto berichten wir von unserer Klassenfahrt, aber auch, dass wir heimlich mitgefahren sind.

»Deshalb ist es sehr gut, dich getroffen zu haben.«

Wir dürfen diesen Gottesmann duzen, denn er ist für uns wie ein Onkel. Zu Hause angekommen, steht unser Stiefvater in der Türe. Er hat ein Auto ankommen hören und ist deshalb nach draußen gegangen. Als er Pater Elmar sieht, lächelt er etwas unsicher. Hat er etwa Angst, dass wir etwas über ihn erzählt haben? Er war auch bestimmt erschrocken, als wir an diesem Morgen verschwunden waren. Wo sind die Zwillinge hin? Wem könnten sie was erzählen? Und dann erscheint jetzt am Abend dieser Pater mit den beiden im Schlepptau? Was haben die ihm erzählt? Das kann doch kein Zufall sein? Wir folgen ihm ins Haus und berichten, wo wir waren und dass wir nicht eingesehen haben, nach dieser Schufterei für das Haus, einschließlich der Gartenarbeit, nicht mitfahren sollten. Zwei Klassenkameradinnen haben uns das Geld geliehen. Er schweigt darauf und bringt Pater Elmar zu seinem Auto. Wir gehen dann auch schnell in unser Zimmer. Es gibt nichts mehr zu reden.

Natürlich muss der Rücken unseres Stiefvaters weiterhin eingerieben werden, aber er hält sich jetzt mit seinen Händen zurück. Auch hat Pater Elmar beschlossen, nächste Woche noch einmal vorbeizuschauen. Sagt ihm vielleicht sein Instinkt, dass es gut ist, wenn er noch einmal nach dem Rechten schaut? Für uns Zwillinge ist das gut, es ist wie eine Art Versicherung: Da schaut jemand genau hin.

Wir zwei Mädels haben seit einigen Wochen am Wochenende zwei Tage Krankenhausdienst. Dies ist freiwillig und könnte berufsentscheidend werden. Wie lange wir das machen können, ist noch nicht bekannt. Wieder ist es Pater Elmar, der uns diese Jobs besorgt hat. Es gibt kein Geld, sondern Anerkennung von kranken Menschen. Karen befindet sich auf der Station für männliche Patienten und sorgt dort für Unruhe. Ich bin bei den Neugeborenen und verwöhne sie ein wenig. Ich schaue sie an und denke, ihr werdet geliebt, und ihr seid erwünscht. Dieses Glück hatten wir nicht. Wenn ich nach Dienstschluss Karen abhole und finde sie noch in einem Männerzimmer, dann flippten die Patienten dort regelrecht aus. Wir sind inzwischen auch in einem Alter, wo es Spaß macht, Männer etwas verrückt zu machen. Wir kennen unsere Wirkung auf diese Spezies und spielen es auch aus. Wenn man schon zu Hause keine Anerkennung bekommt, dann holen wir sie uns eben woanders, und das fällt uns recht leicht. Ich denke, dass durch den Zuspruch, den wir eben von fremden Menschen erhalten, unser Leben leichter geworden ist. Wir spüren, wir sind nicht überall ungeliebt. Es muss nicht unbedingt die eigene Familie sein, denn die ist nicht selten der schlimmste

Ort für Kinder. Und so können fremde Menschen sehr hilfreich sein.

Nach Ablauf von weiteren zwei Wochen kehrt unsere Mutter zurück. Wir haben ordentlich Hausputz gemacht, damit sie sich wohlfühlt. Sie hat uns gelobt, was selten vorkommt. Unsere kleinen Geschwister haben uns gefehlt. Besonders die Fünfjährige ist sehr lustig und vorwitzig. Wir nehmen sie oft mit auf den Spielplatz oder zu Freundinnen. Davon profitiert sie. Unser kleiner Bruder ist ein Wonneproppen. Er lacht den ganzen Tag und es ist schön zu sehen, wie glücklich ein Kind sein darf. Hoffen wir, dass dies so für ihn bleibt. Wir aber werden, sobald es möglich ist, dieses Haus verlassen und nicht mehr oft wiederkommen. Das steht für uns fest. Aber noch sind wir da und müssen versuchen, das Beste daraus zu machen.

Unsere Freunde rufen, denn es steht wieder ein Geburtstag auf dem Land an. Natürlich stimmen wir zu und sehen mit Freude der Ankunft der zahlreichen Mofas und ihrer Besitzer an der Haltestelle entgegen. Wer macht diesmal das Rennen? Karen und ich schließen im Bus Wetten ab, wer von diesen netten Jungs gewinnt. Es sind allerdings auch ein paar dabei, die gerne nicht stubenreine Sprüche loslassen. Wir überhören das. Es sind halt alles pubertierende Bengels. Wir haben nicht vor, jemals einen von diesen Rabauken zu heiraten. Unsere Träume sind auf jeden Fall andere.

Da sind auch noch die Jungs von der Tankstelle. Was sie dort arbeiten, ist uns nicht bekannt, und es interessiert uns auch nicht. Sie heißen Hilmar und Pit. Hilmar ist der Stillere und Pit ist so mehr der Draufgänger. Er ist sehr attraktiv und auch derjenige, der uns öfter nach Hause chauffiert. Aber natürlich so, dass es keiner sieht. Das bedeutet kurz vor dem Ziel aussteigen und noch einige Schritte nach Hause laufen. Hier werden wir immer noch von den Arbeitern empfangen, die an den Holzmasten hochgeklettert sind, um den Standort mit elektrischer Energie zu versorgen. Bis dahin ist unsere Welt noch in Ordnung, aber wir wissen nie, was uns dann in dem neuen Haus erwartet. Im Moment läuft es gut, denn unsere Mutter hat sich wirklich prima erholt. Unseren Stiefvater behalten Karen und ich im Auge und das spürt er.

Pit von der Tankstelle fragt mich, ob ich mit ihm mal ausgehen will. Karen schubst mich leicht an. Das bedeutet: «Sag ja.» Sie ist aber auch in ihn verliebt. Wir haben uns irgendwann mal Gedanken gemacht, was zu tun ist, wenn uns beiden derselbe Mann gefällt. Ausschließen können wir das nicht. Unser Geschmack ist fast immer der Gleiche, was ja auch nicht verwunderlich ist. Das kennen wir auch so mit der Kleidung, warum soll das mit Männern nicht auch so sein? Karen macht einen guten Vorschlag: Wir wechseln uns ab. Für mich ist dies auch eine gute Idee. Es wäre doch schrecklich gewesen, wenn durch einen Mann unser gewachsenes Vertrauen, zerstört würde.

Ich bin innerlich so aufgeregt, dass ich keinen Ton herausbringe. Das ist ein Mann und kein Anfänger mehr. Ein bisschen Bammel habe ich schon. Aber, wie soll das denn überhaupt gehen, frage ich mich. Während ich noch überlege, wie Karen und ich das schaffen sollen, mich aus dem Haus zu schmuggeln, ohne erwischt zu werden, sagt er:

»Also, dann bis heute Abend. Hier, an dieser Stelle, um zehn Uhr.«

Wir steigen aus und weg ist er. Ich bin gar nicht dazu gekommen, zu antworten, und stehe wie betäubt am Straßenrand, als Karen mich anschubst.

»Susanne, komm, wir müssen bis heute Abend eine Strategie entwickeln, wie wir dich aus dem Haus kriegen, ohne bemerkt zu werden.«

Wir laufen sehr langsam in Richtung Heimat. Plötzlich bleibt Karen stehen.

»Ich habe eine Idee. Wir werden jetzt erst essen und dann beginnen wir mit der Vorbereitung für heute Abend, für deinen Abend. Folgendes: Wir beide leiden oft unter starken Kopfschmerzen, und du hast heute Abend Migräne. Das Zimmer wird verdunkelt werden, so wie wir das in Wirklichkeit auch immer tun. Keiner darf stören.«

Dieser Zustand ist leider ein Erbteil von beiden Seiten unserer Eltern, und den nutzen wir nun heute aus. Jetzt steht noch eine Frage im Raum: Wie komme ich aus dem Haus? Nach langem Überlegen haben wir eine weitere Idee. Unser Zimmer befindet sich im

Erdgeschoss in Richtung des Gartens. Hier gibt es auch ein großes Fenster, durch das man einen Stuhl herablassen kann. Allerdings muss auch dafür gesorgt werden, dass falls jemand das Zimmer betritt, es so aussieht, als wenn eine Person im Bett schläft. Und so modelliert Karen aus einem Kopfkissen ein rundes Teil, zieht einen kleinen Kopfkissenbezug darüber und wickelt einen Schal um diese Kopfattrappe. Genauso verhalte ich mich nämlich, wenn ich wirklich starke Kopfschmerzen habe. Ich brauche diese Wärme, denn die hilft mir. Dieses Teil verstecken wir erst einmal im Schrank. Noch ist nicht Abend. Wir setzen uns einander gegenüber an unseren Tisch wie immer und beginnen mit unseren Hausaufgaben.

Die Zeit geht sehr langsam voran. So ist das immer, wenn man etwas Bestimmtes vorhat. Bald wird es dunkel, noch könnte ich das Ganze abblasen, indem ich einfach nicht hingehe. Aber das tue ich dann doch nicht. Karen hat sich so viel Mühe mit der Vorbereitung gemacht, und ich weiß ganz genau, sie würde sagen: »Geh hin, einmal muss man ja anfangen.«

Wir essen zu Abend eine Kleinigkeit, denn wir haben vor Aufregung keinen Hunger. Es wird allmählich dunkel und es ist 21:00 Uhr. Noch eine Stunde muss ich ausharren, dann ist es Zeit, aus dem Fenster zu klettern. Mein Gott, bin ich aufgeregt. Es ist das erste Mal in meinem Leben, dass ich ein Rendezvous mit einem reifen Mann erleben werde. Unsere bisherigen Begegnungen mit unreifen Männern beziehen sich auf die vielen Geburtstagsfeiern von unserer Mitschülerin aus der Marienschule. Hier sind es die jungen Wilden, die Spaß an ihren Mofas haben, vor allem auch dann, wenn sie nicht wissen, mit wem von beiden sie sich gerade unterhalten, denn wir wechseln oft auch unsere Identität. Sie haben Spaß, uns eventuell auch mal nach Hause fahren zu dürfen. Wir zwei bringen Freude in ihr Leben und sie auch in unseres.

Heute ist dies anders. Das geplante Treffen ist mit einem Mann und keinem Jüngling. Auf der einen Seite habe ich mir das gewünscht, auf der anderen Seite aber weiß ich auch nicht, was auf mich zukommt. Ich verlasse mein Bett 20 Minuten vor 22 Uhr. Ich bringe meine Kleidung in Ordnung. Nur ein kleines Licht, das für die Nacht brennt, leuchtet schwach.

»Karen, hast du gehört, dass unser Stiefvater ins Schlafzimmer gegangen ist?«

Dieses Zimmer befindet sich direkt neben unserem.

»Ja, das war vor einer Stunde.«

Ich öffne das Fenster und schaue herüber zu den Nachbarn mit den drei Söhnen. Alles ist dunkel. Ich klettere vorsichtig über den Fensterrahmen, um dann langsam, mich an Karens Händen festhaltend, nach unten zu schieben. Ich ertaste die Sitzfläche des Stuhles und setze langsam den ersten Fuß ab. Und dann folgt vorsichtig der zweite. Ich prüfe erst, ob der Stuhl wackelt, aber er steht fest.

»Karen, du kannst mich loslassen. Bis später, wenn mein kleiner Stock dich weckt, falls du schläfst.«

Und dann verschwinde ich in der Dunkelheit. Auf der Vorderseite des Hauses ist gegenüber dem Eingang eine große Kuhweide. Es gibt zwar inzwischen neue Nachbarn, aber die stehen rechts oder links von unserem Haus. Von hier droht eigentlich keine Gefahr. Die kürzlich erst von den netten Mitarbeitern des Überlandwerkes, die sich immer freuen, wenn wir Zwillinge von der Schule kommen angeschlossenen Straßenlaternen, werfen ein schwaches Licht auf den Bürgersteig. Mein Herz klopft schon, als ich den kleinen grünen Citroën im Dunkeln warten sehe. Ich klopfe vorsichtig und Pit öffnet die Beifahrertüre. Ich schlüpfe schnell hinein, ziehe die Autotür geräuschlos hinter mir zu und schaue ihn an. Natürlich bin ich sehr unsicher. Er scheint es zu spüren, denn er zieht mich in seine Arme, drückt mir einen Kuss auf die Wange und fährt langsam an. Wir fahren eine Weile schweigend ins Ungewisse. Das Radio spielt leise verschiedene gerade populäre Schlager. Dann fragt er nach Karen und ich sage, sie hält Wache. Nun müssen wir beide lachen und er zieht mich zu sich. Er versucht mich zu küssen, aber nach der »Wurmerfahrung« meines ersten Kusses bin ich verkrampft.

»Ich zeige dir jetzt erst einmal, wie man küsst.«
Er legt zärtlich seine Lippen auf meine, bis diese sich von ganz allein öffnen.

»Siehst du, so geht das. Und nun spielen wir mit unseren Zungenspitzen«.

Wieder beugt er sich über mich und beginnt nun, seine Zungenspitze mit meiner zu berühren. Es ist ein unglaublich schönes Gefühl und ein Schauer geht durch meinen ganzen Körper. Er beendet dieses Liebesspiel und sagt:

»So, das ist die erste Lektion. Ich sehe, du musst noch viel lernen, und ich werde es dir beibringen. Das macht auch mir Vergnügen.«

Ich denke noch kurz an die »Regenwurm-Geschichte«. Ich muss plötzlich lachen und Pit fragt mich warum.

»Ich erzähle dir jetzt diese Geschichte, die ich erst kürzlich erlebt habe.«

Als ich fertig bin, bricht er in schallendes Gelächter aus und versteht nun, warum ich so steif in seinen Armen liege.

»Aber sag mal, wer hat dich ausgebildet?«

Er amüsiert sich köstlich über meine Frage. Aber dann wird er ernst.

»Mich hat eine erfahrene und reife Frau unter ihre Fittiche genommen und mir die wichtigsten Schritte beigebracht, wie man den anderen Menschen mit Respekt in die richtige Richtung bringt. Das war mein Glück, solch einer Frau begegnet zu sein, und ich will dieses Wissen an junge und unerfahrene Anfänger weitergeben. Genau das würde ich auch gerne mit dir tun. Ich bring dich jetzt nach Hause und wir machen nächste Woche einen neuen Termin aus. Danke, dass du gekommen bist.«

Wir fahren schweigend, aber gemütlich mit der schönen Musik aus seinem Radio, zu Karens und meinem Domizil zurück. Er nimmt mich nochmals in den Arm und wir küssen uns, wie ich es in dieser Nacht von ihm gelernt habe. Eins weiß ich seit heute Abend: Ich bin verliebt, ich werde begehrt und ich kann jetzt küssen.

Herzklopfend schleiche ich hinter unser Haus, es ist stockdunkel, nur keinen Krach machen. Erst einmal einen Blick auf das Haus gegenüber werfen, ob vielleicht in einem Zimmer noch Licht ist. Inzwischen ist es fast drei Uhr geworden. Ich nehme den kleinen, zuvor zurechtgelegten Stock in die linke Hand und klettere, mich mit der rechten Hand an der Wand abstützend, auf den Stuhl und klopfe ganz leicht an die Scheibe. Sofort erscheint das Gesicht von Karen. Sie öffnet leise das Fenster und hilft mir, mich hochzuziehen, denn ich muss mich auf die Stuhllehne stellen können. Dann bin ich drinnen.

»Danke, Karen.«

Jetzt müssen wir noch den Stuhl zurück ins Zimmer holen. Dank der offenen Stuhllehne war es einfach, auch hier eine Kordel zum Hochziehen anzubringen. Das funktioniert ohne Probleme. Wir ziehen uns schnell aus und verstecken erst einmal »meinen Kopf« im Schrank. Dann kriechen wir jeder in unser Etagenbett.

»Erzähl mir später, wie es war. Ich kann aber noch nicht sofort einschlafen.«

»Karen, ich muss dir was sagen. Seit ich Pit kenne, vergesse ich sogar zu beten. Jesus wird mir das bestimmt verzeihen.«

»Natürlich wird er das, denn er will ja, dass seine Kinder glücklich sind«, ist ihre Antwort. Ja, da sind wir noch gläubig.

In unserer Mädchenschule läuft weiterhin alles rund. Wir haben sogar Kochunterricht und unsere Ordensschwester, Mater Serafica wird sie genannt, hat an Karen und mir einen »Narren gefressen«. Das fällt schon bald einigen Schülerinnen auf und sie beschweren sich bei uns darüber. Ich sage: »Dann geht hin und sagt es ihr selbst. Bestimmt macht sie das unbewusst.«

Wir Zwillinge haben dies auch längst bemerkt, dass sie ihre Aufmerksamkeit sehr stark auf uns lenkt, und genießen diese Liebe, die aus ihren Augen schaut. So werden wir von unserer Mutter nicht angesehen. Nur bei unserem Vater sieht das ähnlich aus. Seine Augen sind immer sehr liebevoll auf uns gerichtet. Unsere Stiefmutter versucht alles, um uns glücklich zu machen. Das wiederum missfällt unserer Mutter. Sie stehet wie ein Prellbock zwischen den Fronten.

Hurra, wir Zwillinge haben uns wieder einen der begehrten Arbeitsplätze in der Kerzenfabrik ergattert, und zwar für die gesamte Ferienzeit, also zwei Wochen. Bald geht es los. Wir können es kaum erwarten und ich bin auch noch verliebt. Karen, die natürlich in meine Geschichte mit einbezogen ist, fühlt sich genauso gut wie ich. Es ist doch so: Geht es dem einen Zwilling gut, dann geht es auch dem anderen gut. Jetzt planen wir erst einmal, was wir uns später kaufen werden. Aber vorher noch möchte Pit mich treffen. Ich kann kaum noch an was anderes denken, ich fiebere seinem erneuten »Unterricht« entgegen. Ich spüre täglich seine Lippen auf den meinen und schlafe wie ein Engel. Dieser Zustand überträgt sich auch auf Karen. Wir sind auf dem Weg von der Schule nach Hause und laufen natürlich an der Tankstelle vorbei. Da hält neben uns ein Auto. Es ist Hilmar, der Arbeitskollege von Pit. Er fragt, ob er uns nach Hause bringen darf. Natürlich sagen wir nicht nein, sind nur ein wenig verwundert, da es sonst immer sein Kumpel macht.

»Wo ist denn Pit? Ist er krank?«

»Nein, er hat einen sehr wichtigen Termin heute. Und Susanne, dir soll ich ausrichten, dass er dich so schnell wie möglich treffen möchte. Am liebsten morgen Abend. Er kann aber erst ab 23 Uhr.«

»Das geht in Ordnung, du kannst es ihm auch ruhig schon sagen.«

Mein Herz springt vor Freude, und ich glaube, ich habe es sogar gespürt. Ich versuche cool zu klingen. Wir steigen in das Auto und lassen uns aber nur bis zum Anfang des Dorfes fahren. Wir wollen noch etwas laufen und frische Luft tanken. Uns zieht nichts nach Hause, nur die kleinen Geschwister sind es wert, sich zu freuen. Schon aus der Ferne sehen wir die Elektriker an ihren Masten arbeiten, sie grüßen uns freundlich. Auch das erste Mofa mit seinem lauten Motor lässt nicht lange auf sich warten. In der Schule lief es auch gut und wir haben die nächste Einladung zu einem Geburtstag in der Tasche. Bei unserer Ankunft zu Hause erwarten uns bereits die jüngeren Geschwister. Und unsere Mutter hat gute Laune. Man könnte meinen, das ist doch ein wunderbares Leben, aber von diesen Tagen gibt es leider zu wenige.

Der folgende Tag beginnt mit angenehmem Wetter und ich habe eine Verabredung.

»Susanne, sei nicht zu fröhlich heute, du kennst unsere Mutter, sie hat ein Gespür für Veränderungen. Und eine blühende Fantasie.«

»Da hast du recht. Schubse mich an, wenn du meinst, ich bin zu gut drauf.«

Wir erledigen unsere Hausaufgaben nach dem Mittagessen wie üblich. Danach stehen wir den jüngeren Geschwistern und unseren Freunden, den Mopedfahrern, zur Verfügung. Endlich ist es Abend. Stille kehrt ein und wir liegen natürlich wach in unseren Betten und unterhalten uns leise. Die Zeit schleicht. Ich ziehe mich später wieder an und hoffe, dass nicht in dem Moment noch jemand in unser Zimmer kommt. Es wird zwar angeklopft, aber im selben Moment wird auch schon die Tür geöffnet.

Karen holt den hergerichteten Puppenkopf aus der hintersten Ecke des Schrankes und präpariert das Bett. Es sieht wirklich aus, als wenn ich darin läge. Jetzt muss der Stuhl erneut aus dem Fenster befördert werden. Das gelingt dieses Mal viel einfacher. »Übung macht den Meister«, so heißt doch ein Sprichwort. Die Kirchturmuhr schlägt Viertel vor zehn. Wir warten noch fünf Minuten, dann geht das Abenteuer erneut los. Ich gleite langsam nach unten. Kein Geräusch ist zu hören. Ich schleiche langsam um das Haus in gebückter Haltung, sonst könnte man ja schnell einen Menschen erkennen. Dann bin ich auf der Straße und laufe leise zu dem Auto, welches ganz in der Nähe auf mich wartet. Ich steige ein und sage nur, schnell weg. Nach ein paar Minuten stoppt Pit das Auto. Er strahlt mich an und nimmt mich in seine Arme. Und dann küssen wir uns recht lange. Ich gebe mir alle Mühe und werde gelobt.

»Du lernst schnell, das macht wirklich Spaß mit dir.« Wenn es nicht dunkel wäre, würde Pit sehen, dass ich erröte.

Er startet wieder den Motor und wir fahren eine Weile durch die dunkle Nacht. Wieder läuft wunderbare Musik im Radio. Er berichtet über seinen Tag und erkundigt sich auch nach Karen. Er will wissen, wie so ein Zwillingsleben ist.

»Das kann ich nicht beantworten, denn ich kenne es nicht anders. Auf jeden Fall ist meine Schwester die wichtigste und zuverlässigste Person in meinem Leben und umgekehrt geht ihr das auch so.«

Er schweigt einen Moment und denkt offensichtlich darüber nach.

»Aber wenn du deine Schwester anschaust, was denkst du dann?«

»Sicherlich nicht das, was viele Menschen vermuten, was wir denken. Dass wir uns vielleicht sogar die Frage stellen, sehe ich auch so aus? Nein, ich denke nicht, wenn ich Karen anschaue, dass ich auch so aussehe. Wir wissen, dass wir genau die gleichen Gene besitzen und dass diese Ähnlichkeit daher rührt. Würden nicht so viele Menschen auf unser Doppeltsein reagieren, wäre unser eigenes Leben um vieles einfacher. Und nun zu dir. Ich denke, du hättest uns zwei einzeln noch nicht einmal wahrgenommen. Immerhin lag eine Straße zwischen uns. Aber durch das gleiche Anziehen und die gleiche Frisur fallen wir erst einmal schnell auf. Und dann werden die Menschen neugierig. Es ist nicht immer einfach. Wir werden geliebt und gehasst und unsere starke Verbundenheit macht so manche Menschen uns gegenüber hilflos.«

Er verschließt mir nach dieser langen Rede mit einem Kuss den Mund. Nun werden seine Hände fordernd. Er tastet regelrecht meinen Körper ab und ich kann nicht behaupten, dass mir diese Art gefällt. Er greift mir in den Ausschnitt und findet meine noch nicht ausgereiften Brüste. Dann gleiten seine Hände weiter nach unten und hier ist Schluss für mich. Ich schiebe ihn weg von mir.

»Bitte lass das. Ich will das nicht. Ich bin dafür noch nicht bereit, denn ich will unschuldig in die Ehe gehen.«

Er lässt für einen Moment von mir ab und schaut mich verständnislos an.

»Was hast du gesagt. Das kann doch nicht sein. Wer legt noch Wert darauf, unschuldig in die Ehe zu gehen?«

Aber dann versucht er es einmal. Er hat meine Rückenlehne nach hinten heruntergelassen, so dass ich mit nach hinten kippe. Dann ist er über mir. Ich spüre seine Erregung, spüre sein hartes Glied und versuche, mich zu befreien. Ich wehre mich mit Händen und Füßen, soweit das möglich ist. Plötzlich lässt er mich los. Er bringt den Sitz wieder in die normale Position, aber er schaut mich nicht mehr an.

Wortlos startet er den Motor. Wir reden auch kein Wort mehr miteinander bis zu unserem Treffpunktplatz. Ich schaue noch einmal in sein hübsches Gesicht und muss mich beherrschen, um nicht zu weinen. Er fährt schweigend fort. Ich frage mich jetzt, was ich mir dabei gedacht habe, mit einem erwachsenen Mann von dreiundzwanzig Jahren nachts in den Wald zu fahren. Er wollte bestimmt nicht nur Händchen halten oder Rehe zählen. Was hat ihn aber so gereizt, eine von den jungen Zwillingen verführen zu wollen? Wollte er mal sehen, wie weit er gehen kann? Wie weit er kommt mit seinem Charme?

Ich schleiche ganz langsam zurück zu dem Stuhl. Ja, der wartet auf mich mit dem Angebot, mich wieder sicher nach oben durch das Fenster zu bringen. Zurück, wo ich eigentlich auch noch hingehöre. Ich ergreife den dünnen Stock und klopfe leise an das Fenster. Es fällt mir viel schwerer als nach dem ersten Mal, denn da haben mich Flügel getragen. Ich erzähle meiner Schwester stockend, was passiert ist.

»Susanne, eigentlich hätten wir uns das denken können. Pit ist ein erwachsener Mann, der will natürlich mehr. Ich aber bin stolz auf dich, dass du dich nicht hast verführen lassen. Ich ziehe jetzt den Stuhl hoch und dieses Abenteuer ist beendet.«

Leider ist es das dann doch nicht. Denn die eine Nachbarin mit den drei Söhnen musste ausgerechnet in dieser Nacht aufstehen, da eines ihrer Kinder sie rief. Sie hatte kein Licht angemacht, da die Laterne an der Seite des Grundstückes genug Licht warf. Und genau in diesem Moment kam ich nach Hause. So hat sie alles beobachten können und natürlich am nächsten Tag meiner Mutter dies »brühwarm« berichtet. Ein gefundenes Fressen für diese Frau, und statt froh zu sein, dass dieses »arme Kind« nicht abgestürzt ist, macht sie jetzt ein Drama daraus. Das wiederum bekommt unsere eigentlich sehr nette Mieterin aus dem ersten Stock mit, als sie nach einer Schimpftirade von unserer Mutter gegen mich den Namen Pit erwähnt. Und zufällig ist dieser junge Mann jetzt auch noch der Ehemann einer Freundin. Und er ist auch noch Vater einer Tochter von vier Monaten. Also besser hätte es nicht kommen können.

Meine Mutter droht mir jetzt damit, mich in ein Internat zu stecken. Das hört sich an wie eine Strafe.

Dabei haben Karen und ich uns gewünscht, in das Internat unserer Schule gehen zu können. Sie meint mit Sicherheit ein ganz anderes, wo Zucht und Ordnung herrschen und die Schüler Angst vor den Aufseherinnen haben. Ich rufe Pit an seinem Arbeitsplatz, der Tankstelle, an. Ich informiere ihn kurz darüber, dass die Situation hier sehr angespannt ist und dass man mich nun als Prostituierte und Kurtisane beschimpft. Meine Aussagen, dass es keinen sexuellen Kontakt zwischen uns gab, ignoriert sie einfach.

»Bitte komm vorbei und bestätige meine Aussage. Vielleicht können wir es noch verhindern, dass deine Frau etwas davon erfährt.«

»Gut, ich komme so schnell wie möglich.«

Natürlich steht für ihn viel mehr auf dem Spiel als für mich. Für mich allerdings gibt es die Drohung, dass ich in ein Internat muss, ohne Karen. Natürlich hat sie auch sofort meinen Vater angerufen. Sie spricht so laut, dass ich es hören kann, und zieht auf das Übelste über mich her.

Ich sei eine Hure, eine Nutte, eine Dirne und was ihr noch so alles einfällt. Sie schreit all das ins Telefon. Dieses Verhalten ist unfassbar. Ich bin doch ihr Kind. Statt mir zu helfen, will sie mich vernichten und zusätzlich als Strafe Karen von mir entfernen. Das wäre dann für meine Schwester auch eine Strafe. Schließlich hat sie mir bei meinen »Vergehen« geholfen. Ich bin total verzweifelt. Ich sage ihr, dass Pit bereit ist zu kommen und dass er bestätigen kann, dass es nichts

Anstößiges zwischen uns gegeben hat. Es sollte doch erlaubt sein, sich zu küssen. Dieses ganze Theater spielt sich vor den Augen und Ohren unseres Stiefvaters ab. Am liebsten würde ich meiner Mutter zuschreien, dass sie lieber mal besser auf die Hände ihres Mannes aufpassen soll. Aber das würde sie nur noch mehr in Rage bringen. Und glauben würde sie es wohl kaum.

Pit kommt noch am selben Abend. Er wird nicht freundlich empfangen. Im Gegenteil. Eisige Kälte erwartet den »Verführer«. Er bestätigt meine Aussage und sagt:

»Ich habe Ihre Tochter nicht berührt. Wir haben im Auto nur geschmust und das ist ja wohl kaum verboten.«

Sein sicheres Auftreten verunsichert meine Mutter.

»Und wenn Sie das nicht glauben, so veranlassen sie doch eine Untersuchung, die bestätigt, dass Ihre Tochter noch Jungfrau ist.«

Er wirft mir einen dankbaren Blick zu, der mir sagt: Danke, dass du das nicht zugelassen hast.

Die Antwort meines Vaters kann ich nicht hören, da es in dieser Zeit keine Möglichkeit gibt, Gespräche mitzuhören. Aber aus den Antworten, die er ihr gibt, kann ich hören, dass er ihr damit droht, das Sorgerecht, welches sie für uns hat, anzufechten. Endlich habe ich das Gefühl, dass mein Vater darum kämpft, Karen und mich zu sich zu holen. Er scheint ihr zu sagen:

»Entweder beide oder gar keine. Du kannst und darfst die Zwillinge nicht trennen.«

Jetzt wäre es ein Leichtes für Karen und mich, das Verhalten unseres Stiefvaters ins Gespräch zu bringen. Doch wir wissen beide, er wird es abstreiten und uns der Lügerei bezichtigen. Aber alles hat doch dann ein »gutes Ende« für mich, da unsere Mutter den Plan aufgibt, mich abzuschieben. Dies ist nun das Verdienst unseres Vaters, der endlich angemessen Druck auf seine Exfrau ausübt und schon seit langem vergeblich darum kämpft, das Sorgerecht für seine Zwillinge zu erhalten. Dem aber stimmt sie auch weiterhin nicht zu. Das würde bedeuten, dass sie ihre Rachegefühle nicht mehr ausleben könnte. Für sie darf mein Vater auf keinen Fall gewinnen. Bei diesem Rosenkrieg denkt sie wohl kaum an uns. Ich habe genug von ihr und meine Wut hat sich so aufgestaut, dass ich zu ihr sage:

»Du bist keine gute Mutter und ich weiß, du kannst mich nicht leiden. Unsere Stiefmutter aber liebt mich.«

Da holt sie mit der Hand aus und schlägt mir voll ins Gesicht. Ich stehe ihr gegenüber, schaue sie an und sage nur tonlos:

»Schlag mich nie wieder.«

Sie scheint erschrocken zu sein. Sie weicht zurück. Vermutlich ist mein Gesicht in diesem Moment so mit Hass erfüllt, so wie ich es auch empfinde, dass sie sogar Angst vor mir hat. Karen hat fassungslos alles beobachtet. Wir sind zwar einiges gewöhnt, heute aber hat das hier eine neue Qualität erreicht. Gott sei Dank sind wir zu zweit. Ich habe meine Unterstützerin an meiner Seite. Wie könnte ein Einzelkind so einen Krieg aushalten, frage ich mich?

Aber ich bekomme meine Strafe, indem ich jetzt in diesem Haushalt wie eine Aussätzige behandelt werde. An einem weiteren dieser Tage, als meine Mutter wieder »unmöglich« ist, gebe ich ihr eine für ihr Empfinden unanständige Antwort. Sie stürmt auf mich zu, reißt mich an meinen Haaren, dann bückt sie sich geschwind, greift sich einen Schuh und schlägt weiter damit auf mich ein. Karen versucht mir zu helfen, indem sie ganz laut schreit. Da lässt sie von mir ab, aber der Blick, den sie mir in diesem Moment zuwirft, ist reine Verachtung.

Aber es kommt noch »dicker«. Nach einigen Recherchen stellt sie fest, dass Pit bereits eine gewisse Zeit im Gefängnis verbracht hat. Eine Jugendsünde, nicht schön, aber es passiert nun mal. Erst war er der Verführer, jetzt ist er der Verbrecher. Sie rennt sogar noch in unsere Schule und erzählt den Nonnen und unserer Klassenlehrerin von meinem »Vergehen«. Unsere Lieblingsnonne, die uns Kochunterricht gibt, schaut Karen und mich leidvoll an. Man könnte denken, die Welt geht unter, solange es mich, dieses »Enfant terrible«, noch gibt.

Dieses Kapitel »Pit« ist dann auch irgendwann für mich Geschichte. Es war wunderschön, solche Gefühle kennengelernt zu haben. Und ich kann jetzt richtig küssen. Ich denke auch noch lange an ihn. Ab und zu sehe ich ihn dann doch. Wenn er mit seinem Auto an uns vorbeifährt, winkt er kurz, aber er hält nicht an und fährt uns auch nicht mehr nach Hause. Das ist wahrlich ein gutes Ende. So schnell geht es dann aber doch nicht, ihn aus meinem Gedächtnis zu verbannen, denn es dauert auch noch ein halbes Jahr, bis unsere Schulzeit vorbei ist. Das bedeutet, dass wir weiterhin an fünf Tagen in der Woche an dieser Tankstelle vorbeikommen. Wir könnten das ändern und einen Umweg nehmen, aber dieser Gedanke gefällt uns auf keinen Fall. So bleibt alles, wie es ist, nur gibt es kein Date mehr und ich bin noch Jungfrau. Aber dafür kann ich jetzt küssen.

Jedoch gibt es immer noch gute Tage. Es sind die Geburtstage der Klassenkameradinnen, die auf Dörfern leben. Die netten Jungs hier sind inzwischen wie wir auch 1½ Jahre älter geworden und einige sind richtige Rowdies. Weiterhin warten sie mit ihren teilweise »frisierten« Mofas lärmend an der Bushaltestelle. Was sie uns so zurufen, ist nicht immer »stubenrein«, aber wir tun so, als wenn wir es nicht verstehen. Stolz fahren die beiden Gewinner mit jeweils einem Zwilling auf dem harten Rücksitz zur angesagten Geburtstagsparty. Das ganze Dorf weiß dann, dass wir angekommen sind. Wir trinken mittlerweile gelegentlich ein Glas Sekt, über das wir jedoch zu Hause nicht sprechen. Wir wissen genau, dass wir dann nicht mehr zu diesen tollen Geburtstagen gehen dürften.

Auch die Sonntage in der Kirche des benachbarten Ortes sind uns erhalten geblieben. Unser Dorf ist zu klein für eine eigene Kirche, so dass sich uns die Gelegenheit bot, dort in den Gottesdienst zu gehen. Es sind Stunden der Befreiung von unserem Zuhause. Viele der Jungen warten bereits vor der Kirche auf uns. Wir kommen jedoch bewusst und unmittelbar vor Beginn des Gottesdienstes an, da wir auch keine Gespräche führen möchten. Die Familien der jungen Männer beobachten uns sehr kritisch, vor allem die weiblichen Mitglieder.

Unseren netten Freund, den Priester aus der Rhön, besuchen wir weiterhin heimlich in seiner Pfarrei in Fulda. Er freut sich immer sehr, uns zu sehen, und er ist sehr interessiert, wie es uns geht. Er will wissen, was wir aus unserem Leben machen wollen. Alles erzählen wir ihm nicht, aber immer noch genug. Er weiß, warum wir als zehnjährige Mädchen so traurige Augen hatten. Inzwischen sind wir auch selbstbewusster geworden und er kennt unseren Plan, so schnell wie möglich aus dieser Familie auszubrechen. Wir bekommen auch weiterhin von ihm unser Taschengeld, welches er inzwischen erhöht hat. In gewisser Weise verkörpert er für uns eine väterliche Figur und ist eine zuverlässige Stütze für viele Jahre. Manchmal haben Karen und ich das Gefühl, dass er mit seiner Entscheidung, Priester geworden zu sein, nicht glücklich ist. Seine Augen haben oft so eine Traurigkeit, die uns betroffen macht. Wie hat er uns einst seiner Mutter beschrieben, als er uns kennenlernte: Als Kinder mit den traurigsten Augen, die er je gesehen hat. Und so sehen wir ihn jetzt auch.

Die Herbstferien beginnen, Gott sei Dank, und wir können wieder in der Kerzenfabrik arbeiten. Wir sind dankbar für jede Minute, die wir nicht zu Hause verbringen müssen. Wir haben es »das Haus des Schreckens« getauft. Aber dies bleibt unser Geheimnis. Auch unsere Geschwister und Freunde erfahren davon nichts. Zu unserer Freude ist es dem Bürgermeister des Dorfes endlich gelungen, eine Busverbindung nach Fulda einzurichten. Diese hat gerade, als wir wieder arbeiten dürfen ihren Betrieb aufgenommen. Das bedeutet für uns, wir brauchen nicht mehr mit unserem Stiefvater in die Stadt zu fahren. Und die Bushaltestelle ist sogar direkt vor der Kerzenfabrik. Auch ist die Schule nicht weit davon entfernt. Da können wir wie gewohnt hinlaufen, was wir sowieso gewohnt sind. So schön kann ein Tag für uns beginnen, denn immerhin sind wir jetzt einen Schritt weiter in unserer Unabhängigkeit von der Familie gekommen. Inwieweit die Erwachsenen das für uns gut finden, wissen wir nicht. Unsere Mutter meint dann doch recht schnell, dass wir diese Busfahrten auch selbst bezahlen könnten. Schließlich hätten wir die Möglichkeit, mit dem Auto kostenlos mitzufahren.

»Das ist kein Problem für uns, schließlich verdienen wir ja Geld«, ist Karens Antwort. So verlassen wir früh an unserem ersten Arbeitstag selbstbewusst und gut gelaunt unsere »Zwangsbleibe«. So nennen wir das Haus. Wir sind die ersten Menschen an der neuen Haltestelle. Dann kommt der Bus. Als uns der Fahrer sieht, strahlt er uns an und meint beim Einsteigen:

»Ihr seid für heute meine ersten Gäste und dazu noch meine Glücksbringer. Zwillinge sollen Glück bringen, sagt der Volksmund.« Wir lachen.

»Dann wünschen wir Ihnen dieses Glück«, sagt Karen und bezahlt stolz die erste Fahrt mit unserem eigenen Geld. Wir bekommen jeder ein Ticket und suchen uns bewusst einen Platz im hinteren Teil des Busses aus. Damit wir nicht gleich von neu einsteigenden Menschen als Zwillinge enttarnt werden. Das machen wir in letzter Zeit öfter, wenn wir sehen, dass mehrere Menschen zusammenstehen. Meist sind dies Touristen. Wir sind zwar nicht mehr die süßen kleinen lockigen Mädchen von einst, denen man unbedingt über den Kopf streichen muss, aber trotzdem ist die Faszination von Zwillingen ungebrochen. Seit einigen Jahren finden auch organisierte Treffen für Zwillinge statt. Von Jung bis Alt. Es sieht schon seltsam aus, wenn alte Männer oder Frauen gleich angezogen sind. Und nicht selten haben sich diese Paare nie getrennt und leben auch noch zusammen. Das ist auf keinen Fall unser Ziel. Alles hat seine Zeit. Sowie die Vor- und Nachteile in unserer Situation, wobei die Vorteile überwiegen.

»Karen, hast du auch bemerkt, dass unser Stiefvater uns neuerdings anders anschaut? Warum kommt er plötzlich auf die Idee, uns morgens wecken zu wollen? Schließlich haben wir einen Wecker. Was will er seiner Frau vormachen, dass er ein besorgter Stiefvater ist? Was steckt dahinter? Wir müssen ihn beobachten, ohne dass er das merkt.«

Aber wir sollen es bald erfahren. Es ist noch früh am Morgen, ich bin schon wach und höre, dass die Zimmertüre leise geöffnet wird. Ich öffne meine Augen nur wenig, aber genug, um unseren Stiefvater zu erkennen. Ich schlafe zu dieser Zeit im oberen Etagenbett. Und was sehe ich? Er hat seinen Hosenstall geöffnet und seinen Penis herausgehängt. Er kommt langsam auf unser Bett zu. Am liebsten würde ich laut schreien, um Karen zu warnen, aber ich tue so, als ob ich nichts gesehen hätte. Ich drehe mich schnell auf den Bauch, hänge meinen Kopf nach unten und sehe, dass Karen gerade erwacht. Es ist zu spät. Ich kann sie nicht mehr warnen. Er steht direkt vor dem Bett. Als hätte sie meine Gedanken lesen können, dreht sie sich noch mal schnell zur anderen Seite und sagt:

»Ich bleibe noch fünf Minuten liegen.«

Er verlässt daraufhin das Zimmer.

»Susanne, was war das gerade? Was wollte er denn«, fragt Karen.

»Das kann ich dir sagen. Er wollte uns seinen Penis zeigen.« Sie schaut mich fassungslos an.

»Eigentlich hätte ich laut schreien müssen, stattdessen aber habe ich so getan, als wenn ich es nicht bemerkt hätte.«

»Das war richtig von dir.«

Ich krieche zu Karen ins Bett und wir beraten uns sehr leise.

»Wenn er es noch mal tut, dann sagen wir ihm, dass wir es unserer Mutter erzählen und unserem Vater auch«, schlägt Karen vor. Ich nicke.

»Ja, das könnte helfen. Vielleicht fangen wir auch an zu schreien«, ist ein weiterer Vorschlag von mir. Aber das wäre wohl doch nicht der richtige Weg. Die kleinen Geschwister würden wach, er würde sagen, dass wir fantasieren, und wer weiß, was er uns noch anhängen würde. Wir sind auf jeden Fall in der schwächeren Position.

Jetzt, in der Fabrik, fällt einem Vorarbeiter auf, dass ich sehr blass sei. Er meldet dies seinem Vorgesetzten und ich werde in dessen Büro bestellt. Dieser Herr fragt mich, ob ich krank sei. Ich erkläre ihm, dass mir dieses Mal der Kerzengeruch sehr zu schaffen macht. Ich habe allerdings auch meine Periode, will ihm dies aber nicht sagen.

»Also junge Dame, du hast dir bestimmt schon Gedanken gemacht, was du dir von deinem Verdienst kaufen wirst. Ich will dir diese Freude nicht verderben. Morgen werde ich dich in einem unserer Büros unterbringen, wo du uns bei der Ablage unterstützen kannst. Wie ich aus deinen Unterlagen ersehen kann, warst du auch schon zweimal hier und es gab keine Klagen.«

Ich bedanke mich und gehe erleichtert zurück in den Fabrikraum. Karen schaut mich an und ich nicke nur. Sie weiß jetzt, dass alles in Ordnung ist. Wir stehen gemeinsam an verschiedenen Förderbändern, um beschädigte Kerzen auszusortieren. Dann ertönt der Gong zur Pause. Wir beide sind als Erste im Pausenraum und ich erzähle in kurzen Worten, was besprochen wurde.

»Susanne, das gönn ich dir. Ich bin sehr gespannt, wo du morgen landen wirst.«

Wir behalten diese Neuigkeit erst einmal für uns, denn wichtiger ist erst einmal, was am nächsten Morgen zu Hause passieren wird.

Kommt dieser Stiefvater Richard wieder in unser Zimmer? Wir sind beide schon früh wach und lauschen.

»Susanne«, flüstert Karen,

»Er hat das Schlafzimmer verlassen. Aber ich glaube, er ist in Richtung Küche gegangen.«

Wir warten. Dann kommt er wieder. Wir können es an seinem Schritt hören, und noch bevor er die Türe öffnen kann, bin ich schon aus dem Bett gehüpft und habe meine Hand auf der Klinke liegen. Ich öffne die Tür einen kleinen Spalt, aber genug, um zu sehen, was er wieder vorhat.

»Wir haben dir doch gesagt, dass wir einen Wecker haben.«

Ich spreche bewusst lauter, dass es eventuell unsere Mutter hören könnte. Was bilden sich manche

Männer eigentlich ein? Berauschend war dieser Anblick keineswegs, eher abstoßend. Karen ist dies erspart geblieben. Hoffentlich war diese Warnung genug für ihn. Man hört und liest auch öfter von solchen Stiefvätern, die sich an ihren Stiefkindern vergehen.

Wir machen uns schnell fertig und hoffen, ihm nicht noch einmal zu begegnen. Gott sei Dank funktioniert dies. Wir eilen zum Bus und freuen uns wieder auf die nette Begrüßung des Busfahrers. Er ist wieder begeistert, uns zu sehen, und schaut uns intensiv an. Wir lachen und Karen sagt:

»Sie suchen bestimmt einen Unterschied bei uns. Es gibt keinen. Schließlich sind wir aus demselben Ei geschlüpft. So ist das bei eineiigen Zwillingen.«

»Danke für die Auskunft«, sagt er noch schmunzelnd. Wieder sind wir von seiner Freundlichkeit und Fröhlichkeit beeindruckt. So kann ein guter Tag beginnen.

Jetzt kommt der neue Morgen für mich. Ich melde mich in der Personalabteilung und ein freundlicher Mitarbeiter bringt mich in ein Büro. Ein bisschen Muffensausen habe ich schon. Es fehlt eben Karen an meiner Seite. Vier junge Männer arbeiten hier und freuen sich offensichtlich, als ich ihnen vorgestellt werde. Sie sind auch gleich bereit, mir zu zeigen, was ich machen muss. Sie antworten freundlich, wenn ich was frage, und helfen mir, wenn ich ein Problem habe. Ich fühle mich wie eine Prinzessin. Ich erzähle ihnen auch, dass ich eine Zwillingsschwester habe und dass diese in der

Fabrik arbeitet. Diese Mitteilung hat sie sehr neugierig gemacht. In der Mittagspause gehe ich in die Kantine der Arbeiter. Da werde ich schon sehnsüchtig von meiner Zwillingsschwester erwartet. Natürlich ist sie nicht allein. Sie sitzt mit mehreren Mädels zusammen und hat mir extra einen Platz freigehalten. Ich sehe in den Augen all der jungen Damen die blanke Neugierde. Was wird sie erzählen? Als sie hören, dass ich mit vier jungen Männern zusammen bin, sind sie erst mal alle sprachlos. Sie hängen regelrecht an meinen Lippen.

»Susanne, sag mal, wie sehen denn diese Männer aus, sind sie hübsch und freundlich?«

Während ich noch berichte, sehe ich plötzlich eine Gruppe von vier jungen Männern durch die Gänge schlendern. Es sind die Mitarbeiter aus dem Büro, in dem ich zurzeit arbeiten darf. Besonders die Tatsache, dass es eine Zwillingsschwester gibt, lässt ihnen wohl keine Ruhe. Sie kommen an unseren Tisch und tun so, als sei es Zufall, mir hier zu begegnen. Einer begrüßt meine Zwillingsschwester mit Handschlag, als wenn er sie kennen würde. Ich stelle stolz meine Schwester vor und auch die anderen Mädels. Aber in den Gesichtern der vier Männer sehe ich, dass ihr Interesse nur Karen gilt. Dies ist immer so. Natürlich sind wir in der Fabrik auch wieder sehr schnell bekannt. Es hat sich bereits herumgesprochen, dass die Zwillinge wieder da sind. Einige Mitarbeiter kennen uns auch schon von früher und haben sich schnell daran gewöhnt, dass es uns zweimal gibt und dass wir normale Menschen sind, und so behandeln sie uns dann auch. Ich will damit nicht sagen, dass wir unser Doppeltsein bedauern, nein, im Gegenteil, wir genießen schon die Aufmerksamkeit und die Möglichkeiten, gewisse Dinge auch durch unser gemeinsames Auftreten durchzusetzen.

Wir sind vierzehn Jahre alt, als ich Folgendes in mein Tagebuch schreibe:

»Es ist schön, ein Zwilling zu sein, aber es ist auch sehr anstrengend. Ständig werden wir beobachtet und verglichen. Da wir jedoch fast immer gemeinsam auftreten, können wir dem auch nicht entkommen. Im Gegenteil, erscheint einer von uns mal allein, kommt sogleich die Frage: Wo ist deine Schwester, ist sie krank?«

Es ist bekannt, dass zwischen eineiigen Zwillingen eine sehr tiefe Verbindung besteht. Ob ein guter Freund jemals diesen Platz einnehmen könnte? Ich denke nein. Was wir uns gegenseitig anvertrauen, ist nur bei dem anderen Zwilling sicher. Allerdings bedeutet das nicht zwangsläufig, immer alles gutzuheißen, was der andere gerade macht. Wir beide haben ein ausgeprägtes Gerechtigkeitsgefühl aufgrund der Tatsache, wie wir bisher aufgewachsen sind, und so passiert es auch schon mal, dass wir uns gegenseitig kritisieren. Aber das ist sehr selten. Eigentlich ist in unserem Denken immer der andere Teil von uns automatisch mit eingeplant. Das »wir« steht absolut im Vordergrund.

»Was habt ihr denn mit dem verdienten Geld vor?«

Es ist die Frage unserer Mutter an uns.

»Wir wissen es noch nicht, auf jeden Fall kaufen wir uns erst einmal einige Klamotten.«

Wir haben auf keinen Fall vor, es ihr abzugeben.

»Ich kann das Geld ja erst einmal für euch verwahren, bis ihr einkaufen wollt.«

Dieser Vorschlag gefällt uns absolut nicht. Wir können eigenständig für unser Vermögen sorgen und sind daher sehr skeptisch, da wir dies als überflüssig erachten. Wir haben uns eine kleine Stahlkassette gekauft, an der es auch ein Schloss mit Schlüssel gibt, und denken, dass dies reicht. Aber wir wollen auch nicht riskieren, ihre gerade gute Laune durch unser Misstrauen aufs Spiel zu setzen. All die Jahre mit ihr haben uns gelehrt, sie so wenig wie nötig zu verärgern und immer auf der Hut zu sein. Aber das funktioniert auch nicht immer. Oft genug reicht ein »kleiner Funke« aus, um sie explodieren zu lassen.

Alles hat ein Ende, so auch diese schöne Zeit. Wir nehmen stolz unser Geld in Empfang. Zusammen sind es 750,00 DM. Es ist für uns ein Vermögen.

»Susanne, lass uns in das Kaufhaus gehen und uns erst einmal ansehen, was wir uns schon länger wünschen, und es eventuell auch kaufen, bevor wir nach Hause fahren. Es ist unser Geld.«

Karen klingt trotzig, so nach dem Motto, sie, unsere Mutter, wird es nicht bekommen.

»Du hast recht, das tun wir jetzt auch.«

Stolz und aufrecht schreiten wir durch dieses Haus. Wir werden wie üblich beobachtet, aber heute ist es etwas anders. Wir strahlen offensichtlich so viel Selbstsicherheit aus, dass uns die Verkäuferinnen regelrecht hofieren. Möglich ist, dass wir uns dies auch nur einbilden, aber wir fühlen so. Wir kaufen besonnen ein, wirklich nur Dinge, die uns am Herzen liegen, wie schöne Unterwäsche, jeder einen weißen Pullover, zwei weiße Plissee-Röcke und dazu zwei kaffeebraune Velourjacken. Und die ersten Pumps, mit einem Absatz von fünf cm. Mit dieser Ausbeute fahren wir stolz nach Hause. Allerdings verstecken wir die Schuhe erst einmal unter der Treppe zum Dachboden. Wir wissen nicht, ob unsere Mutter uns das schon erlaubt. Wir sind zwar im siebzehnten Lebensjahr, aber werden trotzdem anders behandelt als unsere älteren Geschwister zu dieser Zeit. Die beiden durften bereits mit sechzehn Jahren abends ausgehen.

Erstaunlicherweise lacht sie, als sie uns so bepackt nach Hause kommen sieht. Karen schubst mich leicht an, als könne sie an diese gute Laune nicht glauben. Erwartet haben wir eher ein Donnerwetter.

»Da habt ihr ja ordentlich eingekauft. Darf ich das mal sehen?«

Im Wohnzimmer breiten wir stolz unsere Schätze aus und sie lobt unseren guten Geschmack. Ja, so kann sie auch sein. Natürlich kommt jetzt die Frage, was wir mit dem noch übrigen Geld machen wollen und wie viel es ist. Karen und ich schauen uns an. Wir waren so im Kaufrausch, dass wir auf unserer Heimfahrt weder das Restgeld gezählt haben noch besprochen haben, was wir nun mit der übrig gebliebenen Summe machen wollen.

»Wir bringen erst einmal unsere Errungenschaften in unser Zimmer, zählen nach, was an Geld noch übrig ist, und dann kannst du den Rest für uns aufheben«, bietet Karen an.

Ich habe mir inzwischen angewöhnt, das Reden mehr Karen zu überlassen. Ihre Stimme ist etwas sanfter als meine und durch ihre Zartheit schützt sie mich unbewusst vor so manchen Angriffen meiner Mutter.

»Susanne, wir haben immer noch 170,00 DM.«

Man muss dazusagen, dass in diesen Jahren das Einkaufen sehr preiswert ist.

»Dann geh mal und bring ihr das jetzt.«

Ich kann nicht erklären, warum ich kein gutes Gefühl bei dieser Aktion habe. Ist es einfach ein gesundes Misstrauen?

»Ja, mach das. Aber ich komme nicht mit. Wir müssen das nicht zu zweit tun.«

Die Schule beginnt wieder und es gibt viel zu erzählen. Einige Mitschülerinnen beneiden uns, weil wir wieder in der Kerzenfabrik arbeiten durften. Sie würden das auch gerne mal tun. Aber viele von ihnen werden im elterlichen Betrieb gebraucht. In der Pause

berichte ich dann, dass ich aufgrund meiner Gesichts-
blässe in einem Büro arbeiten durfte, da man offensichtlich befürchtete, dass ich umkippe. Und dass ich
auch mit vier Männern zusammen war, die da arbeiten.
Ja, da sind sie erst einmal alle baff. Ich muss präzise
angeben, ob die Männer attraktiv waren, ob sie freundlich zu mir waren und welche Aufgaben ich zu erledigen hatte. Und so bin ich an diesem Tag der Star des
Tages, mal nicht als Zwilling.

Nicht selten sind die Töchter die einzigen Erbinnen
eines Bauernhofes und für diese Mädchen ist es besonders wichtig, so eine Schule zu besuchen, auf die
wir gehen, um aufgrund der Ausbildung auch einen
Betrieb leiten zu können, egal wie groß oder klein er
ist. Wenn sie Glück haben, finden sie dann später einen Ehemann, der die meiste körperliche Arbeit übernimmt, und die Frau macht den Haushalt und die
Buchhaltung. Da unsere Schule katholisch ist und
auch noch von Nonnen geleitet wird, ist es selbstver-
ständlich, dass wir Exerzitien durchlaufen müssen.
Das bedeutet, wir werden mit einem Bus zu einem bestimmten Ort gefahren und verweilen dort drei Tage
in einem speziellen Exerzitienhaus. Sprechen miteinander ist während der Vorträge verboten, da wir
Schülerinnen in uns gehen sollen. Leicht fällt uns das
nicht, aber es geht. Der frühe Morgen beginnt mit einer Messe. Danach gibt es Frühstück. Auch hier
herrscht Schweigen. Am Nachmittag warten zwei
Vorträge auf uns. Wie befohlen, schweigen wir.

Manchmal fällt es uns schwer, nicht zu lachen. Wir pressen ein Taschentuch vor den Mund und senken demütig unseren Kopf. Alle wissen, dass sich in diesem Moment eine Schülerin quält, um nicht loszuprusten. Die beiden Nonnen, die uns begleiten, überwachen uns sehr genau.

Der Pfarrer, ein toller Mann so um die dreißig, ist einfach super. Nach dem schweigenden Abendessen sind wir entlassen. Dieser Kaplan lädt uns zu sich ein. Ein paar der Mädels gehen zusammen mit uns zu ihm. Da entdeckt Karen an einer Wand eine aufgehängte Gitarre und jubelt. Man muss dazu wissen, dass wir beide angefangen haben, Gitarre zu spielen. Ein junger Mann aus unserer Nachbarschaft hat uns die ersten Griffe beigebracht, als unsere Familie mal nicht da war. Die Gitarren hatten wir uns zuvor schon gekauft, nur fehlte noch ein wenig Unterricht. Wir erzählen zu Hause von dem jungen Mann.

»Woher kennt ihr ihn?«

»Er ist der Bruder einer Schulkameradin.«

»War der hier im Haus?«, will sie noch wissen.

»Nein, er war mit uns auf der Terrasse. Wenn wir möchten, können wir aber einmal die Woche zu ihm gehen, und er zeigt uns noch mehr Griffe.«

»Das kommt nicht in Frage.«

»Aber seine Schwester wohnt dort auch. Und seine Eltern.«

Sie bleibt dabei. Und so hat sie uns grundlos den weiteren und auch noch kostenfreien Unterricht versaut.

Warum ist diese Frau so? Sie ist doch unsere Mutter. Wir können doch nichts dafür, dass der Zweite Weltkrieg ihr alle Illusionen geraubt hat! Was haben wir ihr denn angetan? Wir glauben, es zu wissen. Unsere Schuld ist unser Geschlecht.

Der Kaplan erzählt uns, dass er auch einen eineiigen Zwillingsbruder hat, und auf unsere Frage, ob er auch Pfarrer geworden ist, verneint er, dieser sei verheiratet und habe zwei Kinder. Er fängt an zu spielen. Er spielt die klassischen Songs, die auf Schulausflügen gesungen werden und die jeder kennt. Nach einer halben Gesangsstunde gehen wir alle brav in unsere Zimmer.

»Karen, so einen Vater bräuchten wir.«

»Ja«, seufzt sie.

»Das wäre schön. Aber er dürfte nicht abwesend sein.«

Dann schlafen wir ein. Der nächste Tag gleicht dem ersten. Gottesdienst am Morgen, aber auf Karen und meinem Platz steht je ein großer Blumenstrauß, denn wir haben am nächsten Tag Geburtstag. Zwei Vorträge hören wir uns noch an und nach dem Abendessen sind wir wieder erneut beim Kaplan. Jeder kann dazukommen und das haben wir allen Mitschülern gesagt. Er spielt für uns wieder auf seiner Gitarre und wir singen dazu. Dann geht er an seinen Schrank und holt zwei Flaschen hervor. Unsere Augen werden groß. Es sind ein Likör und ein Himbeergeist. Karen und ich haben bisher noch nicht von solchen Getränken gekostet. Zwar sind wir genauso alt wie unsere

Schulkameraden, aber anscheinend haben die Mädchen vom Land viel früher Erfahrungen mit Alkohol gemacht als wir beide. So freuen sie sich doch sehr, als der Kaplan kleine Schnapsgläser füllt und uns jedem eins anreicht. Wir dürfen, wenn wir wollen, beide Sorten probieren. Und das machen wir dann auch. Wir schlürfen nacheinander und sehr langsam die beiden süßen Säfte hinunter. Ein wohliges Gefühl geht durch unseren Magen. Der Kaplan legt seinen Zeigefinger auf seinen Mund, was bedeutet: Das bleibt unter uns. Verschwörerisch nicken wir ihm zu.

Der nächste Tag, ist unser Abreisetag. Karen und ich sind sehr traurig, dass es vorbei ist. Aber wir haben uns ja vorgenommen, ihn in einem Jahr wieder zu besuchen. Was ist das Geheimnisvolle an diesem Mann? Warum zieht er uns so in seinen Bann? Es ist die Aufmerksamkeit, die er uns noch unreifen Mädchen auf der Suche nach Anerkennung schenkt. Er kann zuhören, er gibt uns das Gefühl, dass wir vollwertige Mitglieder dieser Gesellschaft sind.

Unsere Klassenlehrerin oder besser gesagt unsere Anstandsdame, hat mitgekriegt, dass ein paar Schülerinnen an unserem letzten Abend, wie schon die zwei Abende zuvor, im Zimmer von unserem netten Kaplan waren. Das ist auch nichts Schlimmes. Wer ihr dies zugeflüstert hat, wissen wir leider nicht. Wurde vielleicht erzählt, dass nur wir Zwillinge eingeladen waren? Ist da jemand eifersüchtig auf uns? Wer will uns eins auswischen? Auf jeden Fall waren wir zu viert und jetzt wurde daraus ein großes Drama gemacht. Und wer ist schuld an dieser Geschichte? Natürlich die Zwillinge. Jetzt droht sie uns sogar, uns aus der Schule zu werfen. Aber zuvor wird tatsächlich so eine Art Gericht über uns abgehalten. Wir sitzen zusammen auf einer Bank und können kaum glauben, was wir da hören. Da hat Karen die rettende Idee. Sie flüstert mir zu, dass sie mal so tut, als müsse sie zur Toilette. Aber sie geht so schnell sie kann zum Münztelefon, um den Kaplan anzurufen. Wir hatten uns für alle Fälle seine Nummer aufgeschrieben, falls wir ihn mal brauchen sollten. Dass dies allerdings so schnell sein würde, konnten wir nicht ahnen. Er nimmt unverzüglich den Hörer ab und hört Karens verzweifelte Stimme. Sie berichtet ihm, was sich gerade in dieser Schule abspielt.

»Karen, geh bitte langsam zurück in den Klassenraum. Ich rufe sofort die Direktorin an. Ich denke, ich muss hier mal einiges klarstellen.«

Meine Schwester kommt zurück und sieht so blass aus, dass unsere Klassenlehrerin erschrocken fragt, ob ihr nicht gut sei. In diesem Moment erscheint eine Nonne und flüstert mit unserer Lehrerin. Wir können nichts verstehen, aber sie sagt dann zu uns, dass sie etwas erledigen müsse.

»Ich komme gleich wieder.«

In der Klasse ist es jetzt sehr still. Karen und ich verlassen unsere Sitzplätze und setzen uns demonstrativ in die letzte Reihe, die noch frei ist. Wir flüstern und

Karen erzählt mir, dass er noch sagte, er habe bemerkt, dass wir einige Neider in der Klasse haben. Am liebsten würde ich jetzt aufstehen und mit Karen das Schulgebäude verlassen. Aber das geht natürlich nicht. Es ist schade, was da gerade mit uns passiert. So etwas haben wir noch nicht erlebt. Wir hatten doch alle zusammen eine gute Zeit in diesen drei Tagen. Dass der Kaplan uns Zwillinge sehr mochte, war nicht zu übersehen. Haben wir vielleicht immer noch diese traurigen Augen von einst?

Unsere Lehrerin kommt zurück und setzt sich auf einen Stuhl. Sie sieht sehr ernst aus. Dann fängt sie an zu sprechen.

»Ich habe soeben mit dem Kaplan gesprochen und er hat mir bestätigt, dass die Zwillinge und zwei weitere Schülerinnen bei ihm im Zimmer waren. Es wurde Gitarre gespielt und gesungen. Wie bereits an den beiden vorherigen Tagen. Jeder konnte kommen und mitmachen. Das war es und nichts anderes. Offensichtlich ist hier Neid im Spiel, was er sehr bedauert. Er hatte eigentlich geglaubt, dass in unserer Klasse ein sehr gutes Miteinander herrscht. Aber es gibt immer gewisse Menschen, die gerne Unruhe stiften. Er hofft, dass wir das alle zusammen wieder hinkriegen.«

Sie steht auf und kommt zu Karen und mir an den Schultisch.

»Es tut mir leid, was ich gesagt habe. Wir alle sollten uns jetzt bemühen, die vorherige gute Gemeinschaft wiederherzustellen. Neid ist kein guter Begleiter.«

Wer allerdings das »Vögelchen« war, das falsch gesungen hat, erfahren wir nicht.

»Weißt du, Karen, vielleicht haben wir einigen Schulkameraden nicht genügend Beachtung geschenkt. Wir stehen auch immer im Mittelpunkt, egal wo wir hinkommen. Denk doch nur mal an die Geburtstage in den Dörfern, wie wir da empfangen werden. Da kann schon mal bei dem einen oder anderen Neid oder sogar Wut aufkommen. Aber was können wir tun? Wir sind nun mal eineiige Zwillinge und die fallen auf.«

Was sagte unser netter Busfahrer? Zwillinge bringen Glück. Ja, das mag stimmen. Aber auch Neid. Die Begeisterung, die sie allein durch ihr auffälliges Doppeltsein auslösen, kann auch ein starker Hemmschuh für eine gesunde Entwicklung der kleinen Kinder sein. Menschen suchen in der Regel bei der ersten Begegnung zunächst nach äußerlichen Unterschieden. Aber wo sollen die denn herkommen? Wir stammen schließlich aus einer Eizelle, die sich dann teilte und so haben wir komplett die gleichen Gene erhalten. Das bezieht sich auf unsere Stimmen, die gleichen Gesten, den gleichen Gang, eigentlich auf alles. Das ist eben unser Erbe und wir können bisher gut damit leben. Nicht jeder Mensch hat das Privileg in der Gesellschaft, wie wir es genießen.

Am frühen Morgen unseres siebzehnten Geburtstages fühlen wir uns irgendwie verloren. Die zwei Blumensträuße des Kaplans stehen auf dem Tisch. Ein Gruß aus der Ferne, der uns wehmütig stimmt. Wie kann es sein, dass drei glückliche Tage in unserem jungen Leben alles so durcheinandergebracht haben?

Da fällt uns ein, dass wir ja noch das Paket von unserem Vater aufmachen dürfen. Es gibt nur Süßigkeiten, da er Wochen zuvor jedem von uns 25,00 DM geschenkt hatte. Von unserer Mutter bekommen wir Aussteuer. Eine große Tischdecke und drei Geschirrhandtücher, als Vorbereitung auf ein eigenes Leben. Das war früher so üblich und begann mit dem vierzehnten Lebensjahr.

Traurig machen wir uns an unserem Ehrentag auf den Weg zur Schule. Die netten Männer von der Tankstelle muntern uns allein durch ihre Anwesenheit wieder auf. Zwar ist meine Episode mit Pit beendet, aber wir freuen uns weiterhin über Begegnungen und Grüße. Auch gibt es unverändert weitere Geburtstage auf dem Land zu feiern und immer noch holen uns die Jungen mit ihren frisierten Mofas an der Bushaltestelle ab. Auch in unserem Dorf haben uns die Mofafahrer nicht vergessen, sehr zum Leidwesen unserer Mutter. Hat sie wirklich keine Erinnerung mehr daran, dass sie auch mal in unserem Alter war? Wir Zwillinge freuen uns auf jeden Fall über diese Besuche. Wir winken ihnen zu oder unterhalten uns mit ihnen unter den misstrauischen Blicken unserer Mutter. Allerdings wissen wir inzwischen auch, dass unser Zwillingsdasein die Neugierde anderer über uns erhöht. Waren wir in den vergangenen Jahren wegen dieser ständigen Beobachtung oft genervt, haben wir inzwischen gelernt, es für uns zu nutzen. Es hat uns mehr Selbstvertrauen gebracht. Zu zweit ist man immer stärker. Auch gegenüber unserer Mutter und ihrem Mann. Bei unserem Vater und unserer Stiefmutter haben wir so ein Auftreten nicht nötig. Sie haben uns immer so angenommen, wie wir sind. Und deshalb gab es auch keine Diskussion bezüglich unseres Verhaltens. Warum auch. Wenn man es genau nimmt, hat unserer Vater mit seiner Frau die Sonnenseiten des Lebens mit uns beiden erlebt und wir mit ihnen. Bei Spaziergängen oder anderen Begegnungen konnte er seinen Stolz auf seine Kinder nicht verbergen. Das tat uns besonders gut.

Jetzt sind wir also siebzehn Jahre alt.

»Nur noch vier Jahre bis zur Volljährigkeit«, jubelt Karen,

»und die schaffen wir zwei auch noch zusammen.«

»Aber auf keinen Fall in dieser Familie«, ist meine Antwort.

Zu unserer Überraschung wartet noch ein großes Paket auf uns zwei. Es liegt auf dem Esszimmertisch und will geöffnet werden. Die Absender sind unser Vater und seine Frau. Das ist seltsam. Wir haben doch schon Geld von ihnen bekommen. Dahinter steckt eindeutig unsere Stiefmutter, welche, seit sie in unser Leben getreten ist, immer versucht, unsere Wünsche zu erfüllen. Ich möchte das Paket aber nur mit Karen als Zuschauerin auspacken.

»Das öffnen wir in unserem Zimmer«, sage ich kurzentschlossen und ergreife es, ohne auf eine Antwort zu warten.

Ein vernichtender Blick von unserer Mutter streift mich und zur Versöhnung biete ich ihr an, dass wir ihr später zeigen, welches Geschenk ihre vermeintlichen »Gegner« uns gemacht haben.

»Danke, Susanne«, sagt Karen, als wir in unserem Zimmer sind, »das hast du großartig gemacht. Wir beide packen es jetzt aus. Bestimmt hat sich unsere Stiefmutter unsere Wünsche gemerkt, so wie sie es immer tut. Unser Vater braucht nur zahlen.«

Wir müssen lachen. Wir haben uns schon öfters gefragt, was wir von ihm bekämen, wenn es seine Frau nicht gäbe. Er ist Mathematiker durch und durch, ist sehr belesen in der Weltliteratur und liebt natürlich klassische Musik. In seinen jungen Jahren hat er im Militärorchester Geige gespielt. Da stellt sich uns die Frage, welche Ausbildung wir bekommen hätten, wären wir bei ihm aufgewachsen. Auf jeden Fall hätten wir das Abitur machen dürfen.

Zu unserer Zeit erhoben die Schulen ein Schulgeld, allerdings stieg das bei jeder weiterführenden Schule etwas an. So können wir noch froh sein, dass wir auf diese Fachschule für Bürowesen gehen durften. Unser Vater hätte uns den Weg zum Abitur bezahlen können. Aber offensichtlich traute er unserer Mutter zu, dass sie dieses Geld anderweitig investieren könnte, zum Beispiel in ihren Hausbau. Jetzt sind wir gespannt. Was hat unsere Stiefmutter mit ihrem weiblichen Geschick bei unserem Vater durchgesetzt? Es wird spannend. Zuerst kommen für jede von uns ein paar sehr schöne Stiefeletten, eingefasst mit einem Pelz, zum Vorschein. Natürlich sind sie auch noch gefüllt mit Süßigkeiten. Wir probieren erst mal die Schuhe. Sie passen perfekt. Aber da liegt noch ein kleineres Päckchen. Eingepackt in ein sehr schönes, dünnes Papier. Vorsichtig öffnen wir es und unterdrücken unsere Freudenschreie bezüglich dieser Überraschung. Genauso hatten wir es uns gewünscht. Es ist rote Unterwäsche, hergestellt aus einem dünnen, feinen Material. Gesehen hatten wir dies in einem Film. Aber der Hit an dieser Wäsche ist dann doch die schwarze Spitze an den Seiten des Oberteils und des Schlüpfers. Oje, was wird sie dazu sagen? Karen und ich schauen uns an und fangen an zu lachen. Uns ist jetzt schon klar, was es sein wird. Wir rufen sie und zeigen ihr unsere Geschenke. Es ist genauso, wie wir es uns gedacht haben. Sie ruft erbost:

»Das zieht ihr nicht an, das ist Nuttenwäsche.«

Wir zeigen ihr noch unsere schönen Stiefelchen. Aber die interessieren sie nicht. Sie ist wütend. Ihre Gegnerin verdirbt ihre Kinder. Karen und ich schauen uns an und wir beide haben den gleichen Gedanken: Zuerst sollte man mal ihren Ehemann unter die Lupe nehmen, um dann zu sehen, wer eventuell wen verdirbt. Aber sie weiß das ja nicht.

Und jetzt erreicht uns eine Meldung, die uns noch trauriger macht. Unser Idol, John F. Kennedy, der amerikanische Präsident, wurde erschossen. Die Bildzeitung war wie immer, so erscheint es nach deren Recherchen, hautnah dabei. Wir sind erschüttert. Natürlich haben wir in unserer Unkenntnis über Politik nur diesen großartigen, charismatischen Mann gesehen. Er war für uns wie ein Stern am Himmel. Und dazu noch diese Frau. Sie war für uns ein Vorbild von einer Frau.

»Susanne, Jacky ist bestimmt eine gute Mutter. So eine, wie wir sie uns wünschen«, seufzt Karen.

Wir Zwillinge dürfen uns bei der Mieterin »unseres« Hauses die Beisetzung von John F. Kennedy ansehen, denn unsere Familie besitzt noch keinen Fernseher. Während der stundenlangen Zeremonie müssen wir viel weinen. Kaum jemand spricht ein Wort. In dieser Nacht schlafen wir eng aneinandergeschmiegt in einem Bett zusammen. Die ganze Welt scheint in einer Schockstarre zu verharren. Lernen für die Abschlussprüfung, die in ein paar Wochen ansteht, fällt uns schwer. Vor der Industrie- und Handelskammer haben wir bereits erfolgreich unsere Stenografie- und Schreibmaschinenkenntnisse abgeschlossen. Das war vor Kennedys Tod.

Jetzt beginnen Karen und ich unseren Glauben zu hinterfragen. Wir zweifeln an Gott. Wenn es ihn wirklich geben sollte, warum lässt er dann zu, dass so ein großartiger Mann umgebracht wird? Wir sind auch in einem Alter, in dem starke Männer mit ihren

Superfrauen eine große Wirkung auf uns haben. Von Politik haben wir keine Ahnung, auch wird dieses Thema in der Schule unter dem Begriff Sozialkunde nur gestreift, wenn überhaupt. Für diverse Zeitschriften, wie zum Beispiel die »Bravo«, haben wir kein Geld. Diese Zeitschrift gibt es seit 1956, ursprünglich für Film und Fernsehen gedacht. Die Redaktion kümmert sich aber mehr und mehr um die Belange junger Menschen. Hier werden Fragen beantwortet, die sonst niemand mit der Jugend erörtern will. Das bedeutet, dass Erwachsene dieser Zeitschrift sehr skeptisch gegenüberstehen. Selbst wenn wir damals eine solche Zeitschrift oder Zeitung hätten erwerben können, hätten wir diese vor unserer Mutter verstecken müssen. Das war nicht nur in ihren Augen eine Schundliteratur. Auf der Titelseite waren bunt und schrill aufgemachte Promis zu sehen, wie zum Beispiel Elvis Presley. Der war für die ältere Generation allein schon deshalb suspekt, weil er mit seinen Hüften kreisende Bewegungen machte. Das wurde als unanständig empfunden. Dann kam dieser Elvis auch noch als Soldat nach Bad Nauheim und machte dort die Jugend mit seiner Musik verrückt. Von der Bildzeitung können wir immer nur die fett rot gedruckten Überschriften lesen, die täglich vor jedem Kiosk ausgestellt werden. Damals kostete diese Zeitung 10 Pfennige. Ein Witz aus dieser Zeit ging überall herum. Er klang so: Ein Mann tötet einen anderen Mann und drehte ihn danach durch den

Fleischwolf. »Bild« sprach als Erster mit dem Gehackten.

Ja, es war nicht einfach in unserem Alter zu erfahren, was in der Welt vor sich ging. Es war auch nicht gewollt. Und so erfuhren wir erst einmal lange nichts von den Massentötungen an den Juden, verübt von den Deutschen. Der Zweite Weltkrieg war ein Tabuthema. Vieles wurde im Schulunterricht nicht erwähnt.

Direkt nach dem Weihnachtsfest, welches wir alle zusammen friedlich hinter uns gebracht haben, dürfen wir wieder erst einmal zu unserem Vater und seiner Frau nach Flensburg fahren. Aufgeregt, als träten wir diese Reise zum ersten Mal an, steigen wir in den Zug, denn wir wissen, was uns erwartet. Allein schon der Anblick der vielen Matrosen in ihren schönen, blauweißen Uniformen, ist wie immer ein »Augenschmaus« für uns junge Mädchen. Und wir Zwillinge sind es ebenso für sie. Sie machen sich auf den Weg in ihren Weihnachtsurlaub, genau wie wir. Bei fast jedem Stopp, den der Zug macht, steigen weitere von ihnen ein. Fröhlich plaudernd, suchen sie nach einem freien Platz, denn nicht jeder von ihnen hat eine Reservierung vorgenommen. Bei uns im Abteil sind am Anfang der Reise noch vier Plätze frei. Aber nicht lange, denn ehe wir uns versehen, sind diese von Matrosen belegt. Viele weitere Matrosen passieren bedauernd unser Abteil. Zunächst stoppen sie kurz, um dann zu erkennen, dass nichts mehr frei ist. Aber was sie sofort erkannt haben, sind auf jeden Fall wir Zwillinge. Und so wird öfter die Tür geöffnet, um uns zu fragen, ob wir nicht doch eventuell bereit sind, uns auf den Schoß von einem dieser Herren zu setzen. Es ist ein Spiel zwischen den sitzenden Matrosen, die natürlich lautstark dagegen protestieren und den vermeintlichen Eindringlingen. Dies zieht sich über Stunden hin, da immer wieder einige Matrosen aussteigen und neue einsteigen. So schön kann eine Zugfahrt sein, wenn man jung ist und dazu auch noch ein eineiiger Zwilling ist. Unsere Bücher, die wir uns zum Lesen mitgenommen haben, bleiben unberührt in unseren Taschen.

Dann sind wir da. Wir sehen durch die Fensterscheibe unseren Paps. Gerne wären wir noch stundenlang mit den fröhlichen Matrosen weitergefahren. Aber wie sagt man: Wenn es am schönsten ist, sollte man gehen. Genauso geht es uns jetzt auch. Wir wünschen allen schöne Weihnachten und freuen uns auf eine friedliche Zeit mit unserem Vater und seiner Frau. Für uns ist dieser Aufenthalt immer wieder »eine Ruhe vor dem Sturm«. Wobei Karen und ich festgestellt haben, dass in der letzten Zeit unsere Mutter friedlicher geworden ist. Vielleicht bilden wir uns das aber auch nur ein. Unsere Stiefmutter und der Hund begrüßen uns herzlich. Es ist immer wieder so schön, willkommen zu sein. Wir unternehmen mehrere Fahrten mit einem Schiff nach Dänemark. So sind wir auch in der Silvesternacht an Bord und alle vorbeifahrenden Schiffe hupen. Ein paar abgeschossene Raketen vom Festland aus grüßen uns Menschen auf dem Meer. Ein großartiges Erlebnis. Unser Vater übernimmt wie gewohnt die Rolle des Wachhundes. Es ist wieder kaum möglich, mal mit einem netten Jungen eine Unterhaltung zu führen. Aber das ist nicht schlimm. Es ist so schön bei ihm und seiner Frau, so dass dies nicht ins Gewicht fällt. Spät in der Nacht machen wir uns auf den Heimweg. Dies sind Erlebnisse, die für immer in unserer Erinnerung bleiben werden.

Noch drei Monate sind es, bis die Abschlussprüfungen in der Schule beginnen. Das bedeutet viel lernen! Inzwischen sind wir bereits auf der Suche nach potentiellen Arbeitsplätzen. In Fulda hat die Firma Karstadt einen kompletten Neubau hochgezogen, und sucht junge Menschen für das Büro. Es ist genau die Ausbildung, für die wir seit fast zwei Jahren büffeln, das heißt, wir werden gebraucht. Also bewerben wir uns im Januar schon einmal. Wir kleiden uns angemessen, pflegen unsere Haare sorgfältig und tragen dezentes Make-up auf. Auch der Lippenstift darf nur dezent sein. Den Rest besorgt unsere Jugend. Als wir vor dem Gebäude stehen, können wir kaum glauben, dass in fünf Monaten hier ein Kaufhaus fertiggestellt sein soll. Wir müssen in den dritten Stock gehen und sind froh, dass die Rolltreppen schon funktionieren. Zunächst balancieren wir in unseren Pumps über den noch nicht fertigen Boden, der aufgrund von Sand rutschig ist. Außerdem liegt überall Werkzeug herum und was sonst so gebraucht wird. Ein Pfeifkonzert begleitet uns zunächst erst einmal bis zur ersten Rolltreppe. Wie hätte es auch anders sein können. Wahrscheinlich würden wir dies auch vermissen und sogar denken: Warum pfeift denn niemand? Wir müssen bis in die dritte Etage und so geht es weiter mit der wechselnden Musikbegleitung bis zu unserem Ziel.

Wir klopfen zaghaft an eine Tür, an der ein Schild »Büro« angebracht ist. Eine freundliche, männliche Stimme bittet uns herein. Der nette Herr, der an seinem Schreibtisch sitzt, steht auf und kommt uns entgegen. Als er uns beide sieht, wirkt er ein wenig erschrocken. Er begrüßt uns mit Handschlag und wir folgen ihm bis zu seinem Schreibtisch. Zwei Stühle sind für uns bereitgestellt, und wir werden freundlich gebeten, Platz zu nehmen. Vor ihm liegen sichtbar unsere Bewerbungsunterlagen. Es scheint, dass er nicht sorgfältig die beiden Fotos betrachtet hat, die wir ihm geschickt haben. Wir sind eindeutig als Zwillinge zu erkennen. Er entschuldigt sich für den Schmutz und Staub, durch den wir gehen mussten, was an unseren Schuhen zu erkennen ist. Er gibt uns jeder die Hand und bietet uns an, auf den beiden Stühlen vor seinem Schreibtisch Platz zu nehmen.

»Ich habe nicht erkannt, dass die beiden Bewerbungen von Zwillingen sind. Jetzt ist mir auch klar, warum nach Ihrer Ankunft in diesem Haus so viel gepfiffen wurde. Es waren unsere Arbeiter, die sich gefreut hatten, als Sie beide durch den Neubau marschierten. So eine Ähnlichkeit sieht man allerdings auch selten. Aber ich denke, Sie sind diese Reaktionen auch gewohnt.

Ich habe mir Ihre Bewerbungen angesehen, und meine, dass Sie gut zu uns passen würden. Wir suchen junge Menschen und in erster Linie junge Frauen. Die passen besser zusammen in unser Großraumbüro. Das bedeutet, dass viele Abteilungen hier zusammenkommen, aber getrennt voneinander arbeiten. Sollten Sie beide zu uns kommen, so sind Sie zwar in einem Großraumbüro zusammen, aber doch nicht zusammen. Ich denke, Sie verstehen, was ich meine. Wir werden Sie bewusst an verschiedenen Stellen einsetzen, sonst entsteht zu viel Unruhe. Ich werde Ihre Bewerbungen noch mit einem Mitarbeiter von uns besprechen. Kommen Sie bitte morgen Nachmittag um 15.00 Uhr noch einmal vorbei. Ich wünsche Ihnen noch einen schönen Tag.«

Er gibt uns die Hand und wir können gehen. Kaum haben wir sein Büro verlassen, ertönt sofort »unser Konzert«. Wir fühlen uns wie Königinnen und winken den Handwerkern freundlich lächelnd zu.

»Das ist es, was er meint. Wir beide verursachen zu viel Unruhe. Vielleicht sollten wir uns unterschiedlich anziehen«, meint Karen mehr oder weniger fragend. Ich bin erschrocken.

»Ob wir damit glücklich werden? Hast du vergessen, als wir uns nicht mehr gleich anziehen sollten, weil wir die Kleider der älteren Geschwister auftragen mussten, und wie schlecht es uns damit ging? Ich stand weinend vor unserem Haus und wartete auf unsere

Schulkameradinnen. Ich hatte Angst davor, kein Zwilling mehr zu sein.«

»Natürlich, ich weiß das noch sehr genau. Mir ging es auch so. Und was ist jetzt? Ich glaube nicht, dass sich unsere Meinung geändert hat.«

Das ist das erste Mal, dass so ein Gespräch zwischen uns aufgekommen ist. Wir lassen das Thema einfach ruhen.

Unser Heimweg führt uns wieder an der Tankstelle vorbei. Wenn ich bedenke, dass wir in drei Monaten diesen Weg nicht mehr entlanggehen werden, überkommt mich schon eine gewisse Melancholie.

»Karen, denkst du im Moment auch daran, dass wir hier bald nicht mehr entlanggehen werden?« Sie antwortet nicht sofort. Aber dann sagt sie, dass es sie traurig macht. Die vergangenen zwei Jahre waren sowohl interessant als auch aufregend.

»Bestimmt werde ich nicht noch einmal in meinem Leben meiner Schwester einen Stuhl aus dem Fenster reichen, damit sie zu einem Liebesabenteuer klettert.« Jetzt müssen wir doch lachen. Wir schauen beide zur gleichen Zeit zu den Männern an der Tankstelle. Im Moment ist keiner zu sehen. Vielleicht haben sie sich schnell versteckt, hocken zusammen in einer Ecke und lachen sich kaputt. Auch Männer können kindisch sein. Auch sie dürfen Spaß haben.

»Wir werden es ihnen aber nicht sagen, dass wir bald nicht mehr an ihnen vorbeilaufen. Sie werden sich noch eine Weile die Augen nach uns ausgucken, sich fragen, was denn los ist, und uns dann irgendwann vergessen.«

»So wird es sein, aber es ist trotzdem etwas traurig. Noch sind es drei Monate.«

Wir laufen eine Weile schweigend nebeneinanderher, jeder hängt seinen Gedanken nach.

»Ich weiß, was wir machen sollten.«

Es ist Karen, die mich mit fröhlicher Stimme »weckt«.

»Wir lassen uns von unserer Mutter das Geld geben, welches wir ihr zur Aufbewahrung anvertraut hatten. Morgen müssen wir sowieso noch einmal nach Fulda, da wir nochmals ein Gespräch in der Firma haben. Wir kleiden uns für unseren baldigen Arbeitsanfang ein.«

»Super Idee. Ich freue mich schon darauf.«

Gut gelaunt kehren wir nach Hause zurück und erzählen unserer Mutter von dem positiven Verlauf unseres Vorgespräches. Sie freut sich offensichtlich für uns.

»Und nun hätten wir gerne unser Geld, das du für uns aufgehoben hast. Wir müssen uns ein paar neue Sachen für das Büro kaufen. Da wir morgen sowieso noch einmal in der Firma vorstellig werden müssen, können wir das gleich miteinander verbinden.«

Sie antwortet nicht gleich. Karen und ich schauen uns kurz an, wir ahnen nichts Gutes. Dann beginnt sie zu sprechen.

»Ich habe das Geld nicht mehr, ich habe es ins Haus gebuttert.«

Diesen Satz werde ich noch jahrzehntelang nicht vergessen. Ich schaue sie fassungslos an. Ich bin mir sicher, dass wir nicht nein gesagt hätten, wenn sie uns
gefragt hätte, aber sie hielt dies nicht für nötig. Das ist
jetzt ein Moment, wo ich beginne, sie zu hassen. Und
ich denke, Karen auch, die in Tränen ausbricht. Ich
lege meinen Arm um sie und sage:

»Komm, wir gehen.«

Wir lassen sie einfach stehen und gehen in unser
Zimmer.

»Nicht umsonst wollte ich ihr das Geld nicht anvertrauen«, sagt Karen schluchzend.

»Ich hatte so eine Ahnung. Ein Haus zu bauen, kostet viel Geld, was sie eben nicht haben. Sie müssen an
allen Ecken und Enden sparen.«

»Für unsere kleine Schwester ist aber immer Geld da.
Wir werden in den Osterferien noch einmal in der
Kerzenfabrik arbeiten, danach ist die Schule sowieso
vorbei. Und ich schwöre dir, davon bekommt sie keinen Pfennig. Wenn wir aber dann richtig angestellt
sind, müssen wir natürlich einen gewissen Betrag an
sie abgeben. Das ist normal. Schließlich leben wir noch
in diesem Haushalt.«

Dank der Fürsprache unserer ältesten Schwester dürfen wir uns die Haare wachsen lassen, vorausgesetzt,
dass sie stets ordentlich gekämmt sind. Das ist kein
Problem für uns, denn wir haben es gerne, immer gut
auszusehen. Auch dies ist ein Punkt, der sehr oft von
Frauen an uns bewundert wird. Alles muss gleich sein.

Seit wir auf der Welt sind, wurden wir aber zu solch einem Verhalten »trainiert«. Das kann man nicht von heute auf morgen abstellen. Warum auch? Es bringt uns eigentlich nur Vorteile. Habe ich etwas vor, so denke ich sofort an meine Schwester, wie ich sie mit einbeziehen kann. Geht das nicht, findet es meist gar nicht statt. Uns gibt es nicht einzeln.

Seit einiger Zeit gibt es an Wochenenden in Fulda Tanztees. Das ist super. Diese Veranstaltungen finden immer nachmittags statt und sind daher gut besucht. Ein Getränk, nicht alkoholisch, ist sehr preiswert. Allerdings sind genügend spendierfreudige Jungen von den umliegenden Bauernhöfen parat. Sie verfügen stets über ausreichende finanzielle Mittel. Und so ist es für junge Mädchen wie Karen und mich kein Problem, uns dort zu amüsieren. Zu dieser Zeit ist der »Twist« modern, den man allein tanzt, und wir beherrschen ihn schnell. Natürlich dauert es nicht lange und wir sind wieder »stadtbekannt«. Und so findet sich auch immer wieder jemand, der uns später nach Hause fährt. Wir können es uns allerdings auch nicht erlauben, uns nicht an Absprachen zu halten. Da ist unsere Mutter gnadenlos. Ihr Gezanke mit uns geht uns auch auf die Nerven. Aber sie hat mich nicht mehr ins Gesicht geschlagen. Gewiss verfolgt sie auch mein feindseliger Blick seit dem Tag dieses Vorfalls. Wir werden auf jeden Fall versuchen, nicht warten zu müssen, bis wir volljährig sind, um zu gehen. Da erreicht uns die beste Nachricht des Jahres: Kind Nummer 7 ist unterwegs. Hoffentlich ist es, schon im Interesse dieses Kindes, ein Junge. Ein weiteres Mädchen würde unser Schicksal teilen, da sind wir uns sicher. Diese Schwangerschaft verläuft ohne weitere große Störungen, die werdende Mutter ist recht friedlich. Wir Zwillinge versuchen, ihr keinen Ärger zu machen, denn wir haben nur ein Ziel. Wir wollen weg. Wir sprechen mit unserer großen Schwester, die inzwischen in München lebt. Wir bitten sie, uns zu helfen, dass wir in einem Jahr ausziehen dürfen. Sie weiß ja, dass wir Zwillinge inzwischen in einem Büro arbeiten und es keine Klagen über uns gibt. Im Gegenteil, wir sind sehr beliebt. Das Kaufhaus Karstadt hat in München auch eine Zweigstelle. Unsere Schwester schafft es, uns beide zusammen, aber in verschiedenen Abteilungen, unterzubringen. Allerdings dauert das alles noch knapp ein Jahr, bis wir dann endlich gehen können.

Das Kaufhaus Karstadt in Fulda gibt sich sehr viel Mühe mit den jungen Leuten und so tut es uns doch ein bisschen leid, dass wir nicht mehr so lange da sein werden. Unsere Kolleginnen bedauern es jetzt schon, denn wir gehen an den Wochenenden meist zusammen zum Tanzen aus.

»Wo ihr seid, ist immer etwas los«, ist der Kommentar eines der Mädchen.

Das stimmt, denn es ist immer das gleiche Spiel. Zuerst scharren sich viele Jungen um uns Zwillinge, aber durch diese Gelegenheit erhalten auch die anderen

Mädchen, die mit uns unterwegs sind, eine Möglichkeit, die jungen Männer kennenzulernen. Schließlich können wir auch nicht jeden glücklich machen.

Dann kommt das Baby zur Welt. Erneut ist es ein Mädchen. Die Kleine tut uns jetzt schon leid. Eigentlich müssten wir bei ihr bleiben, um sie zu beschützen. Aber sie hat einen Bruder, der nur vier Jahre älter ist und eine vierzehnjährige ältere Schwester. Nein, wir werden gehen. Dies ist jetzt auch ganz im Sinne unserer Mutter. Dann wird es hoffentlich mehr Frieden in dieser Familie geben. Auch dass unser Zimmer frei wird, denn es wird dringend benötigt. Der 1.Stock ist vermietet, denn auf diese Einnahmen können sie nicht verzichten. Allerdings fällt auch bald unser Beitrag von unserem Verdienst dann weg. So ist das eben. Unser Abschied von der Firma und den Kolleginnen kommt jetzt schneller als gedacht und fällt uns jetzt schon schwer. Wir fühlten uns sehr angenommen hier.

Da passiert etwas, was nicht hätte passieren dürfen. Karen und ich verlieben uns in zwei Jungs aus einer Musikband, die an den Wochenenden beim Tanztee spielen. Verdammt, wir wollen doch weg! Haben wir uns denn nichts sehnlicher gewünscht, als endlich nach München gehen zu können? Weg von einer Familie, für die wir so lästig sind wie Schmeißfliegen? Und was machen wir nun? Wir sind ratlos. Alles ist geregelt. Wir haben dort für einen Job und für eine Bleibe unterschrieben und die uns zu erwartende

Freiheit ist passé, wenn wir bleiben. Wir schauen uns an und sagen:

»Wir gehen auf jeden Fall.«

München, wir kommen! Das ist wie ein innerer Schlachtruf! Das dürfen wir jetzt nicht aufgeben. Karen und ich sind trotzdem verzweifelt. Wir reden stundenlang über diese neue Situation, versuchen Positives zu finden und wiegen es gegen das Negative ab. Unser Verstand sagt uns: Geht, baut euch euer eigenes Leben auf. Nicht jedes Mädchen bekommt in diesem Alter solch eine Chance und dazu noch eine große Schwester in der Nähe, mit der wir uns gut verstehen. Ihr werdet euch noch mehr als einmal in eurem Leben verlieben!

Dann fällt unsere Entscheidung: Wir gehen! Bis zum Schluss haben alle unsere Freunde gehofft, dass »ihre Zwillinge« bleiben. Unsere sonst so fröhliche Stimmung ist sehr bedrückt. Mir aber fällt ein Stein vom Herzen und Karen auch. Aber glücklich sind wir trotzdem nicht. Wir versuchen, die uns noch verbleibende Zeit so gut wie möglich zu nutzen. Aber das erschwert unsere Situation noch mehr. Zu Hause hat sich auch nichts geändert und wir haben das Gefühl, dass unsere Mutter und ihr Mann froh sind, dass wir so entschieden haben. Wie viele schöne Jahre wären uns beschieden gewesen, wenn unsere Mutter sich an die beschlossene Abmachung zwischen ihr und unserem Vater gehalten hätte, uns Zwillinge zu ihm gehen zu lassen.

Unser Zwillingsdasein hat uns viele Vorteile verschafft. Gott sei Dank, denn sonst hätten wir unser Zuhause nicht ausgehalten. Ich kann nachvollziehen, wenn ein Kind, das unter schwierigen Bedingungen aufwachsen muss, von zu Hause weggeht. Das Schlimmste bei uns aber ist dieser ständige Kampf nicht nur für das eigene Überleben, sondern auch eine gewisse Verantwortung für den anderen Zwilling. Hier sind zwei Menschen, die so eng miteinander verbunden sind, dass irgendwo immer eine gewisse Angst vorherrscht: Es könnte mal nicht mehr so sein. Und dann auch noch zu wissen, unerwünscht auf diese Welt gekommen zu sein. Was uns Zwillingen passiert ist, ist im Vergleich zu anderen Schicksalen von Kindern noch zu überstehen, aber nur deshalb, weil wir zu zweit waren. Ich habe bereits zuvor über diese unglaubliche Einigkeit von Zwillingen berichtet, denen Eltern und Schutzbefohlene wie auch Lehrer oft machtlos gegenüberstehen. Und das registrieren solche Kinder wie wir natürlich sehr schnell. Allerdings ist auch diese extreme Aufmerksamkeit, die man uns schenkt, auch oft sehr störend.

Nun sind wir in der Weltstadt München und selbst in dieser Stadt ändert sich nichts an dem enormen Interesse an uns Zwillingen. Wir könnten aktiv etwas dagegen unternehmen, beispielsweise, indem wir uns unterschiedlich kleiden. Noch haben wir aber nicht das Bedürfnis, etwas zu ändern. Uns gefällt jetzt in diesem Alter das Interesse der Männer an uns. Was uns als

Kinder oft genervt hat, gefällt uns jetzt. Wir haben es nun, im Gegensatz zu früher, selbst in der Hand, darauf zu reagieren.

Unsere älteste Schwester, der wir verdanken, dass wir überhaupt aus dem Dorfleben ausbrechen durften, wartet am Bahnhof auf uns. Sie nimmt uns fest in ihre Arme und meint:

»Jetzt habt ihr es geschafft, ihr seid hier, und bitte, macht was Gutes daraus. Ich bring euch erst einmal zu eurer neuen Bleibe. Viele junge Frauen unter 21 Jahren haben hier eine Unterkunft gefunden, es herrscht eine lebhafte Atmosphäre, wie ihr bald feststellen werdet. Bitte haltet die Hausordnung ein, das ist hier oberstes Gebot.«

Sie klingelt an der Haustüre, wo die Namen der Bewohnerinnen angezeigt sind. Ob wir auch schon dabei sind? Wir gehen die Klingelschilder durch, als ein Jubelruf von Karen ertönt.

»Susanne, schau, hier stehen wir schon. Das ist doch ein toller Willkommensgruß.«

Eine freundliche Frau mittleren Alters öffnet die Haustüre und strahlt uns an.

»Ach, schaut her, da sind ja die Zwillinge. Schön, die anderen warten schon auf euch. Sie sind sehr neugierig.«

Das Zimmer ist recht groß und komplett für zwei Personen eingerichtet. Dann gehen wir alle zusammen in die Gemeinschaftsküche. Mehrere Schränke und zwei große Kühlschränke mit abschließbaren Fächern stehen an einer Wand.

»Jeder kann hier kochen, wann und wie er will. Allerdings bitte danach alles wieder in Ordnung bringen. Nun schauen wir uns die Badezimmer an. Es sind mindestens fünf abgeschlossene Badezimmer und mehrere Duschen vorhanden. Auch hier gilt nach dem Verlassen: Bitte sauber machen.«

In einer Ecke entdecke ich noch eine große Waschmaschine. Die Hausmutter erklärt uns die Benutzung. Ein geringer Geldbetrag wird fällig, den man in einen Schlitz einwerfen muss. Dann fängt die Maschine an zu waschen. Beim Herausgehen dreht sie sich noch einmal um und sagt freundlich:

»Um 23:00 Uhr müssen alle Bewohner zu Hause sein. Denn keiner ist hier volljährig. Bitte halten Sie sich daran.«

Das alles klingt schon fast zu schön. Unsere Schwester verabschiedet sich von uns und wir packen in unserem neuen Zimmer zuerst die Gitarren aus. Die Klänge führen dazu, dass zwei Mädchen, welche neben uns wohnen, vorbeischauen. Wir blicken in die verblüfften Gesichter der beiden.

»Kommt herein, wir beißen nicht« sagt Karen lachend.

Und dann lachen wir alle zusammen. Sie wollen einiges über uns wissen und wir beantworten gerne ihre Fragen.

»Dann legt mal los. Wie ist das denn so zu zweit? Wenn einer von euch in das Gesicht der anderen schaut, fragt ihr euch da nicht, ob ihr in dem Moment auch so ausseht?«

Karen antwortet:

»Nein, warum? Wir kennen uns doch schon so lange, und wissen, dass wir uns sehr ähnlich sind. Darüber machen wir uns auch keine Gedanken mehr. Wozu auch?«

Jetzt wollen sie wissen, wie das mit Männern ist. Schließlich haben wir doch bestimmt den gleichen Geschmack. Was tun Zwillinge dann? Kämpft dann jede um die Gunst dieses einen Mannes? Ist die eine, die den Mann nicht bekommen hat, dann sauer auf die Schwester?

»Nein«, antwortet Karen.

»Wir haben schon vor längerer Zeit beschlossen, dass wir uns in solch einer Situation einfach abwechseln. Damit meinen wir: Heute ist die eine glücklich und die andere traurig. Das nächste Mal ist es dann eben andersherum. Niemals würden wir uns um einen Mann so streiten, dass wir nicht mehr miteinander reden wollen. Dafür ist uns die eigene Schwester viel zu wichtig. Männer werden kommen und auch wieder gehen. Wem kann ich denn am meisten vertrauen? Wer steht hundertprozentig hinter mir, wenn ich ihn brauche? Meine Schwester natürlich. Wir haben aber auch schon von eineiigen Zwillingen gehört, die sich so zerstritten haben, dass sie nie mehr miteinander sprechen.

Das ist schade, denn sie verlieren den vertrauensvollsten Menschen in ihrem Leben. Wir sind noch jung und werden auch noch viele Hürden bezüglich unseres Zwillingsdaseins zu überwinden haben. Es gibt aber auch einige Menschen, die uns um dieses Glück beneiden. Das können wir verstehen. Wie heißt doch ein Spruch: Freunde in der Not, gehen tausend auf ein Lot. Und das ist leider meist wahr.«

Im Verlauf des Abends erscheinen noch mehrere Mädels. Und so wird es spät, bis wir alle dann schlafen gehen. Es war ein erfolgreiches Kennenlernen. Am nächsten Tag beginnt unser Arbeitstag in der neuen Firma. Wir sind aufgeregt. Keiner kennt uns wirklich, da wir uns schriftlich beworben hatten. Das ist schon etwas seltsam, aber der Firma hat ein Foto von uns beiden gereicht. Wir diskutieren noch vor dem Eingang, wer zuerst eintritt. Karen darf vorangehen und ich folge ihr unmittelbar. Dem Pförtner bleibt regelrecht der Mund offen stehen, als wir zwei auf ihn zulaufen. Wir sagen unsere Namen und warum wir gekommen sind. Inzwischen hat er sich erholt, lächelt uns an und sagt:

»Diese Ähnlichkeit, unfassbar. Herzlich willkommen!«

Er telefoniert und kündigt uns als eine Überraschung an. Wir bedanken uns und müssen ein wenig warten, bis uns eine junge Frau abholt. Sie hat eine Akte unter ihrem Arm, in der sich bestimmt unsere Bewerbungsunterlagen mit einem Foto befinden, denn sie wirkt nicht überrascht. Freundlich reicht sie uns ihre Hand mit einem Willkommensgruß und bittet uns, ihr zu folgen. Sie bringt uns zu ihrem Chef, stellt uns vor und dann folgen wir ihr zu unseren Arbeitsplätzen. Wir arbeiten nicht zusammen, sondern in verschiedenen Abteilungen. Diese Firma, einst die Bayerische Warenvermittlung, nimmt Bestellungen der Bauern im Winter fürs Frühjahr auf und dann folgen im Frühjahr die Aufträge für die Winterzeit. Unsere Einarbeitungszeit geht recht schnell voran, da uns diese Arbeit Spaß macht. Schnell haben sich auch alle Mitarbeiter an uns gewöhnt, wobei es doch einigen immer wieder Spaß macht, herauszufinden, wer von uns wer ist. Wir schreiben begeisterte Briefe an unseren Vater und seine Frau und sie freuen sich, dass es uns so gut geht.

Inzwischen erreichen uns viele Briefe der zwei jungen Männer, die wir »leider« vor unserem so sehnlich erwünschten Fortgang kennengelernt haben und in die wir uns auch verliebt haben. Wir hoffen, dass sich dieses Hochgefühl schnell wieder legt. Wir zwei schaukeln uns aber auch noch gegenseitig hoch. Keiner von uns ist mehr vernünftig. Was sollen wir tun? Unsere hart erkämpfte Freiheit wollen wir auf keinen Fall wieder aufgeben, denn das würde zwangläufig geschehen, sollten wir zurückgehen. Wir sind noch nicht volljährig, uns fehlen noch drei Jahre bis dahin, und deshalb können wir noch nicht selbst für uns entscheiden.

Wir können kaum noch schlafen. Diese verdammten Liebesbriefe rauben uns fast den Verstand. Wollen wir jetzt alles aufs Spiel setzen? Und was tun wir damit unserer Schwester an, die sich so für uns eingesetzt hat. Wir sind ratlos. Ich hoffe, dass Karen die Vernünftigere von uns beiden bleiben wird, aber ich merke, es ist eher umgekehrt.

Besuch aus der Heimat meldet sich an. Leider wurden wir vorher nicht kontaktiert, ob es uns recht ist. Bei Karen habe ich das Gefühl, dass ihr dies gefällt. Sie ist aufgeregt. Ich bin zwiegespalten, sehr sogar. Ich bin zwar auch sehr stark verliebt in den einen jungen Gitarristen, möchte aber unsere Freiheit nicht aufs Spiel setzen.

»Karen, was denkst du, unternimmt unsere Mutter, wenn wir einfach alles liegen und stehen lassen, nur um zwei verliebte Männer nicht aufzugeben? Du kennst sie doch gut genug! Sie wird uns das Jugendamt auf den Hals hetzen.«

»Ich habe eine Idee«, sagt sie schnell und ich merke, sie will noch nicht aufgeben.

»Wir suchen uns zuerst beide eine neue Stelle in einer Stadt in der Nähe von Fulda, da können wir uns alle an den Wochenenden treffen. Dagegen kann sie doch bestimmt nichts haben.«

Ich bin skeptisch, doch meine Schwester ist nicht aufzuhalten. Sie besorgt sich mehrere Zeitungen aus dem Umfeld von Fulda, um nach Stellenangeboten zu suchen. Ich sehe, sie meint es ernst, aber mir macht es Unbehagen. Sie findet die Stadt Wildflecken in der Rhön. Es ist ein beschaulicher Ort und er ist nur 35

Kilometer von Fulda entfernt. Die amerikanische Armee nutzt das Gelände schon seit vielen Jahren als Truppenübungsplatz und ist ein beliebter Arbeitgeber für diese Region. Solange wir denken können, sind wir auch in Fulda an Amerikaner gewöhnt. Sie sind nett zu uns Kindern, verwöhnen uns gerne mit Kaugummi und tauchen dann auch später in den deutschen Diskotheken auf.

Aufgeregt stürmt sie in unser Zimmer.

»Susanne, schau mal, was ich für eine Anzeige gefunden habe. In Wildflecken können wir bei den Amerikanern arbeiten. Sie sind auf der Suche nach jungen weiblichen Mitarbeiterinnen für Bürotätigkeiten. Da können wir auch noch gut Englisch lernen und landen vielleicht sogar eines Tages in Amerika.«

»Ach nee.«

»Ich denke, du bist so verliebt, dass du München verlassen willst?«

»Ja, das stimmt auch, aber wer weiß, was später ist?«

»Ach so ist das, du testest erst einmal die deutschen Jungs, und wenn es mit diesen nicht klappt, dann werden wir sehen, was zu machen ist.«

Ich gebe zu, dass mir dieser Enthusiasmus, den Karen gerade zeigt, unbekannt ist.

»Susanne, lass es dir durch den Kopf gehen. Ich werde auf jeden Fall eine Bewerbung für uns beide schreiben. Irgendwas müssen wir tun.«

Und sie tut es wirklich. Sie hat noch Passbilder von uns aufbewahrt und benutzt diese jetzt. Sie fälscht meine Unterschrift und schickt den Brief los.

Unser Besuch aus Fulda rückt an. Sie haben sich für zwei Tage in einem Hotel angemietet. Sie versuchen uns zu überreden, zurückzukommen.

»Was denkt ihr, was unsere Mutter tut, wenn sie erfährt, dass wir München ungefragt verlassen? Sie ist unsere Erziehungsberechtigte und hat auch das Sorgerecht. Sie wird uns einsperren.«

Ich liege in den Armen des Gitarristen und Karen in denen des Sängers. Mein Geliebter erzählt, seine Mutter habe gesagt, dass sie uns Zwillinge erst einmal eine Woche beherbergen wird. Ja, solche Mütter gibt es auch, aber leider ist sie nicht unsere. Aber was ist danach? Wir trennen uns nach zwei Tagen mit Herzschmerz voneinander und sind uns bewusst, dass dieses Treffen ein Fehler war. Es hat die Situation noch verschlimmert.

Dann erreicht uns eine positive Nachricht aus Wildflecken von den Amerikanern. Sie möchten uns gerne anstellen. Karen jubelt, ich nicht. Die ganze Situation entgleitet uns so allmählich.

»Karen, so geht das nicht. Wir brauchen das Einverständnis unserer Mutter. Sie wird sich nicht von uns so behandeln lassen. Sie wird toben und ich werde natürlich als die Rädelsführerin angesehen werden.«

»Was tun wir denn dann jetzt?«, fragt Karen.

»Schick unsere Unterlagen ab und schreibe, dass wir kommen. Wir brauchen etwas in unseren Händen, das zeigt, dass wir nicht verantwortungslos handeln. Aber vielleicht wäre es auch noch gut, uns eine weitere Arbeitsstelle direkt in Fulda in der Filzfabrik zu suchen. Sie sind kontinuierlich auf der Suche nach jungen Frauen mit unserem Qualifikationsniveau. Wildflecken ist immerhin 35 Kilometer von Fulda entfernt. Somit wäre das wahrscheinlich die bessere Variante. Allerdings sinken damit unsere Chancen, vielleicht doch nicht der Liebe wegen in Amerika zu landen.«

Wir müssen lachen, denn das hat wirklich keine von uns je ins Auge gefasst. Wir sind zwar umgeben von Amerikanern aufgewachsen, die selten deutsch sprechen und, wie wir später merken, auch nicht tanzen können. Was sie haben, ist viel Geld, denn sie werden gut von der Bundesrepublick bezahlt. Wir haben den Krieg verloren und deshalb ist das Land in Besatzungszonen aufgeteilt. Wir können von Glück reden, dass wir die Amerikaner bekommen haben. Wir bewerben uns bei ihnen und warten gespannt auf eine Zusage.

Als wir die positive Antwort bekommen, entscheiden wir, die Anstellung bei der BayWa zu beenden. Der angebliche Grund dafür ist, dass unsere Mutter dringend auf unsere Hilfe angewiesen sei, nachdem das letzte Kind geboren wurde. Ich schäme mich, als ich dies sage. Unser Vorgesetzter ist so nett und wir belügen ihn. Er wünscht uns noch alles Gute und bedauert, dass er uns verliert. Natürlich erzählen wir unserer großen Schwester nicht, was wir vorhaben. Ich könnte ihr nicht in die Augen sehen. Sie würde auf jeden Fall versuchen, uns zu stoppen. Was im Nachhinein gesehen gut gewesen wäre. Ich rufe bei der Mutter meines Freundes an und sage ihr, dass wir in drei Tagen erst einmal nach Fulda kommen. Das kann sie ihrem Sohn ausrichten, dem Sohn, der angeblich aus dem Fenster springen wollte, wenn ich nicht zurückkäme.

Wir kündigen auch noch den Vertrag mit dem Wohnheim und benutzen auch hier die gleiche Lüge, dass wir unserer Mutter helfen müssten, und werden für diese Vorsorge auch noch gelobt. Verdammt, musste das sein? Ich würde am liebsten abhauen. Ich fühle mich schmutzig, denn ich spüre, dass dies alles nicht gut ausgehen wird. Karen ist erstaunlich sorglos, für sie zählt nur, dass sie den jungen Mann wiederhaben kann, in den sie sich vor ein paar Wochen verliebt hat. Diese Entscheidung, heimlich zu gehen, wird für immer Folgen in unserem Leben haben.

Als wir drei Tage später abends in Fulda ankommen, stehen die Jungs am Bahnhof und freuen sich. Ich kann da nicht so mithalten wie Karen. Ein Taxi bringt uns zu dem Haus meines Freundes. Seine Schwester, die auch eifrig Briefe nach München geschrieben hat, wollte ihrem Bruder helfen, da dieser so unglücklich war. Sehr freundlich werden wir von den Eltern empfangen. Die Schwester hat für uns Zwillinge ihr Zimmer frei gemacht und schläft bei ihrem Bruder. Der

Tisch ist gedeckt. Einfach schön. Es wird ein vergnüglicher Abend mit vielen Gesprächen. Es wird beschlossen, noch zusammen einen Krimi im Fernsehen zu schauen. Bernd hält mich fest in seinen Armen und Karen kuschelt sich an ihren Liebhaber. Im Fernsehen findet gerade eine polizeiliche Verfolgung statt und ich höre die Sirenen der Polizei. Aber diese kommen nicht aus dem Film, sondern von draußen. Dann schellt es schon an der Tür der Familie. Die Mutter von Bernd geht an die Türe und wir hören, wie eine männliche Stimme sie nach ihrem Namen fragt. Nun steht auch Bernds Vater auf und begibt sich in den Flur. In diesem Moment erscheint das wütende Gesicht unserer Mutter, gefolgt von einem Polizisten. Dieser fragt:

»Sind das die Mädchen?«

Sie sagt ja. Er wendet sich nun uns zu und sagt, er müsse uns mitnehmen, da wir ohne Erlaubnis unserer Mutter München verlassen hätten. Ich schaue zu Karen, die sehr blass geworden ist, und bin sehr wütend auf mich, dass ich der ganzen Geschichte zugestimmt habe. Wir nehmen unser Gepäck auf, verlassen schweigend die Wohnung und steigen in das Polizeiauto. Gott sei Dank ist keine Sirene an und auch kein Blaulicht ist zu sehen. Nach einer kurzen Fahrt werden wir in einer Erziehungsanstalt abgegeben. Unsere Bleibe hoffentlich nur für diese eine Nacht. Alle Fenster sind vergittert und es gibt keine Fluchtmöglichkeiten. So muss es in einem Gefängnis aussehen. Aber Karen und ich können wenigstens zusammenbleiben.

Eine freundliche Mitarbeiterin bringt uns in ein Zimmer mit zwei Betten. Wir trotten wie zwei Schafe hinter ihr her. Keine von uns spricht ein Wort und auch wir schauen uns nicht mehr an. Diese Dame aber lächelt uns an und das macht uns etwas Mut. Dann sagt sie, sie bringt uns noch etwas zu trinken, und geht. Als sie wiederkommt, verrät sie uns:

»Diese Bleibe ist nur für eine Nacht. Sie beide gehören nicht hierher, das kann ich sehen. Ich bring euch noch eine Flasche Wasser.«

Das tut sie dann auch. Sie wünscht uns noch eine gute Nacht und verlässt den Raum. Karen und ich sind wie erstarrt. Es dauert lange, bis sie anfängt zu reden:

»Susanne, das war eine wirklich dumme Idee, es tut mir leid, dass ich dich so stark gedrängt habe, mitzumachen. Wie sehr haben wir uns auf München gefreut. Und das alles haben wir aufgegeben wegen zwei Typen, die gute Musik machen. Unsere Schwester wird uns nie wieder vertrauen und das kann ich auch verstehen. Sie hatte die Verantwortung für uns zwei übernommen. Wir haben sie bitter enttäuscht.«

Jetzt erst lösen sich unsere Tränen und wir haben Schwierigkeiten sie zu stoppen.

»Wir sollten versuchen, etwas zu schlafen, auch wenn es nicht gleich möglich ist.«

Zu viele Gedanken wirbeln im Kopf hin und her. Irgendwann siegen dann doch unsere Erschöpfung und unsere Enttäuschung über uns selbst. Und wir schlafen ein.

Früh um sieben Uhr werden wir geweckt. Es ist nicht die gleiche Frau von gestern Abend. Schade.

»Guten Morgen. Bitte macht euch fertig, denn ihr werdet in Kürze abgeholt«, sagt die Frau in einem Ton ohne Emotionen. Ich schaue zu Karen und bemerke, dass ihr Gesicht stark geschwollen ist, und ihre Augen sind von den vielen Tränen stark gerötet. Ich schaue in dem winzigen Toilettenraum in einen Spiegel und entdecke keinen Unterschied im Aussehen zu Karen. Ich sehe ebenso entsetzlich aus. Wo bringt man uns jetzt hin? Unsere Frage wird nicht beantwortet. Während wir noch warten, kommt die nette Dame vom Abend zuvor zu uns und sagt:

»Guten Morgen ihr zwei, ihr habt Glück, denn ihr habt ja nichts verbrochen. Ihr werdet jetzt in ein Mädchenwohnheim hier in Fulda gebracht. Das ist sehr nett dort, denn dort leben nur Mädels, die auch noch nicht volljährig sind, so wie ihr zwei. Eure Mutter haben wir informiert. Sie ist mit diesem Vorgehen einverstanden. Ich kenne die Leiterin dieser Unterkunft und ich bin mir sicher, sie wird euch mögen und ihr sie. Aber macht keine neuen Dummheiten mehr, denn sonst habt ihr verspielt.«

Ein privater Dienstwagen der Polizei bringt uns zu unserem neuen Zuhause. Die nette Dame begleitet uns noch bis zur Haustür. Diese wird bereits geöffnet, noch bevor unsere Begleiterin geklingelt hat. Herzlich begrüßen sich die beiden Frauen und dann werden wir zwei vorgestellt. Unsere zukünftige Herbergsmutter strahlt uns an:

»Oh, Zwillinge, das hatte ich noch nicht hier. Dann kommt mal mit. Alle Bewohner hier sind schon sehr gespannt auf euch. Es gibt hier nur Mädchen, aus guten Gründen.«

Jetzt sieht sie unsere Gitarren und ist begeistert.

»Und Musik macht ihr auch? Das freut bestimmt alle Mädels hier.«

Wir betrachten einen attraktiven Altbau, der aus braunen Klinkersteinen besteht. Sogar zwei kleine Türmchen schmücken das Dach. Dies ist bestimmt ein Haus zum Wohlfühlen. Und so ist dann auch unser Zimmer. Es ist sehr gemütlich eingerichtet. Wir haben ohnehin nicht viel Gepäck und entscheiden uns daher, es vorerst stehen zu lassen.

»Lass uns auf der Gitarre das Lied Seemann, lass das Träumen spielen und auch singen.«

Nach ein paar Takten wird unsere Tür aufgerissen und ein junges Mädchen mit wilder Frisur stürmt herein, sagt sehr schnell, »Ich bin die Rosi«, und verschwindet auch gleich wieder. Was war das? Sie sieht allerdings eher wie ein Junge aus. Und so setzt sich der Tag fort. Alle Mädels stellen sich nach und nach bei uns vor. Wir haben allerdings noch keinen Bissen zu essen bekommen, das ging in der Aufregung unter. Aber dann versorgt uns eine nette Mitarbeiterin mit etwas Essbarem.

Die nette Heimleiterin bittet uns zu sich in ihr Büro. Sie sagt:

»Um 18:00 Uhr kommt eure Mutter, denn es wird Zeit, dass einige Dinge geklärt werden müssen.« Sie schaut uns sehr liebevoll an und sagt dann weiter:

»Das muss sein. Ich bin bei euch, also habt keine Angst. Hier seid ihr erst einmal sicher. Ihr seid nicht in einem Gefängnis, ihr könnt arbeiten gehen und euch mit anderen Menschen treffen, aber abends um zehn Uhr ist die Ausgangszeit vorbei. Vergesst nicht: Ihr seid noch nicht volljährig. Und bitte, haltet euch an die Hausregeln, dann habt ihr hier ein schönes Leben.«

Wir spüren, diese Frau mag uns, offensichtlich sehr sogar. Um 18:00 Uhr gehen wir zwei mit nicht gerade freundlichen Gesichtern zu unserem Termin. Unsere Mutter ist schon da und ihr Mann auch. Die Heimleiterin nickt uns aufmunternd zu. Das ist nett von ihr. Wir spüren, dass wir in dieser Frau eine Unterstützerin haben, falls wir dies benötigen. Zuerst redet unsere Mutter. Sie wirft uns vor, ihr Vertrauen missbraucht zu haben. Was allerdings stimmt. Aber warum wir das getan haben, wird nicht erwähnt. Dann müsste sie erst einmal zugeben, dass sie uns nicht sehr mag, weil wir keine Söhne sind. Karen ist noch sehr eingeschüchtert und so übernehme ich das Wort, nachdem ich erst einen Blick zu der Heimleiterin geworfen habe. Sie nickt mir aufmunternd zu und so beginne ich mutig, unsere Vorwürfe zu thematisieren. Ich berichte, wie wir oft geschlagen wurden, nur weil wir nach der Schule etwas später nach Hause kamen, entweder war es der Teppichklopfer oder ein Kochlöffel. Auch kräftige Ohrfeigen sowie Stubenarrest gehörten dazu.

Was ich nicht erwähne, ist, dass ihr Mann sich uns sexuell genähert hat. Und ich sage es auch nicht, weil sie es sowieso nicht glauben würde. Sie würde uns als Lügnerinnen bezeichnen und uns vorwerfen, wir wollten sie nur schlechtmachen, weil wir schlecht sind. Aber als sie anfängt zu sagen, dass man uns beobachten müsste, kann ich nicht mehr an mich halten und sage nur einen Satz zu ihr:

»Pass du lieber auf deinen Mann auf!«

Das sitzt. Ich sehe es ihr an. Er traut sich nicht, uns anzuschauen, und ich spüre, er ist verunsichert. Mein Blick geht zu der netten Heimleiterin und sage ich nur noch:

»Mehr haben wir nicht zu sagen.«

Karen nickt und ich merke, sie hat sich wieder gefangen.

Natürlich wollen wir arbeiten, und das so schnell wie möglich. Wir haben noch eine Option für die Filzfabrik in Fulda, wo wir uns ja auch beworben hatten und auch eine Zusage bekamen. Jetzt werden wir sofort aktiv und bringen uns in Erinnerung. Schon für den nächsten Tag erhalten wir einen Vorstellungstermin und nach der üblichen Zwillingsüberraschung beim Durchlaufen der Gänge auch gleich unsere Verträge. Es ist eine Zeit, wo für uns junge Menschen die Welt offensteht, wenn man Geld verdienen will und auch muss. Bereits in drei Tagen können wir anfangen zu arbeiten. Wir gehen zu Fuß zu unserer derzeitigen Bleibe.

»Karen, sind wir jetzt glücklich?«, frage ich meine Schwester. Sie schaut mich an.

»Eigentlich müssten wir es sein. Aber unsere Entscheidung, München wegen zwei Jungs aufzugeben, wird mich bestimmt noch lange verfolgen. Wer weiß, welche beruflichen Möglichkeiten wir in dieser herausragenden Stadt gehabt hätten. Vielleicht hätten wir Männer mit viel Geld getroffen und zum ersten Mal in unserem Leben hätten wir nicht sparen müssen. Nun, wir haben es vergeigt. Am schlimmsten aber ist, dass wir unsere große Schwester so enttäuscht haben. Das werde ich bestimmt niemals vergessen können.«

»Mir geht es auch so. Das war nicht gut von uns.«

Eigentlich läuft jetzt alles rund für uns. Wir sind weg von zu Hause, haben bereits nette Mädchenfreundschaften in unserer neuen Unterkunft schließen können, werden von unserer Herbergsmutter sehr gemocht, können unsere Musiker treffen, und da es in diesen Jahren viele Tanztees an den Wochenenden nachmittags gibt, wo diese Jungs auch spielen, ist fast alles wie zuvor. Aber nur fast. Unsere Freiheit ist eingeschränkt, denn abends müssen wir alle pünktlich in dem Wohnheim sein. Da gibt es keine Ausnahmen. Diese Strafe müssen wir schon für unsere Dummheit in Kauf nehmen.

Der erste Tag für unsere neuen Jobs ist gekommen. Wir überlegen zuvor, uns mal nicht gleich anzuziehen. Und das tun wir dann auch, nur um einmal zu sehen, wie das so ist. Dann stehen wir vor dem Spiegel, betrachten die zwei jungen Frauen, die sich präsentieren, und sagen beide im gleichen Moment:

»Das sind wir nicht. So also wäre es wahrscheinlich, wenn wir unterschiedliche Kleidung trügen.«

»Susanne, wollen wir das wirklich? Irgendwann, wenn wir vielleicht einmal in verschiedenen Städten leben werden, passiert das sowieso. Aber doch nicht heute.«

Und so endet der Versuch, kein sichtbarer Zwilling zu sein, damit, dass wir uns schnell wieder umziehen. Danach fühlen wir uns wieder sehr wohl.

Wir Mädels betreten die neue Firma also wieder als sichtbare Zwillinge. Womöglich brauchen wir noch diese Aufmerksamkeit, die man uns seit unserer Geburt schenkt. Wie sagte unsere Mutter einst:

»Ihr braucht keine anderen Kinder zum Spielen, denn ihr seid ja zu zweit.«

Das ist ein falsches Denken. Auch wir müssen lernen, mit anderen Menschen umzugehen. Was meine Zwillingsschwester anbelangt, so haben wir fast immer auch noch die gleiche Meinung. An wem sollen wir uns denn dann reiben? Unsere etwas älteren Schwestern haben uns so, wie wir sind, akzeptiert und versuchen auch nicht, uns zu ändern. Im Grunde genommen sind wir ihnen gleichgültig. In der Schule werden

wir bewundert, fast jeder will zu unserem Kreis gehören und somit können wir bestimmen, wen wir annehm-
men. Auch bestimmen wir in der Regel, was wir spielen wollen, und unsere oft auch ausgedachten Streiche
kommen gut an. Allerdings hat das auch zur Folge,
dass dann jeder Streich auf uns zurückfällt.

Und so bleibt also alles wie immer. Nach einer herzlichen Begrüßung werden wir in ein Großraumbüro
geführt. Alle Blicke sind auf uns gerichtet, so wie wir
es kennen, und deshalb sind wir auch keinesfalls ver-
legen. Wir werden zwar für zwei verschiedene Abteilungen arbeiten, wie wir das schon einmal erlebt haben, sind aber getrennt und doch nicht getrennt. Wir
können uns von weitem sehen. Das ist sehr beruhi-
gend, einfach nur zu wissen, wo der andere Teil von
mir ist. In der ersten Pause werden wir natürlich umringt und müssen auch so manche Frage beantworten,
aber dies legt sich in der Regel doch meist recht
schnell. Wir könnten, wenn wir wollten, jetzt zu unserem ehemaligen Zuhause fahren, aber noch steht uns
nicht der Sinn danach. Bei unserer großen Schwester
haben wir uns per Post entschuldigt und sie hat uns
einen freundlichen Brief zurückgeschrieben und uns
vergeben.

Wir erhalten Ende des Monats unser erstes Gehalt.
Was für ein Hochgefühl! Wir geben unser Wohngeld
bei unserer Heimleiterin ab. Es ist nicht viel, was wir
zahlen müssen. Wir merken schnell, dass wir uns nicht
geirrt haben und dass sie uns sehr mag. Nach dem

gemeinsamen Essen müssen wir uns weder um das Spülen noch um das Abtrocknen kümmern. Die anderen Mädchen scheint es nicht zu stören. Die freuen sich, wenn sie abends zu uns kommen können, wenn wir Gitarre spielen und dazu auch singen. Wir sind eine wunderbare Gemeinschaft.

Karen hat einen großen Wunsch. Sie möchte gerne lernen, Schlagzeug zu spielen. So marschieren wir zwei in die Stadt und suchen ein Musikgeschäft auf. Der Inhaber ist sofort fasziniert von uns. Man könnte meinen, er sieht zum ersten Mal Zwillinge in seinem Leben. Karen entscheidet sich für ein rotes Modell und wir bezahlen es auch sofort. Wir teilen den Betrag wie üblich untereinander auf. Natürlich können wir dieses Schlagzeug nicht unter den Arm klemmen und zu unserer Herberge mitnehmen.

»Ich lass es ihnen heute noch liefern. Ich wünsche ihnen alles Gute. Danke, dass Sie bei uns waren.«

Jetzt fehlt nur noch der Diener. Wir verlassen das Geschäft und können noch durch das Schaufenster sehen, wie er hinter uns herstarrt.

»Susanne, ob diese Zwillingsbegeisterung jemals aufhört? Bestimmt aber hat er heute Abend bei seiner Familie, sofern er eine hat, etwas zu erzählen.«

Am Nachmittag wird uns das Schlagzeug bereits geliefert. Damit niemand davon Kenntnis bekommt, bringen wir es vorübergehend in den gut ausgestatteten Keller. Karen macht sich sofort über die Beschreibung her und beginnt auch zaghaft mit den ersten vorgeschlagenen Übungen. Es klingt wie ein Donnerhall durch das Haus und alle Bewohner verlassen ihre Zimmer, um herauszufinden, wo dieser »Krach« herkommt. Sie stürmen in den Keller und sind erst einmal sehr überrascht, als sie uns sehen. Dann fangen sie an zu lachen und finden es großartig.

»Los, Karen, hau noch mal drauf.«

Auch unsere Betreuerin taucht auf, und als sie erkennt, wer für diesen Lärm verantwortlich ist, fängt sie laut an zu lachen.

»Das ist eigentlich ein sehr gutes Instrument, um frühmorgens alle hier aus den Betten zu werfen.«

Ist diese Frau nicht wundervoll! Sie hat so viel Verständnis für junge Menschen, wie man an ihrer Reaktion erkennt. Dieser Spaß hält leider nur ein paar Tage, denn wir haben die Rechnung ohne unsere Mutter gemacht. Sie hatte am Vortag einen kurzen Besuch abgestattet, da dies gesetzlich vorgeschrieben ist. Da trommelte Karen gerade glücklich auf ihrem Schlagzeug. Unsere Mutter hielt sich entsetzt die Ohren zu. Karen hatte sie noch nicht bemerkt, erst als sie direkt vor ihr stand. Ohne zu grüßen, herrschte sie meine Schwester an.

»Wem gehört dieses Schlagzeug?«

Karen, sagte ihr stolz:

»Uns, wir haben es uns von unserem eigenen Geld gekauft.«

»Das bringt ihr zurück. Für so eine Anschaffung braucht ihr meine Unterschrift. Noch seid ihr nicht

271

volljährig. Der Inhaber dieses Geschäfts hätte das Schlagzeug nicht so einfach verkaufen dürfen. Mit diesem Herrn werde ich mal reden.«

»Sie wird uns wieder alles versauen, sowie wir sie kennen«, flüstert mir Karen zu und in ihren Augen sammeln sich Tränen.

»Weißt du noch, dass sie uns vor Jahren nicht zu dem jungen Mann aus der Nachtbarschaft zum Gitarrenunterricht gelassen hat? Obwohl die ganze Familie in dem Haus lebte?«

»Ja, und das werde ich ihr auch nie verzeihen.«

Die Mühe der Betreuerin, unsere Mutter davon zu überzeugen, dass wir doch auch lernen müssen, eigene Entscheidungen zu treffen, auch wenn sie mal falsch seien, nimmt sie nicht an. Schweren Herzens schauen wir zu, wie das Schlagzeug von einem Mitarbeiter des Geschäfts wieder abgeholt wird. So lange bleibt sie auch danebenstehen. Sie will sich sicher sein, dass es wirklich mitgenommen wird. Karen bricht in Tränen aus und unsere Herbergsmutter nimmt sie in den Arm.

»Schau, du kannst das doch noch später nachholen. Leider kann ich hierbei nicht helfen.«

Der Blick unserer Mutter, die das hören und sehen konnte, spricht Bände. Wortlos geht sie zu ihrem Fahrzeug.

Unseren geplanten Besuch bei unserer Familie für den nächsten Tag sagen wir natürlich ab. Wieder einmal hat sich unsere Mutter massiv in unsere Entscheidungen eingemischt. Wir verdienen jetzt eigenes Geld und wollen natürlich darüber auch selbst entscheiden. Irgendwann werden wir unsere drei kleinen Geschwister mal besuchen. Sie sollen wissen, dass es uns gibt. Vielleicht brauchen sie mal unsere Hilfe in ihrem Leben.

Obwohl wir eigentlich »feste« Freunde haben, erreichen uns weiterhin Geburtstagseinladungen aus den Rhöngebieten von unseren Klassenkameradinnen und von unseren Verehrern. Nicht viel hat sich verändert: Die Jungs mit ihren lauten Mofas holen uns wie früher wieder an der Bushaltestelle ab und ringen um unsere Gunst. Bei wem steigen sie hinten auf? Alle wollen uns chauffieren. Sie sind reifer geworden, wie wir natürlich auch, und einige haben inzwischen sogar das Tanzen gelernt. Diese Treffen sind angenehm und wir alle freuen uns darüber, uns wiederzusehen.

Aber auch die Tanztees an den Wochenenden sind genial. Da viele der Mädchen aus unserer Clique auch noch nicht volljährig sind, ist es eine wunderbare Gelegenheit, uns dort zu treffen. Auch spielen dort unsere Freunde, die Hobbymusiker, wegen denen wir München verlassen haben. Leider kommt es immer öfter zum Streit, weil wir natürlich mit Männern tanzen. Es kann doch keiner von uns verlangen, dass wir den ganzen Nachmittag nur herumsitzen und ihnen beim Spielen zuschauen. Und somit ziehen die ersten Wolken auf.

Karens Freundschaft zu ihrer ersten großen Liebe endet dann auch nach ein paar Monaten. Das ist eine

Katastrophe für mich. Ich will auf der einen Seite mit meiner Schwester zusammen sein, aber auf der anderen Seite auch mit meinem Freund. Karen will nun auch nicht mehr zu den Tanztees erscheinen und das kann ich gut verstehen. Aber sie fehlt mir sehr. Ich sitze jetzt mit den anderen Freundinnen bei diesen Veranstaltungen an dem für die Band reservierten Tisch. Natürlich gibt es auch noch die anderen Mädchen der Bandmitglieder, aber die sind nicht meine Schwester. Ich tanze auch nicht mehr, was wiederum meinem Freund gefällt.

Da kommt das Angebot unserer Mutter, wieder zur Familie zurückzukehren. Eine unserer Schwestern wird demnächst heiraten und dadurch wird ihr Zimmer frei. Eigentlich brauchten die kleinen Geschwister den Platz, aber da der Staat unseren Aufenthalt im Mädchenwohnheim mitfinanziert, wird schon darauf geachtet, sobald es möglich ist, die Zöglinge, wie wir genannt werden, auch wieder in die Familien zu integrieren. Hier passt das Wort »integrieren« überhaupt nicht. Das Wohnheim war für uns eine Erlösung.

Auch unsere Heimleiterin ist sehr betrübt, denn sie wollte uns beide gerne bis zu unserer Volljährigkeit behalten. Das hätten wir auch gerne so gehabt, denn sie wäre eine wunderbare Ersatzmutter gewesen, so, wie man sie sich wünscht. Aber leider haben wir Zwillinge keine Möglichkeit, diese Entscheidung anzufechten. Dieses verdammte Datum der Volljährigkeit! Es hängt wie ein Damoklesschwert über uns. Uns bleibt aber noch eine Frist von drei Monaten. Danach ist das Zimmer unserer Schwester leider frei. Die Mädels aus der Unterkunft bedauern jetzt schon, dass wir sie verlassen müssen. Manche von ihnen würden gerne mit uns tauschen und wir mit ihnen. Wir aber müssen Platz machen für Neuzugänge.

»Wer spielt nun für uns Gitarre und wer singt mit uns?«

Da kommen uns doch auch die Tränen. Und so bemühen wir uns, die noch verbleibende Zeit so viel wie möglich mit den Mädels zu verbringen. Die drei Monate gehen leider zu schnell vorbei. Unser »geliebter« Stiefvater holt uns und unsere Sachen ab. Tränen fließen auf allen Seiten. Besonders schmerzlich ist es, uns von der Heimleiterin zu verabschieden. Sie hatte unser vollstes Vertrauen und wir das ihre. Dann ist der Tag des Abschieds gekommen. Wir umarmen uns noch einmal alle ganz fest.

Zu Hause angekommen, begrüßen wir erst einmal die kleinen Geschwister. Sie schauen uns mit großen Augen an, denn sie kennen uns zwar, aber nicht sehr gut. Sie scheinen sich zu freuen. Wir beobachten in den folgenden Tagen, dass unsere Mutter erstaunlich ruhig geworden ist, man kann schon sagen, verträglich ist. Hoffentlich bleibt sie so. Sie weiß inzwischen aber auch ganz genau, dass sie uns nicht mehr so behandeln kann wie einst und auch nicht mehr schlagen darf, denn das würden wir uns nicht mehr bieten lassen. Sie hält sich auch stark mit ihren Vorschriften an uns zurück. Was aber sofort geregelt wird, ist unser finanzieller Anteil an dem Leben in diesem Haus. Am liebsten wäre ihr, dass wir ihr bis auf einen kleinen Anteil, also ein Taschengeld, alles abgäben. Dagegen wehren wir uns energisch. Schließlich wollen wir auch hin und wieder mal neue Kleidung tragen. Wir sind inzwischen junge modebewusste Mädchen geworden. Auch schminken wir uns, aber dezent. Daran muss sie sich jetzt gewöhnen.

Der erste Morgen des Erwachens in dem für uns fremden Haus ist schrecklich.

»Susanne«, schluchzt Karen, «ich glaube, ich halte das hier nicht mehr aus. Am liebsten würde ich weglaufen.«

»Das wäre nicht gut. Dann könnte es passieren, dass sie dich in eine Erziehungsanstalt schickt und uns dadurch trennt. Dann haben wir uns wieder unsere Zukunft versaut. Wir haben diesen großen Fehler einmal begangen, und zwar, als wir München verlassen haben. Und das alles nur wegen der beiden Jungs. Deiner ist inzwischen weg und wie lange das bei mir hält, weiß ich auch nicht.«

Ich krabble zu ihr in ihr Bett und wir bleiben noch eine Weile schweigend nebeneinander liegen. Das Erwachsenwerden ist nicht einfach. Wir haben einen Job, verdienen eigenes Geld und müssen uns an Spielregeln halten, die andere für uns festlegen. Wie gut, dass wir zu zweit sind.

Also steigen wir wieder wie früher in den Bus, der uns in die Stadt zu unserem Arbeitsplatz bringt. Noch immer ist der Busfahrer derselbe von einst. Er freut sich sehr, als er uns wiedersieht.

»Oh, ihr seid aber groß geworden. Schön, dass ich euch wieder fahren darf.«

Wie sagte er einst: Zwillinge bringen Glück. Anscheinend stimmt diese Weisheit für ihn. Noch jemand hat uns nicht vergessen: Die Mofafahrer aus dem Dorf, das immer größer wächst, so wie die Jungen und wir auch. Es wird gebaut und gebaut. Wie einst umrunden sie wieder das Grundstück und werfen uns Kusshändchen zu, um dann lachend schnell zu verschwinden, wenn sie unsere Mutter sehen. Sie kennen diese Frau von vor zwei Jahren. Damals hat sie noch versucht, sie zu verscheuchen. Aber auch das hatte nicht funktioniert. Jetzt versucht sie es gar nicht mehr. Sie unterbindet auch nicht, dass wir oft auf der Straße stehen und mit den Jungs plaudern.

Karen gerät zunehmend in Unruhe.

»Susanne, ich halte es hier nicht mehr lange aus. Ich muss raus hier.«

»Mir geht es doch genauso. Bitte versuche wenigstens bis zu unserem neunzehnten Geburtstag dieses Leben hier noch zu ertragen. So schlimm ist es doch gar nicht mehr. Die Kleinen sind immer erfreut, wenn wir von der Arbeit kommen. Wir müssen das zusammen durchstehen.«

Dann passiert der nächste große Fehler in unserem Leben. Ich werde schwanger und es gibt keinen gesundheitlichen Grund für eine Abtreibung. Eine Freundin rät mir, ich soll eine Flasche Rotwein trinken. Das könnte helfen. Nein, das kann ich nicht. Aber sie redet weiter auf mich ein, bis ich all meinen Mut zusammen und die Flasche an den Mund setze. Es kostet mich eine große Überwindung, bis ich die halbe Menge in mich hineingeschüttet habe. Und so dauert es auch nicht lange und ich bin total betrunken. Dann wird mir speiübel und ich muss mich übergeben.

»Gott sei Dank«, denke ich, ein großer Teil des Alkohols ist wieder draußen. Alles in allem ist es ein vollkommener Misserfolg. Der nächste Ratschlag einer Freundin lässt nicht lange auf sich warten:

»Du musst von einer hohen Mauer springen. Diese Erschütterungen können eine Fehlgeburt auslösen.«

Wir suchen eine passende Mauer und ich denke, diese Höhe könnte ich schaffen. Also springe ich eine Woche lang jeden Tag unter den Augen von Karen und den beiden Freundinnen von dieser Mauer herunter. Sie feuern mich an, loben mich und rufen:

»Susanne, halte durch.«

Da durchzuckt mich ein heftiger Schmerz. In Sekundenschnelle schwillt das linke Bein an. Die zwei Freundinnen und Karen werden blass, so wie ich es eh schon bin. Ich wimmere vor Schmerzen. Zwei der Mädels packen mich rechts und links unter die Arme und schleifen mich mehr oder weniger zum nächsten Hausarzt, der nicht weit entfernt seine Praxis hat.

»Mädchen, was ist denn mit dir passiert?«, ruft er erschrocken.

»Es war eine Mutprobe unter uns Freundinnen. Wer schafft die höchste Mauer? Und das war ich.«

Er schüttelt den Kopf.

»Diese Mutproben sind doch eher was für Jungen.«

Jetzt entdeckt er Karen.

»Ach, da ist ja das gleiche Mädchen noch einmal. Welches Bein ist es bei dir?«

Keine von uns kann lachen. Dann schmiert er mein Bein mit einer dicken Salbe ein, was sofort die Schmerzen lindert, und legt einen festen Verband an. Er gibt mir auch noch ein paar Schmerztabletten und leiht mir Krücken, denn ich kann ja nicht laufen.

»In einer Woche kommst du wieder hier vorbei. Und kein weiteres Springen mehr.«

Und so endet dieser Versuch, eine ungewollte Schwangerschaft zu beenden. Es war meine erste Sexerfahrung gewesen und ich fand das alles auch noch ekelig.

Über Sex wird in diesen Jahren nur heimlich getuschelt. Aufklärung? Keine. Nur folgende Drohung ist bekannt:

»Komm mir bloß nicht mit einem Kind nach Hause!«

Viele Mädchen wurden aus ihren Familien verstoßen und in die soziale Isolation gedrängt. Auch der Makel, als uneheliches Kind geboren zu sein, haftete ein

Leben lang an diesen armen Kindern. Es gab nicht selten Selbstmorde oder gar die Tötung des Säuglings. Viele Frauen waren in einer verzweifelten Lage. Der Vater dieser Kinder hatte allerdings nichts damit zu tun. Es war immer die Frau, die den »armen Mann« verführt hat.

Von 1964 bis 1969 gibt es erste Ratschläge in Beziehungsfragen. Es ist die Serie »Knigge für Verliebte und Liebe ohne Geheimnis. Die Antworten gibt ein Dr. Sommer. Der Name ist sein Pseudonym. Etwas später beantwortet er wieder unter seinem Pseudonym (er ist Arzt und Psychotherapeut) die Fragen von Jugendlichen rund um die Sexualität. Diese Aufklärung kommt für mich zu spät.

Was nun? Ich bin schwanger und vergeige uns dadurch alle unsere weiteren gemeinsamen Pläne. Karen ist fast verzweifelter als ich. In dieser Zeit passiert ein Wunder! Unsere Mutter bricht in keine Schimpftirade aus, als ich ihr sagen muss, dass ich ein Kind erwarte.

»Dann lass uns überlegen, wie wir das alle zusammen hinbekommen. Du weißt ja, dass deine große Schwester auch ein Baby bekommt. Und du weißt auch, dass sie bald mit ihrem Mann in die obere Wohnung zieht. Er kann in Fulda, da er Schreiner ist, einen Job in einer großen Firma bekommen. Deine ältere Schwester hat mir schon den Vorschlag gemacht, dass sie das Bettchen von deinem Baby neben das Bettchen von ihrem Baby stellt. Das bedeutet, du kannst in Karens und deinem Zimmer bleiben, denn Karen hat mir bereits signalisiert, dass sie gehen wird. Und ich werde sie auch gehen lassen. Du musst nicht heiraten. Auch finde ich euch viel zu jung, um diesen Schritt zu gehen. Denk mal darüber nach.«

Was das Alter von mir und Bernd betrifft, so hat sie recht. Aber am meisten erschreckt mich, dass ich unter ihrer Aufsicht mein Baby aufziehen soll. Bestimmt meint sie es gut, aber es wäre nicht gut für mich und das Kind. Ich muss mich entscheiden. Karen hat für mich einen Frauenarzt gesucht und will mich aber nicht begleiten. So sitze ich, junges Mädchen, ich sehe aus, als wäre ich zwölf Jahre alt, in einem Wartezimmer mit »nur« alten Leuten. Sie starren mich an und ich denke: Die wissen, dass ich schwanger bin. Was sonst macht so ein junges Mädchen bei einem Frauenarzt? Ich werde aufgerufen und schleiche ins Untersuchungszimmer. Meine Füße sind schwer wie Blei. Ich spüre die Blicke von all den »alten« Frauen wie Nadeln in meinem Rücken. Ein netter Arzt mittleren Alters erkennt meine Stimmung. Am liebsten würde ich weinen, aber ich kann mich beherrschen. Er stellt mir gewisse Fragen, aber ich kann nur nicken oder den Kopf schütteln. Wäre doch nur Karen bei mir. Ich weiß, dass ich jetzt all unsere Lebenspläne in den Sand gesetzt habe. Aber heute fühle ich mich von ihr im Stich gelassen.

Dann muss ich erfahren, dass mein Freund Bernd mich wegen seines Alters belogen hat. Er ist ein Jahr jünger als ich, also erst siebzehn und ebenfalls nicht volljährig. Er macht einen wesentlich reiferen Eindruck, vielleicht kommt dies daher, weil er schon mit sechzehn Jahren begonnen hat, in einer Band zu spielen. Nun bekommen wir zwei, selbst noch Kinder, ein Kind. Das hätte ich mir in meinen kühnsten Träumen nicht vorstellen können. Mir bleiben drei Optionen: Ich bleibe in der Familie ohne Karen, aber mit meinem Kind und unterwerfe mich dem Diktat meiner Mutter. Das würde zum Beispiel bedeuten, dass sie mir wahrscheinlich nicht erlauben würde, auch mal abends auszugehen, obwohl meine große Schwester auf das Baby aufpassen würde. Oder ich lasse es zu, dass Bernd für volljährig erklärt wird und als Vormund von mir eingesetzt wird. Oder ich kümmere mich um eine illegale Abtreibung. Allerdings könnte ich dabei sterben. Was ist die beste Wahl? Ich muss mit Karen reden. Schon allein der Gedanke, dass sie womöglich bald nicht mehr mit mir zusammenleben wird, löst Panik in mir aus. Verdammt, warum ist mir dies nur passiert! Bernd, der viel älter aussieht, als er ist, hatte bereits in seinem jungen Alter schon verschiedene Bekanntschaften mit Mädels und auch Sex. Das hat er mir jetzt gestanden. Aber er sagt, er habe jetzt die Liebe seines Lebens getroffen und er wolle diese auf keinen Fall verlieren. Ich gehe zu Karen. Sie wartet in unserem Zimmer auf mich.

»Karen, ich muss mit dir reden, Ich weiß noch nicht, was ich tun soll. Das Kind befindet sich bedauerlicherweise immer noch in meinem Bauch. Eine illegale Abtreibung ist zu gefährlich. Diese Frauen, häufig Hebammen, führen diese Eingriffe heimlich durch. Nicht wenige Frauen sterben aber danach an inneren Blutungen. Welche Wahl habe ich? Eigentlich keine. Ich denke, ich werde Bernd heiraten. In diesem Haus hier kann ich auf keinen Fall bleiben.«

Wir weinen beide und nehmen uns fest in die Arme. Ich fühle mich dem wichtigsten Menschen meines bisherigen Lebens gegenüber so schuldig. Ich habe durch meine Unwissenheit und Dummheit auch ihre Zukunft in Frage gestellt.

»Was wirst du tun?«, frage ich verzweifelt.

»Erst einmal miete ich mir in Fulda ein möbliertes Zimmer. Du kannst mich jederzeit besuchen. Wenn du Hilfe brauchst, bin ich auf jeden Fall für dich da.«

Ich könnte laut schreien, so weh tut mir das alles. Und ich spüre sofort, dass ich sie jetzt schon um ihre Freiheit beneide. Dann geht alles recht schnell. Ganz in der Nähe meiner Mutter und ihrer Familie können Bernd und ich eine neu erbaute, recht große Zweizimmerwohnung günstig bekommen. Für die Möbel nehmen wir einen Kredit auf und Bernd wird erstaunlich schnell für volljährig erklärt. Dann diese seltsame Hochzeit. Schön ist was anderes. In dieser ersten Nacht unserer Trennung ruft Karen im Schlaf laut meinen Namen. Unsere Mutter kann sie hören. Ich kann mich nicht erinnern, ob ich überhaupt geträumt habe.

Karen findet schnell eine eigene Wohnung und ich werde dicker und dicker. Wir sehen uns täglich an unserem gemeinsamen Arbeitsplatz und in der Pause hocken wir natürlich zusammen. Es ist die Zeit eines gewaltigen Umbruchs in unserer beider Leben. Wir gehen in verschiedene Richtungen. Verdammt, das war auf keinen Fall unser Plan. Karen ist jetzt an den Wochenenden ständig unterwegs. Sie trampt mit einer Freundin zum Beispiel nach Paris und schickt mir von dort eine Postkarte. Ich mache mir große Sorgen, weil ihr Freiheitsdrang sie auf dem gleichen Weg auch noch in viele andere Städte treibt. Dann entdeckt sie mit ihrer Freundin in Fulda eine Disco, die sehr stark von jungen Amerikanern besucht wird. Diese leider oft sehr unglücklichen jungen Männer, die nicht nach Deutschland wollten, sind nach dem Zweiten Weltkrieg bei uns stationiert. Sie passen auf uns auf, sie beschützen uns. Das erzählt man uns. Sie können unsere Sprache nicht, verdienen viel Geld, aber vertragen keinen Alkohol. In diesen Diskotheken kommt es regelmäßig zu gewaltsamen Auseinandersetzungen. Die deutschen Männer sind sehr eifersüchtig auf ihre Nebenbuhler, denn viele junge Mädchen verfallen diesen jungen Amerikanern. Und nicht selten werden sie schwanger. Das bedeutet aber nicht automatisch, dass sie auch geheiratet werden. Und so steigt die Anzahl der vielen zurückgelassenen Mischlingskinder enorm an. Nicht selten werden diese dann auch noch diskriminiert.

Ich fange langsam an, mich auf mein Baby zu freuen. Mit meiner Mutter läuft es weiterhin recht gut. Meine jüngsten Geschwister sind ein Jahr, vier Jahre und acht Jahre alt und ich besuche sie alle ab und zu. Sie freuen sich, wenn ich mal vorbeikomme. Bei einem dieser Besuche sehe ich, dass die kleine Schwester mit ihrem Töpfchen auf dem Tisch thront und meine Mutter mit einem Kochlöffel davorsteht. Erinnerungen an Karens und meine Kindheit werden wach. Kochlöffel waren die »besten Freunde« unserer Mutter und anscheinend hat sich nichts geändert. Die Kleine ist ein Jahr und sechs Monate alt. In dem Alter kann sie noch nicht ihren Urin kontrollieren. Ich bin entsetzt und herrsche meine Mutter an:

»Was machst du mit der Kleinen?«

Sie antwortet nur knapp:

»Das ist Vitamin A.«

Damit meint sie, dass sie mit ihrer Drohgebärde meine kleine Schwester dazu bringt, ins Töpfchen zu machen.

»Du machst ihr nur Angst, so wie du uns früher Angst gemacht hast.«

Bevor sie antworten kann, verlasse ich wortlos das Haus. Ich kann der Kleinen nicht helfen, ich mache es eher nur noch schlimmer. Eine Sache habe ich mir geschworen: Niemals so zu handeln wie diese Frau. Mein Kind werde ich niemals schlagen. Ich habe irgendwann gelesen, dass Kinder, die gezwungen werden, zu früh sauber zu werden, später sehr geizig sind. Und das trifft wirklich viele Jahre später auch auf diese kleine Schwester zu.

Meine Schwiegermutter, eine sehr herzliche Frau, ist auch schwanger. Sie schämt sich dafür, weil sie damit preisgibt, dass sie noch Sex mit ihrem Mann hat. Sie ist aber erst 40 Jahre alt. Über so etwas spricht man zu dieser Zeit niemals in der Öffentlichkeit.

Karen bemüht sich, mich an den Wochenenden zu sehen. Sie kostet jetzt ihr Leben voll aus. Dieser Lebensstil ist für sie eine Wiedergutmachung für all die schlimmen Jahre in unserer Kindheit. Natürlich gab es auch fröhliche Zeiten, aber sie waren zu selten.

»Susanne, solltest du irgendwann große Probleme mit Bernd bekommen, dann pack deine Sachen und komm zu mir.«

Ich bin überwältigt und muss vor Rührung weinen. Diese Treffen geben mir Sicherheit. Ich denke ständig an diese Schwester und daran, wie gut wir beide das bis jetzt auch zusammen gemacht haben. Ich bin mir sicher, dass der Tag kommen wird, an dem Karen und ich wieder ganz zusammenleben werden. Wir gehören zusammen, das hat man uns von klein auf eingetrichtert und wir haben es nicht vergessen.

Mein Kind, es ist ein Junge, wird zu Hause geboren. Betreut durch eine Hebamme. Den jungen Vater, der nur vom Gesetz her als Erwachsener gilt, habe ich in die Küche verbannt, nachdem er sagte, ich solle mich nicht so anstellen. Das meinte er, als mich ein Wehenschmerz überrollte und ich jammerte. Übrigens habe ich meiner Mutter erlaubt, bei meiner Geburt dabei zu sein. Sie meinte einmal, dass sie sieben Kinder geboren habe, aber noch nie eine Geburt gesehen habe. Das ist auch so, man sieht sich ja selbst nicht. Jahre zuvor sagte sie einmal in einem ihrer Wutanfälle, dass wir Zwillinge uns später, wenn wir selbst Kinder kriegen sollten, bei ihr entschuldigen würden, für all das, was wir ihr angetan hätten. Was meinte sie damit? Sie ist es, die uns viel angetan hat, denn wir haben uns nicht selbst in die Welt gesetzt. Dieser Satz fiel mir unter meiner Geburt ein und ich hatte das Gefühl, dafür muss ich mich rächen. Ich fing an, ihr in einer Wehe in den einen Arm zu petzen. Und das tat ich zunehmend häufiger, nämlich bei nahezu jeder Wehe. Sie war so aufgeregt, eine Geburt zu erleben, dass sie das gar nicht bemerkt hat. Erst später, also am nächsten Tag, zeigte sie mir ihre blauen Flecken. Das war meine Rache. Dann war alles vorbei, das Baby war da, ein Junge, fast sieben Pfund schwer, eigentlich zu viel für meinen zarten Körper. Aber ich habe es geschafft. Ich ließ Karen eine Nachricht zukommen und weiß ganz genau, dass sie so schnell wie möglich bei mir sein wird. Und so ist es dann auch. Wir schauen uns an und wir beide denken in dem Moment das Gleiche: wir werden immer füreinander da sein. Egal wo die eine oder die andere ist und egal, was passiert.

Dass meine Mutter mich bei meiner Geburt unterstützt hatte, hat mich ihr ein klein wenig nähergebracht. Aber nur ein klein wenig. Ich habe nun im

Gegensatz zu Karen erlebt, was eine Geburt bedeutet, und denke daran, wie lange einst unsere Zwillingsgeburt gedauert hat. Dies waren mehrere Tage! Bei mir waren es jetzt nur zehn Stunden. Das reicht aber auch. Als Karen geht, fühle ich mich plötzlich sehr einsam. Der junge Vater hat inzwischen etwas für mich zum Essen vorbereitet. Seinen Sohn hält er vorsichtig in seinen Armen. Ich schaue zu den beiden und frage mich, ob ich glücklich bin. Ich weiß es nicht.

Bernd macht den Führerschein, er ist ja laut Gesetz volljährig. Er kauft sich ein gebrauchtes Auto. Das macht vieles einfacher.

Meine Schwiegermutter, die ein halbes Jahr vor mir noch mal Mutter wurde, besorgt für uns eine andere Wohnung. Diese liegt etwas außerhalb von Fulda und verfügt über ein Zimmer mehr und ist auch preiswerter. Unser derzeitiger Vermieter ist ein sehr neugieriger Mensch. Er drückt tatsächlich die Jalousie des Wohnzimmerfensters von außen leicht hoch, denn wir wohnen im Erdgeschoss. Zufällig halte ich mich gerade in diesem Zimmer auf und schaue ihm direkt in die Augen. Vor Schreck lässt er los und mit einem leichten Geräusch schieben sich die Lamellen wieder zurück in ihre Position. Gut, dass wir bald in eine andere Wohnung umziehen.

Bernd arbeitet in Fulda als Feinmechaniker und ist bisher mit seinem Mofa zur Arbeit gefahren. Unser Budget ist begrenzt, aber er verdient zusätzlich etwas Geld, indem er an den Wochenenden Musik macht.

Es reicht. Die neuen Vermieter sind verrückt nach meinem kleinen Jungen. Wenn ich etwas erledigen muss, kann ich immer auf sie zählen. Auch haben sie mir einen kleinen Teil ihres Gartens überlassen. Ich lerne ein junges Mädchen aus der Nachbarschaft kennen und wir werden auch alsbald gute Freunde. Eigentlich sollte es mir an nichts fehlen. Eins fehlt mir dennoch. Ich fühle mich verlassen. Ich vermisse meine Zwillingsschwester! Es gibt Tage, da würde ich am liebsten mein Kind nehmen und zu ihr fahren. Dieses Denken ist ungerecht meinem jungen Mann gegenüber.

Dank dieser netten Vermieter kann ich in Fulda einen Bürojob annehmen. Es gibt auch noch eine zwölfjährige Tochter und diese wird bald ein weiterer Babysitter. Ich aber kann wieder etwas in meine alte Welt eintauchen und vor allem meine Zwillingsschwester treffen.

Es ist Faschingszeit. In Fulda wird dies von der Bevölkerung ausgelassen gefeiert. Ich bin an einem dieser närrischen Tage leider wegen einer Angina krankgeschrieben. Ich tue aber viel, um die Heilung zu beschleunigen. Ich gurgele ständig mit Salzwasser, habe einen dicken kalten Verband um den Hals gewickelt und darüber einen warmen Wollschal gebunden. Dies ist ein altes, gut funktionierendes Hausrezept aus meinen Kindertagen. Meine Vermieter übernehmen glücklich das Baby, damit ich es nicht anstecke. Mein Mann ist für eine Woche zu seinen Eltern gezogen.

Nach drei Tagen geht es mir bereits deutlich besser. Ich kann wieder einigermaßen schlucken und will unbedingt wenigstens an einer Faschingsveranstaltung teilnehmen. Und das mache ich dann auch. Ich mische mich schweigend unter die fröhlichen Menschen und merke sehr bald, dass es mir doch noch nicht gut geht. Es zieht mich eigentlich wieder zurück in mein Bett. Ich wühle mich durch die Menge der fröhlichen Menschen, als ich plötzlich einen Mitarbeiter aus der Firma entdecke, in der ich seit kurzem arbeite. Er sieht zu mir herüber, und ich tue, als wenn ich ihn nicht kenne, und gehe einfach mit langsamem Schritt weiter Richtung Ausgang. Bei so vielen Menschen kann man sowieso nicht schnell entschwinden. Geschafft, ich bin draußen. Aber auch jetzt drehe ich mich nicht noch mal um. Dann würde ich mich verdächtig benehmen.

Ich bin sehr froh, als ich dann endlich frisch »verpackt« wieder in meinem Bett liege, und schlafe auch ganz schnell wieder ein. Noch bin ich allein und so soll das jetzt auch noch ein paar Tage bleiben. Durch meine heilenden Maßnahmen geht es mir jetzt täglich besser. Als ich aber wieder zur Arbeit gehen kann, konfrontiert mich dieser Kollege doch tatsächlich damit, dass er mich bei einem Faschingsfest gesehen hätte. Was er aber nicht weiß, ist, dass ich eine Zwillingsschwester habe, die genau wie ich aussieht.

»Was Sie da sagen, kann nicht sein, denn ich lag fast eine Woche lang mit einer Angina im Bett. Sie müssen da meine Zwillingsschwester gesehen haben.«

»Das kann ja jeder sagen.«

Ich zeige ihm ein Foto von uns beiden und sehe, er ist sofort fasziniert. Er entschuldigt sich bei mir. Diese Notlüge musste sein.

Mein junger Ehemann verhält sich anfangs in seiner neuen Rolle als Ehemann recht gut. An den Wochenenden ist er wie früher mit seiner Band unterwegs. Ab und zu gehe ich mit, aber da ich weiß, dass er es nicht gerne sieht, wenn ich mit anderen Männern tanze, habe ich daran auch keine Freude mehr. So treffe ich mich lieber mit meinem Zwilling. Das wiederum gefällt ihm gar nicht und so führt dies zum erneuten Streit zwischen uns. Ich merke, dass er auf meine Schwester eifersüchtig ist. Er hat Bedenken, dass diese mich dazu verleitet, mehr mit ihr auszugehen. Eins weiß ich inzwischen aber genau. Dieses Leben jetzt wird nicht für immer mein Leben sein. Ich bin noch so jung und habe noch sehr viele Ziele für mein Leben und für das meines Kindes. Immer öfter denke ich jetzt an die ungenutzte Zeit von München und an die Dummheit, diese Freiheit wegen zwei unreifen Jungs aufgegeben zu haben. Leider kann man solch einen Fehler nicht mehr gutmachen, aber versuchen, wenigstens die neue Situation gut zu nutzen. In diesen meinen Gedanken ist aber nur Platz für mein Kind und meinen Zwilling.

Da verliebt sich Karen in einen englischen Musiker. Als sie mir das erzählt, strahlen ihre Augen und sie sieht so glücklich aus, wie ich sie lange nicht mehr gesehen habe. Meine Träume aber, dass wir zwei bald zusammenziehen können, zerplatzen in diesem Moment wie Seifenblasen. Wird sie etwa mit diesem Mann nach England gehen? Die Musiker aber haben nur einen Jahresvertrag für Deutschland ausgehandelt. Dann müssen alle Mitglieder zurück in ihre Heimat und das dauert auch nicht mehr lange. Kaum habe ich mich von diesem Schlag erholt, folgt der nächste. Karen ist schwanger. Ich könnte laut schreien. Ich schau sie an und sehe, dass sie sich freut. Mein Gott, es ist so ganz anders, als es bei mir war. Ich hatte nur einen Gedanken, dass ich eine Fehlgeburt bekomme. Was wird sie tun? Ihm nach England folgen? Da wir inzwischen volljährig sind, kann sie alles selbst entscheiden. Diese Freiheit war mir nicht vergönnt. Mir blieb nur die Wahl, in der Familie, unter dem »Joch« meiner Mutter zu bleiben oder einen unreifen jungen Mann zu heiraten, der vom Gesetzgeber für »reif« erklärt wurde.

Ich weiß anfangs nicht, ob ich mich freuen kann. Aber ich muss so tun, als ob dies so ist.

»Susanne, ich werde Jim nach England folgen. Mein Kind soll nicht ohne Vater aufwachsen. Aber ich möchte, dass das Baby in Deutschland geboren wird und du mich ins Krankenhaus begleitest. Danach folge ich ihm nach England und du kommst uns dann besuchen. Das ist doch auch schön. Du machst Urlaub mit deinem kleinen Oliver bei seiner Tante und seiner neuen Cousine oder Cousin.«

Mir fällt auf, dass sie meinen Mann Bernd überhaupt nicht in ihre Gedanken mit einbezieht. Zuerst beabsichtigt sie, ihren Jim, so lautet sein Name, zu heiraten.

Mein Gott, das geht ja alles in einem Tempo, dass ich kaum hinterherkomme. Dann stellt sie mir ihren zukünftigen Ehemann vor. Im ersten Moment bin ich schon etwas enttäuscht. Ich hatte mir einen großen schlanken jungen Mann vorgestellt, wenn möglich mit dunklen Haaren. Die Haarfarbe stimmt, aber nicht die Größe. Er ist ungefähr nur 1,75 m groß. Ich traue mich nur, ihm Hallo zu sagen. Karen hat sich durch die vielen Monate, die sie mit ihm zusammen ist, einen recht guten Wortschatz erworben. Wir hatten zwar in der Schule, ab der vierten Klasse, einmal die Woche eine Stunde Englischunterricht. Das bringt nicht viel. In Fulda leben aber viele Amerikaner. Sie gehören zu den vier Besatzungsmächten, die nach dem verlorenen Zweiten Weltkrieg, den die Deutschen angezettelt haben, als Bewacher eingesetzt worden sind. Sie sind sehr nett zu uns Kindern, und wenn sie uns Zwillinge sahen, bekamen wir schon mal eine Extraportion Süßigkeiten und Kaugummi. Natürlich verstanden wir sie nicht. Und der Sound ihrer Sprache war schon seltsam.

Karen schafft es tatsächlich, dass ihre Hochzeit mit Jim noch vor seiner Rückkehr nach England stattfindet. Und auf unsere Familie hat sie verzichtet und lieber Freunde eingeladen. Karen möchte aber ihr Kind doch noch in Deutschland zur Welt bringen. Das kann ich verstehen, denn schließlich bin ich ja da, um ihr beizustehen. Bernd ist zu meiner Freude auch einverstanden, dass Karen so lange bei uns wohnen wird. Jim, inzwischen in England, meldet sich alle zwei Tage über das Telefon. Er will wissen, ob alles in Ordnung ist.

Karen und ich durchforsten einige Kindergeschäfte, und ich verdränge, dass ich bald ohne sie sein werde. Als sie in den zwei Jahren zuvor sehr oft mit einer Freundin durch die Welt trampte, wusste ich, sie kommt wieder. Aber dieses Mal?

Wir Zwillinge hocken jetzt sehr viel zusammen, was ja auch verständlich ist. Dank meiner guten Babysitter können wir beide viel unternehmen. Wir gehen oft nach Fulda in die Stadt, essen Eis und besuchen auch unsere damalige Betreuerin, die sich sehr freut, uns zu sehen. Während Karen auf ihre Abreise wartet, mache ich mit der Erlaubnis meines Mannes, das war damals so, den Führerschein. Ich bezahle selbst. Schließlich verdiene ich auch mein eigenes Geld. vier Stunden Theorie und acht Fahrstunden reichen aus, um zur Prüfung zugelassen zu werden. Leider muss ich die Fahrprüfung noch mal wiederholen, weil dem Prüfer mein etwas zu forscher Fahrstil nicht gefällt. Also noch einmal vier Stunden Fahrpraxis, und ein anderer Fahrprüfer hat nichts an meinem Fahrstil auszusetzen. Meine Schwester ist sehr stolz auf mich und wir beide suchen noch vor ihrer Abreise ein kleines gebrauchtes Auto für mich aus. Es ist zufällig das gleiche Modell des Wagens von meiner ersten großen Liebe, der mir in seinem Fahrzeug das Küssen beibrachte. Das alles ist zwar erst fünf Jahre her. Mir aber erscheint es wie eine Ewigkeit.

Mein Mann, der Karen seit mehr als drei Jahren kennt, der sehr genau weiß, wie wir zueinander stehen, wird plötzlich eifersüchtig auf sie. Was soll das? Sie verlässt mich doch sowieso bald. Was stört ihn denn plötzlich? Dann leistet er sich einen dicken Fauxpas. Es ist Abend, wir haben gekocht, zusammen gegessen und uns nett unterhalten. Natürlich sprechen wir viel über die Zukunft von Karen, über das bald ankommende Baby und einen baldigen Besuch von mir und meinem Oliver in England. Als ich nach draußen gehe und unseren Müll wegbringe, höre ich ein lautes Scheppern. Es klingt, als ginge irgendwo Geschirr zu Bruch. Ich ahne Schlimmes und stürme nach oben in die Küche. Ich sehe die Scherben von einer größeren Kaffeetasse auf dem Boden liegen. Karen steht zitternd angelehnt an dem Küchenschrank. Sie ist sehr blass und Tränen laufen über ihr hübsches Gesicht. Bernd steht in abweisender Haltung, also mit verschränkten Armen vor der Couch. Ich werde laut und bau mich vor ihm auf.

»Was ist hier los?«

Ich kann es mir ja denken, denn in den letzten Tagen hat er öfter anzügliche Bemerkungen gegenüber Karen und ihrer Schwangerschaft gemacht. Ich hätte mehr aufpassen müssen, denn seine Eifersucht ist nichts Neues. Sie scheint sich zu steigern. Die Tasse hat Karen nach ihm geworfen, weil er mit einem Stock auf ihren Bauch zielte, als ich draußen war. Was er zu ihr gesagt hatte, konnte Karen nicht verstehen. Aber was Nettes war es nicht.

»Ich gehe mit meiner Schwester jetzt in das andere Zimmer und du räumst die Scherben weg.« Mein Ton duldet keinen Widerspruch, dafür kennt er mich zu genau. Wir verlassen die Küche und gehen in das Kinderzimmer meines kleinen Sohns, Karens derzeitige Bleibe.

»Ich werde mir morgen einen Flug nach England besorgen. Ich kann hier nicht mehr bleiben.«

Es ist Karen, die das sagt, und ich kann das verstehen. Wir liegen uns weinend in den Armen. Ich bleibe in dieser Nacht bei ihr. Mein kleiner Oliver schläft in seinem Kinderbettchen neben uns. Wir Zwillinge kuscheln uns wie früher, trotz ihres dickeren Bauchs aneinander und ab und zu spüre ich eine Bewegung ihres Babys. Wir schlafen beide sehr schlecht, was ja auch nicht verwunderlich ist.

Am nächsten Tag fahren wir früh nach Fulda zu einem Reisebüro und erreichen noch einen Flug nach England für den Nachmittag desselben Tages. Wir reden nicht viel. Bedrückt fahren wir zurück in meine Wohnung und packen ihren Koffer. Von Bernd ist nichts zu sehen und ich hoffe, er ist erst einmal für ein paar Tage zu seiner Mutter gegangen. Karen benachrichtigt noch Jim in England und teilt ihm ihre

Ankunftszeit mit. Der Nachmittag rückt näher und dann verladen wir ihre zwei Koffer in meinem Kofferraum. Während der Fahrt zum Flughafen weinen wir beide und schweren Herzens drücke ich sie noch einmal ganz fest. Ich bleibe so lange in ihrer Nähe, bis ihr Gepäck am Schalter verschwindet und ihr Flug aufgerufen wird. Ich bringe sie noch bis zum Gate. Sie dreht sich noch einmal um und winkt mir zu. Dann ist sie fort. Mir ist, als habe ich heute mein Leben verloren.

Karen meldet sich am nächsten Tag bei mir. Ihr Flug verlief nicht so einfach, denn als die Maschine eine bestimmte Höhe erreicht hatte, verspürte sie Wehen. Als sie das der Stewardess mitteilte, wurde diese sehr unruhig und meldete dem Kapitän, der zu ihr kam und mit ihr redete. Das war ihr alles sehr peinlich. Kurz wurde erwogen, den nächsten Flughafen anzusteuern. Aber das hätte genauso viel Zeit in Anspruch genommen, wie weiterzufliegen. Als die Maschine dann landete, hörten die Schmerzen schlagartig auf. Karen wurde dann mit einem Rollstuhl, was ihr wieder sehr peinlich war, abgeholt und zu ihrem wartenden Mann gebracht. Der staunte nicht schlecht, als er sie sah, aber die Stewardess klärte ihn auf. Mit einem Taxi ging es dann in seine Wohnung. Karen hatte noch nicht einmal Bilder von ihrer zukünftigen Bleibe gesehen. Aber sie schreibt mir: Es ist zwar eine typische Singlewohnung, aber ich mache es schon gemütlich. Die große Familie ihres Mannes kümmert sich rührend um sie. Besonders zwischen seiner Mutter und Karen entwickelt sich eine tiefe Freundschaft. Nun hat sie endlich die Mutter, die sie sich für uns einst gewünscht hat. Unser enger Zwillingskontakt bleibt. Karen schickt mir eine Vielzahl von Briefen, auf die ich prompt antworte. Sie will genau wissen, wie es mir geht und welche Pläne ich habe. Das Gleiche will ich auch von ihr wissen. Jetzt fehlt nur noch das Baby, aber das hat noch ein paar Wochen Zeit.

Zwei Jahre Ehe sind nun vergangen und ich bin Gott sei Dank inzwischen auch volljährig. Was für ein Gefühl! Ich bin frei! Ich habe keinen Vormund mehr, der auch noch jünger ist als ich. Was ist passiert? Seit dem Vorfall mit meiner Schwester rede ich nur noch das Nötigste mit diesem Mann. Ich habe für mich entschieden, nicht mehr in unser Schlafzimmer zurückzukehren. Ich fühle mich, als habe er mir alles genommen. Manchmal empfinde ich jedoch Mitleid für ihn, denn er steht eigentlich hilflos zwei starken jungen Frauen gegenüber. Ein Zusammenleben mit einer jungen Frau, die eine eineiige Zwillingsschwester hat, ist wohl auf keinen Fall einfach.

Da begeht Bernd einen folgenschweren Fehler: Bei einem Streitgespräch schlägt er mir mit der vollen Hand ins Gesicht. Das hat er noch nie getan. Es ist ein Zeichen seiner Hilflosigkeit mir gegenüber. Unser kleiner Sohn, der sich genau in diesem Moment in dem Zimmer aufhält, läuft erschrocken aus dem Raum. Er kennt keine Schläge und ich bin mir sicher, er hat es gesehen. Allerdings habe ich spontan zurückgehauen und meinem Mann, er ist Brillenträger, diese weggeschlagen. Nun sind wir quitt. Er hebt seine Brille auf und verlässt wortlos die Wohnung. Da kommt mein kleiner Junge, er ist zwei Jahre alt, zurück zu mir und sagt:

»Der böse Papa hat der Mama gehauen.«

Das ist der Moment, in dem mir bewusst wird, dass diese Ehe zwischen uns »Kindern« beendet werden muss.

Dann mache ich zügig »Nägel mit Köpfen«, denn wer einmal schlägt, wird das wieder tun. Eine Hemmschwelle wurde hier überschritten. Ich suche mir einen Anwalt. Dass ich allein in der Wohnung leben darf, beruhigt mich. Außerdem kann ich mich hundertprozentig auf meinen Vermieter verlassen. Wir brauchen uns gegenseitig.

Ich arbeite in dieser Zeit für einen sehr netten älteren Herrn, einen Professor, der mich privat eingestellt hat. Er erstellt Vaterschaftsgutachten, und wenn dann die Ergebnisse vorliegen, »Vaterschaft ja oder nein«, bin ich für die schriftliche Benachrichtigung und den Versand zuständig. Eine gute Freundin von mir aus der Nachbarschaft wartet auch auf ihr Ergebnis. Sie hatte ein Verhältnis mit einem Mann, der nebenbei noch eine andere Frau beglückt hat. Nun sind beide Mädels schwanger. Natürlich streitet der Erzeuger diese Vaterschaft ab. Sie hat sich beim Jugendamt erkundigt, wie das mit einem Vaterschaftsnachweis läuft, und wartet auf ihr Ergebnis, welches bei mir ankommen wird. Sie bittet mich, es ihr sofort mitzuteilen.

»Renate, du weißt doch, dass ich es dir nicht sagen darf. Bis jetzt war noch kein Nachweis für dich dabei. Das kann ich dir sagen.«

Tage später aber halte ich dann doch eine positive Nachricht für sie in meiner Hand. Ich tippte den Inhalt gewissenhaft ab und überreichte das Schreiben meinem Chef zur weiteren Bearbeitung. Ich überlege, was ich tun kann, um meiner Freundin durch eine bestimmte Art mitzuteilen, dass sie gewonnen hat, ohne dass ich mein Schweigegelübde breche. Ich kaufe schnell zwei gekühlte Flaschen Sekt an einem Kiosk, klemme sie unter meine Arme und schelle an der Tür. Die ganze Familie ist zu Hause. Es ist nicht ungewöhnlich, dass ich mal schnell auf einen Sprung vorbeikomme, da ich mich in der Gegenwart der drei Geschwister und ihren Eltern sehr wohlfühle. Ich bin immer willkommen. Sie schauen mich erwartungsvoll an, in der Hoffnung, dass ich ihnen was sagen kann. Aber ich sage einfach nur:

»Hallo, ich will mal wieder ein Glas Sekt mit euch trinken. Ich hatte heute einen besonders guten Tag.«

Das ist der Moment, wo die gesamte Familie versteht, was ich sagen will, aber nicht sagen darf. Es wird ein lustiger Abend. Aber dann muss ich nach Hause gehen. Mein Sohn wartet.

Ich finde einen sehr freundlichen Anwalt, der erst einmal nicht versteht, was ich von ihm will. Er ist ein

Mann, so um die vierzig, und denkt wohl, ich rede von einer anderen Person, die mich zu ihm geschickt hat. Ich sehe eben aus wie ein minderjähriges Kind, was mir nicht unbekannt ist. Mein kleiner Sohn Oliver ist ein sehr hübscher kleiner Junge. Er hat blonde Haare und sehr blaue Augen. Und so höre ich oft den Satz:

»Du hast aber ein schönes Brüderchen.«

Wenn ich dann erkläre, dass ich die Mutter bin, werde ich sehr oft angeschaut, als hätte ich ein Verbrechen begangen. Als ich mal wieder mit zu einem Auftritt der Band ging, kam der Besitzer des Lokals zu mir und sagte:

»Mädchen, du bist doch noch keine vierzehn Jahre alt. Du darfst hier nicht bleiben.«

Ich klärte ihn auf und er entschuldigte sich. Dann ging ich in den Toilettenraum und schaute in den Spiegel. Es stimmte, ich sah eher aus wie eine vierzehnjährige. Und das kurze Chiffonkleidchen, das ich trug, betont dieses Erscheinungsbild zusätzlich.

Nachdem ich den Anwalt aufgeklärt habe, worum es geht, verspricht er mir »väterlich«, meine Angelegenheit zu übernehmen. Ich bitte ihn, meinen Ehemann aufzufordern, aus der Wohnung auszuziehen. Der Mietvertrag läuft auf ihn, da er zum Zeitpunkt der Ausstellung mein Vormund war. Natürlich sagt mein Mann, ich könne ja ausziehen. Schließlich will ich auch die Scheidung von ihm. Er sieht keinerlei Verschulden seinerseits an dieser verfahrenen Situation. Da kommt mir ein anderer Zufall zu Hilfe.

Bernd kommt jetzt öfters angetrunken nach Hause und fängt Streit mit mir an. Wir werden dann beide laut. Meine Vermieter hören das und machen sich Sorgen um mich und vor allem um den kleinen Oliver, den sie heiß und innig lieben. Sie erteilen, nach Rücksprache mit mir und meinem neuen Anwalt, Bernd Hausverbot, wegen Störung des öffentlichen Friedens. Seinen kleinen Sohn aber darf er besuchen, und solange er sich anständig verhält, habe ich auch nichts dagegen. Jetzt ergeht es meinem Kind so wie einst uns Zwillingen: Sein Vater ist nicht mehr Mitglied unserer Familie. Niemals hätte ich meinem Kind das gewünscht. Diese Kinderehe wird auch recht schnell aufgelöst. Sie hätte nie geschlossen werden dürfen und wäre es auch nicht, wären wir Zwillinge in München geblieben.

Aber Karen ist in England und wir vermissen uns sehr. Musste es gleich England sein? Dann wird 1968 ihre Tochter Alexa geboren. Es ist eine schwere Zangengeburt, wie ich erst später erfahre, nachdem ich ihren Mutterpass inspiziert habe. Ihr Mann schickt mir ein kurzes Telegramm: »Mädchen geboren, Jim.« Das ist die ganze Information. Aber ihr Brief lässt nicht lange auf sich warten. Er ist voller Sehnsucht nach mir und Deutschland. Telefonieren ist in dieser Zeit leider sehr teuer und so muss man sich mit Briefen begnügen. Dann folgt ein Brief, der mich fast umhaut.

»Liebe Susanne, wir kommen zurück nach Deutschland, und das schon bald. Schau dich bitte mal nach einer 3-Zimmer-Wohnung in Fulda für uns um. Vielleicht können wir auch eine kurze Zeit bei dir wohnen, bis alles geregelt ist. Frag doch mal nach bei deinen netten Hausbesitzern, ob das möglich ist. Jim hat die Möglichkeit, in einem englischen Reisebüro in Fulda zu arbeiten. Er muss aber noch mehr die deutsche Sprache beherrschen. Er ist sehr fleißig und übt täglich. Ich freue mich so sehr auf euch. Liebe Grüße, deine glückliche Karen.«

Ich tanze vor Freude singend durch die Wohnung, nehme meinen kleinen Sohn auf den Arm, und er klatscht mit seinen kleinen Patschhändchen nach meiner Musik. Dann gehe ich nach unten zu meinen Vermietern. Zuerst nimmt der Hausherr meinen kleinen Sohn und stellt dann die Frage.

»Susanne, du strahlst ja so. Was ist passiert?«

»Meine Zwillingsschwester kommt mit ihrer jungen Familie zurück nach Deutschland.«

»Das ist ja wunderbar. Was können wir für dich tun?« Ich berichte, dass sie sich in Fulda niederlassen werden und ich schon anfange, eine Wohnung für sie zu suchen.

»Sagt mal, können die drei erst einmal hier bei mir unterkommen, bis wir eine Bleibe gefunden haben? Platz habe ich jetzt genug.«

»Natürlich, Susanne, das ist kein Problem. Wir freuen uns für dich, und deine Schwester kennen wir ja auch schon.«

Ich gehe in eine Telefonzelle und rufe sofort in England an. Karen ist genauso aufgeregt wie ich, als ich ihr von dem positiven Gespräch mit meinen Vermietern berichte.

»Susanne, eine schönere Nachricht konntest du mir heute nicht machen. Und dass wir erst einmal in deine Wohnung dürfen, ist natürlich die beste Starthilfe.«

»Ihr könnt bei mir bleiben, bis ihr eine eigene Wohnung gefunden habt. Dies ist in Fulda im Moment kein Problem. Ich werde mich schon einmal umsehen. Weißt du ungefähr, wann ihr kommt?«

»Wir denken in vier Wochen. Bis bald.«

Ich eile nach Hause. Gut, dass ich mir noch einige Tage Urlaub nehmen kann. Es gibt noch einiges vorzubereiten. Ich werde Karen, ihrem Mann und dem Baby mein Schlafzimmer überlassen. Eine Babywiege gibt es auch noch. Ich selbst werde ins Kinderzimmer zu meinem Sohn ziehen. Jetzt muss ich erst wieder arbeiten und nebenbei besorge ich, was eventuell noch fehlt. Mein kleiner Junge ist bestens bei den Vermietern aufgehoben, deshalb kann ich mir die Zeit nehmen, die ich brauche.

Ich rufe unsere Mutter an und berichte ihr, dass Karen mit Mann und Kind zurück nach Deutschland kommen. Sie scheint sich zu freuen.

»Susanne, was hältst du davon, wenn wir beide die drei am Flughafen abholen? Hast du was dagegen?«

»Warum sollte ich. Du hast das größere Auto. Das werden wir brauchen. Schließlich werden sie auch einiges an Gepäck mitbringen.«

Dann endlich kommt der Tag ihrer Ankunft. Meine Schwester kommt zurück zu mir. Wir beide können bald wie früher, nur jetzt mit den zwei Kindern, zusammen viel unternehmen. Allerdings kenne ich Jim, ihren Ehemann, kaum. Die Geschichte mit meinem eifersüchtigen Ehemann ist noch nicht ausgestanden. Die Scheidung läuft seit einigen Wochen. Erst einmal sitzen meine Mutter und ich im Frankfurter Flughafen und warten. Ich bin sehr nervös, denn so ein bisschen Angst habe ich doch schon vor dem anfänglichen Miteinander mit einer fremden Person. Dann sehe ich meine Schwester. Ich springe auf und winke mit den Armen. Sie hat ihr Baby Alexa im Arm. Ich bin so aufgeregt. Was für ein toller Abend, denn inzwischen ist es nach 22 Uhr. Nach unserer herzlichen Begrüßung nehme ich Karen erst einmal das Baby ab und gebe es meiner Mutter. Viele Koffer haben die beiden nicht.

»Kommt noch mehr Gepäck?«, frage ich.

»Nein«, antwortet meine Schwester.

»Wir haben in England alles verkauft, was möglich war, und wollen hier in Deutschland mit einem kompletten Neustart beginnen.«

Das ist mutig, denke ich, und auch sehr spannend. Nach knapp zwei Stunden Fahrt sind wir am Zielort. Die Kleine hat die ganze Zeit in den Armen ihrer Großmutter geschlafen. Meine Vermieter haben

Oliver bei sich zur Ruhe gelegt. Wenn er morgen früh aufwacht, wird er Augen machen, wenn er nach oben geht und sieht, was da alles los ist. Von dem Baby höre ich die ganze Nacht keinen Ton, denn wenn es Hunger hat, wird es sofort gestillt. Das haben wir in der Vergangenheit durch unsere kleinen Geschwister kennengelernt.

Der nächste Morgen: Ich höre leichte Schritte auf der Treppe nach oben. Das ist mein kleiner Oliver, der bei meinen Vermietern geschlafen hat. Ich schleiche zur Tür und öffne sie. Er will erst einmal auf meinen Arm, weil er spürt, dass irgendetwas anders ist. Er bemerkt die beiden großen Koffer im Flur und deutet in Richtung des Schlafzimmers. Da kommt meine Schwester leise aus dem Zimmer und schließt sogleich auch die Türe hinter sich. Sie wendet sich Oliver zu und nimmt ihn auf den Arm. Wir sind gespannt, wie er jetzt auf das »doppelte Lottchen« reagiert. Eigentlich ist nur ein gutes Jahr vergangen, seit Karen weg war, aber für ihn war die Zeit wohl doch zu lang. Sie sagt:

»Hallo Oliver, ich bin die Karen.«

Er schaut ein wenig irritiert von ihr zu mir, als wolle er sagen, dass irgendetwas im Moment anders ist. Ich sage zu ihm:

»Das ist Karen, deine Tante.«

Natürlich kann er mit dem Wort Tante nichts anfangen, aber er erkennt meine Stimme und streckt spontan seine Arme nach mir aus. Ich nehme ihn ihr wieder ab.

»Wie man sieht, kann er uns an der Stimme unterscheiden. Das habe ich tatsächlich auch erwartet. Jedes Individuum verfügt über eine einzigartige Stimme, und die auditive Wahrnehmung von kleinen Kindern unterscheidet sich von der unseren. Er kann uns sehr wohl unterscheiden.«

Dann kommt Jim aus dem Schlafzimmer. Als der Kleine ihn sieht, schaut er ihn sehr skeptisch an. Jim hat schwarze Haare, ähnlich wie sein Vater.

»Hi Oliver, nice to meet you. I am your uncle.«

Er lächelt ihn an. Der Kleine weiß nicht so recht, was er mit diesem komisch sprechenden Menschen anfangen soll. Er drückt sich etwas fester an mich. Es ist, als habe er etwas Angst vor ihm. Schließich hat der Kleine gesehen, dass sein Vater mich geschlagen hat, und ist sofort aus dem Zimmer gelaufen. Ich mache einen Vorschlag:

»Ihr zieht euch an, während ich in der Zwischenzeit den Frühstückstisch decke. Dann können wir besprechen, wie es in den nächsten Tagen mit uns weitergeht. Was für Pläne habt ihr? Was sind meine? Ich habe nächste Woche noch Urlaub.«

Ich gehe mit meinem Kind erst einmal in die Küche, setze den Kleinen in seinen Kinderstuhl und gebe ihm etwas zum Essen in die Hand. Ich bereite Kaffee zu und decke den Tisch. Meine Gäste kommen langsam herein. Karen hat das Baby auf dem Arm. Olivers Augen werden jetzt sehr groß.

»Baby, Baby«, ruft er und lacht.

Ich quäle mich in der nächsten Zeit mit der englischen Sprache ab und Jim sich mit seinen Deutschkenntnissen. Es geht lustig zu, und so lernen wir beide uns kennen.

»In der Nähe ist ein Kiosk. Da fahre ich jetzt hin und besorge mehrere Zeitungen wegen der Wohnungssuche. Oliver nehme ich mit, da er euch nicht kennt.«

Mit mehreren Zeitungen in meinen Händen komme ich wieder und Karen und ich fangen auch gleich an, die Anzeigen zu studieren. Jim kümmert sich um die kleine Alexa. Unser Zusammenleben läuft in den nächsten Wochen sehr harmonisch ab. Oliver hat die beiden und das Baby in sein Herz geschlossen. Ich arbeite wieder, und wenn ich früh das Haus verlasse, bringt Karen meinen Sohn später zu den Vermietern. Die können es kaum erwarten, bis er wieder bei ihnen ist.

Jim trifft sich mit seinem zukünftigen Chef in dem Reisebüro, in dem er arbeiten kann. Er bietet ihm an, sich schon täglich für ein paar Stunden dort einzuarbeiten. Das tut ihm sehr gut und er lernt auch recht schnell Deutsch. Er scheint über außergewöhnliche sprachliche Fähigkeiten zu verfügen. Karen findet auch recht schnell eine bezahlbare, sehr schöne Dreizimmerwohnung in Fulda. In den 60er Jahren ist dies allerdings auch kein großes Problem. Spannend ist, wenn die beiden losziehen, um Möbel zu kaufen. Ich hüte derweil die Kinder, und dann richten wir zusammen die Wohnung ein. Es ist eine schöne gemeinsame Zeit.

Dann ist es so weit. Ich werde wieder verlassen. Ich muss sagen, dass ich es auf der einen Seite sehr schön fand, dass die drei bei mir waren, auf der anderen Seite aber brauche ich auch mein eigenes Leben zurück. Meine Freunde haben sich in dieser Zeit stark zurückgehalten, um nicht zu stören. Jetzt tauchen sie wieder nach und nach bei mir auf.

Da ich ein Auto habe, kann ich jederzeit Karen besuchen. Die kleine Alexa freut sich sehr, wenn Oliver bei mir ist. Jim ist jetzt ganztätig im Reisebüro, und da ich bereits um 15:00 Uhr meinen Dienst beende, schaue ich auch oft auf einen Sprung vorbei. Es ist fast so schön wie früher. Jim findet bald eine Band, die einen Sänger sucht. Er hat eine sehr schöne Stimme. Ich hatte ihn zuvor noch nicht gehört. Die Proben der Musiker finden zweimal wöchentlich abends in einem besonders großen Raum statt, die Auftritte erfolgen am Wochenende. Alexa ist dann bei mir. Anfangs begleitet Karen ihren Jim zu den Auftritten. Dann erlebt sie das gleiche »Theater«, wie ich es auch in der Vergangenheit kennengelernt habe. Jim wird eifersüchtig. Natürlich wird sie von Männern zum Tanzen aufgefordert. Kein Musiker kann erwarten, dass die Partnerin den ganzen Abend still auf ihrem Platz sitzt, nur um der Musik zu lauschen. Es sitzen immer mehrere Freundinnen an dem Tisch der Band zusammen, wenn diese spielt. Eine Unterhaltung ist da aufgrund der Lautstärke nicht möglich. In der Pause selbst setzt sich dann jeder Musiker zu seiner Freundin. Dann beginnen die Unterhaltungen. Diese drehen sich nur um die Musik der Jungs. Die Frauen sollen beurteilen, wie gut sie spielen, oder ob es vielleicht doch zu laut ist und so weiter. Sich einmal mit einem der anderen Mädels zu unterhalten, ist an solch einem Abend nicht möglich. So kommt es immer öfter zu Auseinandersetzungen zwischen Karen und ihrem Mann, weil sie natürlich auch von Männern zum Tanzen aufgefordert wird und es auch tut. Das kenne ich auch zu gut. Man tanzt zwar unter den Augen des eigenen Ehemannes oder Freundes, was eigentlich etwas ganz Normales sein sollte. Es ist ein schleichender Prozess, der sich so nach und nach in keine gute Richtung entwickelt. Ich beobachte eine Wiederholung meiner eigenen Geschichte.

Diese Eifersucht von Jim geht so weit, dass er meine Schwester über das Mikrophon als »bitch«, was Hure bedeutet, beleidigt. An einem dieser Abende verlässt sie traurig die Musikergruppe und geht nach Hause. Es reicht ihr. Die kleine Tochter schläft bei mir. Die neue Wohnung der beiden ist nur fünf Minuten vom Auftrittsraum entfernt. Gerade als Karen sich ihr Nachthemd überstreift, hört sie, dass die Wohnungstüre geöffnet wird. Vor Schreck fällt ihr ihre Haarbürste aus den Händen, und als sie sich bückt, um sie aufzuheben, spürt sie einen heftigen Tritt in ihren Hintern. Es ist kaum zu glauben, dass dies ihr Mann ist, aber er ist es. In der kurzen Auftrittspause, die die Band sich nimmt, rennt er schnell nach Hause, um seine Frau noch einmal wüst zu beschimpfen und sie zu treten, und dann eilt er wieder zurück zu der Gruppe. Warum tut er das? Ist er nur auf Wunsch von meiner Schwester, die mich natürlich in England sehr vermisst hat, wieder nach Deutschland gekommen? Eigentlich findet er doch, dass unser Land ihm bessere Möglichkeiten zum Geldverdienen bietet. Er spricht inzwischen schon gut Deutsch und arbeitet in dem englischen Reisebüro. Karen und ich müssen nun aufpassen, was wir reden, denn vieles könnte er falsch verstehen. Aber wenn wir Zwillinge uns unterhalten, kommt er noch nicht mit. Dafür reden wir für ihn zu schnell. Mir ergeht es genauso wie ihm mit meinen Englischkenntnissen. Ich muss sehr oft nachfragen, was er gesagt hat. Bei Karen merkt man, dass in der Zeit, in der sie mit Jim zusammen ist, und des fast einjährigen Aufenthaltes in England ihre Englischkenntnisse einen enormen Schub bekommen haben. Ich mache meiner Schwester den folgenden Vorschlag:

»Karen, Jim versteht schon viel, aber auch vieles falsch. Das macht ihn dann wütend. «

Wir bauen unsere Sätze nun passend in unseren Gesang ein und bemerken auch bald, dass uns diese Art der Unterhaltung, geboren aus der Not heraus, sehr viel Spaß macht und auch reichlich Kreativität fordert. Und so kann er uns nicht verstehen. Denn seine Eifersucht überträgt er so langsam aber sicher mehr und mehr auf mich. Er sieht in unserer sehr starken Verbundenheit und Vertrautheit eine Gefahr für sich.

Das ist verständlich. Karen und ich brauchen meist keine Worte, um uns zu verstehen. Wir blicken uns nur an. Dies kennen wir aus unserer Kindheit. Wir werden angegriffen, allein aufgrund unserer Existenz als eineiige Zwillinge. Es ist das Los unseres Doppeltseins.

Die kurze Zeit, die wir drei nur bis zu Karens Hochzeit zusammen hatten, war eigentlich sehr schön und hat leider nicht ausgereicht, dass Jim und ich uns besser kennengelernt haben. Natürlich waren wir Zwillinge erst einmal etwas Spannendes für ihn, so wie das immer ist. Dann folgte sehr schnell die Schwangerschaft und es stand die Frage im Raum, ob sie mit ihm nach England fliegt oder erst nach der Geburt. Der Vertrag der Musiker, in Deutschland aufzutreten, war zu Ende. Er hatte nur ein Jahr gedauert.

Jim wollte Karen lieber mit nach England nehmen, respektiert aber ihren Wunsch, das Kind nicht in einer für sie fremden Stadt zur Welt bringen zu müssen. Jetzt sind es noch drei Monate bis zu dieser Geburt. Zu diesem Zeitpunkt war ich noch der gute Engel für ihn. Unsere wenigen Begegnungen waren aufgrund meiner begrenzten Englischkenntnisse und seiner mangelnden Deutschkenntnisse eher amüsant. Wir kannten uns eigentlich kaum, aber wir waren uns sympathisch. Und so flog er nach England zu seiner Familie und meine Schwester blieb in meiner Obhut. Sie kümmert sich rührend um Oliver, den sie liebt und er sie. Es könnte alles so schön sein, wenn sich nicht schleichend das eigentlich gute Verhältnis von Karen zu meinem Mann ändert. Ich spüre, dass er eifersüchtig ist und ich denke, er hat nicht das Recht dazu. Und dann kommt es zwischen den beiden Menschen, die mir eigentlich beide sehr wichtig sind, zu einem Eklat.

Die Stimmung während unseres Abendessens ist schon seltsam. Unsere Gespräche verlaufen nur zwischen Karen und mir. Bernd schweigt. Ich spüre, irgendetwas liegt in der Luft. Während ich später den Müll nach draußen bringe, spielt sich hinter meinem Rücken Folgendes ab: Mein Mann zielt mit einem Stab, dieser ist für das Herunterziehen der Bodentreppe gedacht, auf ihren schwangeren Bauch. Was er Unverschämtes zu ihr sagt, kann sie nicht verstehen. Auf jeden Fall ist es nichts Nettes. Dann bewegt er sich langsam auf sie zu, weiterhin mit dem Stock auf sie zeigend. In ihrer Angst wirft sie ihre volle Teetasse, die sie in ihren Händen hält, nach ihm. Er weicht aus, wodurch sie auf den Boden fällt und zerbricht. Ich habe zuvor einen lauten Disput zwischen Karen und ihm gehört und mich beeilt, schnell wieder zurückzukommen. Nun liegen vor meinen Füßen die Scherben einer zerbrochenen Tasse. Ich schaue zu meinem Mann und der grinst. Am liebsten würde ich ihm eine Ohrfeige geben. Aber das würde alles nur noch schlimmer machen. Ich nehme meine zitternde

Schwester in den Arm. Und wir gehen in ein anderes Zimmer.

»Susanne«, sagt sie, »ich werde nach England fliegen. Ich fühle mich hier nicht mehr sicher. Ich weiß nicht, warum dein Mann auf einmal so böse zu mir ist. Lass uns bitte morgen zum Flughafen fahren, damit ich schauen kann, wann der nächste Flieger nach England geht. Ich hoffe, so schnell wie möglich.«

Sie zittert immer noch.

»Warum tut er das? Was habe ich ihm getan?

»Ich glaube, er ist eifersüchtig, obwohl er dazu keinen Grund hat. Es tut mir leid für dich, weil ich weiß, wie du dich darauf gefreut hast, mit mir zusammen das Baby zu kriegen.«

Dieser Vorfall bewirkte nichts Gutes in mir. Ich kann es noch nicht beschreiben. Das Verhalten unserer Ehemänner ist eine Reaktion auf unser Zwillingsdasein. Zunächst sind wir zwei immer erst einmal interessant und werden hofiert, aber dann stört unsere starke Verbundenheit, die nicht zu übersehen ist. Das macht manchen Menschen Angst, vor allem Männern. Für uns aber ist das ein normales Verhalten unter Geschwistern. Es mag sein, dass wir Zwillinge aufgrund unserer engen Vertrautheit miteinander, bei Männern Angst auslösen. Wir sind doch keine Vampire!

Kurz nach unserer Scheidung verliebt sich mein Exmann in eine andere Frau. Mir ist das sehr recht, denn ich wünsche ihm nur das Allerbeste. Gelegentlich holt er seinen kleinen Sohn ab, für den er leider nur sehr

wenig Unterhalt bezahlt. Ich könnte etwas mehr gebrauchen, aber die Tatsache, dass es mir durch den
Rückhalt meiner Schwester gut geht und ich Ruhe vor
ihm habe, wiegt alles auf.

Wir reden nur noch selten über ihn, denn meine
Schwester ist mit ihrem Baby und ihrem Ehemann zu
mir zurückgekehrt. Nur das zählt. Ich erinnere mich
daran, wie sie sich einst in diesen jungen Engländer
mit der guten Stimme verliebt hat. Ich war nicht dabei,
sondern kannte ihn nur von ihren Erzählungen. Da
stehen vier attraktive Männer, auch noch aus einem
anderen Land, auf einer Bühne, das Licht ist gedämpft
und die Musik, die sie spielen, sind teilweise sehr emo-
tionale Songs. Sie verbreiten gute Laune und versetzen
vor allem die jungen Mädchen, die unterhalb der
Bühne tanzen, in eine Hochstimmung.

Aber die Realität ist nun, bei einem Zusammenleben
in Deutschland, eine andere. Er steht nicht mehr auf
der Bühne, sondern ist jetzt Ehemann und Vater.
Dann gibt es eine Zwillingsschwester, die er kaum
kennt und bei der sie ein paar Wochen leben können,
bis sie eine eigene Wohnung gefunden haben. Unsere
enge Verbundenheit stört ihn noch nicht. Zunächst
gibt es also keinerlei Probleme, da sie ja auf Wohnungssuche sind. Und dann klappt auch das erstaunlich schnell mit der Wohnung und ihrem Umzug. Was
soll jetzt eigentlich noch schiefgehen? Zunächst geht
auch alles gut. Wir harmonieren sehr gut miteinander.
Es könnte alles so schön sein, wenn Jim nicht auch,

wie einst Bernd, eine langsam steigende Eifersucht entwickelt.

»Karen, jetzt erleben wir das gleiche Drama wieder. Verdammt, sehen uns die Männer als Monster?«

»Susanne, ich begreife das alles auch nicht mehr. Was ist los mit uns? Was machen wir falsch?«

Aber er geht jetzt mit seiner Eifersucht so weit, dass er nicht nur mir verbietet, »seine« Wohnung zu betreten. Auch die Freundinnen von Karen, mit denen sie sich geschrieben hat und die er anfangs sehr nett fand, dürfen nicht mehr kommen.

Karen ist verzweifelt. Sie erzählt mir, dass er, wenn er abends von der Arbeit kommt, den Wohnzimmertisch auf Fingerabdrücke untersucht, ob jemand da war. Inzwischen läuft auch seine kleine Tochter, mit der er nur Englisch spricht, was wir gut finden. Sie berührt natürlich auch den Tisch. Möglicherweise hat er die kleinen Abdrücke sogar überprüft. Das führt dazu, dass Karen keinen Besuch mehr bekommt. Wir treffen uns jetzt oft bei mir und gehen zusammen spazieren. Verdammt, warum macht er alles kaputt. Seine Eifersucht ist zerstörerisch. Eigentlich empfinden wir dennoch Mitleid mit ihm. Vielleicht bereut er, zurück nach Deutschland gekommen zu sein, obwohl er ja meint, dass bei uns vieles besser ist.

Jims Plan, die Freunde von Karen zu vertreiben, geht also für ihn auf, aber nur für die gemeinsame Wohnung. Wir treffen uns bei vielen der alten gemeinsamen Bekannten. Alle schütteln nur den Kopf über diesen Mann. Jim, der kein Auto hat, benutzt den Bus. So kann Karen sehen, wenn er von der Arbeit kommt, da die Haltestelle gut vom Küchenfenster aus zu sehen ist.

Übrigens ist er aus Schottland, wo auch seine Familie lebt. Es gibt doch einen Schlager über Schotten. »Alle Schotten sparen, alle Schotten groß und klein, doch nicht jeder Geizhals, muss ein Schotte sein.« Anfangs konnten wir ihm das noch vorsingen und er fand es lustig. Aber so nach und nach wird er böse über diesen Song. Warum hat er kein Auto? Es ist ihm zu teuer. Er verdient gut und die Musikabende am Wochenende bringen auch genug ein. Es hat dann auch Jahre gedauert, bis er sich mal ein kleines Auto geleistet hat.

Karen ist verzweifelt. Sie will ihr Leben wieder ohne Kontrolle leben dürfen, aber nicht mit diesem Mann. Die Liebe ist vorbei. Er inspiziert inzwischen den gesamten Haushalt, indem er jetzt auch noch alles überprüft, was sie kauft. Sie ist so enttäuscht und auch sauer, dass sie aufhört, mit der kleinen Alexa Englisch zu reden. Das ist sehr schade, aber sie sagt, sie kann auch nicht mehr diese Sprache hören. Und so kommt es, wie es kommen muss. Sie kann dieses Leben nicht mehr aushalten.

»Susanne, ich gehe daran zugrunde. Ich werde die Scheidung einreichen.«

Bin ich jetzt die Schuldige? Es ist doch seltsam, dass ihr das Gleiche passiert wie mir. Diese Eifersucht eines Mannes auf den anderen Zwilling wiederholt sich.

Selbst unsere eigene Familie sieht jetzt in mir, Susanne, die Schuldige. Ich habe Karen verdorben. Bei mir war Karen die Schuldige, die sich in Discos herumtrieb. Das war für uns Zwillinge wieder mal ein Grund, diese Familie zu meiden.

Karen reicht die Scheidung ein und Jim ist sofort einverstanden. Allerdings ist er erst bereit auszuziehen, wenn alles erledigt ist. Das ist bereits eine Form von Grausamkeit. Es kommt so weit, dass die beiden nicht mehr miteinander reden. Immer öfter sucht Karen bei mir, ihrem »bösen Zwilling«, Schutz. Er zieht aus und bricht jeden Kontakt zu Karen und auch zu seinem Kind ab. Allerdings kann er sich nicht um eine Unterhaltszahlung für seine Tochter drücken. Das würde er am liebsten auch noch tun. Karen verzichtet von vornherein auch auf eine Unterstützung für sich selbst, genau wie ich das auch gemacht habe. Auf keinen Fall wollen wir in eine neue Abhängigkeit geraten, die nur über einen Rechtsstreit geregelt werden kann. Wir sind zwei gesunde Frauen und in der Lage zu arbeiten. Es ist alles nur eine Frage der Organisation. Wir kennen einige Frauen, die seit Jahren einen erbitterten Sorgerechtsstreit führen. Das kostet Nerven und auch viel Geld, das wir erst verdienen müssten. Wir meinen, dass dies kein Mann wert ist. Jim verzichtet sogar darauf, seine Tochter zu sehen. Das ist für Karen sehr bitter, weil sie es nicht verstehen kann, wie man dies einem kleinen Kind antun kann. Mich will er auch nie mehr sehen. Ich bin eben die Zwillingsschwester seiner Exfrau. Das nennt man Sippenhaft.

Nun sind wir beide wieder unabhängig von männlichen Einflüssen, und das soll vorerst auch so bleiben. Als mein Sohn Oliver drei Jahre alt ist, besorgt eine Freundin mir eine kleinere Wohnung, also nur noch zwei Zimmer statt drei. Diese liegt auch näher an Fulda. Meine Vermieter sind sehr traurig, dass ich ihren Oliver »entziehe«, haben aber auch Verständnis für mich. Ich bin sehr dankbar für die gute Zeit, die wir miteinander hatten, und für die Hilfe, die sie mir geboten haben, wenn etwas aus dem Ruder lief. Ich verkaufe einen Teil der Möbel und starte in einen neuen Lebensabschnitt. Meine enge Verbindung zu Karen bleibt bestehen, und wir unterstützen uns weiterhin, beispielsweise bei der Betreuung unserer Kinder. Mal arbeitet eine vormittags, die andere nachmittags, aber niemals mehr in derselben Firma. Es vergeht kein Tag, an dem wir nicht an die andere denken. Diese andere dient als eine Art sicherer Hafen, der jederzeit angelaufen werden kann.

Ein großer Unterschied zu früher ist, dass wir uns nicht mehr gleich kleiden. Dadurch lenken wir nun weniger Aufmerksamkeit auf uns. Natürlich erkennt man uns sofort als eineiige Zwillinge, wenn wir nebeneinanderstehen. Das stört uns jedoch nicht, da wir schließlich stolz darauf sind und uns nicht verstecken wollen.

Es gibt eine interessante Begebenheit. Wir beide haben in Fulda ein bestimmtes Bekleidungsgeschäft für uns entdeckt, wo wir gerne hingehen. Ich suche es wieder einmal auf, weil ich eine neue lange Hose und ein Oberteil brauche. Schnell entscheide ich mich für eine beige Hose mit zartgrauen Streifen und einem hellbeigen Oberteil. Das sieht zusammen super aus. Ich bringe es glücklich nach Hause. Am darauffolgenden Tag ruft mich Karen an.

»Susanne, ich war eben in unserem Laden und haben mir eine lange Hose mit einem passenden Oberteil gekauft.«

»Karen, welche Farbe hat deine Hose?«

»Sie ist beige.«

»Hat sie auch graue Streifen?«

»Ja.«

»Und das Oberteil ist nur beige?«

»Ja, sag mal, was ist denn los?«

»Ich habe mir gestern genau die gleiche Hose mit diesem Oberteil gekauft.«

Das ist verrückt. Eineiige Zwillinge machen nicht selten gewisse Dinge zur gleichen Zeit. Das kennt man aus der Zwillingsforschung an Kindern, die sehr früh getrennt wurden, dass sie gleiche Dinge tun, obwohl sie sich nicht kennen.

Natürlich haben wir auch verschiedene Ansichten, die aber meist nicht sehr weit auseinanderliegen, aber das gibt es auch. Wir konnten jedoch auch erbittert um die eigene Meinung kämpfen. Das passierte nicht oft, aber das gab es schon, als wir noch Kinder waren. Wir zogen uns an den Haaren, bespuckten und kratzten uns. Nachher leckten wir unsere Wunden, schauten, wer mehr Haare in den Händen hielt, welche Kratzer schlimmer waren, und schworen uns, so etwas nicht mehr zu machen.

Ich fühle mich in meiner kleineren Wohnung schnell wohl. Die Freundin, die sie mir besorgt hat, wohnt unmittelbar in der Nähe. Ich besuche ihre Familie und werde sofort herzlich willkommen geheißen. Hier geht es turbulent zu. Vier Kinder wohnen immer noch bei den Eltern. Die Wohnung ist eigentlich zu klein und es herrscht ein unglaubliches Chaos. Die Seele dieser Familie ist die Mutter. Sie kocht häufig, und wenn sie nicht gerade mit kochen beschäftigt ist, benutzt sie die Nähmaschine, die immer aufgebaut ist. Der Vater sitzt lächelnd dabei und schaut zeitungslesend zu. Ich kann sehr schnell verstehen, warum keiner ausziehen will. Diese unglaubliche Fröhlichkeit zwischen den Eltern und ihren Kindern und das Verständnis füreinander hätte ich mir auch für unsere Kindheit gewünscht.

Bei einem meiner Besuche treffe ich auf einen netten Mann aus der Nachbarschaft. Er geht bei dieser Familie ein und aus. Wir unterhalten uns immer öfter miteinander und dann lädt er mich ein, mal mit ihm essen zu gehen. Ich erzähle Karen davon und sie meint:

»Susanne, der will was von dir. Und warum auch nicht. Nimm sein Essensangebot an. Oliver kannst du zu mir bringen.«

Ich zögere noch, ob ich es tun soll. Ich weiß doch, wie er mich anschaut. Ich sehe, er hat starkes Interesse an mir. Ich aber nicht an ihm. Als Freund könnte ich ihn mir sehr gut vorstellen. Na gut, denke ich mir, Essengehen ist ja per se nichts Schlimmes. Und so stimme ich zu. Und bei einer Einladung bleibt es nicht.

Mein Zögern hätte mich doch warnen müssen! War ich blind? Nein, auf keinen Fall, denn sonst hätte ich nicht meinen zweiten, wunderbaren Sohn geboren, der für meine spätere Lebensentwicklung eine sehr große Rolle spielt. Peter drängt mich, ihn zu heiraten. Er sagt, er liebt mich, was ich ihm glaube. Was ist es dann aber bei mir? Meine erste Ehe war aus Verliebtheit entstanden, aber aus der bin ich ja böse erwacht. Reicht es aus, jemanden zu schätzen und zu mögen? So eine Art Vernunftehe zu führen, die es früher sehr oft gab. Aber waren diese Paare, vor allem die Frauen, nicht sehr unglücklich? Scheidungen gab es nicht. Auszubrechen war keine Option, denn diese Frauen waren dann unversorgt. Ich muss mich mit Karen beraten. Ich rufe an.

»Karen, ich muss unbedingt mit dir reden. Können wir uns treffen?«

»Natürlich. Wann und wo?«

»Am besten heute Nachmittag um 16 Uhr in unserem Café.«

Als ich ankomme, bin ich ziemlich durcheinander, wegen meiner vielen Fragen. Nachdem ich mir meine Sorgen von der Seele geredet habe, sagt sie:

»Susanne, ich kann dir nichts raten. Wie auch? Ich war blind verliebt in Jim, wie du weißt, und was ist nun das Ende? Ich habe ein kleines süßes Mädchen geboren und das liebe ich sehr. Aber ein Zusammenleben mit diesem Mann war schlichtweg nicht zu ertragen. Das weißt du ja. Er kümmert sich noch nicht einmal um sein Kind. Er ist für sie kein Vater und wahrscheinlich schmerzt es ihn jeden Monat, dass er für sie bezahlen muss. Ich aber bin dankbar, dass es sie gibt.« Wir verbringen noch eine Weile miteinander. Sie konnte mir zwar keinen Rat geben, aber allein die Tatsache, dass sie da war und mir zugehört hat, hilft mir vielleicht bei meiner schweren Entscheidung. Heirat oder nicht?

Nun begehe ich doch den Fehler, ihn zu heiraten, wie es sich später herausstellen wird.

Ich bin fest entschlossen, was Gutes aus dieser Beziehung zu machen. Dann wird mein zweiter Sohn geboren. Mein Mann ist sehr glücklich über dieses Kind. Irgendwie fühle ich mich schuldig. Warum zweifele ich so viel an mir selbst? Warum bin ich so anders? Warum kann ich nur die Kinder lieben, aber nicht die Väter? Hängt das alles vielleicht mit unserer unerfreulichen Kindheit zusammen?

Meine zweite Geburt hat in mir den dringenden Wunsch erweckt, Hebamme zu werden. Die mich betreuende Geburtshelferin hat bei mir einen so großen Eindruck hinterlassen, dass mich dieser Gedanke nicht mehr loslässt. Ich habe den dringenden Wunsch, diesen Beruf zu ergreifen. Ich spreche mit meinem Mann, der sowieso versucht, mir jeden Wunsch zu erfüllen, wie wir das zusammen meistern könnten. Ich bin auf ihn angewiesen. Wie ich bereits vermutete, unterstützt er mich darin. Karen ist begeistert und sichert mir jede Unterstützung zu. Ich habe auch nichts Anderes erwartet. Auch meine Schwiegermutter ist bereit, mitzuhelfen. Wir wissen aber, dass dieses Projekt erst dann durchzuführen ist, wenn der Kleine in den Kindergarten gehen wird und sein Bruder nach der Schule in einer Betreuung ist. Abends ist dann mein Mann für die Kinder da.

In dieser Zeit dauert eine Hebammenausbildung »nur« zwei Jahre. Es gibt aber ein volles Tages- und teilweise Nachtpensum zu bewältigen, welches das dritte Jahr ersetzen soll. Alle 14 Tage steht ein freies Wochenende an und es besteht die Option, nach Hause zu reisen. An den Wochenenden dazwischen wird zwar gearbeitet, aber nur im Früh- oder Spätdienst. Jeglicher Unterricht fällt aus. So können sich die Familien trotzdem treffen. Als verheiratete Frau mit zwei Kindern habe ich auch Zugang zu einem geräumigen Zimmer mit Telefon. Die anderen Teilnehmerinnen teilen sich je zu zweit einen Raum. Meine Bewerbung für die Hebammenschule wird sofort angenommen. Voraussetzung ist die mittlere Reife. Meine Kinder sind nicht von Interesse für sie. Das muss ich selbst regeln. Ich rufe sofort jubelnd meine Zwillingsschwester an.

»Karen, wir müssen ein Glas Sekt zusammen trinken. Es gibt etwas zu feiern. Ich bin auf der Hebammenschule angenommen worden. Aber noch dauert es etwas mehr als zwei Jahre, bis die Schule beginnt. Zuvor müssen alle Interessenten eine Eignungsprüfung ablegen. Was sie von uns wissen wollen, weiß ich nicht. Aber darüber mache ich mir keine Sorgen.«

Am Abend treffen wir uns in einem kleinen Café. Wir wollen allein sein. Was wir bereden, sollen andere nicht hören.

Natürlich geht es auch um meine Ehe. Auch bin ich noch nicht in Marburg an der Hebammenschule, alles könnte noch platzen. Ich brauche auf jeden Fall meinen Mann und die Familie für meinen Traum. Also sollte ich mich darum bemühen, diesen äußerst angenehmen Ehemann nicht allzu sehr zu enttäuschen.

In Marburg kann ich mir dann über vieles klar werden. Meine Kinder dürfen auf keinen Fall darunter leiden. Das würde ich mir nie verzeihen. Für Oliver ist es auf jeden Fall schwieriger, da Peter nicht sein Vater ist. Bisher hat er ihn immer nett behandelt und er weiß natürlich auch, dass ich alles beobachte. Seinen kleinen Sohn liebt er abgöttisch und ich kann nur hoffen, dass ich hier keinen Fehler mache. Dann denke ich daran, dass andere Kinder in einem Internat untergebracht sind und unter Umständen nur einmal im Monat nach Hause fahren dürfen.

Karen bringt mir jetzt öfter am Wochenende die kleine Alexa. Darüber freue ich mich. Ich bin inzwischen mit Peter in eine größere Wohnung mit Gartenbenutzung gezogen und arbeite auch im Moment nicht. Wofür hat man denn eine Zwillingsschwester? Jetzt kann ich ihr zurückgeben, was sie mir einst gab: Hilfe nach ihrer traurigen Zeit mit Jim, ihrem durchgeknallten Ehemann. Er wusste vor lauter Eifersucht nicht zu schätzen, was eine Zwillingsschwester für eine große Hilfe sein kann. Karen muss ihr Leben erst einmal neu sortieren und da steckt sie noch mittendrin. Meinem Mann Peter gefällt das nicht so, dass Karen mir öfter ihre Tochter bringt. Ich sehe es ihm an seinem Gesicht an. Mir aber ist das egal, denn Oliver kann mit Alexa mehr anfangen als mit seinem kleinen Bruder. Wir unternehmen gemeinsam Ausflüge, spendieren ihnen Eis und spielen Spiele. Karen ruft mich an.

»Susanne, wir müssen uns unbedingt treffen. Ich muss dir was Wichtiges sagen.«

Was will sie mir erzählen? Sie klang sehr aufgeregt. Der Tag vergeht viel zu langsam. Wir kommen beide gleichzeitig am vereinbarten Ort an. Ich schaue sie an und sehe ein sehr entschlossenes glückliches Gesicht. Was kann das wohl bedeuten? Dann fängt sie an zu reden:

»Ich muss raus aus Fulda. Ich habe das Gefühl, ich kann hier nicht mehr leben. Mir ist alles zu eng und zu spießbürgerlich.«

Sie will gehen, ohne mich? Dies ist mein erster Gedanke. Sie will mich verlassen, ist mein zweiter Gedanke. Das kann sie doch nicht tun! Wir gehören doch
zusammen. Ihr einst kurzer Ausflug nach England hat
mir schon gereicht, aber ich war mir damals sicher: Sie
kommt wieder, und sie kam.

»Sei bitte nicht böse«, redet sie weiter.

»Ich ersticke hier in diesem Kaff.«

Warum ist ihr plötzlich unsere alte Heimat nicht
mehr gut genug? Wir haben doch beide auch sehr
schöne Erinnerungen an die vergangenen Jahre. Ich
höre sie weiterreden.

»Ich suche mir bald schon eine Wohnung und einen
Job. Die Auswahl an guten Kindergärten ist in Frankfurt sehr viel größer als hier. Frankfurt ist eine Weltstadt.«

Es ist offensichtlich, dass sie bereits Informationen
über ihre Erfolgsaussichten eingeholt hat. Diese Erkenntnis blitzt in meinem Geiste auf.

»Und solltest du vielleicht irgendwann auch genug
von Fulda haben, dann kommst du mit deinen Kindern zu uns. Erst einmal aber willst du ja deine Ausbildung machen. Du kannst auf jeden Fall auf meine
Unterstützung zählen. Zusammen sind wir stark, wie
wir es immer waren.«

Tränen schießen mir in die Augen. Sie reicht mir ein
Taschentuch. Diese Geste zeigt mir, dass für sie alles
vorbereitet ist, auch für meine Tränen. Aber ihr

Gesichtsausdruck ist eindeutig. Er sagt alles. Ich fange mich wieder.

»Schau mal«, fährt sie fort. »Du wirst doch auch bald nach Marburg zu deiner Hebammenausbildung gehen. Da bist du auch erst einmal weg von Fulda. Allerdings musst du versuchen, das alles mit deinem Mann zu schaffen. Notfalls kann ich dir bestimmt von Frankfurt aus helfen.«

Wie soll das gehen? Sie ist ungefähr 150 km entfernt von mir. Da fährt man nicht mal gerade um die Ecke, um sich zu treffen.

»Ich kaufe mir ein kleines Auto, schließlich habe ich meinen Führerschein schon seit drei Jahren, wie du auch. Also bin ich beweglich.«

Eigentlich hat sie recht, was meinen Plan betrifft. Ich hatte mich auch mehr oder weniger anfangs allein um meinen Traum gekümmert. Aber sie stand dann sofort hinter mir, ohne mir Vorwürfe zu machen, sie nicht um ihre Meinung gefragt zu haben.

Sie versucht nun sehr zügig, ihren Plan umzusetzen. Zuerst sucht sie sich einen Job. Den findet sie recht schnell in einem kleineren Büro. Eine Freundin, die in Frankfurt lebt, verschafft ihr in dem gleichen Haus, in dem sie selbst auch lebt, ein kleines Appartement. Die Wohnung verfügt zwar nur über 1½ Zimmer, jedoch ist dies ausreichend für den Einstieg. Für sie ist es ein Königreich. Auch für Alexa ist schnell eine Bleibe gefunden. Es ist ein antiautoritärer Kindergarten mit einer Ganztagesbetreuung. Sie meint, das gehört zu Frankfurt.

Als ich mit verweinten Augen nach Hause komme, nimmt mich mein Mann liebevoll in den Arm.

»Du warst mit Karen zusammen. Muss man da weinen?«

Ich glaube, einen leichten Sarkasmus aus seinen Worten zu hören. Mir ist in den letzten Wochen aufgefallen, dass er Karen gegenüber ab und zu etwas unhöflich ist. Natürlich hat er mitbekommen, welche Pläne sie hat. Womöglich hat er Angst, dass ich auch auf die Idee komme, ihr nach Frankfurt zu folgen. Da ist es doch besser, mich in meinem Vorhaben mit der Hebammenschule zu unterstützen, bevor ich auf die Idee komme, meiner Zwillingsschwester zu folgen. Das wäre für ihn eine Katastrophe, denn ich würde beide Kinder mitnehmen.

»Susanne, Karen ist doch nicht aus der Welt. So weit ist es auch nicht nach Frankfurt. Wir können da gerne auch mal zusammen hinfahren und sie besuchen.«

Ich schaue ihn an und bin mir sicher, dass er das auch wirklich ernst meint.

Dann ist er da, der Tag des Abschieds von Fulda. Karen geht. Ich kann sie nicht begleiten, weil mir das zu weh tut. Ich umarme sie und hebe meine Tränen für später auf. Sie hat ihr kleines Auto so voll bepackt, wie es geht. Der Vorteil ist, dass die kleine Wohnung zum Teil mit Möbeln ausgestattet ist, wie sie mir erzählt hat.

Für mehr gäbe es auch keinen Platz. Natürlich gibt es auch eine kleine Kochnische und ein kleines Bad mit Dusche. Wenn etwas fehlen sollte, kann sie es in aller Ruhe noch kaufen. Sie und ihre Tochter Alexa brauchen nicht viel. Die Kleine bekommt das halbe Zimmer und Karen schläft auf einer Schlafcouch, die zur Ausstattung der Wohnung gehört. Auch ein größerer Kleiderschrank ist vorhanden. Dies alles ist genug, um sich frei zu fühlen. Und das tut sie. Ich aber sitze zu Hause und kann meine Tränen nicht halten. Meine Augen sind dick rot und stark geschwollen. Meine Kinder können mich auch nicht trösten und schon gar nicht mein Mann. Ich brauche Stunden, um wirklich zu realisieren, dass sie fort ist.

Sie meldet sich am späten Nachmittag, um mir fröhlich zu verkünden, dass sie gut angekommen ist und auch alles ausgepackt hat. Gut, dass sie mich nicht sehen kann.

»Susanne«, ihre glückliche Stimme erreicht mich wie aus der Ferne. Ich bemühe mich, so normal zu reden wie sonst auch. Aber das gelingt mir nicht so ganz. Ich wünsche ihr aber einen guten Anfang. Dann lege ich auf und muss wieder ganz schrecklich weinen. Meine Kinder und mein Mann lassen mich Gott sei Dank in Ruhe. Mir kann niemand helfen. Aber natürlich geht auch mein Leben weiter. Ich verkrieche mich auch alsbald in meinem Bett und falle in einen traumlosen Schlaf. Karen ruft mich täglich an und ich höre an ihrer Stimme, wie gut es ihr geht. Sie schwärmt von ihrem neuen Job und berichtet, dass ihr Chef ein sehr netter Mann ist und ihre Kollegen auch.

Bald werde ich aber auch gehen. Marburg ruft. Dann ist Peter mit den Kindern in der Woche allein. Ich bin ihm für sein Verständnis sehr dankbar. Wir vereinbaren, dass ich ihn täglich anrufen werde. Ich packe meinen Koffer und habe dabei ein sehr schlechtes Gewissen. Dieser Mann liebt mich so sehr, dass ich mich schon fast schäme. Ich kann ihm diese Gefühle leider nicht zurückgeben, denn er hat mich absichtlich geschwängert. Ich hatte ihn auf die Gefährlichkeit, schwanger zu werden, hingewiesen und ihn gebeten, rechtzeitig abzubrechen. Das hat er nicht getan. Und so wurde ich wieder einmal gegen meinen Willen schwanger. Ich machte ihm danach bittere Vorwürfe und sagte, dass ich das Kind abtreiben würde. Sein Gesichtsausdruck zeigte Fassungslosigkeit. Warum müssen aber auch nur wir Frauen Kinder kriegen? Das alles ist jetzt drei Jahre her und ich bin auf dem Weg, eine Hebamme zu werden. Ich habe mich schon mehrfach gefragt, warum ich diesen Beruf so gerne erlernen will. Ich denke, das könnte damit zusammenhängen, dass Karen und ich so unerwünschte Kinder waren. Jedes Baby, das ich seit der Zeit meines Wunsches, Hebamme zu werden, in den Armen hielt, hätte ich am liebsten mitgenommen und ihm gesagt, dass sich alle über seine Geburt gefreut haben. Gott sei Dank aber werden doch die meisten Kinder sehnsüchtig erwartet.

Der Morgen meiner Abreise ist da. Karen ruft mich an und wünscht mir viel Glück. Die Kinder dürfen mich bis zur Hebammenschule begleiten. Sie verstehen nicht so richtig, warum ich später in ein Krankenhaus gehe. Ich verabschiede mich von ihnen und Peter am Eingang zu der Klinik. Wir werden uns am Wochenende wiedersehen, wenn ich mit dem Zug nach Hause fahre. Mich kann dann die Familie am Bahnhof abholen. Ich aber habe ein so schlechtes Gewissen und würde am liebsten umkehren und ihnen nachrennen.

Die Tür wird geöffnet und eine junge Hebammenschülerin nimmt mich freundlich in Empfang und bringt mich in einen großen Hörsaal. Da warten schon die meisten von den »Neuen«. Ich bin eine der letzten Ankömmlinge. Alle Augen sind auf mich gerichtet. Ich erkenne ein paar der Mädels wieder, denn wir sind uns ja alle bei der Aufnahmeprüfung begegnet und waren danach, als es vorbei war, gemeinsam in einem Café. Zuerst zeigt man uns einen alten Schwarz-Weiß-Film, der einen Krampfanfall einer Schwangeren zeigt. Das ist gruselig. Als der Film zu Ende ist, schweigen alle. Wir sind stark betroffen. Viele Frauen sind früher daran gestorben, erfahren wir. Es hatte etwas mit einem zu hohen Blutdruck zu tun und der Urinausscheidung. Die leitende Hebamme, die uns jetzt zwei Jahre betreuen wird, schaut von einer Schülerin zur nächsten, aber immer noch spricht keine von uns einen Ton. Niemand ist in Ohnmacht gefallen. War dieser Film ein Test? Dann dürfen wir unsere Zimmer besichtigen.

»Packen Sie erst einmal Ihre Koffer aus und ziehen Sie sich um. In jedem Schrank hängt ein weißer Kittel von der Klinik, der auch hier gewaschen wird. Wir sehen uns dann in zwei Stunden erneut in diesem Hörsaal. Merken Sie sich den Weg.«

Eine der jungen Hebammenschülerinnen, sie ist bereits im zweiten Ausbildungsjahr, bringt uns in die Zimmer. Ein Teil der Gruppe hat die Einzelzimmer im dritten Stock der Klinik, während die anderen Mädchen in Zweibettzimmern in einem speziell errichteten Studentenwohnheim untergebracht sind. Ich kann in der Klinik bleiben. Ich schaue in den Schrank. Da hängt er, der weiße Kittel. Ich probiere ihn an. Na, als modisch kann man ihn nicht bezeichnen, eher wie ein Sack. Und er geht auch noch über die Knie. Wenn Karen mich jetzt sehen könnte, würde sie sicherlich herzhaft lachen. Ich fühle mich nicht wohl, eher verlassen. Wäre doch nur meine Zwillingsschwester bei mir.

»Susanne«, ich rede mit mir selbst, »reiß dich zusammen. Du wolltest unbedingt diesen Beruf erlernen und hast das Glück, dass deine Familie hinter dir steht. Nicht jeder Ehemann würde das akzeptieren.«

Pünktlich erscheine ich im Hörsaal, und als ich all die weißen Gestalten mit ihren unglücklichen Gesichtern sehe, fange ich laut an zu lachen. Es ist wie eine Erlösung, denn alle lachen mit. Der Bann zwischen uns neuen Schülern ist gebrochen. Und so beginnt es. Der zweite Tag ist mein Einsatz im Kreißsaal. Das heißt zusehen und nicht im Weg stehen. Ich komme direkt zu einer Geburt und denke an meine eigenen. War das auch so bei mir? Nun, man sieht sich ja nicht selbst. Abends telefoniere ich noch mit Karen. Sie hört mir gespannt zu. Schließlich weiß auch sie, wie man ein Kind bekommt.

An unserem ersten Wochenende können wir nach Hause fahren. Als der Zug in Fulda in den Bahnhof einfährt, kann ich schon meine Jungs mit Peter am Bahnsteig stehen sehen. Der Kleine hat einen Blumenstrauß für mich. Wie rührend. Es treibt mir ein paar Tränen in die Augen und mein schlechtes Gewissen macht sich wieder bemerkbar. Ich schiebe diese Gedanken schnell zur Seite. Dafür ist heute keine Zeit. Nach einem schönen Wochenende bringt mich ein Zug wieder nach Marburg zurück, zu meinem Studium des »Hebammenwesens«.

Karen ist begeistert von Frankfurt.

»Susanne, diese Stadt lebt. Irgendwo ist immer was los. Dagegen ist Fulda verschlafen. Du musst unbedingt mal zu mir kommen.«

Das aber sehe ich anders.

»Ja, Fulda ist Fulda, aber es gibt einen sehr schönen Dom, denn Fulda ist eine Bischofsstadt. Auch haben wir sehr viele gepflegte Parkanlagen, ein altes Kloster auf dem Frauenberg, welches noch zu unserer Kinderzeit von hübschen Padres belegt war. Weil sie in der Sonntagsmesse immer so schön sangen, sind wir extra in diese Kirche gegangen. Auf dem Weg nach oben zum Frauenberg gibt es einen Weinberg, eingegrenzt mit einer alten Mauer. Viele Padres haben hier gearbeitet und alles war sehr gepflegt. Sie trugen dunkelbraune Kutten und um die Taille war eine dicke, weiße Kordel gebunden, was farblich sehr harmonisch aussah. Natürlich nur die jungen Mönche, bei der Arbeit. Wir beugten uns über die Steinmauer und sahen ihnen zu. Es waren sehr hübsche junge Männer dabei. Als sie uns erblickten, lächelten sie und winken gelegentlich, jedoch führten sie nie ein Gespräch mit uns. Hast du das alles vergessen?«

„Nein, auf keinen Fall. Aber Susanne, das alles war gestern und wir sind jetzt im Heute. Du bist in Marburg und das hat mit Fulda nichts zu tun. Du musst mich mal bald besuchen und dann siehst du den Unterschied zwischen der Stadt unserer Kindheit, an die wir nicht unbedingt gute Erinnerungen haben, und dem pulsierenden Leben in Frankfurt. Viele kleine Läden und Cafés schmücken den alten Stadtkern. Natürlich ist auch ein Kaufhaus mit allem, was man zum Leben braucht, vorhanden. Und Schwimmbäder gibt es auch. Das Nachtleben in Frankfurt kann sich sehen lassen.«

Ich lege nachdenklich auf. Sie klang so glücklich und war so voller Zuversicht. Ich denke an die Stadt Marburg, sie ähnelt Fulda. Aber es handelt sich um eine Studentenstadt und diese Spezies prägt das Stadtbild. Das bemerkt man sofort, wenn der Zug einfährt.

Wenn aber die semesterfreie Zeit beginnt, ist die sonst brodelnde Stadt wie ausgestorben. Es ist, als sei jedes Leben aus ihr gewichen. Für uns Schülerinnen aber ist diese »Auszeit« nicht bestimmt und so sind diese Wochen ohne unsere Studenten sehr trostlos. Natürlich haben wir auch einen Anspruch auf Urlaub, den wir auch dringend bei dieser strengen Ausbildung brauchen. Die meisten von uns verbringen ihren Urlaub an bestimmten Orten, so wie ich es mit Peter und den Kindern mache. Früher war ich mit Karen und unserem Nachwuchs zusammen, aber das kann ich jetzt Peter nicht antun.

Und so entscheiden wir Zwillinge uns bewusst dagegen, etwas zusammen zu unternehmen. Ich habe bei Peter öfter das Gefühl, dass Karen nicht mehr so erwünscht ist. Natürlich kommt sie auch mal mit ihrer Tochter aus Frankfurt nach Fulda, aber sie übernachtet dann bei ihren Freundinnen. Wir besuchen ab und zu unsere kleineren Geschwister. Sie sollten schon wissen, wer wir sind. Sogar unsere Mutter freut sich, unserem Stiefvater aber begegnen wir weiterhin distanziert. Wir haben nicht vergessen, was er sich einst uns gegenüber erlaubt hat. Wir haben auch nicht vergessen, wie unsere Mutter uns behandelt hat, aber sie ist und bleibt unsere Mutter.

Das erste Jahr ist schnell vorbei. Ich bin mit langen Haaren zur Ausbildung gefahren. Die Haare müssen immer als eine Art Pferdeschwanz zusammengebunden werden. Ich habe das Bedürfnis nach einer kürzeren Frisur und so gehe ich zum Friseur. Ich lasse mir meine Haare bis unter die Ohren kürzen. Es sieht super aus. Es lässt mich noch jünger erscheinen. In meinem Zimmer angekommen, verschiebt sich gerade mein Büstenhalter. Jetzt frage ich mich, warum ich diesen überhaupt trage. Meine kleine Brust braucht keine Stütze, so etwas redet uns nur die Werbung ein. Ich ziehe ihn aus und schleudere ihn übermütig in eine Ecke. Was ist dies für eine Befreiung. Zwei Dinge habe ich kurz hintereinander aus einem Impuls geändert. Ab und zu aber müssen wir uns selbst auch mal eine kurze Auszeit nehmen, und so gehe ich mit einer Mitstreiterin in eine Bar. Ich fühle mich auch mit der neuen Frisur wie eine Prinzessin. Sofort werden wir von Studenten umringt, die uns armen Schülerinnen gerne einen oder mehrere Drinks bezahlen. Viele der Studenten kommen aus wohlhabenden Familien und verfügen über reichlich Taschengeld. Am nächsten Tag rufe ich Karen an.

»Ich muss dir was erzählen. Ich war gestern beim Friseur und habe mir eine Kurzhaarfrisur schneiden lassen. Außerdem habe ich meinen Büstenhalter abgelegt. Ich brauche keinen.«

Da fängt Karen laut an zu lachen.

»Was findest du denn daran so lustig?«

Nach einer kurzen Pause sagt sie:

»Ich habe ebenfalls meine Haare kürzen lassen und den Büstenhalter auch ausgezogen.«

Erst einmal sind wir beide sprachlos. Dann quatschen wir noch eine Weile. Es tut so gut, sie zu hören.

In Marburg gibt es auch noch Burschenschaften, die uns oft über den Weg liefen. Diese stammen aus der Zeit der schlagenden Verbindungen, 1860 gegründet. Sie bestehen immer noch. Allerdings ist das Fechten mit einem Degen nicht mehr erlaubt. Bei vielen älteren ehemaligen Studenten ziert nicht selten ein Schmiss die Wange. Darauf sind sie sehr stolz. Das ursprüngliche Ziel dieser Burschenschaften war es, ihre politische Stimme gegen die Restaurationspolitik Deutschlands zu erheben. Sie wollten keine Kleinstaaterei, sondern forderten einen gesamtdeutschen Nationalstaat, mit einer einheitlichen Verfassung und die gleichen Grundrechte für alle Bürger. Wie viel politischen Einfluss sie heute noch haben, weiß ich nicht. Aber es wird gemunkelt, immer noch ziemlich viel. Manche haben ihre eigenen Farben, die sie auch oft durch ihre Kleidung präsentieren.

Ich bitte Peter, mit mir und den Kindern mal nach Frankfurt zu fahren. Ich möchte so gerne Karens Bleibe besichtigen. Das tun wir dann auch. Meine Schwester begrüßt uns herzlich, und ich habe sie, seit sie Fulda verlassen hat, nur zwei Mal getroffen, und zwar in Marburg. Sie war zu einer Party von uns angehenden Hebammen in Marburg eingeladen. Meine Schulkolleginnen wollten sie unbedingt mal kennenlernen. Ich hatte ihnen zwar ein Foto von uns beiden gezeigt, aber das reichte ihnen nicht. Die Begeisterung über unsere Ähnlichkeit ist wie immer. Wir haben uns bewusst abgesprochen und ähnliche Kleidung in ähnlichen Farben gewählt, um die Wirkung unserer Erscheinung zu unterstreichen. Es war wie in unserer Kindheit. Wahrscheinlich ist das Alter gar nicht ausschlaggebend, sondern nur die frappierende Ähnlichkeit. Allerdings wählen viele Zwillinge im Laufe der Zeit unterschiedliche Lebenswege und sind daher nicht mehr zusammen. Aber ich habe auch schon Fotos von älteren Zwillingsmännern gesehen, die nicht nur zusammenleben, sondern auch noch gleich angezogen sind. Das sieht schon seltsam aus.

Es passiert schleichend, aber doch öfter. Peter möchte zum Beispiel nicht, dass Karen an meinem freien Wochenende zu uns nach Hause kommt. Natürlich wehre ich mich dagegen. Wer sich gegen meinen Zwilling stellt, ist auch gegen mich. Das hat er noch nicht verstanden. Mein Gefühl ist aber auch noch, dass er Alexa nicht besonders mag. Was der Auslöser für den Eklat ist, der dann folgt, weiß ich nicht mehr. Er forderte meine Schwester auf, »seine« Wohnung zu verlassen.

»Wenn Karen geht, gehe ich mit«, ist meine Antwort.

»Und die Kinder?«, ist seine Frage.

»Die nehme ich mit.«

»Oliver kannst du zwar haben, aber der Kleine bleibt bei mir«, ist seine Antwort.

Was ist das für eine unerträgliche Situation! Karen und ich schauen uns an. Ich weiß genau, was sie denkt, nämlich: Komm mit mir noch heute Abend nach Frankfurt, wir werden eine Lösung finden.

»Oliver, komm mal bitte mit mir in dein Zimmer, denn wir packen jetzt deine Sachen ein. Du kommst mit mir nach Frankfurt.«

Er folgt mir schweigend, als sei er froh, dass ich ihn mitnehmen werde. Ich hole einen leeren Koffer aus dem Keller und verstaue fast alles darin. Den Rest verpacken wir in ein paar Tüten.

»Oliver, du musst deinen neuen Schulranzen mitnehmen, denn du brauchst ihn bald. Wir kommen nicht mehr zurück. Wir fahren jetzt nach Frankfurt.«

»Und was ist mit meinem Bruder?«

»Das regeln wir später. Peter wird ihn uns heute nicht mitgeben.«

Als ich ins Wohnzimmer zurückkomme, weint der Kleine.

»Siehst du nun, was du angerichtet hast? Warum bist du auf Karen so eifersüchtig? Du hast keinen Grund. Jetzt hast du einen. Ich werde den Kleinen auch noch zu mir holen.«

Er weiß genau, dass in Deutschland die Kinder unter acht Jahren der Mutter zugeschrieben werden, es sei denn, es gibt einen plausiblen Grund, es nicht zu tun. Der ist hier nicht gegeben. Er schweigt und er tut mir leid. Ich hatte nie das Gefühl, dass er unter unserem

Zwillingsdasein leiden musste. Nun, ich habe mich wohl getäuscht.

Drei Männer, dreimal das gleiche Schicksal. Sie tun sich alle schwer, eine Zwillingsschwester nicht als Feindin anzusehen. Warum nur? Was tun wir denn? Zuerst Bernd, dann Jim und jetzt Peter. Warum ist es so schwer auszuhalten, dass es uns zu zweit gibt, und zu akzeptieren, dass wir immer füreinander einstehen werden? Sicher ist es nicht einfach, uns selbst zu beschreiben, aber ich denke nicht, dass wir viel falsch machen.

Wie gut, dass Karen ein Auto hat. Wir fahren zunächst schweigend nach Frankfurt. Oliver und Alexa sind eingeschlafen.

»Wie gut«, flüstert meine Schwester«, »dass ich noch zwei stabile Liegen zur Reserve im Keller habe. Die habe ich mir mal für Notfälle gekauft. Die Wohnung ist eben sehr klein. Wie gehen wir jetzt vor? Oliver bringe ich Montag in die Kita, wo auch Alexa ist. Das dürfte kein Problem sein. Du musst ihn in Fulda abmelden, denn ich denke nicht, dass Peter das tut. Das sind jetzt erst einmal die wichtigsten Schritte. Er kommt auch bald in die Schule.«

Mein Sohn Oliver hat bei meiner ersten Scheidung einen Betreuer vom Jugendamt zur Seite gestellt bekommen, weil wir Eltern bei seiner Geburt noch so jung waren. Vor allem sein Vater. Dieser Herr kümmert sich in erster Linie darum, dass die Unterhaltszahlungen auch regelmäßig laufen, dass Erhöhungen eingehalten werden, und er will wissen, wie es dem Jungen geht. Diesen Mann habe ich nie gesehen, aber wir haben hin und wieder miteinander telefoniert. Diese Aufgabe hat er zu erfüllen, bis Oliver achtzehn Jahre alt sein wird, obwohl wir ja inzwischen auch volljährig sind. Ich teile ihm schriftlich mit, was sich ereignet hat und dass ich Fulda verlassen werde. Er antwortet, dass er mit Oliver gerne weitermachen will. Mir ist das recht.

Karen berichtete mir, dass in Frankfurt-Sachsenhausen neben einem bereits bestehenden Hochhaus noch zwei weitere Häuser errichtet werden. Sie sind so gut wie fertiggestellt und Interessenten sollen sich melden. Eltern mit Kindern werden bevorzugt. Sie plante eine Überraschung für mich, weil sie ahnte, dass es irgendwann mit Peter Schwierigkeiten geben könnte. Sie hatte diese Anzeichen seiner Eifersucht ihr gegenüber also früher bemerkt, und es für sich behalten.

»Die Wohnungen verfügen über vier Zimmer und sind gut bezahlbar, selbst wenn zwei Personen darin wohnen. Es ist ein Prestigeobjekt der Stadt für Familien mit Kindern. Wenn du nach deiner Hebammenprüfung zu uns nach Frankfurt kommen möchtest, dann melde ich uns an. Was meinst du?«

»Nach dem heutigen Auftritt von Peter ist es für mich offensichtlich geworden, dass eine gemeinsame Lebensführung mit ihm nicht mehr möglich ist. Es gibt dich nun einmal.«

»Es tut mir leid. Bei Jim hattest du den schwarzen Peter und ich jetzt bei deinem Mann. Ich verstehe diese Männer nicht und sie verstehen uns nicht. Sind wir in ihren Augen zu dominant, weil wir zu zweit sind? Vielleicht betrachten sie uns sogar mit Neid, aufgrund unserer Fähigkeit, alles erfolgreich zu koordinieren. Aber warum? Wir unterstützen uns doch nur. Jeder profitiert von dem anderen und das kommt dann auch der Familie zugute.«

Wir kommen in Frankfurt an und richten uns in der bescheidenen Wohnung ein. Not macht erfinderisch und so liegen wir dann auch bald alle nach einem kleinen Abendessen in den Betten. Es ist jetzt Sonntag und ich muss am späten Nachmittag zurück nach Marburg. Zuvor aber besichtigen wir die zwei neuen Wohntürme von außen, von denen Karen gesprochen hat. Sie befinden sich am Rande von Frankfurt, nicht weit entfernt von einem größeren Waldgebiet.

»Da fahren wir jetzt noch hin. Es ist dort wunderschön, man kann stundenlang laufen und es gibt keinen Autoverkehr. Es ist traumhaft für Kinder, Hundebesitzer, aber auch für uns Erwachsene.«

Alexa und Oliver jagen übermütig durch den Wald. Ich beobachte meinen Sohn und habe das Gefühl, dass eine Last von ihm abgefallen ist. Was ist passiert, wovon ich nichts weiß? Hat das vielleicht mit Peter zu tun? Ich werde ihn bei passender Gelegenheit fragen. Für mich denke ich, dass ich die richtige Entscheidung getroffen habe.

»Karen, kümmere dich so schnell wie möglich um eine Vierzimmerwohnung. Ich freue mich jetzt schon auf unsere gemeinsame Zeit.«

Meine Entscheidung ist gefallen. Ich werde anfangen, mich in einigen Kliniken zu bewerben. Das sollte ich rechtzeitig tun, denn es sind nur noch sechs Monate bis zum Staatsexamen.

»Susanne«, sagt Karen, »wenn das mit der Wohnung funktioniert, dann sollten wir uns eine männerfreie »Oase der Ruhe« schaffen. Auch unsere Kinder brauchen dringend Abstand. Was meinst du dazu?«

»Da bin ich sofort dabei. Das heißt nicht, dass wir mit dieser Spezies nichts mehr zu tun haben wollen. Treffen kann man sich überall auf der Welt.«

Ich verabschiede mich zuerst von Oliver, der mir wie ausgewechselt erscheint. Ich weiß, dass er meine Schwester und seine Cousine liebt, und auch seinen kleinen Bruder. Und er weiß auch, dass der Kleine irgendwann auch bei uns sein wird. Sein Vater kann ihn jederzeit mit zu sich nach Hause nehmen. Er kann mit ihm in den Urlaub fahren, aber er muss ihn dann auch zurückbringen. Dann geht wohnungsmäßig alles sehr schnell. Karen hat eine Besichtigung von einer Wohnung in einem der Neubauten machen können und ist begeistert. Es handelt sich um eine Vierzimmerwohnung. Sie hat bereits den Mietvertrag unterzeichnet, und die Wohnung wird in einem Monat bezugsfertig sein. Ich kann es kaum erwarten, dass das übernächste Wochenende kommt. Da habe ich frei und fahre statt nach Fulda nach Frankfurt. Ich habe Peter zuvor angerufen und ihn gefragt, ob ich den kleinen Kaspar, so heißt unser Sohn, in Fulda abholen könnte, um ihn dann mit nach Frankfurt zu nehmen, damit er seinen Bruder und seine Cousine treffen kann. Karen würde den Kleinen dann am Sonntagnachmittag zu ihm bringen, wenn ich zurück nach Marburg muss. Er hat es sofort kategorisch abgelehnt. Ich habe auch nichts anderes erwartet und ich kann ihn sogar verstehen. Er liebt dieses Kind abgöttisch und mir ist klar, dass es nicht leicht sein wird, eine vernünftige Umgangsregelung mit ihm zu treffen. Ich will ihm das Kind auf keinen Fall entziehen, er ist sein Vater und hat einen Anspruch auf seinen Sohn.

Endlich habe ich ein freies Wochenende. Karen holt mich am Bahnhof ab und wir fahren als Allererstes zu unserer zukünftigen Bleibe. Ich bin sehr aufgeregt. Dann stehen wir vor dem Hochhaus. Viele Arbeiter wuseln herum, denn es ist noch viel zu tun. Es ist noch eine große Baustelle. Ein Aufzug bringt uns in den 11. Stock. Ich bin sehr gespannt, welche Aussicht wir von dort oben haben. Als wir eintreten, schaue ich zuerst in eine mittelgroße, bereits fertig installierte Küche. Sie gehört zum Inventar. Das ist unbezahlbar. Ich laufe durch das große Wohnzimmer mit seiner bis zum Boden führenden Glasfront und betrete einen langen Balkon. Er umfasst die gesamte Etage. Und dann dieser Blick über einen Teil von Frankfurt. Er ist einfach umwerfend. Karen hat sich neben mich gestellt und wir beide schweigen. Wir brauchen erst einmal nichts zu sagen, dafür kennen wir uns zu gut. Dann meint Karen:

»Susanne, ich zeige dir jetzt, wie ich mir die Aufteilung der Räume vorstelle. Alexa und Kaspar werden das etwas größere Zimmer gemeinsam beziehen. Sie sind altersmäßig nur zwei Jahre auseinander. Oliver, er ist ja zwei Jahre älter als Alexa, wird den etwas kleineren Raum für sich allein bekommen. Und nun zum Wohnzimmer. Das ist recht groß. Wir kaufen uns eine hochwertige Schlafcouch, die man abends aufziehen kann, wenn mehr Platz benötigt wird. Vielleicht braucht mal eines der Kinder mehr Kontakt zu seiner Mutter, dann kann es sich zu ihr schleichen. Aber es gibt noch ein weiteres Zimmer. Es geht hinten vom Wohnzimmer ab. Irgendwo muss auch der fünfte Schlafplatz noch vorhanden sein. Komm, ich zeige ihn dir. Und hier endet dann auch unsere Wohnung.«

Ich staune. Sie sieht meinen fragenden Blick und zeigt an die hintere Wand:

»Dort befindet sich der fünfte Schlafplatz. Wir brauchen dann ein weiteres Bett und seitlich wird ein großer Schrank aufgebaut. Er steht bei mir im Keller. Einen nicht allzu großen Schreibtisch für Unterlagen und für wichtige Angelegenheiten benötigen wir auf jeden Fall. Wir beide werden uns mit unseren Schlafplätzen abwechseln. Das kennen wir doch schon von früher. Da hatten wir ein Etagenbett und wechselten uns immer ab, wer oben oder unten schlafen wollte.

Es gab damals niemals Probleme zwischen uns beiden.«

»Karen, ich bin mit deiner Aufteilung mehr als einverstanden. Super gemacht.«

Die Kinder bitten wir, doch mal jeder eine Zeichnung zu machen, wie das eigene Zimmer gestaltet werden soll. Sie haben klare Vorstellungen. Ganz wichtig ist, dass jeder einen ausreichenden Platz hat, an dem er arbeiten kann. Ein Mitarbeiter aus der Firma von Karen hat sich angeboten, unseren Kindern ihre Tische zu bauen. Karen gibt ihm einen Plan von der Wohnung. Es dauert nicht lange und er trifft sich mit ihr in den leeren Räumen der Wohnung. Unter seinem Arm hat er drei Sperrholzplatten in verschiedenen Größen. Aus einem Sack holt der Mann 12 Tischbeine aus Eisen hervor. Diese schraubt er unter die verschiedenen Platten und schon haben die Kinder ihre Tische. Als ich wieder an meinem nächsten freien Wochenende in Frankfurt auftauche, verschönern wir die Platten mit einer bunten wasserabweisenden Klebefolie, die Karen zuvor mit den Kindern zusammen ausgesucht hat. Diese Zimmer laden ein, darin zu wohnen. Wir sind alle begeistert. Alexa und Kaspar bekommen ein Etagenbett. Das spart Platz. Noch aber ist Olivers kleiner Bruder nicht bei uns. Was noch fehlt, ist die Einrichtung für das Wohnzimmer. Das überlasse ich Karens Geschmack. Die noch fehlenden Vorhänge werden wir selbst nähen.

»Susanne, wenn du in zwei Wochen wiederkommst, bin ich umgezogen. Ich kaufe bis dahin den Gardinenstoff. Ich habe einen Maler, der hier im Haus arbeitet, angesprochen, ob er uns die große Wohnzimmerwand grün streichen kann. Das ist ein Wunsch von mir. Er macht es noch diese Woche für einen kleinen Preis. Meine Couch aus meiner kleinen Wohnung werden wir erst einmal benutzen, so wie auch den kleinen Tisch. Ich freue mich auf unser gemeinsames Leben.«

»Ich auch.«

Schweren Herzens reise ich am Sonntagnachmittag wieder ab nach Marburg. Obwohl ich mich dort sehr wohl fühle, vermisse ich jetzt schon wieder unser Familienleben.

Peter, mein Noch-Ehemann, hat seine Firma gewechselt, was bedeutet, dass er in der Woche in einer anderen Stadt ist. Unsere gemeinsame Wohnung aber bleibt erhalten. In mir erwacht sofort die Hoffnung, Kaspar nach Frankfurt holen zu können.

»Was ist mit Kaspar? Ist er bei deiner Mutter«, frage ich.

»Nein, ich nehme ihn mit. Ich habe eine Familie gefunden, die ihn in der Woche zu sich nimmt. Ich hole ihn aber jeden Nachmittag um 17 Uhr ab und bringe ihn zum Schlafen zurück. Am Wochenende sind wir dann zu Hause.«

»Ich werde am Samstag nach Frankfurt kommen und mit ihm etwas unternehmen. Wenn du willst, kannst du uns begleiten.«

Und so machen wir es dann auch. Ich fahre also Freitagnachmittag nach meinem Dienstschluss gleich nach Frankfurt und warte am Samstag auf meinen Mann mit unserem Sohn. Wir gehen in den Zoo, auch Oliver und Alexa sind eingeladen. Ich übernachte bei Karen und den Kindern und bin sehr erstaunt, wie meine Schwester unsere neue Wohnung verschönert hat. Jetzt habe ich aber auch ein sehr schlechtes Gewissen. Schließlich bin ich wegen meines Hebammenstudiums nach Marburg gegangen, und alles hat sich leider in eine ganz andere Richtung entwickelt. Keiner von uns konnte das voraussehen. Am Samstagmorgen leihe ich mir Karens Auto und fahre nach Fulda. Ich hatte Oliver zuvor gefragt, ob er mit mir kommen möchte. Er lehnt es ab und ich frage ihn auch nicht warum. Er weiß, dass ich abends wieder zurückkomme. Kaspar freut sich sehr, mich zu sehen.

»Wo ist denn mein Bruder«, fragt er gleich.

»Er ist mit einem Freund verabredet und wollte es nicht absagen.«

Diese Antwort reicht ihm. Ich aber lasse mir für alle Fälle die Adresse von dieser Familie geben, die Kaspar während der Woche betreut. Ich frage mein Kind auch nicht, ob es ihm dort gefällt. Er macht auf jeden Fall einen ausgeglichenen Eindruck. Erst dachte ich, dass er vielleicht weint, wenn ich komme, aber nichts in dieser Richtung ist zu spüren.

Wir fahren in die Rhön, denn dort gibt es einen wunderbaren Erlebnisspielplatz. Peter und ich schweigen anfangs noch, aber so nach und nach wird es besser. Vor allem der Kleine redet wie ein Buch, das lockert unsere Situation auf. Ich weiß, wie mich dieser Mann liebt, und das macht es mir nicht leichter. Ich dachte anfangs noch, dass es bestimmt nicht so schwer sein kann, eine Ehe auf freundschaftlicher Basis aufzubauen, so wie das früher sehr häufig gehandhabt wurde. Sicher kann man wohl auch ohne Liebe, aber aufgrund von Wertschätzung, zusammenleben. Meist aber hatte dies früher wirtschaftliche Gründe. Ich weiß, dass das nichts für mich ist.

Ich fahre am Abend zurück nach Frankfurt. Ich verlasse ein fröhliches Kind und das macht mir alles leichter. Oliver zeigt mir sofort erst einmal sein Zimmer. Er hat sein Etagenbett von früher unbedingt aufbauen wollen. Er sagt, da kann auch mal ein Freund bei ihm übernachten. Es sieht sehr gemütlich aus. Er hat all seine Tiere, die er im Laufe der Jahre geschenkt bekommen hat, im oberen Bett deponiert. Er schläft unten, weil er dadurch nachts schneller auf die Toilette kommt, denn es besteht immer die Gefahr, von der kleinen Leiter, die Etagenbetten haben, abzustürzen. Auch Alexa zeigt mir stolz ihr Reich, denn Kaspar ist bis jetzt noch nicht da gewesen. Peter hat ihn mir noch nicht anvertraut. Er hat Bedenken, dass der Kleine dann bei seinem Bruder und seiner Cousine bleiben will. Solange ich noch in Marburg bin, wird sich auch nichts daran ändern. Das sind noch drei Monate.

Ich entwerfe meine erste Bewerbung für meine Tätigkeit als angehende Hebamme. Ich suche mir mehrere Kliniken aus, die ich anschreibe, denn allzu lange ist es nicht mehr bis zum Staatsexamen. Ich treffe mich regelmäßig einmal pro Woche mit einer Kommilitonin aus der Schule, um gemeinsam zu lernen. Das kostet Zeit und Nerven. Und so sind wir auch bald mehr als urlaubsreif.

Ich spreche mit Karen, wie wir das arrangieren können, dass ich meine Schulkollegin mitnehmen kann und Karen ihre Freundin, die Friseurin ist. Unser Wunschziel ist die griechische Insel Kreta. Karen hat sich einen großen Bekanntenkreis in Frankfurt aufgebaut, der überwiegend aus alleinerziehenden Müttern besteht. Hier lautet das Motto: Jede unterstützt jede. Ich habe inzwischen alle diese Frauen kennengelernt und durfte mich diesem Kreis anschließen. Braucht jemand Hilfe, so ist das hier kein Problem. Und so können wir Oliver und Alexa in gute Hände legen.

Dann endlich kommt der Tag der Abreise. Schon beim Anflug auf Kreta lässt der Blick aus dem Fenster des Flugzeuges unsere Herzen höherschlagen. Und es wird ein traumhafter Aufenthalt. Die jungen Griechen, vor allem die Männer, sind sehr angenehme Zeitgenossen. Natürlich fallen Karen und ich wieder als Zwillinge auf, aber sie sind nicht aufdringlich. Außerdem sind wir auch zu viert. Wir treten generell als Viergruppe auf und so gehen wir nachts auch dann alle zusammen zurück ins Hotel. Wir wählen gezielt abgelegene Strände aus. Wir schwimmen im Meer, wir holen uns alle einen Sonnenbrand, wir reden und lachen viel miteinander. Auf der Insel gibt es die Samaria-Schlucht. Organisierte Touren führen die Touristen durch den sechszehn Kilometer langen Abstieg bis zum Meer. Dort wartet dann ein Schiff und bringt die erschöpften Wanderer zurück. Es ist ein anspruchsvoller Weg, gesäumt von Geröll unterschiedlicher Größe und rutschigem Sand. Ein Esel begleitet die Truppe und wer möchte, so wie ich, darf sich auch mal ein Stück des Weges von ihm tragen lassen. Das ist ein seltsames Gefühl, da die Tiere unter dem Sattel so knochig sind. Am Ende des langen Weges erwartet die müden Wanderer ein vorsichtiges Bad im Meer, vorsichtig deshalb, weil wir alle sehr aufgeheizt sind. Ein Sprung in das kalte Wasser hat bereits zu einigen Todesfällen geführt. Danach stürzen wir uns auf ein typisches Essen der Einheimischen. Ein Schiff bringt glückliche Menschen zurück zum Bus und dann in unsere Hotels. Müde und erschöpft, aber glücklich, fallen wir in unsere Betten.

Am nächsten Morgen aber kommt das bittere Erwachen. Wir haben einen Muskelkater, der es uns kaum erlaubt, uns aus dem Bett zu schälen. Um in den Frühstücksraum zu gelangen, müssen wir Treppen heruntersteigen. Wir stöhnen mit jedem Schritt. Beim vorsichtigen Eintreten in den Frühstücksraum erschallt ein großes Gelächter:

»Aha, ihr wart auf der Samaria-Tour.«

Das ist der Kommentar der »neidlosen« anderen Touristen. Es ist also bekannt, wie es untrainierten Menschen nach diesem langen Abstieg geht. Dieser grausame Zustand bessert sich nur langsam von Tag zu Tag. Wenigstens funktioniert es nach drei Tagen schon mal mit einem langsamen Tanz. Aber die Erfahrung hat sich gelohnt. So ergeht es 99% der Touristen, die sich auf diesen Tripp einlassen. Die griechischen Männer sind sehr charmant und höflich und verhalten sich uns Frauen gegenüber zurückhaltend. Sie machen uns Komplimente, das ist natürlich erlaubt. An einem dieser schönen Tage sitzen wir vier wieder in einer kleinen einsamen Bucht. Keine will nach Hause gehen. Plötzlich schaut Karen ihre Freundin an und sagt:

»Ich habe eine Idee. Mia, du bist doch eine super Friseurin, du könntest doch hier einen Friseurladen eröffnen. Mir bringst du bei, wie man die Haare ordentlich wäscht und gleichzeitig durch die kreisenden Bewegungen der Finger eine super Kopfmassage vornimmt. Und auch das Föhnen der Haare kann ich lernen und übernehmen.«

Es wird noch besser:

»Susanne und ich besuchen eine Kosmetikschule und dann eröffnen wir hier auf Kreta einen Friseur- und Kosmetiksalon. Susanne kann als Hebamme arbeiten, aber notfalls auch im Geschäft aushelfen, wenn sehr viel zu tun ist. Wie findet ihr das?«

Was für eine verrückte Idee. Wir arbeiten diese Idee unter großem Gelächter noch aus. Unsere schöne Zeit geht zu Ende. Wir müssen zurück. Aber die Sache mit dem Kosmetik- und Friseursalon schwirrt weiter in unseren Köpfen herum. Ausgeruht und glücklich landen wir dann wieder in Deutschland. Die Kinder freuen sich sehr, uns wiederzuhaben. Natürlich haben wir ihnen typische griechische Geschenke mitgebracht und auch die Babysitter nicht vergessen.

Uns bleibt nicht viel Zeit, um dem wunderschönen Urlaub nachzutrauern. Gewisse Probleme lösen sich leider nicht von allein. Nein, sie warten geduldig, sie werden nur verschoben. Umso wichtiger ist es, sich ab und zu Auszeiten von all dem Trubel des täglichen Lebens zu nehmen. Ich habe noch ein paar Tage Resturlaub, die ich nutzen will, um meinen kleinen Sohn am Wochenende zu besuchen. Aber es geht niemand ans Telefon. Ich rufe Peter bei seiner Vermieterin an und frage, wo der Kleine ist. Er sagt lapidar zu mir, dass er keine Lust hatte, nach Hause zu fahren.

»Du wusstest doch, dass ich komme. Ich habe es dir doch auf der Urlaubskarte mitgeteilt. Stell dir vor, ich wäre jetzt extra nach Fulda gefahren, und niemand ist da.«

»Ich habe es vergessen. Er hat bei mir übernachtet und fühlt sich hier auch wohl, da meine Zimmervermieterin sehr nett ist. Du kennst sie ja.«

Dann legt er auf. Das stimmt, ich war nach Kaspars Geburt einmal dort, weil die Dame Geburtstag hatte.

Das Baby war damals nicht dabei, es wurde von Karen betreut. Jetzt werde ich hellwach. Was hat er vor? Will er das Kind vielleicht vor mir verstecken? Es woanders unterbringen?

Ich spreche mit einer Hebammenschülerin, mit der ich besonders vertraut bin.

»Heike, ich brauch dich und dein Auto. Ich will meinen Sohn holen. Bitte fahre mich in die Stadt, wo Peter arbeitet. Er ist diese Woche mit dem Kleinen nicht nach Fulda gefahren, obwohl ich ihm mitgeteilt hatte, dass ich komme. Ich habe versucht, ihn telefonisch zu erreichen. Vergebens. Auch in seiner Firma habe ich ihn nicht erreicht. Aber man sagte mir, dass er da sei. Gut, dass ich die Adresse habe, wo Kaspar sich in der Woche aufhält. Bitte fahr mit mir heute Abend dahin. Ich werde das Kind zu mir holen.«

»Aber wo soll er denn dann bleiben?«

»Ich habe letzte Woche hier in Marburg eine Familie mit einem kleinen Jungen kennengelernt. Seine Mutter betreut Kinder und die können auch bei ihr schlafen. Im Moment ist sie frei. Das war Zufall. Ich habe ihr gesagt, dass ich sie eventuell brauchen werde. Dass das jetzt so schnell geht, habe ich ja auch nicht geahnt. Bist du dabei?«

»Ja.«

Es ist Freitagnachmittag, Heike und ich haben Spätdienst bis 20 Uhr.

»Wir brauchen ungefähr 2 Stunden für eine Fahrt. Das passt prima. Wenn wir so um 22 Uhr ankommen, dann ist dein Mann mit Sicherheit nicht mehr dort, wo der Kleine schläft. Also dann bis später.«

Ich drücke sie erst einmal ganz fest und bedanke mich bei ihr. Um 20:10 Uhr fahren wir los. Um diese Zeit ist in der Regel kein großer Verkehr mehr zu erwarten. Wir reden während der ganzen Fahrt über »Gott und die Welt«.

Um 21:50 Uhr stehen wir vor dem Haus. Ich klingele und habe sofort Herzklopfen. Eine freundliche Frau öffnet mir die Tür. Ich sage ihr, wer ich bin, und sage auch gleich, dass ich meinen Sohn abholen will. Sie ist überrascht.

»Ihr Mann hat mir nichts gesagt.«

Ja, er ist manchmal sehr vergesslich.«

»Kommen Sie herein.«

Wir folgen ihr in die Küche und da sehe ich Kaspar. Er schläft auf einer Campingliege. Davon wusste ich allerdings nichts. Ich wecke ihn und sage leise:

»Kaspar, ich bin es, deine Mama. Ich nehme dich jetzt mit. Wir fahren mit dem Auto zu mir.«

Ich bitte die Frau, seine Sachen in eine Tüte zu packen. Heike und ich schauen uns an. Wir wissen, dass wir so schnell wie es geht zurückfahren müssen, denn wahrscheinlich ruft diese Frau Peter noch an, um sich abzusichern, dass das, was ich tue, auch rechtens ist. Kaum sind wir im Auto, atmen wir tief durch. Ich bin hinten eingestiegen, weil ich meinen müden Jungen in meinen Armen halten will. Er schläft auch gleich wieder ein. Mir ist klar, dass diese Aktion eine Entführung ist. Wir werden sehen. Ich trage ihn nach unserer Ankunft in Marburg in mein Zimmer und lege ihn in mein Bett. Er schläft sofort weiter.

Am nächsten Morgen rufe ich erst einmal seinen Vater an. Der ist natürlich stinksauer, was ich verstehen kann.

»Du hast mir keine andere Wahl gelassen. Wir waren in Fulda verabredet. Du hättest mich anrufen müssen. Jetzt bleibt er erst einmal hier bei mir. Er ist jetzt bei einer Familie mit einem gleichaltrigen Jungen und die beiden haben sich sofort verstanden. Außerdem hat er jetzt ein eigenes Bett in dem Zimmer des anderen Jungen und keine Campingliege in einer Küche zum Schlafen.«

Ich warte auf keine Antwort, sondern lege auf. Sobald ich mein Hebammenexamen in der Tasche habe und wir frischgebackenen Hebammen von unserer Abschlussfeier aus Wien zurückgekehrt sind, wird mich Karen mit Kaspar aus Marburg abholen und wir fahren zusammen nach Frankfurt. Erst dann sehe ich für mich und meine Kinder ein neues Leben in dieser veränderten Lebenskonstellation. Wir sind wieder alle zusammen. Ich rufe Peter an und biete ihm an, Kaspar alle zwei Wochen zu sich zu nehmen. Wenn er älter ist, kann sein Sohn dann auch allein mit dem Zug zu ihm fahren.

»Überleg es dir.«

Jetzt bereite ich zunächst ein Frühstück für uns beide zu. Wir Schülerinnen haben eine eigene Küche mit einem Kühlschrank, der ganz viele Fächer hat. Jeder von uns hat ein eigenes Kühlfach mit einem eigenen Schlüssel. Da ist immer etwas zum Essen deponiert. Dann melde ich mich bei der Frau, die mir die Betreuung für den Notfall angeboten hat. Sie ist sehr überrascht.

»Kommen Sie bitte gleich zu uns, damit Ihr Sohn meinen Sohn kennenlernt. Da heute Samstag ist, sind wir alle zu Hause. Also bis gleich.«

Ich erkläre meinem Sohn erst einmal, um was es geht. Gestern Abend hat er geschlafen und ich wollte ihn nicht aufwecken. Wir fahren auch gleich zu der Familie, denn ich muss später am Nachmittag arbeiten. Ich habe Heikes Auto bekommen, und so sind wir schnell am Zielort. Es ist nicht weit von der Klinik entfernt. Kaspar und der andere kleine Junge verstehen sich auf Anhieb. Sie toben im Garten herum, schaukeln, spielen zusammen Ball. Ich bin sehr erleichtert. Es passt! Mir ist klar, dass ich meinem Sohn sehr viel zumute. Um 14:00 Uhr muss ich in der Klinik sein, denn da beginnt meine Spätschicht.

»Kaspar, heute Abend wirst du bei deinem neuen Freund übernachten. Ich komme morgen früh wieder zu euch und bleibe bis zum Mittag. Dann muss ich wieder arbeiten. Wir sehen uns auf jeden Fall täglich. Du machst das alles großartig. Morgen ist Sonntag, ich muss am Vormittag arbeiten. Ich werde dich um 14:00 Uhr abholen, um gemeinsam zur Klinik zu fahren. Dort wirst du sehen, wo ich arbeite. Danach fahr ich dich zurück und bleibe noch bis zum Abend bei dir, bei deinem neuen Freund und seinen Eltern.«

Ich drücke ihn noch einmal fest und winke ihm beim Verlassen der Wohnung zu und er winkt fröhlich zurück. Mir fällt ein Stein vom Herzen. Inzwischen habe ich Karen informiert und mit ihr besprochen, dass sie alles in die Wege leitet, damit ich Kaspar nach Frankfurt holen kann. Immerhin leben dort sein Bruder und seine Cousine.

»Kein Problem«, ist ihre Antwort. »Ich denke, bis ihr beide kommt, habe ich alles arrangiert. Du sagtest ja, dass Kaspar sich da, wo er jetzt ist, wohlfühlt. Hast du Peter angerufen?«

»Ja, habe ich. Heute Morgen. Er ist stinksauer. «

Ich habe gesagt, dass Kaspar erst einmal bei mir in Marburg bleibt, bis ich mein Examen habe, und dann geht er mit mir nach Frankfurt. Ich habe auch schon einen Kindergartenplatz für ihn, und zwar in dem gleichen Hort, wo sein Bruder und seine Cousine untergebracht sind.

»Peter, wir müssen es hinkriegen, dass Kaspar nicht zum Spielball zwischen uns beiden wird. Er ist gut in unserer Familie aufgehoben. Vor allem bin ich bald zurück aus Marburg und er hat einen festen Platz in unserem Leben. Wir schließen dich nicht aus, denn du bist sein Vater und dich liebt er genauso wie mich. In acht Wochen ist hier alles beendet, das Examen ist vorbei und ich werde nach Frankfurt gehen. Ich habe bereits eine Stelle in einem Krankenhaus gefunden, da auch ich Geld verdienen muss. Peter, es tut mir wirklich leid, dass alles so gekommen ist, wie es jetzt ist. Lass uns beide das Beste daraus machen. Du musst jetzt nicht antworten, denn ich weiß, dass ich dich sehr verletzt habe. Aber auch du hast mich verletzt. Warum diese Eifersucht auf Karen? Wir können doch nichts dafür, dass wir Zwillinge sind. Du musst diese Eifersucht bezwingen, damit wir einigermaßen gut miteinander umgehen können.«

Er antwortet nicht darauf. Er muss jetzt erst einmal darüber nachdenken.

Marburg wartet und mehrere Prüfungen stehen bevor. Dann ist er da, der »Tag der Abrechnung«. Ich mache mir keine Gedanken darüber, dass ich die Prüfung nicht bestehen könnte. Dafür habe ich zu viel gebüffelt. Auch die von Zeit zu Zeit durchgeführten Klassenarbeiten fielen immer zu meiner Zufriedenheit aus.

Ich bin mir sicher: Ich habe meinen Traumberuf gefunden, aber der hat auch seinen Preis. Ich habe dafür meinen Mann und unsere gemeinsame Wohnung verlassen, habe die Kinder durcheinandergebracht und die Verwandtschaft enttäuscht. Jetzt müssen erst wir alle wieder zur Ruhe kommen!

Die letzte Klassenfahrt mit den frisch examinierten Geburtshelferinnen führt nach Wien und es sind wunderschöne drei Tage. Danach erfolgt der Abschied aus Marburg. Einigen Exschülerinnen fällt es besonders schwer. Mir auch. Jetzt aber wartet auf mich ein gutes

Zusammenleben mit meiner Zwillingsschwester und unseren drei Kindern. Aber etwas Wehmut darf sein. Während noch einige der Kolleginnen erst eine Familie gründen müssen, habe ich diese bereits. Natürlich haben wir uns vorgenommen, uns nächstes Jahr alle wieder in Marburg bei unserer Kursärztin zu treffen.

Karen holt mich in Marburg mit ihrem Auto ab. In den zwei Jahren der Ausbildungszeit hat sich doch so einiges an Kleidung angesammelt. Es ist ein Wochenende und ich fahre noch mal schnell bei meiner Kursärztin vorbei. Ich will mich allein von ihr verabschieden. Sie hat mir in den letzten Monaten ein paar Mal finanziell unter die Arme gegriffen, als sie bemerkte, dass es mir nicht so gut ging. Sie sprach mich an, was mit mir los sei. Ich sagte ihr die Wahrheit. Ich musste für Kaspar 400,00 DM im Monat an die betreuende Familie bezahlen. Da blieb kaum Geld für etwas zum Essen für mich übrig, denn das monatliche Ausbildungsgeld, das wir Schülerinnen bekamen, betrug 450,00 DM. Peter war nicht bereit, auch nur einen Pfennig beizusteuern. Er meinte, ich sei selbst schuld. Da hatte er recht, aber menschlich gesehen war es ihm egal, ob ich was zu essen hatte oder nicht. Er ist einfach zutiefst verletzt. Ich habe ihm seinen Lebenstraum zerstört, nämlich mit mir und den Kindern zusammenzuleben.

Glücklich und neugierig kommen wir dann in Frankfurt an. Kaspar kennt die neue Wohnung noch nicht und steht erst einmal staunend vor dem Hochhaus.

Als der Aufzug kommt und aufgeht, ist er der Erste, der hineinhüpft. Er darf den Knopf für den 11. Stock drücken. Dann sind wir oben. Alexa und Oliver erwarten uns fröhlich lachend in der offenstehenden Wohnungstür.

»Wo ist unser Zimmer? Alexa zeig es mir«, ist die erste Frage von Kaspar. Und dann staunt er.

»Ein Etagenbett. Wo darf ich schlafen?«

»Oben, wenn du möchtest«, sagt seine Cousine gönnerisch. Dann bestaunt er den großzügigen bunten Schreibtisch, welcher am Ende der einen Wand um die Ecke geht.

»Welche Seite ist meine?«, fragt er.

»Das müsst ihr zwei entscheiden«, antworte ich. Sie werden es schon regeln. Genauso geschieht es dann auch. Kaspar bekommt die kleinere Seite, denn Alexa hat ihm gesagt, dass er dann auch weniger aufzuräumen hat. Clever!

Am Montag darf er mit in die Kita. Er ist total aufgeregt. Er findet es besonders toll, dass er mit seinem großen Bruder und seiner Cousine zusammen sein kann. Die drei hocken oft zusammen im oberen Etagenbett von Oliver. Dieser liest ihnen irgendwelche Comic-Hefte vor. Kaspar kommt in die erste Klasse und kann noch nicht lesen. Eines Tages höre ich Oliver, er ist allein in seinem Zimmer im oberen Etagenbett, wie er vor sich hin schluchzt und irgendetwas sagt, was ich nicht verstehen kann. Ich betrete leise sein Zimmer und frage:

»Was hast du?«

Da bricht es aus ihm heraus.

»Peter hat in Fulda eine Woche nicht mit mir gesprochen. Er hat mich für irgendetwas bestraft, was ich nicht mehr weiß.«

Oh Gott, ich fühle mich sofort schlecht. Ich bin schuld, denn ich wollte unbedingt meine Hebammenausbildung machen. Ich hätte niemals erwartet, dass Peter, der normalerweise sehr freundlich ist, zu meinem Kind so rücksichtslos sein könnte. Er selbst ist mit einem Stiefvater aufgewachsen, der ihn nicht mochte. Ich weiß, dass ich ihm das niemals verzeihen werde. Hoffentlich vergisst es Oliver irgendwann. Als Karen nach Hause kommt und ich ihr diese Geschichte erzähle, ist sie genauso fassungslos.

»Das hätte ich ihm niemals zugetraut. Hätte Oliver dir das nur früher erzählt. Dann hätte ich ihn sofort zu mir genommen.« In diesem Moment war ich mir absolut sicher, dass ich mich damals sofort von diesem Mann getrennt hätte, wenn ich davon gewusst hätte. Irgendwie hätten wir Zwillinge auch das hingekriegt.

Für mich beginnt auch ein neuer Abschnitt meines Lebens. Ich beginne meinen ersten Dienst als frisch examinierte Hebamme. Ich habe mir ein Nonnenkrankenhaus ausgesucht, weil Karen und ich einst unseren zweijährigen Handelsschulabschluss auf einer Nonnenschule absolviert haben. Die Nonnen von damals waren alle sehr höflich zu uns und waren immer hilfsbereit, denn schließlich sind sie »Dienerinnen Gottes«. Zunächst geht auch alles gut. Der Chefarzt der geburtshilflichen Abteilung schätzt mich sehr, und auch mit den zwei anderen Ärzten läuft es harmonisch. Wir unterstützen uns und wir respektieren uns. Es gibt noch eine zweite hauseigene Hebamme, eine Nonne, und dieser bin ich leider bald ein Dorn im Auge. Sie ist eine Ordensschwester. Anfangs ist sie ganz in Ordnung, zeigt mir alles und erklärt mir freundlich alle die Dinge, die ich beachten muss, bis sie bemerkt, dass ich mich mit unserem Chef und den zwei jungen Ärzten gut verstehe. Wenn ich Dienst habe und nicht sie, kommt sie einfach in den Kreißsaal mit ihrem wehenden schwarzen Gewand und tut so, als suche sie etwas. Einmal geht sie so weit, dass sie sich während einer Geburt, die ich leite, einmischt. Ich fange an, sie nach und nach zu hassen, und sie mich. Das ist keine Zusammenarbeit auf Dauer. Ich bitte den Chefarzt um ein Gespräch und klage ihm mein Leid. Er bedauert das sehr, aber er kann hier nichts unternehmen, denn dem Orden gehört das Krankenhaus. Na super, für mich ist sofort klar, hier kann ich nicht bleiben, und ich schwöre mir, nie mehr in einem Krankenhaus zu arbeiten, wo Nonnen sind. Auf der Wochenstation aber gibt es eine ganz liebe Schwester. Ich klage ihr mein Leid und sehe an ihrem Blick, dass sie mich versteht. Ein anderes Mal, als ich mich wieder bei dieser sehr angenehmen Schwester aufhalte, höre ich ein Rascheln hinter der halboffenen Tür und stoße diese schnell mit dem Fuß auf. Und wer läuft geschwind davon? Es ist diese sehr bösartige Ordensschwester, die uns belauscht hat. Sie hatte nicht ausreichend Zeit, wegzulaufen, so dass ich sie noch sehen konnte. Sie hat mich also belauscht. Ich hatte mich gerade ordentlich über sie beschwert. Wie heißt doch ein Sprichwort: »Der Lauscher an der Wand, hört seine eigene Schand.«

Am Abend bespreche ich mit Karen, was ich tun soll. Meine innere Stimme sagt mir, dass es so nicht weitergehen kann. Wenn ich mal mit dem Diensttelefon die Kinder anrufe, was jedem Mitarbeiter erlaubt ist, knackt es in der Leitung. Mir ist sofort klar: Ich werde abgehört.

Ich erfahre von einer Kollegin, dass das Nordwest-Krankenhaus in Frankfurt dringend eine neue Geburtshelferin sucht. Die jetzige Hebamme verlässt die Klinik, weil sie ihren Mann, einen Schmetterlingsforscher, begleiten will. Als ich nach Hause komme, melde ich mich auch sofort per Telefon bei der leitenden Hebamme des anderen Krankenhauses. Sie ist hocherfreut, als sie mein Anliegen hört.

»Können Sie morgen Nachmittag um 15:00 Uhr vorbeikommen?«

Ich sage zu. Eine sehr freundliche, ältere Hebamme, sie ist die Leiterin der Geburtsstation, empfängt mich und natürlich interessiert sie sich als Erstes, warum ich nach so kurzer Zeit das andere Krankenhaus verlassen will. Ich erzähle es ihr, so wie es ist.

»Sehen Sie«, sagt sie lächelnd, »Ihr Pech mit dieser Nonne ist unser Glück. Weiß Ihr dortiger Chef schon, dass Sie gehen werden?«

»Nein, mit ihm gibt es kein Problem. Er weiß, dass ich unglücklich bin. Aber er kann diesen Nonnen nichts vorschreiben. Die haben die Macht. Das hat er mir gesagt.«

Ich verabschiede mich und fahre beschwingt nach Hause.

Am nächsten Morgen bei Dienstantritt melde ich mich sofort bei meinem netten Chef. Er begrüßt meine Entscheidung, weil er meint, dass man nicht gut arbeiten kann, wenn jemand anderes es nicht will. Er schlägt vor, dass wir unverzüglich einen Auflösungsvertrag aufsetzen. Und noch in meinem Beisein telefoniert er mit der Verwaltung und gibt die Order heraus, bis zum Mittag, bevor ich offiziellen Dienstschluss habe, alles vorbereitet zu haben. Mir fällt ein Stein vom Herzen. Ich glaube, er kann es mir ansehen. Um 14:00 Uhr halte ich meinen Auflösungsvertrag in den Händen und ein gutes Zeugnis für diese kurze Zeit. Am liebsten würde ich diesem netten Chef um den Hals fallen. Noch Jahre später denke ich an sein gütiges Lächeln.

Ich setzte mich unverzüglich mit der Leitung meines zukünftigen Arbeitsplatzes in Verbindung und berichte, was ich inzwischen alles erreicht habe, »wir haben auch schon fast alles geklärt«, höre ich meine zukünftige Chefin sagen.

»Kommen Sie in zwei Tagen um 13:00 Uhr vorbei und holen Sie sich Ihre Unterlagen ab. Und unser Chefarzt möchte Sie auch kennenlernen. Also bis dann.«

Und dann stehe ich vor einem sehr großen Mann mit angegrauten Haaren. Er lächelt mich freundlich an. Wir setzen uns und er stellt als Erstes die Frage:

»Wo haben Sie Ihr Examen abgelegt?«

Ich sage, in Marburg.

»Ach ja, da freut sich aber unsere Oberhebamme. Sie will nur Schülerinnen aus dieser Schule. Sie meint, dass dort die besten Geburtshelferinnen ausgebildet werden. Dann wünsche ich Ihnen bei uns einen guten Anfang. Ach ja, da gibt es noch eine Frage. Sie haben zwei Kinder, wie ich gelesen habe. Aber ich sage Ihnen gleich: Darauf können wir keine Rücksicht nehmen. Jeder, der hier arbeitet, muss seinen Dienst gewissenhaft erfüllen. Wo sind Ihre Kinder, während Sie hier arbeiten?«

»Sie sind gut versorgt, sie gehen in die Kita oder schon in die Schule, und da ich mit meiner Zwillingsschwester zusammenlebe, kümmern wir uns beide um unsere drei Kinder.«

Er steht auf und gibt mir die Hand.

»Das ist schön. Auf Wiedersehen, dann bis bald.«

Bald ist es so weit. Es ist immer ein eigenartiges Gefühl, irgendwo neu anzufangen. Ich bin sehr gespannt, wie die acht Kolleginnen bzw. die, die in meiner Schicht arbeiten, mich annehmen werden. Ich bin bewusst zum Frühdienst eingeteilt worden, da die leitende Hebamme auch meine Einarbeitung übernimmt. Eine weitere Kollegin hat an diesem Morgen ihre Nachtschicht beendet. Sie lächelt mir aufmunternd zu und wünscht mir alles Gute. Das tut gut. Dann werde ich von Raum zu Raum geführt und alle Einzelheiten werden erklärt. Um kurz vor 14:00 Uhr, es ist der Beginn der Spätschicht, lerne ich eine weitere Hebamme kennen. Natürlich sind nicht alle an diesem Tag im Dienst. Eine hat Nachtdienst, eine andere ist im Tagdienst, eine weitere ist im Urlaub. Um 14:00 Uhr endet mein erster Arbeitstag und ich fühle mich überwältigt von der Vielzahl an Informationen, die ich verarbeiten muss.

Das Wochenende ist frei für mich, da kann ich Karen noch helfen, wichtige Dinge zu erledigen. Unsere Zusammenarbeit läuft wie gewohnt hervorragend. Und genau hier beginnt leider nicht selten für andere Menschen das Problem, denn sie können nicht verstehen, dass zwei Menschen so gut miteinander harmonieren. Was ist an uns besonders? Wir sind uns selten uneinig, denn wir haben meist die gleiche Meinung von den Dingen, die wir besprechen. Und somit gibt es natürlich auch keinen Grund, zu streiten. Unser Erbe sind die gleichen Gene, eine sieht aus wie die andere, auch unsere Gesten sind ähnlich und unsere Stimmen sind für Außenstehende auch gleich. Oft nennt man uns gar nicht erst beim eigenen Namen, sondern ruft einfach nur »Zwillinge«. Dann kommen immer beide. So ist unser Zwillingsleben.

Wie aber verhält es sich diesbezüglich mit unseren Kindern? Sie können uns voneinander unterscheiden. Unsere Stimmen erscheinen fremden Erwachsenen gleich, sie sind auf jeden Fall sehr ähnlich, aber für unsere Kinder sind sie unterschiedlich. Auch unsere Reaktionen scheinen für Außenstehende immer gleich und doch gibt es auch hier gewisse Unterschiede, die wiederum unsere Kinder bemerken.

Unser Leben ist schön. Wir lieben unsere Wohnung. Unsere Kinder fühlen sich wohl in der Kita, da sie auf antiautoritäre Prinzipien setzt. Ganz so einfach verläuft es anfangs zu Hause doch nicht. Gewisse Regeln müssen Kinder lernen und sie auch einhalten. Viele Gespräche führen dann auch zum Erfolg.

Alexas Vater sieht weiterhin für sich keine Veranlassung, Kontakt zu seiner Tochter aufzunehmen. Er hatte einst in seiner musikalischen Anfangszeit mit seiner schönen Stimme in Deutschland eine Single aufgenommen. In deutscher Sprache. Schön ist etwas anderes. Aber für so ein Kind, das seinen Vater vermisst, ist dies nicht ausschlaggebend. Und darunter leidet sie. Mein erster Mann, der Vater von Oliver, hat auch so gut wie kein Interesse an seinem Sohn. Kaspar, mein zweiter Junge, hat da mehr Glück. Sein Vater Peter kommt alle zwei Wochen vorbei und holt ihn ab. Genauso bringt er ihn dann sonntags abends zurück. Er darf ihn auch mit in den Urlaub nehmen. Bisher habe ich auch noch nicht die Scheidung eingereicht, obwohl ich genau weiß, dass ich niemals mehr mit ihm zusammenleben werde. Wie bereits erwähnt, schätze ich ihn als Freund, jedoch nicht als Ehemann. Und das habe ich ihm auch gesagt. Aber ich glaube, er hat die Hoffnung noch nicht ganz aufgegeben. Die Zeit wird uns zeigen, wohin unsere Reise geht. Aber eins weiß ich sicher: Nicht mit diesem Mann. Gott sei Dank lernt er eine andere Frau kennen, mit der er vielleicht zusammenziehen will. Ich bin sehr erleichtert.

Seit ein paar Wochen arbeite ich nun in der anderen Klinik und bin sehr zufrieden. Natürlich muss ich mich auch erst mal freischwimmen und versuchen, keine Fehler zu machen. Lieber einmal mehr fragen, als nachher im Dilemma zu enden.

Karen trifft sich sehr oft mit Mia, ihrer Friseur-Freundin. Irgendetwas hecken die beiden aus. Ich spüre es. Aber das soll ich dann auch bald erfahren, denn der Traum vom eigenen Friseurgeschäft, einst auf der Insel Kreta geboren, ist bei den beiden wieder aufgeflammt. Dann steht der Tag der Wahrheit bevor.

»Susanne, ich habe mich ausgiebig mit Mia unterhalten. Sie hätte auch nichts gegen einen eigenen Friseurladen. Allerdings müsste sie dafür ihre Meisterprüfung machen.«

Ich bin über diesen Vorschlag nicht gerade glücklich. Sie redet euphorisch weiter.

»Und wir beide besuchen die Kosmetikschule.«

Mir bleibt die Spucke weg. Das klingt wie bereits beschlossen, so dass ich erst einmal nicht antworten kann und auch nicht will. Was bedeutet dieses Vorhaben für sie? Wo bin ich dabei? Bin ich dann die Person für alle Fälle? Unser Leben ist jetzt so schön. Karen arbeitet bei einer englischen Agentur und hat dadurch super Englisch gelernt, worum ich sie beneide. Zweimal waren wir schon mit den drei Kindern im Auslandsurlaub und das war wunderschön.

Für diesen Traum aber benötigen die beiden jetzt jedoch auch finanzielle Mittel, wobei allerdings noch nicht geklärt ist, woher das Geld kommen soll. Aber Karen lässt nicht locker. Sie findet recht schnell in Frankfurt eine Kosmetikschule, bei der die Teilnehmer entweder von acht-zwölf Uhr morgens Schulunterricht haben oder am Nachmittag vier Stunden. Dies alles dauert ein Jahr.

»Karen, du machst den zweiten Schritt vor dem ersten. Sag mir, wo kommt das Geld für dieses Experiment her?«

»Ich habe mich inzwischen erkundigt. Für die Neugründung eines Geschäftes oder Unternehmens kann man beim Start bestimmte Hilfen beantragen. Natürlich müssen die später zurückgezahlt werden.«

Ich glaube, sie sehen das alles zu einfach. Sie hat sich was in den Kopf gesetzt, und darauf besteht sie. Ich weiß noch nicht, wie sie sich meine Hilfe vorstellt, denn schließlich habe ich meinen Job in einem Krankenhaus und außerdem gibt es noch unsere drei

Kinder, die versorgt und betreut werden müssen. Und unser Haushalt reinigt sich bestimmt nicht von allein. Ich hatte mir eigentlich mit meiner Zwillingsschwester ein ruhigeres und fröhliches Leben vorgestellt. Wir leben zusammen, wir verreisen zusammen, und das meist mit den Kindern. Wir gehen auch ab und zu mit Männern aus und haben dafür unsere Nachbarin als Babysitter. Sie ist eine Freundin von Karen und ihre Tochter eine Freundin von Alexa. Noch lassen wir die Kinder abends nicht allein zu Hause.

Karens Traum bereitet mir schon ein wenig Sorgen. Ich frage sie:

»Karen, wie stellst du dir denn vor, wie ich in deinem Traum eingesetzt werden kann?«

Ihre Antwort ist:

»Ich würde später den ganzen Tag in dem Geschäft arbeiten und du könntest ab und zu nachmittags aushelfen, wenn dein Klinikdienst beendet ist.«

»Ich weiß nicht so recht, da kommt wieder so viel Arbeit auf uns zu und im Endeffekt trifft es wieder unsere Kinder.«

»Das sehe ich anders. Es ist doch wie in einem Bürobetrieb auch.«

»Nein, nicht ganz, ein Friseurladen kann vor 19:00 Uhr nicht schließen. Mia ist die Friseurin und bleibt natürlich so lange auch da. Ich kümmere mich um die Kosmetik und die gewünschten Behandlungen wie Gesichtsmassagen, Schminken, Fingernägel-Maniküre und was noch wichtig ist. Das kann man gut planen.

Ich muss nur die Termine so legen, dass ich dann um 17:30 Uhr zu Hause bin, wenn du im Krankenhaus Spätdienst hast.«

»Und wer räumt abends den Frisörladen auf? Bestimmt nicht Mia und die anderen Mädels.«

»Dafür werde ich dann morgens um sieben Uhr im Geschäft sein und alles aufräumen und sauber machen. Samstags kannst du mir auch helfen. Es muss geputzt werden, und je nachdem, welchen Schichtdienst du haben wirst, kommst du dann vorbei.«

Na, wenn das nicht wunderbar klingt.

»Bestimmt hast du dich darüber auch schon informiert, wo man einen Laden findet.«

»Habe ich. Ich kenne einen jungen Mann, der sich darum kümmern kann, diesen zu finden. Er hat auch Material für mich zum Lesen besorgt und kann mir sagen, wo es Gelder für die Neugründung vom Staat gibt. Davon habe ich dir doch schon mal erzählt.«

Ja, das hat sie. Aber ich hoffte, dass das alles wieder vergessen wird. Mich hat sie noch lange nicht überzeugt, ich bin weiterhin skeptisch. Jetzt, wo so viel hinter uns liegt, könnten wir doch mal mehr Ruhe in unser Leben bringen. Karen betont zu Recht, dass sie hinter mir stand, meinen Traumberuf zu erreichen, was keine leichte Aufgabe war. Im Nachhinein war der Preis dafür recht hoch, aber für mich war es »mein Leben«.

»Karen, bitte lass uns noch mal ein Jahr warten. Das heißt nicht, dass wir nicht anfangen, Vorbereitungen dafür zu treffen, jetzt eure Träume zu verwirklichen. Bitte denk noch mal darüber nach.«

Sie schaut mich schon etwas enttäuscht an und sagt dann aber:

»Ja, das werde ich machen.«

Sehr überzeugend klingt das nicht. Dann beginnt alles doch früher mit den Vorbereitungen für das Projekt Friseur- und Kosmetiksalon. Mia hat sich bei der Fachschule für ihre Meisterprüfung angemeldet. Diese dauert sechs Monate. Auf Drängen von Karen fangen wir beide dann mit der Kosmetikschule an. Ich kann sie nicht bremsen. Ja, sie hat mich in der Vergangenheit nachdrücklich in meinem Bestreben unterstützt, Hebamme zu werden. Nun fällt es mir doch umso schwerer zu sagen, dass mir die Entwicklung zu schnell und zu überwältigend erscheint. Also schweige ich.

Unsere Kinder sind in der Schule und können nachmittags in ihre ehemalige Kita gehen. Sie sind gut versorgt. Karen reduziert ihre Arbeitsstunden in ihrer Firma und eilt vormittags in die Kosmetikschule. Wir merken allerdings doch bald, dass dieses Unternehmen uns viel abverlangt. So achten wir darauf, an den Wochenenden so viel wie möglich mit den Kindern zu unternehmen. Ich bin mir sicher, ein Mann würde hier nur stören und sich vernachlässigt fühlen. Unsere Entscheidung, ohne diese Spezies zu leben, ist im Moment genau richtig. Das heißt nicht, dass nicht ab und zu einer von uns abends ein Date hat. Wir haben die

Männer nicht aus unserem Leben verbannt, sondern nur aus unseren Betten. Und so ist eine Verabredung mit einem männlichen Wesen schon etwas Besonderes.

Peter, der Vater meines jüngsten Sohnes, besucht uns öfter in Frankfurt. Wir haben inzwischen Frieden miteinander geschlossen. Auch wenn ich ihm die Geschichte mit Oliver niemals vergessen werde. Dann nimmt er seinen Sohn auch für drei Tage mit in seine Wohnung. Schließlich wohnt er in Fulda und eine sehr liebe Großmutter wartet sehnsüchtig auf ihren Enkel.

Für die Finanzierung des inzwischen gefundenen Ladengeschäftes in Bad Soden, einer sehr schönen Stadt im Taunus, ist Karen allein zuständig. Mein Part ist es, mich mehr um unsere drei Kinder zu kümmern und Karen zu vertrauen, denn ich bin immer noch sehr skeptisch und auch ein wenig traurig, dass diese so wunderschöne Zeit miteinander nun gestört wird.

Unser erstes Vierteljahrhundert unseres Lebens fällt in diese Zeit dieser Umstrukturierung. Aber wir feiern dieses Fest großzügig mit vielen Freunden zusammen. Schließlich wird man nur einmal 25 Jahre alt. Karen hat gegen unsere Vereinbarung verstoßen, uns nicht mehr gleich zu kleiden, und uns zwei identische Kleider genäht.

»Susanne, wir treten wieder einmal als Zwillinge auf, so wie früher. Den Spaß machen wir uns.«

Und den gibt es dann auch. Im ersten Moment wird gerätselt, wer ist wer, denn wie immer haben wir auch die gleichen Frisuren. Einige liegen mit ihren Schätzungen voll daneben, manche erraten es auf Anhieb. Auf jeden Fall sorgt es für ein großes Gelächter. Irgendjemand fragt unsere Kinder, ob sie wissen, wer denn wer ist.

»Was ist das für eine Frage?«, sagt einer von den dreien, »was ist denn daran schwer?«

Alle lachen. Als sie noch kleiner waren, konnte es schon einmal passieren, dass eins dieser Kinder zum Beispiel stürmisch auf mich zurannte und beim Hochschauen zu mir sagte:

»Oh, ich wollte eigentlich zu meiner Mama.« Diese Erzählung führte auch zu weiterem fröhlichen Lachen.

Diese Party war gelungen und machte mir nun wieder etwas Mut. Dann passierte leider etwas sehr Trauriges. Der junge Mann, der das Ladengeschäft für Karen und Mias Traum besorgt hatte, erhängte sich. Das war nach unserem Geburtstag, denn da war er noch dabei. Er war psychisch krank und nahm deshalb starke Tabletten. Man hat ihm seine Krankheit nicht angemerkt. Uns erschien er sehr fröhlich. Er war bemüht, uns zu helfen, was er ja auch tat. Gott sei Dank waren die Verhandlungen beendet und er hatte Karen und mich auch schon mit dem Vermieter, einem sehr liebenswerten Geschäftsmann, bekannt gemacht. Uns Zwillinge hat dieser ältere Herr sofort in sein Herz geschlossen.

Die Kosmetikschule macht zwar Spaß, auch mir, aber wir beide können den Tag kaum erwarten, an dem die Prüfungen endlich starten. Dann ist er da! Es funktioniert alles so, wie wir uns das vorgestellt haben, schließlich haben wir auch ordentlich dafür gelernt. Wir fallen uns in die Arme und sind erst einmal restlos glücklich. Auch Mia macht kurz danach ihren Meister.

Wunderbar, jetzt sind wir ausgebildete Kosmetikerinnen, aber das Geschäft muss erst noch eingerichtet werden. Karen stürzt sich auch sofort in die weitere Arbeit, die zum Beispiel die Finanzierung der Einrichtung mit allem Drum und Dran betrifft. Natürlich entscheide ich auch mit, wie die Farbgestaltung sein soll, und nähe auch für die Kosmetikkabinen, die eigens für uns gemauert wurden, die sehr hohen Gardinen, denn der Laden befindet sich in einem sehr schönen Altbau. Mein Part ist es, neben meinem aufreibenden Job in der Klinik mich mehr um unsere Kinder zu kümmern, denn die dürfen nicht benachteiligt werden. Ich koche, wasche, kaufe ein, kümmere mich um die Hausaufgaben und um alles andere auch. Es dauert jedoch noch einige Monate, bis alle Formalitäten abgeschlossen sind, das Geld auf dem Konto eingeht und der Laden fertig eingerichtet ist. Es ist ein Mammutprogramm, das wir uns neben unseren anderen Pflichten geschaffen haben. Zu unserem Glück unterstützen uns Freundinnen aus der Frauengruppe, indem sie sich vor allem neben den eigenen Kindern auch noch um unsere kümmern. Ohne diese Frauen wäre das alles nicht zu schaffen gewesen. Immerhin arbeite ich in einem Vollzeitjob. Jeder Mann hätte hier nur gestört oder wäre stiften gegangen. Unsere Erfahrungen diesbezüglich haben wir schließlich auch gemacht. Aber die bezogen sich allerdings auf die Eifersucht der Männer dem anderen Zwilling gegenüber.

Wir geben am Wochenende in unserer Wohnung eine große Party. Natürlich sind die Kinder mit dabei. Wir laden auch einige Herren ein, jedoch nur solche, von denen wir annehmen, dass sie sich einfach mit uns freuen. Am Anfang zeigen sie Neugierde an uns, empfinden es als amüsant, uns zu beobachten, und sind kontinuierlich auf der Suche nach Ähnlichkeiten wie unseren nahezu identischen Gesten, unserem identischen Lachen und vielem mehr. Unsere tiefe Verbundenheit fasziniert sie aber nur so lange, bis sie merken, dass sie nicht an erster Stelle stehen, sondern sich »mit dem zweiten Platz« begnügen müssen. Man muss auch bedenken, dass wir nicht nur unsere gesamte Kindheit zusammen verbracht haben, sondern auch noch sehr viele Jahre danach. Wir können schließlich nicht mit Beginn der Volljährigkeit sagen: So, das war es nun. Wir sind uns sehr vertraut und können oft voraussagen, wie die andere auf einen Vorschlag reagieren wird. Das bedeutet nicht, dass wir immer einer Meinung sind. Da gibt es auch mal Diskussionen, aber keine, die zu einem Bruch zwischen uns geführt hätten. Wir haben aber auch von Zwillingen gehört, die so zerstritten sind, dass sie nie wieder miteinander gesprochen haben.

Meine Hoffnung ist, dass es jetzt ruhiger in unserem Leben wird. Meinen Wunsch, Klavierspielen zu lernen, habe ich wieder zurückgestellt. Meine Hebammentätigkeit mit ihren Schichtdiensten hat einen festen Dienstplan, dann die wöchentlichen Begleitungen der drei Kinder in eine Judoschule, Beaufsichtigungen der Hausaufgaben, trotz Kita. Karens Bemühungen, eine Stammkundschaft für den Friseursalon aufzubauen, sind zunächst sehr belastend für uns. Welcher Mann hätte hier Lust, in diesen Familienverband einzusteigen? Wir haben zwar kein Bedürfnis danach, denn so gut, wie es mit uns harmoniert, kann das wahrscheinlich niemals mit einem Mann funktionieren. Aber manchmal stellen wir uns schon diese Frage, ob wir immer so unter uns sein wollen. Die Kinder werden größer und gehen irgendwann ihren eigenen Weg. Noch aber ist es nicht so weit.

Wir sind, wie bereits geschildert, mehrere alleinerziehende Frauen, die sich seit Jahren gegenseitig unterstützen. Das betrifft auch unsere Urlaube. Wir verleihen unsere Kinder regelrecht innerhalb dieser Gruppe, so dass eine der Mütter nicht allein mit ihrem Kind in den Urlaub fahren muss, da dies meist zu Konflikten führt. Ihr Kind langweilt sich und nörgelt. Kinder brauchen Kinder zum Spielen. Nichts gegen die Mütter, aber die ersetzen nicht unbedingt den Freund oder die Freundin aus dem Kindergarten oder aus der Schule. Mütter sind für Notfälle da. Sie sind sehr wichtig, aber sie sind eben Erwachsene. Wenn wir mit drei Kindern Urlaub machen wollten, haben wir uns immer ein viertes Kind geliehen, denn in einer Dreiergruppe wird meistens einer ausgegrenzt. Das wechselt aber dann auch wieder.

Und dann kommt eine Situation in unserem Leben, die alles verändern wird.

Unsere fröhliche Frauengruppe sitzt wie so oft wieder einmal zusammen. Die erste Flasche Sekt ist geköpft und die zweite kühlt bereits im Kühlschrank. Es steht die Frage im Raum: Was machen wir Silvester? Feiern möchten wir schon, aber nicht ohne »die Herren der Schöpfung«. Die Frage ist nur: Wo finden wir diese Männer? Es folgen unter großem Gelächter die seltsamsten Vorschläge wie: Wir fangen sie mit einem Lasso auf der Straße ein. Oder wir fahren mit einem Auto durch die Straßen und fordern männliche Singles per Lautsprecher auf, mit uns Silvester zu feiern. Oder wir geben in einer großen Zeitung in Frankfurt eine Anzeige auf mit der wichtigen Frage? »Wo sind die tollen Männer abends, die man tagsüber trifft. Acht junge Frauen suchen nur für eine Silvesterparty fröhliche Männer.«

»Sie können doch nicht alle vergeben sein.«, meint eine der Frauen.

»Ich schlage vor, wir machen das mit einer Anzeige.«
Alle sind einverstanden. Diese Anzeige soll dann im
Dezember 1978 erscheinen. Da ist jetzt noch etwas
Zeit.

Das Friseurgeschäft läuft langsam an. Erweitert wird
es durch eine junge Friseurin. Sie ist eine rassige
schwarzhaarige Italienerin und sehr hübsch. Unsere
Friseurmeisterin ist Spanierin und ebenso hübsch. Es
folgt dann noch eine weiter blonde Italienerin und wir
Zwillinge bedienen die Kosmetik. Ich bin eher an den
Wochenenden dabei. Außerdem muss der Laden einmal die Woche gründlich gereinigt werden. Das machen nur Karen und ich. Wir genießen diese Zeit. Wir
sind allein und können über alles reden. Und immer
noch singen wir, wie früher, unsere schönen Volkslieder zweistimmig und fühlen uns zurückversetzt in unsere Kindheit. Leider hat nach unserem in der Nähe
ein weiterer Friseurladen eröffnet. Wir wussten nichts
davon. Aber dieser Laden bietet keine Kosmetikbe-
handlungen an. Das ist unser Vorteil.

Unsere Kinder wünschen sich für den Sommer einen
Urlaub in Griechenland, nachdem sie darüber einen
sehr schönen Reisebericht im Fernsehen gesehen haben. Das machen wir dann auch mit ihnen, denn den
haben sie verdient. Das Geschäft wird auch ohne uns
weiterlaufen. Die Kosmetik haben wir für eine Woche
gestoppt.

Wir nehmen eine Freundin von Alexa mit, damit es
wieder vier Kinder sind. In Athen sind wir für eine

Nacht in einem Hotel eingemietet und besuchen zuerst unseren griechischen Reiseleiter. Er hat für uns ein Auto gemietet und drückt uns auch noch eine Landkarte in die Hand.

»Viel Glück. Wenn irgendetwas ist, rufen Sie mich sofort an.«

Die Kinder können es kaum erwarten, dass es losgeht. Erst einmal bestaunen sie den unglaublichen Verkehr in Athen. Man kann nicht sagen, dass Frankfurt wenig Autos auf den Straßen hat, aber was hier zu sehen ist, ist unglaublich. Ständig wird gehupt, als wenn es dadurch schneller ginge, und wer es zuerst über die Kreuzung schafft, hat gesiegt. Die Ampeln sind offensichtlich nur für die Touristen aufgestellt, aber bringen nichts. Denn wer wirklich stehen bleibt, wird wüst beschimpft. Wir reisen in die Berge und sind froh, diesem Irrsinn unbeschadet entkommen zu sein.

Hier empfängt uns eine himmlische Ruhe. Man glaubt es kaum, aber wir sechs sind die einzigen Touristen in den kühlen Bergen. Wir passieren kleine Bergdörfer und werden hier sehr freundlich empfangen. Besonders unsere vier blonden Kinder haben es ihnen angetan. Dieses Mal sind sie die Stars und nicht wir Zwillinge. Die Bauern setzen unsere Kinder auf ihre Esel und lassen sie ein paar Runden reiten. Dann laden sie uns zum Essen ein. Sie fahren mit ihren Händen unseren Kindern ständig über ihre blonden Köpfe und freuen sich sichtlich, wenn diese sich schnell wegducken, um ihren Streicheleinheiten zu entgehen. Sie haben so eine Freude an uns Touristen, was viele Jahre später nicht mehr so sein wird. Und sie packen uns auch noch so manches gute Gericht ein. Nach dem Jahr 2000 lässt auch die Freude über die Touristen nach. Wir aber befinden uns in den 70er Jahren und da gibt es ihn noch nicht: den Massentourismus. Dies ist unser Glück. Alles läuft für uns bestens und als wir den Mietwagen zu dem freundlichen Griechen zurückbringen, fällt uns der Abschied schwer. Ich glaube, dass zum ersten Mal in unserem Leben kaum jemand bemerkt hat, dass wir Zwillinge sind. Allerdings ziehen wir uns auch nicht mehr gleich an. Erst am Flughafen fallen wir wieder auf, wenn wir nebeneinanderstehen.

Am 1. Dezember 1978 geben wir folgende Kontaktanzeige in einer großen Frankfurter Zeitung auf. Sie lautet:

Wo sind die tollen Männer abends, die man tagsüber trifft? Acht junge Frauen suchen nur für eine Silvesterparty fröhliche Männer.

Dann folgt eine Telefonnummer. Die Resonanz ist unglaublich. An diesem Tag nehme ich ab 8:00 Uhr 120 Anrufe entgegen. Dabei kommt es meist zu sehr netten Gesprächen, mit viel Gelächter, aber auch zu Abbrüchen wegen unverschämter Redensarten. Wahrscheinlich denken manche Männer, dass wir einem bestimmten Gewerbe nachgehen. Hinter solch einer Anzeige steckt auch viel Geheimnisvolles. Spätabends folgt noch ein sehr fröhlicher Anruf von einer »Rettungsgesellschaft«. Ich muss lachen.

»Hier gibt es niemanden, der gerettet werden will. Und außerdem seid ihr viel zu spät.«

Ich erfahre, dass sie fünf Männer sind und sie erfahren von mir, dass eine gewisse Anzahl von »Bewerbern« bereits feststeht.

»Da ist wohl nichts zu machen«, antwortet das offensichtliche Sprachrohr dieser Männer.

»Aber wie wäre es, wenn wir uns zur Fastnachtszeit treffen?«

»Das ist eine gute Idee, also bis dann. Melde dich einfach.«

Abends erzähle ich Karen, dass ich fünf Männer auserkoren habe und sie drei Tage später in einem Café treffen werde.

»Ihr müsst schon wissen, wer kommt.«

»Vielleicht ist auch Frankenstein dabei. Sorry, das war jetzt gehässig von mir. Notfalls kann man einen anderen Mann nachnominieren. Ich habe noch alle Telefonnummern.«

»Ich bin mal gespannt, ob sich zur Faschingszeit die Rettungsgesellschaft mit dem fröhlichen Sprachrohr Christian meldet«, meint Karens Freundin Angela.

Auf diese Gruppe bin ich auch sehr gespannt«, antworte ich. Die anderen neugierigen Freundinnen trudeln auch so nach und nach ein. Dann berichte ich, wie sich manche Männer angestrengt haben, um bei der Party dabei sein zu dürfen.

Drei Abende später erfolgt eine Zusammenkunft, jedoch ohne meine Anwesenheit. Ich bin gespannt, was sie erzählen werden. Ich stelle schon mal eine Flasche Sekt kalt. Wir werden sie trinken, so oder so, egal wie die Begutachtung ausfällt. Sie kommen zufrieden zurück und erzählen, dass ich diese Herren nur aufgrund ihrer Stimme und ihrer Art, wie sie gesprochen haben, gut ausgesucht habe. Das freut mich, es hätte auch ganz anders sein können.

Dann ist endlich der Tag gekommen und alle außer mir feiern. Ich habe Nachtdienst im Krankenhaus. Die geladenen Männer verbringen einen fröhlichen Silvesterabend mit unserer Frauenclique und den Kindern bei uns zu Hause. Niemand verhält sich unangemessen, und so war das auch gedacht. Danach gehen wieder alle ihrem Leben nach und haben auch bald vergessen, dass ich ja noch einem anderen Date zugestimmt habe, nämlich dem, mit den Herren von der Rettungsgesellschaft.

Dann klingelt tatsächlich in der Faschingszeit das Telefon und ich melde mich. Da dröhnt wieder diese eine Stimme so laut an mein Ohr, dass ich den Hörer erst einmal weit weg von mir halte. Mir ist sofort klar, wer das sein kann, nämlich das Sprachrohr der »Rettungsgesellschaft«. Er hat es tatsächlich nicht vergessen. Was denken diese Herren eigentlich von uns? Sind diese Männer vielleicht so hässlich, dass sie auf diesem

Wege versuchen, Frauen kennenzulernen? Christian, der Anführer dieser Clique, hat eine sehr sympathische Stimme, aber das muss ja nichts heißen.

»Also, du hast uns nicht vergessen, was wollt ihr jetzt?«, frage ich ihn. Natürlich ist mir seine Antwort klar, aber man kann ja so tun, als hätte man seinen Anruf vergessen. Allerdings habe ich nicht mehr daran gedacht. Er lacht, auch das klingt sehr sympathisch.

»Euch natürlich kennenlernen.«

»Ich muss erst mit meinen Freundinnen sprechen. Rufe mich bitte gegen acht Uhr heute Abend an, dann weiß ich Bescheid. Bis dann.«

Ich lege schnell auf, denn ich muss sofort mit den anderen Mädels sprechen. Ich merke, dass ich aufgeregt bin. Es ist Donnerstag und ich denke, Samstag wäre ein guter Tag. Ich bekomme das Okay von Angela, der Freundin von Karen, sowie auch von Doro, unserer Zwillingsfreundin. Wir sind jetzt alle neugierig, wer hinter dieser »Rettungsgesellschaft« steckt. Pünktlich um 20:00 Uhr klingelt das Telefon und ich gehe sofort dran, denn ich bin sehr gespannt, ob sie kommen. Und natürlich werden sie kommen. Die Neugier plagt sie. Ich frage noch:

»Wie viel Personen seid ihr?«

»Wir sind zu viert. Eventuell kommt noch unser Rechtsanwalt mit.

»Wir sind auch zu viert. Also dann bis Samstag um 19:00 Uhr.«

Ich gebe Christian noch die Adresse, die Telefonnummer hat er ja.

»Also, dann bis Samstag und bitte seid pünktlich. Wir warten nicht gern.«

»Wir auch nicht«, sagt er lachend und ich lege auf.

Dann ist er da, der Samstag. Wir machen uns zurecht, das heißt wir peppen uns auf, denn wir wollen sofort einen guten Eindruck hinterlassen. Es geht recht vergnügt zu, während wir darüber nachdenken, wer die Tür als Erste öffnet. Karen sagt:

»Natürlich, du Susanne, denn du hast das doch alles arrangiert. Ich denke auch, dass sie das erwarten. Na, wir werden sehen.«

Endlich klingelt es. Es ist fünf Minuten früher als abgesprochen. Deshalb nehmen wir uns etwas Zeit, bevor ich an die Sprechanlage gehe und frage, wer da ist. Dann klingelt es noch mal. Die Herren werden wohl nervös, und wahrscheinlich überlegen sie, dass wir sie veräppeln wollen.

»Susanne«," sagt Karen, »erlöse sie, bevor sie noch nach Hause fahren.«

Ich steige auf einen Hocker und schaue durch den Spion. Was ich sehe, gefällt mir. Vor der Türe steht ein gutaussehender Mann so um die dreißig und vermutlich ist es Christian. Er hat zwei Flaschen Champagner unter seinen Armen. Das sieht schon mal nicht nach Geiz aus. Ich gebe den Mädels ein Zeichen, dass sie sich verstecken sollen. Dann öffne ich die Tür. Die

Augen von dem Sprachrohr Christian werden groß, als er mich erblickt.

»Hallo, ich bin Christian und du bist Susanne?«

»Ja, das bin ich. Die anderen Mädels haben sich versteckt, denn ich soll euch erst begutachten, bevor sie dazukommen werden. Sie warten nur auf meinen Ruf. Und wo ist der Rest von euch?«

Er pfeift durch seine Finger, und um die Ecke schlendern die anderen Herren der Gruppe zur Tür. Haben die etwa Angst vor uns? Womöglich haben sie zuvor überlegt, was sie machen, wenn sie auf hässliche und frustrierte Frauen treffen. Christian war wohl die Vorhut. Alle Männer sind gutaussehend. Sie haben dunkle Anzüge an, darunter weiße Hemden. Sie scheinen Geschäftsmänner zu sein. Wir Frauen sind aber auch nicht zu verachten.

»Kommt herein, die anderen Mädels kommen gleich.« Ich rufe nach hinten:

»Ihr könnt kommen. Es ist alles gut.«

Dann kommen sie alle selbstbewusst aus dem Nebenzimmer, und als die Männer bemerken, dass Zwillinge dabei sind, ist ihr Interesse noch stärker.

Es wird ein lustiger Abend, und als dieser vorbei ist, hat sich Christian in mich verliebt und sein Freund sich in Karen. Bewusst hatten wir noch zuvor mehrere Kinderschuhe vor die Türe gestellt, als Test, ob sie vielleicht gleich wieder verschwinden. Es ist ein Abend, der für viele Jahrzehnte unser Zwillingsleben mitbestimmen wird. Wir sind alle geschieden, frei und glücklich mit unseren Kindern. Und so soll das auch bleiben. An unserer Tür hängt folgendes Schild: Einzeln sind wir nicht zu haben. Christian hatte es sofort gelesen und kurz gegrübelt, was das bedeutet. Aber da stand ich schon in der Tür. Später war ihm dann diese Bedeutung des Schildes klar.

Ich, die eigentlich nie mehr mit einem Mann fester zusammen sein will, lasse mich auf Christian ein. Dieser Mann ist unglaublich. Er ist immer gut gelaunt, er kocht gerne, zur Freude unserer drei Kinder. Er hat selbst eine kleine Tochter und holt sie auch anfangs an einigen Wochenenden zu uns. Die Kleine, drei Jahre ist sie alt, fühlt sich sofort in unserem Kreis angenommen. Wir bringen ihr Fahrradfahren bei, sie darf auf Bäume klettern, sie darf abends neben ihrem Papa auf der Couch sitzen und vieles mehr. Dies hat zur Folge, dass ihre Mutter vor Eifersucht platzt und dafür sorgt, dass die Kleine uns nicht mehr besuchen kommt. Christian hat den Fehler begangen, bei seiner Scheidung auf seinen Teil des Sorgerechts zu verzichten. Aber nicht auf seine Tochter. Das ist verrückt: Karens ehemaliger Ehemann hat auf sein Kind verzichtet und auf das Sorgerecht. Allerdings befreit ihn das nicht von der Unterhaltszahlung. Der Vater meines ersten Sohnes hat sich ähnlich verhalten. Dagegen versucht der Vater meines zweiten Sohnes, dass der Junge zu ihm zieht.

Karens Verhältnis zu Christians Freund hält nicht lange. Sie trennen sich immerhin freundschaftlich. Wir aber machen weiterhin alles zusammen und Christian macht alles mit. Er sagt, er habe nicht vergessen, was auf dem Schild unserer Wohnungstür steht. »Einzeln sind wir nicht zu haben«. Karen gehört jetzt genauso in sein Leben wie unsere Kinder. Er ist der erste Mann, der nicht versucht, uns Zwillinge zu trennen. Manchmal geht mir das aber auch zu weit. Er glaubt, wenn er mir etwas schenkt, muss er dies auch für Karen tun. Er liebt es, mir Geschenke zu machen. Also bekommt Karen auch immer etwas von ihm. Er verdient recht viel Geld und gibt es auch gerne wieder für uns aus.

»Christian, ich liebe meine Zwillingschwester sehr, aber du bist mit mir zusammen. Karen muss nicht überall mit dabei sein.«

Er sieht mich leicht irritiert an:

»Ich wollte nicht den Fehler von euren Vorgängern begehen. Ich werde mich also in Zukunft mit dir darüber absprechen.«

Jetzt fliegen wir erst einmal alle zusammen nach Kreta, zu den »freundlichsten Bewohnern dieser Erde«. Christian wird von den Männern der Insel sehr bewundert, weil er zwei blonde Frauen an seiner Seite hat, die sich auch noch so ähnlichsehen. Er läuft stolz wie ein Gockel, die eine rechts und die andere links im Arm, durch den Ort. Und dazu gibt es auch noch drei blonde Kinder. Was sich die Leute denken, wissen wir nicht. Die Männer beneiden ihn auf jeden Fall.

Unsere schöne Wohngemeinschaft wird uns langsam zu eng, da sich Christian sehr viel bei mir aufhält. Die

Kinder jubeln, wenn er kommt, denn er verwöhnt sie mit seinen Kochkünsten. Wir beschließen, uns ein Haus in der Nähe von Frankfurt zu mieten. Alle sind sofort Feuer und Flamme, denn dann würden wir ihnen auch ihren Wunsch erfüllen, einen Hund aus einem nahegelegenen Tierheim zu holen.

Karen und ich finden auch recht schnell ein passendes Angebot. Es geht um ein neugebautes Reihenhaus in der Nähe von Frankfurt, bezugsfertig in vier Wochen. Ich treffe mich bereits am nächsten Tag mit dem Eigentümer. Er macht einen guten Eindruck auf mich, und als er erfährt, dass ich von Beruf Hebamme bin, ist er begeistert. Er ist Vater von drei Kindern und war bei allen Geburten dabei. Ich betrete erst einmal das Haus und besichtige alle Etagen. Das Haus ist wie für uns gemacht. Karen könnte das großzügig ausgebaute Dachgeschoss bewohnen, mit eigenem Bad und Toilette. Die Kinder bekämen die drei Zimmer mit dem Bad im ersten Stock. Wohnzimmer, Küche und Toilette sind im Erdgeschoss und im Souterrain ist ein großer Raum für ein Schlafzimmer mit Bad und Toilette. Ich bitte mir eine Woche Bedenkzeit aus, und dann werden wir uns treffen. Als ich zu Hause abends berichte, wie schön dieses Haus ist, dass es direkt an Wiesen und Felder grenzt und es wunderbare Spazierwege gibt, sind alle dafür, dass wir es mieten. Ich melde mich bei dem Besitzer und bitte darum, einen Mietvertrag mit uns zu machen. Wir verabreden uns für den nächsten Tag und so geschieht es dann auch. Ich unterschreibe im Namen von allen.

Christian und ich fangen auch gleich an, Möbel über Anzeigen zu suchen. Wir finden einen wunderschönen mittelbraunen Bücherschrank aus Holz. Er stammt aus den 1930er Jahren und ist versehen mit Schnitzereien rechts und links an den Türen und in der Mitte befindet sich Butzenglas. In einer anderen Wohnung erwerben wir einen dreiteiligen geschnitzten Paravent. Er ist ebenfalls aus mittelbraunem Holz. Wir bringen unsere Schätze auch gleich in unser neues Domizil. Der Schrank muss erst noch aufgebaut werden. Wir sind gerade dabei, als Karen dazukommt. Stolz zeige ich ihr unsere Errungenschaften.

Ich weiß nicht, was plötzlich in sie gefahren ist. Sie fordert den Paravent für sich.

»Den kann ich gebrauchen. Der passt gut vor meine kleine Küche.«

Etwas in ihrem Ton gefällt mir nicht und ich bin so ein Verhalten von ihr auch nicht gewohnt.

»Aber Karen, den haben Christian und ich uns doch gekauft. Wir finden bestimmt auch einen für dich. Wir schauen uns sowieso weiter um.«

Jetzt, glaube ich, ist sie eifersüchtig auf mich. Noch nie hat sie sich in den dreißig Jahren unseres gemeinsamen Lebens so verhalten. Wir haben immer alles geteilt oder geregelt. Dann geht sie einfach weg und knallt die Türe zu. Sie lässt mich ratlos und traurig zurück. Christian, der ebenfalls überrascht ist, fängt sich als Erster.

»Susanne, dann gib ihr doch den Paravent. Wir finden bestimmt noch einen anderen.«

»Nein, so geht das nicht. Sie kann nicht so einfach über uns bestimmen.«

Wir sprechen, obwohl wir ja noch in der gemeinsamen Wohnung leben, so gut wie nicht mehr miteinander. Die Situation ist auch schrecklich für unsere Kinder. Jahrelang waren wir für sie die »Eltern«, die sich bestens verstanden. Offenbar wartet nun jede darauf, dass die andere nachgibt. Wir aber bleiben beide stur.

Dann kommt es zum Eklat. Sie ruft an und sagt kurz und bündig, dass sie nicht mit uns zusammenziehen wird.

»Karen, das kannst du nicht machen. Der Mietvertrag ist unterschrieben. Und was willst du deinem Kind erzählen? Sie hat sich genauso auf dieses Haus gefreut wie wir doch alle auch.«

Sie legt den Hörer auf. Ich bin fassungslos und geschockt. Ich rufe Christian an und erzähle ihm, was passiert ist. Er schweigt einen Moment. Als er von der Arbeit kommt, gehe ich sofort zu ihm. Er hat sich vor einigen Wochen in dem gleichen Komplex, in dem wir wohnen, ein möbliertes Einzimmerappartement gemietet und die Nächte habe ich dann mit ihm dort verbracht. Das funktionierte sehr gut, denn dann konnte auch Karen ihr Privatleben genießen. Er nimmt mich erst einmal in den Arm. Das tut gut.

Wir fahren mit dem Aufzug in den 11. Stock. Wir klingeln, obwohl ich einen eigenen Schlüssel habe. Karen öffnet, dreht sich aber auf dem Absatz um und geht ins Wohnzimmer. Ich frage mich, wie unter diesen Bedingungen unser Geschäftsleben funktionieren soll. Aber es nützt alles nichts, wir müssen reden.

»Karen, willst du wirklich alles zerstören? Ich kenne dich nicht mehr wieder. Was ist mit deinem Traum, dem Haar- und Kosmetiksalon?«

Ich habe inzwischen die ersten Umzugskisten besorgt, da der Umzug in acht Wochen ist.

Ich mache mir Gedanken, wer statt meiner Schwester mit uns zusammenziehen könnte. Da gibt es die Freundin Doris aus unserem Frauenkreis, die allein mit ihrem Kind in unserer Nähe wohnt. Ich treffe mich mit ihr und klage ihr mein Leid. Sie ist fassungslos über Karens Verhalten und sagt, dass sie mit ihrer Tochter, sie ist Alexas Freundin, sprechen wird. Das klingt schon mal etwas hoffnungsvoll. Ich fahre mit den beiden zu dem Haus. Sie sind begeistert, vor allem, weil diese fünf Neubauten an der Grenze der Stadt und naturnah liegen. Kleine Gärten reihen sich aneinander und auch ein Friedhof ist ganz in der Nähe. Es ist schön, den Bauern bei ihrer Feldarbeit zuzusehen. Interessant, wie sich hinter den Traktoren riesige Staubwolken bilden.

Da Karens Tochter wegen unseres Streits nicht bei uns wohnen kann, ist dieses Zimmer im ersten Stock frei. Doris bittet um eine Woche Bedenkzeit und ich bete, dass sie ja sagt. Und sie sagt ja!

Inzwischen hat Karen im Frankfurter Westend eine kleine Zweizimmerwohnung aufgetan und auch schon den Mietvertrag unterschrieben. Es ist nicht so, dass wir uns nicht treffen, denn allein schon das Geschäft zwingt uns, auch weiterhin zusammenzuarbeiten. Es ist keine schöne Zeit. Aber ich bin zuversichtlich, dass die Zeit für uns arbeitet. Nun begreife ich, dass es durchaus vorkommen kann, dass eineiige Zwillinge sich derart streiten und anschließend keinen Kontakt mehr zueinander haben. Es kommt wohl daher, dass die gewachsene Harmonie, die noch nie gestört wurde, durch ein Ereignis so stark ins Wanken gerät, dass nur noch »Scherben« übrigbleiben. Wir sind zusammen durch »dick und dünn« gegangen, haben unsere Mutter »überlebt«, haben uns gegenseitig verteidigt, wann immer es nötig war, und scheitern jetzt an einem Paravent. Solche Erzählungen hört man gelegentlich von langjährigen Ehepartnern, die in einen intensiven Konflikt geraten. Sie schweigen danach für immer oder gehen getrennte Wege, möglicherweise sogar bis zur Gewalttat. Ich denke, wenn wir nicht durch den Friseur- und Kosmetiksalon zusammengeschweißt wären, würde das wohl anders ausgehen. Es dauert eine ganze Weile, bis wir so nach und nach anfangen, wieder miteinander zu reden. Natürlich haben unsere Kinder einen großen Anteil daran.

Nach unserem Umzug in das Reihenhaus wird es dann langsam besser. Christian, immer auf Harmonie bedacht ist arbeitet im Hintergrund an unserer Versöhnung. Und so kommt es dann auch zu einem gemeinsamen Essen in einem guten Restaurant. Auch die Kinder sind dabei. Sein Einsatz hat sich auf jeden Fall gelohnt. Nach einer Woche treffe ich mich dann mit Karen in ihrer neuen Wohnung, welche ich ja noch nicht kenne. Es handelt sich um eine attraktive Wohnung mit zwei Zimmern im vierten Stock eines historischen Gebäudes im Westend, einem der angesehensten Stadtteile Frankfurts. Ein paar Häuser weiter befindet sich ein kleines wunderschönes Lokal, mit dem Namen »die Grotte«. Es liegt eingebettet zwischen zwei höheren Häusern, als hätte man es dort vergessen. Eine kleinere Außenterrasse lockt zum Verweilen auf einen Drink. Die Wirtin ist eine bezaubernde ältere Dame und so dauert es nicht lange, dann ist dieses Kleinod unser Stammlokal. Bei gutem Wetter trifft man uns Zwillinge sehr oft dort an. So kommt es, dass wir dann auch bald nichts Besonderes mehr sind.

Wir ziehen jedoch erneut um, weil die Wohnsituation mit der Freundin, die für Karen eingesprungen ist, nicht zufriedenstellend ist. Wir finden einen Reihenhaus-Neubau in Frankfurt, der auch noch ganz nah an meinem Arbeitsplatz liegt. Auch haben wir inzwischen einen größeren schwarzen, ganz lieben Hund aus einem Tierheim zu uns geholt. Das führt dazu, dass wir an vielen Wochenenden stundenlange Spaziergänge unternehmen. Immer öfter schließt sich uns auch Karen an. Wir haben uns vorgenommen, nicht mehr über diesen Teil der Vergangenheit zu reden, und das funktioniert dann auch sehr gut. Vielleicht war diese erzwungene Trennung durch Karens Sturheit ein neuer Schritt für jede von uns in ein eigenes Leben.

Es ist mir sehr schwergefallen, sie gehen zu lassen, und doch war es das Beste für uns beide. Christian, mein Lebensgefährte, arbeitet hinter meinem Rücken unermüdlich daran, dass unser Zwillingsverhältnis wieder so wird, wie es einmal war. Im Gegensatz zu den Männern vor ihm ist es ihm sehr wichtig, dass alles wieder wie früher wird. Er lädt Karen und ihre Tochter ein, mit uns nach Kenia zu fliegen. Er verdient durch seine Börsentätigkeit sehr gut und gehört zu den Männern, die gerne für eine Zwillingsschwester Geld bezahlen, um die Familie wieder in den alten, glücklichen Zustand zu bringen. Nun sind wir wieder wie früher zusammen und Christian gehört dazu. Es bleibt bei den getrennten Wohnungen und soll auch nicht mehr geändert werden. Neben meinen Kindern wird Karen der wichtigste Mensch in meinem Leben bleiben. Und das weiß Christian auch.

Ich glaube, es gibt nicht so viele Männer auf der Welt, die so ein Leben »zu dritt« akzeptieren.

Karen flattert in ihrer Freizeit mit Freudinnen durch Frankfurts Nachtleben. Es ist, als würde sie noch etwas suchen. Und sie findet es:

»Susanne, ich würde gerne mit dir zusammen das Abitur an der Volkshochschule in Frankfurt nachmachen. Ich denke, das fehlt uns noch in unserer Vita.«

Ist es das, was sie sucht, frage ich mich im Stillen. Ich brauche es nicht, denn ich habe den schönsten Beruf der Welt. Ich muss nicht lange überlegen. So war das schon immer. Ich lasse sie nicht allein. Meine Antwort kommt sofort:

»Klar, da mache ich mit.«

Und so drücken wir wieder einmal für drei Jahre, dreimal die Woche, abends die Schulbank. Interessant ist, dass von den 25 Anfängern zuerst die wenigen Männer aufgeben.

Von den Frauen aber halten die meisten durch. Es bereitet uns Freude. Allerdings taucht wieder einmal ein Zwillingsproblem auf. Es ist der Mathematiklehrer, dem es nicht gefällt, dass wir nebeneinandersitzen und dass er zweimal in das gleiche Gesicht schauen müsste. Das wäre, sagt er, für ihn eine Zumutung. Wir würden auch noch die gleichen Gesten machen, auch das stört ihn. Wir schauen ihn an und fragen uns, ob er »nicht ganz dicht« ist. Er empfindet es sowieso als Zumutung, uns »Alte« unterrichten zu müssen. Wenn ich ihn mir betrachte, sehe ich eine ungepflegte Person mit starkem Fußpilz. Er trägt abgenutzte Sandalen, seine Kleidung ist veraltet, seine Cordhose schmutzig und ausgeleiert, und seine Haare sind fettig. Ist dieser Herr nicht eher eine Zumutung für uns Schüler? Also, so etwas haben wir noch nicht erlebt. Er will uns auch nichts vermitteln. Wir melden uns im Sekretariat, um dieses Problem zu besprechen. Wir erfahren, dass dieser Lehrer eigentlich ein Gymnasiallehrer ist, aber leider bisher keine Anstellung gefunden hat. Nun, das wundert uns nicht.

Wir Frauen beschließen, uns einen eigenen Mathelehrer zu suchen, und mit diesem dann in unserem Partyraum zu lernen. In den Stellengesuchen für Nachhilfe finden wir sofort einen jungen Lehrer. Allein schon die erste Stunde Nachhilfe mit ihm begeistert uns. Ich habe das Gefühl, zum ersten Mal die Materie Mathematik zu begreifen. Unser Geld ist hier gut angelegt. Wir besuchen zwar weiterhin die Mathematikstunden in der Schule, denn das müssen wir schon tun, damit man uns nicht Unterrichtsverweigerung vorwerfen kann. Allerdings bemerken wir auch schon sehr bald, dass wir so nach und nach, dank der großartigen Nachhilfe in meinem gemütlichen Keller, den von uns verschmähten Lehrer besser verstehen. Er weiß nichts von unserem Sonderweg, den wir gehen, und es muss auch nicht sein.

Unser Pädagoge greift eines Tages Karen an, weil sich eine Schülerin bei ihm beschwert, dass wir Zwillinge sie ausgrenzen würden. Karen wehrt sich gegen diesen Vorwurf und will mit ihm reden. Sie ist dabei langsam aufgestanden. Beide Hände ruhen auf ihrem Pult. Sie will klarstellen, dass das nicht stimmt, aber er will nicht zuhören. Nun erhebe ich mich auch langsam und stütze meine Hände genauso auf meinen

Schultisch wie Karen und schaue diesen Mann an. Er weicht erschrocken mit seinem Stuhl zurück. Warum? Er sieht zweimal in das gleiche Gesicht und zweimal sieht er den gleichen verachtenden Blick. Es scheint, als habe er Angst vor uns. Das, was da gerade passiert ist, erschreckt uns beide allerdings auch. Wir schauen uns an, nehmen wortlos unsere Schulsachen und verlassen den Raum. Mein Gott, was war das jetzt?

»Susanne, wir müssen uns bei ihm entschuldigen. Er kann eventuell dafür sorgen, dass wir von der Abendschule fliegen. Wir haben uns doch immer gut mit ihm verstanden.«

»Hoffentlich passiert das nicht. Wir sind im 3. Schuljahr und bald fangen die Vorbereitungen für die Prüfungen an. Wir gehen jetzt besser nach Hause und bringen das morgen hinter uns.«

Im Auto reden wir noch einmal darüber und versuchen uns vorzustellen, wie er sich gefühlt hat, als wir beide uns vor ihm drohend erhoben haben. Hatte er wirklich Angst vor uns?

Zwei Tage später entschuldigen wir uns bei ihm und er akzeptiert es. Uns fällt ein Stein vom Herzen und es scheint, ihm auch. Wir haben eine wunderbare Deutschlehrerin, der wir diese Geschichte erzählen. Sie versteht nicht, warum andere Menschen sich an unserem Doppeltsein stören.

»Ich finde euch großartig und ich sehe doch auch, dass ihr euch gegenseitig unterstützt. Bleibt, wie ihr seid.«

Dann ist alles vorbei. Aber wir haben noch eine Abrechnung mit dem Mathelehrer offen. Wir berichten der Schulverwaltung von unserem perfekten Nachhilfelehrer und dass wir es ohne diesen Mann nicht geschafft hätten. Sie bitten uns, dieses »Superhirn« zu ihnen zu schicken, und er bekommt sofort eine Anstellung. Dem Vorgänger kündigen sie. Nun sind wir quitt.

Mein Lebensgefährte, der mich die ganzen drei Jahre ordentlich unterstützt hat, schenkt mir zur Belohnung eine Familienreise nach Kenia. Die Kinder jubeln, denn sie mussten schließlich auch auf vieles verzichten. Nun aber kann ich mir meinen eigenen Traum erfüllen.

»Karen, ich habe dir zuliebe das Abitur nachgemacht. Nun erfülle ich mir meinen Traum.«

Sie schaut mich an und kann wohl nicht verstehen, dass ich ihr nichts davon erzählt habe. Ich sehe ihr an, dass sie gespannt darauf wartet, dass ich sie erlöse.

»Nun sag schon, was ist es?«

»Ich werde lernen, Klavier zu spielen. Und eine Lehrerin habe ich auch schon gefunden. Es ist eine junge Mutter, der ich bei der Geburt ihres Kindes geholfen habe.«

Meine Schwester schaut mich fassungslos an.

»Warum hast du mir nichts davon erzählt?«

»Ich wollte dich überraschen.«

»Das ist dir gelungen. Ich wollte dir auch einen Vorschlag machen: Lass uns zusammen Germanistik studieren. Mir nützt das für meinen Job in der Werbeagentur und es kann mir nur Vorteile bringen. Und es ist auch gut für den Geist.«

Jetzt schaue ich sie fassungslos an.

»Aber ich brauche dieses Studium doch nicht für meine Hebammentätigkeit. Du weißt, es ist mein Traumberuf.«

»Susanne, du kannst mich doch nicht alleinlassen. Wir haben uns bisher immer geholfen.«

Dieser Satz ist eine Erpressung. Ich schaue sie an. Sie meint es bitterernst und in ihren Augen liegt so viel Erwartung und Hoffnung, dass ich nur sagen kann:

»Lass mich darüber nachdenken.«

Ich rede zu Hause mit meinem Lebensgefährten darüber.

»Susanne, ich kann dir nicht raten, es zu tun oder es zu lassen. Das musst du allein entscheiden. Wenn du mitmachen willst, hast du auf jeden Fall wieder meine Unterstützung. Du entscheidest.«

Was für ein Mann! Abends im Bett verfolgt mich ihr Gesicht. Was wird sie sagen, wenn ich nicht mitmache? Wir haben doch eigentlich seit unserer Geburt alles zusammen gemacht. Ich lasse mir etwas Zeit mit meiner Antwort. Aber meiner zukünftigen Klavierlehrerin sage ich erst einmal ab. Daran sieht man schon, wie meine Entscheidung ausfallen wird. Es gibt Stimmen, die sagen, dass es nicht gut sei, immer alles zusammen zu machen. Das können meiner Meinung nach nur Menschen sein, die nicht wissen, was es bedeutet, einen so guten Freund zu haben. Wie sollen sie das auch verstehen? Was man nicht kennt, kann man nicht beurteilen und auch nicht vermissen.

Karen hat bereits alles vorbereitet, was wir für unsere Anmeldung an der Uni brauchen. Sie war sich meiner Antwort also sicher. Und so dauert es nicht lange und wir tauchen in ein komplett fremdes Gebiet des Lernens ein. Es ist ein sehr großer Unterschied zu einer normalen Schule, die dir vorgibt, was du tun sollst. Hier an der Universität erwartet man selbstständiges Arbeiten von uns. Du musst dir alles zusammensuchen, was du brauchst. Wir beide sind auf jeden Fall nicht die ältesten Anfänger, aber wir sind immerhin schon vierzig Jahre auf dieser Welt. Allerdings sehen wir locker zehn Jahre jünger aus. Ich entscheide mich zur Freude meiner Hebammenkollegen, die Spätdienste in der Klinik zu übernehmen, denn vormittags werden wir beide Vorlesungen an der Uni besuchen. Karen eilt danach sogleich in unseren Laden, der vormittags durch die drei Friseurinnen vertreten wird. Sie beginnt um 12:30 Uhr mit den kosmetischen Behandlungen. Das funktioniert sehr gut. An den Wochenenden übernehme ich alle zwei Wochen die Kosmetikbehandlung, da es zwei Kabinen gibt. Auch die Reinigung des Ladens wird von uns beiden durchgeführt und wir tun das auch gerne. Es ist eben ein Unterschied, ob man Inhaber ist oder Angestellter. Mit Christian koche ich sonntags einen Teil des Essens für die Kinder vor. Diese sind inzwischen sehr selbstständig geworden und sind auch mal mit einem Butterbrot zufrieden. Dafür werden sie jeden Sommer und Ostern von uns mit einem schönen Urlaub entschädigt. Auch Alexa und ihre Mutter sind oft mit von der Partie.

So vergehen weiterhin vereint unsere Jahre. Aber die räumliche Trennung bleibt für immer bestehen, so wie das tägliche Telefonat, sollten wir uns mal nicht gesehen haben. An der Uni läuft es für uns sehr gut. Da wir immer präsent sind, sind wir bei den Professoren sehr beliebt. Sollte es mal nicht klappen, ist auf jeden Fall eine von uns anwesend. An uns Zwillingen haben sich die Kommilitonen schnell gewöhnt. Ganz selten kommt noch so ein Ausspruch wie: Ah, Zwillinge, vor. Aber wir sitzen weiterhin nebeneinander, haben zufällig die gleichen Frisuren und niemand stört sich daran.

Christan, mein Lebensgefährte, jagt weiter dem Geld an der Börse nach und durch die Zeitverschiebung zu Amerika wird es oft spätabends sein, bis wir uns zu Hause treffen. Das passt alles im Großen und Ganzen gut zusammen. Habe ich Nachtdienste, verlasse ich dann natürlich später am Abend das Haus und überlasse meinem Lebensgefährten die Familie. Um sieben Uhr morgens erscheine ich mit Brötchen zum Frühstück. Sind die Kinder erst einmal aus dem Haus, gehe ich mit dem Hund spazieren, um dann sehr müde in einen todesähnlichen Schlaf zu fallen. So vergehen doch recht schnell die Jahre an der Universität.

Am Tag der letzten Prüfungen, 1995, bin ich aufgrund des Anfangsbuchstabens meines Nachnamens vor Karen an der Reihe. Ich bin zwar nervös, aber sage mir immer wieder, dass eigentlich nichts schieflaufen kann, denn dafür haben wir natürlich sehr oft und viel gelernt. Es läuft gut, und als ich erleichtert den Prüfungsraum verlasse, sitzt meine Schwester wartend davor. Wir schauen uns an und sofort erkennt sie: Ich habe es gepackt. Sie wird aufgerufen und ich drücke noch schnell meine beiden Daumen und warte, bis sich die Tür hinter ihr geschlossen hat. Ich bringe es nicht fertig, zu gehen. Ich denke, ich muss mit meinen Gedanken bei ihr sei. Die Zeit schleicht und dann endlich erscheint sie. Sie strahlt und da ist mir auch sofort klar, sie hat es auch geschafft. Sie erzählt mir, dass einer der Professoren wissen wollte, was wir beide beruflich machen. Als sie berichtet, dass ich Hebamme bin, ist er begeistert und sagt:

»Ich habe noch nie eine Hebamme geprüft.«

Wir gehen noch einmal in die Cafeteria der Uni und kommen uns irgendwie verloren vor. Etwas wehmütig trinken wir jeder einen Cappuccino und verabschieden uns beide innerlich von diesem Ort, der uns viel gegeben hat, aber auch viel von unserer Freizeit »aufgefressen« hat. Dafür aber gibt es nun zwei neue Germanistinnen in Frankfurt und eine davon ist eine Hebamme.

Es dauert eine ganze Weile, bis wir es schaffen, in unser normales Leben zurückzukehren. Keine Termine mehr an der pulsierenden Uni und kein Leben mehr als Student führen zu dürfen, ist nicht einfach. Es war harte Arbeit, die ohne die Unterstützung meines Lebensgefährten und der Geduld unserer Kinder, kaum zu schaffen gewesen wäre. Es wird auf jeden Fall ein paar Monate dauern, vielleicht auch länger, bis das alles verdaut ist.

»Ich werde euch dabei helfen«, meint Christian grinsend und bietet uns allen natürlich eine Reise an. Wohin? Nach Kenia, seinem Traumland. Und so landen wir dann auch bald wieder auf dem Flugfeld von Mombasa und genießen diese Entspannung. Unseren Friseur- und Kosmetikladen verkaufen wir. Er ist nicht so gut gelaufen und so »ziehen wir dir Reißleine«, bevor der Verlust zu groß wird.

Karen, die wieder bei ihrem ehemaligen Arbeitgeber, einer Werbeagentur, arbeiten kann, erhält tatsächlich mehr Gehalt aufgrund ihres Studiums von ihrer Firma. Bei einer Hebamme interessiert diese Art von Fortbildung nur ganz wenige Menschen. Da hätte ich schon eine wissenschaftliche Arbeit im Bereich der Medizin vorlegen müssen. Für unsere Bewunderung sind unsere Freunde zuständig. Unsere Familie hat von alledem, außer unserer Mutter und zwei Schwestern, nichts erfahren. Wir hatten unsere Gründe für diese Geheimhaltung.

Christian will mir ein besonderes Geschenk machen. Ich staune nicht schlecht, als eines Tages vor dem Haus ein grasgrünes VW-Cabriolet steht. Es ist nicht neu, hat aber erst 5.000 km auf dem Tacho. Es gehörte bis dahin einer Freundin des Bosses der Firma. Da diese jetzt schwanger ist, eignet sich so ein offenes Auto nicht gerade für einen Säugling. Also bin ich jetzt die glückliche, Beschenkte und die junge Frau erhält von ihrem Partner einen Mercedes. Ich rufe sofort Karen an und es dauert keine halbe Stunde, da düsen wir beide mit wehenden Haaren durch Frankfurt zu unserer Stammkneipe. Welch ein Hallo! In unserem Freundeskreis gibt es keine Neider. Alle freuen sich darüber, dass ich jetzt die stolze Besitzerin dieses froschgrünen Autos bin. Ein paar Monate später übernehme ich dann auch die Geburt des Kindes der Vorbesitzerin meines Autos.

Es war eine lange Reise vom Abitur bis zum Ende des Germanistikstudiums. Neben einem Job, Kindern und einem Hund wäre das alles, für mich, nicht ohne die vereinten Kräfte meiner Zwillingsschwester und meines Lebensgefährten möglich gewesen. Wir machen in den nächsten zwei Jahren noch mehrere Reisen zusammen. Mal Karen und ich, mal mit Kindern, mal mit Christian. Wir sind ein eingespieltes Team, kennen uns durch und durch und deshalb funktioniert es auch so gut. Klavier aber spiele ich immer noch nicht. Das muss noch warten.

Nach einem längeren, freudig ausgelebten Singledasein von Karen präsentiert sie mir am Telefon einen neuen Freund.

»Ist es wieder eine Eintagsfliege?«, frage ich.

»Ich glaube nicht. Er ist Internist, geschieden und Vater eines 14-jährigen Sohnes und sehr stark an mir interessiert. Ich habe inzwischen auch schon seine Eltern kennengelernt. Die sind sehr nett. Komm einfach heute Abend bei mir vorbei, dann stelle ich ihn dir vor. Er weiß, dass es uns doppelt gibt, und ist dementsprechend neugierig.«

»Wie heißt er denn?«

»Jürgen«, sagt sie.

»Ich komme allein, Christian ist nicht da. Ich bin aber sehr gespannt, ob dein Neuer zu uns passt. Wenn nicht, müssen wir ihn abservieren.«

Karen lacht.

»Ich bin mir sicher, dass das nicht nötig sein wird. Ich habe ihn schon vorbereitet, was mit Männern passiert, die uns auseinanderbringen wollen.«

Pünktlich um 19:00 Uhr stürme ich die fünf Stockwerke zu Karens Wohnung hoch. Aber ich muss dann doch erst ein wenig vor der Türe warten, denn ich bin außer Atem. Ich bin sehr nervös und geplagt von meiner Neugierde. Ich hoffe inständig, dass er zu uns passt. Die Tür steht schon leicht offen und ich rufe fröhlich »hallo.«

»Komm rein«, ruft Karen, »Wir sind im Wohnzimmer.« Da steht er angelehnt an der Fensterbank und lächelt mich an. Na ja, denke ich, ein Adonis ist er nicht. Karen hat sich neben mich gestellt und natürlich bemerkt er sogleich unsere unglaubliche Ähnlichkeit.

»Ihr seid wirklich das doppelte Lottchen. Aber ich werde mit Sicherheit lernen, euch auseinanderzuhalten.«

Ich reiche ihm die Hand und sage:

»Dann auf eine gute Gemeinschaft.«

»Ich werde mich bemühen«, ist seine Antwort.

Karen hat inzwischen eine Flasche Sekt geköpft und wir beginnen nach dem Anstoßen eine gute Unterhaltung. Nach einer Stunde ist der Knoten geplatzt. Ich denke, er könnte zu uns passen. Es dauert auch nicht lange und Karen zieht mit ihm in ein Einfamilienhaus in unserer Nähe. Alexa ist inzwischen in eine eigene kleine Wohnung in der Nähe der Universität gezogen, wo sie noch Germanistik studiert. Einmal sitzen wir drei sogar ein Semester lang zusammen in einem Raum. Aber natürlich verraten wir keinem, dass es sich hier um Mutter, Tochter und Tante handelt. Wir beenden um einiges früher als sie das Studium, haben aber auch früher angefangen.

Weiterhin telefonieren wir täglich miteinander. Alle Neuigkeiten tauschen zuerst wir beide, wie immer, miteinander aus, bevor wir es an die Familie oder Freunde weitergeben. Wir verbringen auch gemeinsam Urlaube, was stets eine bewährte Belastungsprobe darstellt. Das funktioniert nicht immer so gut, da Jürgen leider einen Hang zur Eifersucht zeigt. Also beschließen Karen und ich, wie früher, wieder einmal im Jahr allein zu verreisen. Wir beginnen Ski zu fahren. Das ist sehr lustig. Wir übernachten in München bei einer unserer Schwestern. Diese eine Woche im Jahr, sie ist tagsüber nur für uns zwei, ist uns »heilig«. Karen hat Jürgen inzwischen geheiratet, hat ihm klargemacht, dass es daran nichts zu rütteln gibt, denn er ist einer der Männer, die nicht allein sein können und es auch nicht wollen. Aber man kann uns morgens anrufen. Christian, der diese Abmachung kennt, hat sowieso kein Problem, auch mal ohne mich zu sein. Karen und ich waren, bevor Jürgen in ihr Leben trat, sehr oft, wie beschrieben, zusammen im Urlaub. Auch Christian war oft weg, allerdings mehr geschäftlich. Und so beeilt sich Jürgen, morgens früh der erste Anrufer zu sein.

Wir beide sind oft gefragt worden, wie das denn sei, zu wissen, dass es jemanden gibt, der genauso aussieht wie man selbst. Diese Frage ist durchaus berechtigt, jedoch ist sie nicht zu beantworten. Niemals habe ich mich gefragt, wenn meine Zwillingsschwester vor mir stand, ob ich auch so aussehe. Und ihr ging es genauso. Selbst auf Fotos von uns zweien haben wir uns nicht gewundert, wenn wir auch mal rätseln mussten, wer jetzt wer ist. Warum auch. Was wir wussten, ist, dass wir eineiige Zwillinge sind und es diese nicht so oft gibt. In unserer Parallelklasse gab es auch Zwillinge, aber es handelte sich um zwei Mädchen, also Geschwister, welche natürlich keinerlei Ähnlichkeit miteinander hatten, denn sie waren zweieiige Kinder. Sie waren auch nicht gleich angezogen. Das bedeutet, dass das Wort Zwillinge heute lediglich beschreibt, dass zwei Kinder am selben Tag von derselben Mutter geboren wurden. Allerdings ist es auch schon vorgekommen, dass ein Kind kurz vor Mitternacht das Licht der Welt erblickte, und das andere Kind folgte am nächsten Tag. Genau genommen sind es nur Geschwister. Meine Schwester und ich waren in unserer Kindheit auch immer gleich angezogen. Von Kopf bis Fuß waren wir wie eine Person. Selbst die Söckchen oder Kniestrümpfe wie auch die Schuhe, Frisuren, selbst die Scheitel waren auf der gleichen Seite gezogen. Ich glaube, nur bei den Unterhöschen gab es schon mal Unterschiede.

Wir haben exakt die gleichen Gene von unserer Mutter bekommen, da wir aus ein und derselben Eizelle stammen. Diese hat sich eben noch einmal geteilt. Es ist eine Laune der Natur. Fakt aber ist, dass diese neu entstandene Zelle später die Person ist, die einem von uns am nächsten steht.

Ich habe unserer ältesten Schwester Jahre später folgende Frage gestellt:

»Wie war das Leben für dich mit uns Zwillingen?«

»Schrecklich, ihr wart euch immer so einig.«

Die andere Schwester reagierte ganz anders:

»Das war in Ordnung. Ihr beide wart allerdings sehr stark.«

Unser gemeinsames, sehr erfahrungsreiches Leben von bisher dreißig Jahren, geht natürlich weiter. Der zweite Teil, der dann folgt, zeigt auf, wie unterschiedlich das Leben doch verlaufen kann, aber immer bleibt neben den doch oft unterschiedlichen Wegen, die wir gehen, der eine Zwilling die wichtigste Person im Leben des anderen. Wir haben uns gegenseitig sehr stark unterstützt und haben uns aber auch gegenseitig ausgebremst. Das ist für die männlichen Partner nicht immer einfach zu verstehen und zu akzeptieren.

Wurde das Leben durch das Auswechseln von Partnern einfacher? Nachzulesen ist dies in dem ersten spannenden Buch von Joyce Williams, mit dem Titel: »Kaffee für den Staatsanwalt«. Christian, der Lebensgefährte von Susanne, gerät in den Sog von Zockern, die an der Börse arbeiten und es mit der Wahrheit nicht so genau nehmen. Die Folgen sind für mich, dem einen Zwilling, teilweise erheblich. Jedoch ist immer wieder meine Zwillingsschwester Karen an meiner Seite.

Dieses Buch ist bereits auf dem Markt und zu erwerben über Amazon.

Der Titel: »Kaffee für den Staatsanwalt«.

Die Autorin

Joyce Williams wird in Fulda als Zwilling und drittes Kind von fünf Mädchen und einem Bruder geboren. Die beiden Mädchen gehen fast alle Wege gemeinsam. Nach der Grundschule folgen die vierjährige Realschule und dann die zweijährige Handelsschule, die zu dieser Zeit als Bürolehre gilt. Es folgen eine Heirat und zwei Kinder. Die zweite Geburt führt bei Joyce zu der Entscheidung, Hebamme zu werden. Sie spürt, dass diese Tätigkeit ihre Berufung ist, was sich auch als absolut richtig erweist. Nach dieser Ausbildung verlässt sie ihren Mann und zieht mit ihren zwei Kindern nach Frankfurt zu ihrer Zwillingsschwester und deren Tochter. Es folgte eine aufregende, freie und glückliches Zeit in dieser Lebensgemeinschaft. Allerdings fehlte doch noch etwas Wichtiges in diesem Leben der beiden: das Abitur. Aus finanziellen Gründen war es ihnen nicht möglich, ein Gymnasium zu besuchen. Und so besuchen Joyce und ihre Schwester eine Abendschule, um das, was ihnen einst vorenthalten wurde, zu erreichen. Danach folgt neben Job und Kindern ein abgeschlossenes Studium der Germanistik an der Uni Frankfurt. Joyce bleibt trotz des erworbenen Magister Artium ihrer Tätigkeit als Hebamme treu.

2005 beginnt sie ihr erstes Buch zu schreiben, unterstützt von ihrer Schwester, die stark in das geschilderte Geschehen involviert ist.

Alle Namen in diesem Buch sind geändert.